中文社会科学引文索引（CSSCI）来源集刊

文学理论前沿

第八辑

国际文学理论学会
中国中外文艺理论学会
上海交通大学人文艺术研究院
清华大学比较文学与文化研究中心

北京大学出版社
PEKING UNIVERSITY PRESS

图书在版编目(CIP)数据

文学理论前沿.第8辑/王宁主编.—北京:北京大学出版社,2011.4

ISBN 978-7-301-18650-3

Ⅰ.①文… Ⅱ.①王… Ⅲ.①文学理论-文集 Ⅳ.①I0-53

中国版本图书馆 CIP 数据核字(2011)第 040492 号

书　　　　名:文学理论前沿(第八辑)

著作责任者:王　宁　主编

责 任 编 辑:艾　英

标 准 书 号:ISBN 978-7-301-18650-3/I·2321

出 版 发 行:北京大学出版社

地　　　　址:北京市海淀区成府路 205 号　　100871

网　　　　址:http://www.pup.cn　　电子邮箱:pkuwsz@yahoo.com.cn

电　　　　话:邮购部 62752015　发行部 62750672　出版部 62754962

　　　　　　编辑部 62752022

印　刷　者:三河市富华印装厂

经　销　者:新华书店

　　　　　　650mm×980mm　16 开本　20 印张　320 千字

　　　　　　2011 年 4 月第 1 版　2011 年 4 月第 1 次印刷

定　　　　价:36.00 元

目　录

编者前言 ·· （1）

前沿理论思潮探讨

批判性思想谱系：马克思主义与后现代主义 ····················· 宋　伟（3）

建立一种世界批评理论：以广义叙述学为例 ····················· 赵毅衡（39）

语言、身体、主体性再现："女性书写论"的美学向度 ········· 张玫玫（68）

符号—结构与文学性：从文学手法两大层级

阐释文学性 ·· 苏　敏（101）

当代西方文论大家研究

雷蒙德·威廉斯的马克思主义文化传播理论 ················· 侯　岩（147）

当代中国文论大家研究

从文艺美学到文化美学的历史转折

　　——胡经之的文艺理论和美学研究 ····················· 李　健（185）

超越实践美学

　　——曾繁仁的生态美学研究 ····························· 李庆本（212）

对话与访谈

什么是世界文学？

　　——对话戴维·戴姆拉什 ································· 王　宁（233）

文化研究的缘起、方法和政治

　　——劳伦斯·格罗斯伯格访谈录 ····················· 何卫华（249）

纪念《新文学史》创刊四十周年

《新文学史》的历史回顾 ································· 拉尔夫·科恩（279）

Contents

Editor's Note ·· (1)

Exploring Frontiers of Literary Theory and Cultural Trends
Song Wei

    Critical Ideological Genealogy: Marxism and Postmodernism ······ (3)

Zhao Yiheng

    The Possibility of a World Critical Theory: An Example of Temporality in
    General Narratology ·· (39)

Zhang Meimei

    Language, Body and the Subjective Representation: The Aesthetic As-
    pect of the Theory of "Feminine Writing" ···························· (68)

Su Min

    Symbol-Structure and Literariness: Interpreting Literariness from the Two
    Hierarchies of Literary Technique ································· (101)

Studies of Contemporary Wesern Master Theorists
Hou Yan

    Raymond Williams' Marxist Cultural Communications
    Theory ·· (147)

Studies of Contemporary Chinese Master Theorists
Li Jian

    From Literary Aesthetic to Cultural Aesthetic: Hu Jingzhi's Literary The-
    ory and Aesthetic Studies ································· (185)

Li Qingben

Beyond Practical Aesthetics: Zeng Fanren's Eco-aesthetic

Studies ·· (212)

Dialogues and Interviews

Wang Ning

What Is World Literature?

——A Dialogue with David Damrosch ································ (233)

He Weihua

The Origin of Cultural Studies, Its Methodology and Politics

——An Interview with Lawrence Grossberg ······················ (249)

Commerating the 40th Anniversary of the Founding of *New Literary History*

Ralph Cohen

Notes for a History of *New Literary History* ······················ (279)

编者前言

经过近一年时间的组稿、审稿和编辑加工,《文学理论前沿》第八辑马上就要与专业文学理论工作者和广大读者见面了。我像以往一样在此重申,本丛刊作为中国中外文艺理论学会的会刊,由学会委托清华大学比较文学与文化研究中心负责编辑,北京大学出版社出版。由于目前国际文学理论学会尚无一家学术刊物,而且该学会秘书处又设在中国清华大学(王宁任学会秘书长),因此经过与学会主席希利斯·米勒教授等领导成员商量,决定本丛刊实际上又担当了国际文学理论学会的中文刊物之角色。自 2009 年起,由于本刊主编王宁被上海交通大学人文艺术研究院聘为讲席教授,因而本刊将由上海交大和清华大学两大名校联合主办,这应该说是一种卓有成效的强强联合吧。值得我们欣慰的是,本刊第一辑到第七辑出版之后在国内外产生了较大的反响,不仅读者队伍日益增大,而且影响也在逐步扩大。可以说,本刊立足中国、面向世界的第一步已经实现。尤其值得在此一提的是,从 2008 年起,本丛刊已被中国社会科学引文索引(CSSCI)列为来源集刊,去年,国家新闻出版总署又对各种集刊进行了整顿,一些集刊停止,而本刊则得以幸存。这自然是对本刊的一个极大鼓励和鞭策,我想我们今后的任务不仅是要继续推出高质量的优秀论文,还要争取在国际学术界发出中国学者的强劲声音。

正如我在第一辑编者前言中指出的,我们办刊的立足点有两个:一是站在当今国际文学理论和文化研究的前沿,针对当今学术界普遍关注的热点话题提出我们的研究成果,同时也从今天的新视角对曾在文学理论史上有过重要影响但现已被忽视的一些老话题进行新的阐释;二是着眼于国际性,也即我们发表的文章并非仅出于国内学者之手,而是在整个国际学术界物色优秀的文稿。鉴于目前国际文学理论界尚无一家专门发表高质量的反映当今文学理论前沿课题最新研究成果的长篇论文的大型集刊,本刊的出版无疑填补了这一空白。本刊本着质量第一的原则,暂时每年出版一辑,也许今后会出版两辑。与国内所有集刊或期刊不同的是,本刊专门刊发 20,000—30,000 字左右的既体现扎实的理论功力同时又有独特理论创新的长篇学术论文 10 篇左右,最长的论文一般不超过40,000字。所以对于广大作者的热心投稿,我们不得不告诉他们,希望他们在仔细研究本刊的办刊方针和研读各辑所发论文之后再寄来稿件。本刊每一辑发表境外学者论文 1—2 篇,视其是否与该辑主题相符,这些论文分别选译自国际文学理论的权威刊物《新文学史》和《批评探索》(主编者拥有这两家刊物的中文版版权)或直接向境外学者约稿。国内及海外学者用中文撰写的论文需经过匿名评审后决定是否刊用。每一辑的字数为250,000—300,000 字左右。

读者也许已经看到,本辑与第七辑的栏目设置有一些不同。第一个栏目依然是过去既定的"前沿理论思潮探讨"。这一栏目的第一篇文章出自宋伟之手,该文试图从批判的视域和立场出发,来理解和界定马克思主义与后现代主义的相同和相异之处。作者认为,这种有意义的比较研究,有助于我们祛除这两者之间难以辨识的庞杂歧义性,使其真正的精神实质及内在的理论意蕴逐渐清晰地呈现出来,从而显露出两者之间相互关联、相互对话的可能性及其意义之所在。在作者看来,马克思主义与后现代主义之间虽然存在着诸多差异,但两者都坚持从批判的立场出发对理论与现实进行质疑和颠覆。马克思主义的辩证思维方式,后现代主义的解构思维策略,都可以说是一种批判性的思考方式,因此可以认为,马克思主义与后现代主义在理论旨趣上具有一定的家族相似性,两者同属于批判理论的思想谱系。他的这些看法无疑具有一定的新颖性和原创性。接下来的三篇论文分别从各自研究的角度对文学理论的一些前沿问题发表了自己的见解。赵毅衡的论文提出了一个大胆同时又不乏坚实基础和详细论证的理论建构:建立一种世界批评理论。他认为,近十多年来,一种既出自传统的文学理论同时又与之不同的"批评理论"正在兴起:文学理论,文化理论,正在弥合成一个具有普适性的总体理论。这个理论有四个支柱,其余都是其延伸,只要我们回到四个支柱理论,就不会永远陷于不是跟着西方学者说,就是自言自语式的独白的两难之境。他通过叙述学的个案实验研究试图证明,中国学者能够对建立一个普适性的世界批评理论做出自己的独特贡献。这无疑与当今中国人文社会科学界"跻身国际学术前沿"的呼声不谋而合。我们希望就这个问题能够引起一些讨论。张玫玫的论文虽然是阐释性的,但作者从中国女性学者的视角出发,通过细读曾在欧美风靡一时的"女性书写论"的代表人物西苏的文本,试图揭示"女性书写论"的精髓。她认为,从语言的精神结构入手,西苏主张探索女性欲望的"黑暗"大陆,倡导语言变革,以达到解构父权思想二元论的目的,从而开启建构和再现新的女性主体性的空间。基于这一点,她还指出,以主体性再现为核心的女性书写论关乎"过程中的书写",它借助"差异的游戏"生成意义的潜力不仅具有性别政治意义,而且蕴含丰富的美学可能性。可以说她的细致阐释弥补了目前国内女性主义和西苏研究的一个缺憾。苏敏的论文从结构—符号的视角出发,回顾了从俄国形式主义到结构主义和后结构主义符号学的演变,提出了最小文学手法的观点,在她看来,从符号—结构看,文学性是文学手法结构整体赋予文本的属性。最小文学手法是文学符号—结构研究的起点,它是不可再分文学想象具象对自然语言横组合切分的片段,自然语言是其能指,不可再分文学想象具象是其所指,也是其结构要素,不可再分文学想象具象的虚构—造型性规定最小文学手法的基本性质与功能。虽然这种基于形式的研究在当下并不占主流,但至少也反映了文学研究的一个不可忽视的方面。应该说,上述几篇论文基本上符合本刊的办刊宗旨。

3

本辑的第二个栏目"当代西方文论大家研究"编发了侯岩的博士论文的精粹,主要讨论西方马克思主义文学理论大家雷蒙·威廉斯的文化传播理论。以往研究威廉斯的著述大都讨论他的文学理论及其对当代文化研究的影响,或者专门讨论他的文化唯物主义理论,很少涉及他对传播的论述,而本文则专门讨论他的传播理论,并认为这是威廉斯的马克思主义文化理论的一个不可分割的部分。作者从三个方面探讨了威廉斯对传播学的贡献。首先通过"文化革命"与传播的关系,展示了威廉斯与马克思主义的复杂关系;接着梳理和挖掘了威廉斯的文化唯物主义的形成和核心思想,从他的文化观的转变和对文化生产的物质性本质的恢复,显示了文化唯物主义对威廉斯传播思想的影响和指导作用;最后在人道主义的框架内阐明威廉斯对传统传播学的批判和融合,创造性地运用马克思主义的人道主义思想,以一种总体性的姿态介入对传播中的"人"的要素的分析,形成了社会主义人道主义的传播学理论。这些富于洞见的观点充分体现了中国学者在西方马克思主义研究领域里的建树。

接下来的一个栏目就是"当代中国文论大家研究",本辑推出的两位文学理论大家都在各自的研究领域有所建树,并且堪称旗帜性的人物:胡经之作为我国当代"文艺美学"研究的奠基人,实际上并不满足以此,他与时俱进地根据文学范围的扩大和理论研究对象的变化而及时地提出了"文化美学"的构想,应该说这是他的一个独特的理论建构。李健的评论文章准确地把握了胡经之学术生涯的发展和研究现状,基本上反映了他的理论建构的全貌。曾繁仁则是另一个独具特色的人物,当他的同辈人已经在理论界崭露头角时,他却在忙于大学的行政管理工作,但尽管如此,他的厚积薄发却是罕见的。他一方面准确地把握了后现代社会的环境生态问题,适时地在引进西方生态文学批评的同时从哲学的高度对之进行审视,并提出了基于中国的文化实践的生态美学建构,从而达到了与西方生态批评对话的境地。李庆本作为曾繁仁过去的学生,本人也在生态美学研究中有所造诣,所以他的文章本身也具有批评之批评的理论特色。今后我们还要编发更多这样的文章,以便及时向国际学术界推出我们自己的文学理论大家。

本辑还在"对话与访谈"栏目中发表了两篇深度对话和访谈:王宁和美国学者戴维·戴姆拉什就世界文学问题的对话已经自觉了摆脱了"跟着说"的被动局面,达到了"一起说"甚至"对着说"和"领着说"的境地。确实,在由上海交通大学和哈佛大学共同主办的第五届中美比较文学双边讨论会上,所有的计划和议题都由中国学者提出,甚至会议的精选英文论文也由中国学者担任主编,即将由国际比较文学界的权威刊物 *Neohelicon* 发表,这在国际比较文学的历史上大概是首次。另一篇访谈则向国内的文化研究者提供了文化研究的缘起及其在当下的最新进展,同时也区分了文化研究在英美以及其他地方的差别。应该说,这样一个栏目我们今后还要办得更好,以推动中国学者与西方学者的直接理论对话和交流。

众所周知,2009 年,蜚声国际理论界的权威刊物《新文学史》迎来了创刊 40 周年纪念,同时长期担任该刊主编达 40 年的老一辈理论大师拉尔夫·科恩也光荣退休。为了纪念这位理论嬗变的先驱者和推进者,《新文学史》花了整个一期的篇幅编发纪念专辑,邀请当今理论界的各位大家撰文,或者回顾科恩本人的理论批评贡献,或者在科恩所从事的理论批评领域进行深度研究,或者就文学理论的未来走向发表见解。该专辑题为"向拉尔夫·科恩致敬"(Tribute to Ralph Cohen),而科恩本人则应新任主编邀请撰写了一篇描述该刊历史的文章,我们特将其译出并发表于本辑,以便向国内的期刊界同行展示,应该如何纪念一份有着巨大影响的学术理论刊物及对之做出历史性贡献的主编者。

　　本刊的编定已经过了 2010 年,临近春节时分,大家都在忙着过节,我在此谨向为本丛刊的出版投入大量时间和精力的北京大学出版社编辑人员致以深切的谢意。我们始终期待着广大读者的支持和鼓励。

王 宁

2011 年 1 月

前沿理论思潮探讨

批判性思想谱系:马克思主义与后现代主义

宋 伟

内容提要:长期以来,人们之所以在理解马克思主义与后现代主义之复杂关系的问题上众说纷纭、莫衷一是,缺少从批判的维度来理解和把握此一题域,或许是一个至关重要的原因。马克思以质疑批判的精神,终结了传统形而上学,实现了哲学思维方式的革命性变革,其批判锋芒直指现代资本主义世界,凸显出思想精神的批判性、革命性和实践性。从批判的视域和立场来看,后现代思想范式同样应该被理解为一种批判性的思想方式,因而,从何种意义上看待后现代解构策略与马克思批判理论之间的联系与区别,以识别其在批判性思想传统中的意义与价值,无疑将对我们理解马克思主义与后现代主义之间的复杂关系具有重要的理论意义。从批判的视域和立场出发,来理解和界定马克思主义与后现代主义,有助于祛除其难以辨识的庞杂歧义性,使其真正的精神实质及内在的理论意蕴逐渐清晰地呈现出来,从而显露出两者之间相互关联、相互对话的可能性及其意义之所在。

马克思主义与后现代主义之间虽然存在着诸多差异,但两者都坚持从批判的立场出发对理论与现实进行质疑和颠覆。马克思主义的辩证思维方式,后现代主义的解构思维策略,都可以说是一种批判性的思考方式,因此可以指认,马克思主义与后现代主义在理论旨趣上具有一定的家族相似性,两者同属于批判理论的思想谱系。从现代性的题域看,马克思对资本主义的分析批判,开启了现代性批判的理论视域,为后现代主义终结现代性、颠覆现代性、解构现代性奠定了理论前提。从哲学层面上看,马克思对传统形而上学的终结,开启了后形而上学的理论视域,为后现代主义的后形而上学思维方式奠定了理论基础。从政治实践的层面上看,马克思对现存社会制度的批判及其人类解放的理想目标,为后现代主义的文化政治学批判提供了理论资源。

总之,马克思主义与后现代主义毕竟是两种不同的理论表达,在具有相通、相近、相似的理论旨趣的同时,两者之间存在着诸多不同之处。马克思主义作为当今时代难以超越的理论视界,依然具有强大的理论生命活力,其革命的、辩证的批判哲学,在具有理论批判与现实批判的有效性的同时,也具有自我批判的功能。这种自我批判的精神,为批判理论自身进行不断的自我批判——对批判的批判,提供了基本的理论立场和视域。因此,马克思主义不仅为批判性的后现代主义提供了丰厚的理论思想资源,同时也为我们批判性地分析后现代主义提供了丰厚的理论思想资源。

关键词:马克思主义 后现代主义 批判理论 解构策略

Abstract: For a long time, people have different understandings and interpretations of Marxism and postmodernism. One possible reason may be the absence of a critical dimension in the research field. Marxist critical and questioning spirit puts an end to the metaphysics and commences the revolutionary transformation of philosophical thinking. Marxist criticism regards modern capitalist world as its immediate target, which reveals its critical, revolutionary and practical essence. Postmodern ideological paradigm should also be interpreted as a critical thinking from a critical perspective and standing. If so, in what sense should we judge the relation and distinction between the postmodern deconstructive strategies and Marxist critical theories so as to recognize their significance and value in the critical ideological tradition? To answer these questions will undoubtedly be of theoretical meaning in understanding the relationship between Marxism and postmodernism. To begin with a critical perspective and standing to interpret and define Marxism and postmodernism is thus helpful for us to erase their vague ambiguity in order to expose their real spiritual essence and theoretical implication and finally reveal their interrelationship, the possibility of conversation and their significance.

There are various differences between Marxism and postmodernism but both insist on questioning and overthrowing theory and reality from critical

perspectives. Marxist dialectic thinking and postmodernist decostructive think-
ing are both critical ways of thinking. Therefore, it can be identified that Marx-
ism and postmodernism have some similarities in terms of theoretical purports
and both belong to the ideological genealogy of critical theory. In the modern-
ist research field, Marxist analysis and criticism against capitalism have com-
menced a theoretical vision of modernist criticism and composed a theoretical
premise for postmodernism to terminate, overthrow and deconstruct modern-
ism. On the philosophical level, Marxist termination to traditional metaphysics
has initialized the theoretical vision of post-metaphysics and built a theoretical
foundation for the postmodern post-metaphysical way of thinking. On the level
of political practices, Marxist criticism against the present social system and
Marxist goal of human liberation have provided theoretical resources for mod-
ernist cultural political criticism.

In short, Marxism and postmodernism are two different theoretical expres-
sions after all. There are various differences despite a number of common,
close or similar theoretical purports. Marxism, as a theoretical horizon unsur-
passed up to now, still has formidable theoretical vitality. Its revolutionary and
dialectic critical philosophy has the functions of self-criticism in addition to
the validity of both theoretical and practical criticism. The spirit of self-criti-
cism provides a basic theoretical position and vision for the critical theory's
continuous self-criticism—criticism of criticism. Therefore, Marxism supplies
abundant theoretical resources of thinking not only for the critical postmodern-
ism, but also for our critical analysis of postmodernism.

Key words: Marxism; postmodernism; critical theory; deconstructive strate-
gies

　　无论从历史上看,还是从现实来看,马克思主义与后现代主义之间都
存在着千丝万缕的复杂关联。因此,如何理解马克思主义与后现代主义
之间的复杂关联,不仅是当代学术界所关注的热点问题,而且也是当代文
化思想界所亟待解决的重大前沿理论问题。[1] 从理论层面上看,我们可
以将后现代主义,尤其是批判性后现代主义的哲学思维方式,作为连接马
克思主义与当代现实的理论介质,或许,只有以富于颠覆批判精神的后现
代理论话语为中介,马克思主义才可能重新获得阐释与言说当代的能力,

并与后现代主义一道,激活对当代资本主义社会文化政治的批判与解构。因此,探究马克思主义与后现代主义的复杂关联,从而在两者之间展开广泛而深入的对话,不仅有助于我们理解后现代主义,对其进行批判性的分析质疑,更有助于我们在当代语境中重新理解马克思主义,以激活其阐释当代问题的理论活力。

探究马克思主义与后现代主义之间的复杂关系,首先需要对马克思主义与后现代主义这两个充满歧义的概念予以界定厘清,这便规定了我们在何种意义上言说和理解此一题域。显然,试图为马克思主义与后现代主义提供一个所谓科学的清晰界定是十分艰难的,甚至是不可能的。众所周知,作为对现当代历史产生重大影响的思想流派,无论是马克思主义,还是后现代主义,在自身发展过程中已经形成了庞杂多义的思想星丛,以至于我们很难找到清晰的概念来界定这两个复杂难辨的思想流派。换言之,正是由于概念理解上的歧义丛生、难以界定,使马克思主义与后现代主义的题域布满了重重疑团。因此,在进入此一题域前,我们不得不对马克思主义与后现代主义这两个概念进行必要的清理和厘定。应该指出的是,长期以来,人们之所以在马克思主义与后现代主义的问题上众说纷纭、莫衷一是,缺少从批判的维度来把握和理解,或许是一个至关重要的原因。从批判的视域和立场出发,来理解和界定马克思主义与后现代主义,有助于祛除其难以辨识的庞杂歧义性,从而显露出两者之间相互关联、相互对话的可能性及其意义之所在。本文试图从批判的视域出发,对两者进行总体上的认知图绘,勾勒出大致清晰的思想轮廓,以祛除遮蔽在马克思主义与后现代主义概念上的混乱模糊,更为清晰地呈现其理论意义及价值内涵,揭示其真正的精神实质及内在的理论意蕴。

我们首先面临的问题是:何为批判?从批判的视域和立场出发来审视哲学思想史,进而理解和界定哲学思想史上的不同理论流派,是否具有前提的有效性?如果这一前提的有效性基本上可以确立,那么,它将会以怎样的方式向我们呈现其理解视域中的马克思主义与后现代主义?这些问题的解决将对我们理解马克思主义和后现代主义及两者之间的联系,具有重要的理论前提意义。

从批判的视域和立场来理解和把握人文社会科学,当首推法兰克福学派的霍克海默。在法兰克福学派的纲领性文献《传统理论与批判理论》一文中,霍克海默明确地划分了传统理论与批判理论的不同,标举起批判理论的旗帜:"在目前这样的历史时期中,真正的理论是批判理论,而不是实证性的。……人类的未来依赖于今日对生存所持的批判态度，当然，这一批判，总的来说也继承了传统理论和我们正在衰亡的文化的基本因素。"[2]霍克海默主张批判理论应该成为人文社会科学的基本思维方式。以实证主义或经验主义为特征的传统理论将人类社会视为一种静止的有待认知的客观事实，标榜科学认识的客观中立性，而批判理论则坚守理论的价值立场和意义追问，以辩证的批判精神破解诸种意识形态的虚假形式。在霍克海默看来，传统理论将社会存在理解为一种既成的现成存在，并将其视为自然和永恒的客观实体；批判理论则将现存社会理解为一个生成变动的过程，"在批判思维影响下出现的概念是对现存秩序的批判"[3]。批判理论站在现存社会存在、现存社会制度和现存社会秩序之外，对其予以质疑批判。传统理论将自然科学方法僭越到社会研究领域，对人及其社会进行概念化、抽象化、逻辑化、实证化的分析研究，割裂了主体与客体、事实与价值、理论与实践之间的内在联系；而批判理论则秉承变革社会、改造世界的历史使命，反对科学主义的价值中立，主张理论的实践性、政治性、革命性和批判性。批判理论的目的绝非是为了增长知识本身，"它的目标在于把人从奴役中解放出来"[4]。霍克海默指出，虽然批判理论可以理解为马克思理论思想的同义词，但批判理论并非马克思主义所专属，批判理论的精神可以说始终贯穿于西方哲学的历史传统之中，因而，从此意义上说，只有批判理论才是哲学本身的真正传人。"由此看来，批判理论就不仅仅是德国唯心主义的后代，而是哲学本身的传人，它不仅仅是人类当下事业中显示其价值的一种研究假说，而是创造出一个满足人类需要和力量的世界之历史性努力的根本成分。"[5]法兰克福学派向世人彰显了批判理论的精神实质：任何一种思想，任何一种理论，任何一种思潮流派，如果缺少或丧失批判的功能，势必沦为实证主义的工具或形而上学的神话。在霍克海默奠定的理论纲领的指引下，法兰克福学派一直坚持批判理论的视域和立场，从而成为20世纪影响最大的西方马克思主义流派。值得进一步思考的是，将批判理论理解为"哲学本身真正的传人"的思想，为我们提供了一种理解思想史的视角与方法，即一种批判性的思维方式始终贯穿于哲学思想史之中。也就是说，我们应该以批判性的视域来重新审视不同时期的哲学思想体系及其发展源流，并对之加以把握和理解。

批判是思想的任务，批判是理论的旨归，批判同时也构成我们有效地理解分析某种思想流派的前提性视域。与霍克海默相同，福柯在《什么是批判?》一文中,也是从批判的视域出发,对西方思想传统进行了历史的审视梳理。福柯将批判的考察与权力统治关系紧密地结合在一起,认为"批判就是如何不被统治的艺术。……它是一种普遍的文化形式,一种道德的和政治的态度,一种思想方式。……批判的焦点本质上是权力、真理和被统治者的相互牵连的关系"[6]。批判的精神实质就是对权力统治的抵抗。福柯指出:"什么是批判? 记住,在哲学前沿有许多观点不断地围绕这项事业而产生、延续和重现。那些观点要么十分支持这项事业,要么极端反对它,要么借助它来发展一种尚待出现的、有望取代所有可能哲学的哲学。"[7]福柯认为批判是贯穿于西方哲学思想史的一项重要事业,它构成一种可以称之为"批判的态度"的理论传统,并且,"可以通过许多方式来构造这种批判态度的历史"。因而,从批判的视域和立场来看,可将哲学史或思想史理解为"如何统治"与"如何不被统治"的历史。在发表《什么是批判》之后,福柯又在《什么是启蒙》中进一步阐明了批判与现代性之间的关系。福柯强调现代性或后现代性是一种态度、一种气质、一种哲学生活,这种态度、气质和哲学生活的特征在于对我们自身的历史存在作永久的批判:通过我们自身的历史本体论,对我们之所说、所思、所做进行批判。从此意义上,我们认为应该将后现代主义理解为从现代性危机意识出发,对现代性危机进行反思批判的一种态度、气质或哲学生活。

由此看来,法兰克福学派的批判理论和福柯的"批判态度的历史"已经向我们指明,批判作为一种理论态度、思想方式和言说方式,可以成为审视或阐释哲学思想史流派的基本视域和尺度。接下来的问题是,当我们把马克思主义与后现代主义共同置于批判性的视域之中时,是否能够真实地呈现出两者的思想谱系和理论面相? 同时,对于我们进一步理解两者之间的复杂关系,是否能够真正地提供有效的前提性反思的方法和视角? 在批判性思想的谱系中,马克思主义与后现代主义将呈现出怎样的理论意义与当代价值?

一 马克思的哲学革命:从哲学的批判到批判的哲学

应该看到,马克思主义作为一个充满歧义且复杂难辨的思想流派,经过一个多世纪的发展,业已形成多种多样的"复数"的马克思主义,而且,各种马克思主义相互抵牾、水火不容。面对歧义丛生且相互抵牾的马克思主义,怎样才能真实地理解和把握马克思主义的精神实质,使其从过度阐释的蔽障之中解脱出来,恢复其新鲜的理论活力,构成了当代马克思主义发展的重要理论议题。其中,如何对待官方正统的马克思主义与西方马克思主义的对立分野,显然是我们理解和把握马克思主义所难以回避的重要课题。

从理论层面上看,可以将官方正统的马克思主义与西方马克思主义的理论分野大致理解为科学的马克思主义与批判的马克思主义这两种对立冲突模式。官方正统的马克思主义理论建构的主要特征是,以科学的模式来理解或阐释马克思主义。这种科学模式的马克思主义理论建构,力图将马克思主义思想体系建立在科学的基础之上,认为马克思主义之所以成为一种真理的话语,是因为马克思主义以其客观唯物的科学主义精神反映和揭示了自然、社会及历史的客观发展规律,并对之进行了高度的概括和总结。在此意义上,可以说唯物主义反映论或认识论实质上是一种科学实证主义的哲学观。这里的问题是,马克思主义是一种科学吗?或者说,马克思主义哲学可以作为一种科学来加以理解和对待吗?要解答这一问题,就涉及如何理解科学与哲学之间的关系问题。

众所周知,科学与哲学之间的关系一直纠缠不清。早在古希腊哲学创立之初,哲学家们就明确宣称"不是几何学者勿入哲学之门"。到近代,笛卡尔理性主义哲学奠基于数学、几何学的自明性基础之上,科学的经验和逻辑成为检验哲学有效性的唯一尺度,成为哲学得以确立的可靠根基。在分门别类、日益精细化发展的科学面前,哲学试图扮演统领科学的角色,为科学提供普遍规律,自命为"科学中的科学",其实质是对科学的僭越。对此,阿尔都塞在《哲学的改造》中指出:"哲学从现有的纯科学那里借来了它自己纯粹理性话语的模型(想一想从'不是几何学者勿入哲学之门',到斯宾诺莎'关心几何学'的告诫,再到胡塞尔'作为严格科学的科学'的连续不断的传统),然而也正是这个哲学,在哲学中完全颠倒了它与科学的关系。也就是说,哲学把自己从实在科学及其对象那里严格分离出来,并宣称自己就是一门科学——当然不是作为普遍科学(这类科学并不知道自己在谈论什么),而毋宁是作为最高科学、诸科学的科学、关于任何科学的先天条件的科学、关于那种能够把所有实在科学转化为单纯理智规定性的辩证逻辑的科学,等等。换言之,哲学从现有的科学那里借来适合于它的纯粹理性话语的模型。因而它服从于作为它的可能性条件的'实在科学'。然而在它自己话语的内部却出现了颠倒:哲

9

学话语一改它对科学的屈从姿态,而把自己作为'哲学'摆在科学之上,僭取了高于它们的权力。"[8]阿尔都塞的意思很清楚,由于对科学的僭越,哲学将自身置于一种十分尴尬的境地,哲学的身份认同因此面临危机。成为"科学的科学"的哲学一直确信,只要运用精确的知性逻辑,寻找出普遍的规律,探寻到事物的本质,就会获得精确表达世界的理论方程式。然而,那些揭示普遍规律的所谓客观中立的科学理论,将变动不居的社会历史以及丰富复杂的人的自由与解放的问题,处理成一种可以静观的客体。因此,应该明确的是,"辩证法不是科学研究和科学发现的具体方法,它不能独自作为科学研究的方法论工具而保证科学研究的有效性。……因为辩证法既不是形式逻辑的范畴运算,因而无助于科学理论的形式化和缺少形式推理的确定性和有效性;它也不是具体科学活动操作的规范和程序,因而无助于科学活动中经验内容的获得和从经验跃迁到一旦普适度的规律或原理"[9]更为关键的是,在哲学对科学的僭越过程中,哲学不但没能为自然科学提供所谓普遍规律的概括总结,反而丧失了自身的社会历史批判的人文价值关怀。

马克思主义在发展过程中,一直面临着被实证主义科学化的问题。人们将马克思主义理解为一门科学,强调其科学性,将批判的、社会的辩证法改造为科学的、自然的辩证法,导致人们以科学至上的知识论立场来对待和阐释马克思主义哲学,并以此作为确证马克思主义存在合理性的主要标志。马克思主义哲学在科学实证的合理化确证过程中,成为一种"放之四海而皆准"的永恒真理。我们看到,在马克思主义思想发展史上,恩格斯首先将马克思的社会历史分析与达尔文进化论相提并论,将马克思的社会批判辩证法推进延伸为自然辩证法,不仅开启了马克思主义科学化的理论路径,也确立了科学马克思主义的经典阐释模式。应该指出的是,在经典阐释模式的影响下,马克思所创立的革命的、批判的辩证法蜕变为一种客观知识形态的形而上学,辩证思维方式凝结为一种思维工具、一种逻辑运演规则。表面上看,它似乎可以确立马克思哲学的科学合理性,但实质上却将其置于一种科学主义的意识形态话语之中,将马克思的思想学说理解为一种客观中立的知识形态或形而上学化的永恒真理。这种科学主义话语一经确立,马克思辩证哲学思维方式中所蕴含的革命性、批判性、实践性意义就势必被客观中立的科学外表所遮蔽。詹姆逊在《什么是辩证法》一文中认为,恩格斯对辩证法进行的自然化、科学化的解读模式,为系统化的官方马克思哲学的确立提供了理论基础。詹姆逊指出:"辩证唯物主义本身是(或曾经是)一种哲学,至少想成为一种哲学。它是恩格斯而不是马克思的发明;因此恩格斯可以说是作为一种系统哲学的马克思主义的创始人,而正是这种系统哲学被斯大林接受并加以阐述,作为他的新国家的一种基本的世界观或官方哲学。这种辩证唯物主义的系统哲学的特点通过几种著名的信念表现出来:首先,自然本身是辩证的,因此辩证法用于对科学的指导;其次,知识和美学要以现实主义的方式理解为是对世界的反映。"〔10〕詹姆逊强调马克思与恩格斯的相异之处,甚至认为恩格斯对于辩证法的科学实证化的改造显然有悖于马克思的辩证批判精神,为官方系统哲学的建立铺设了平台。总之,科学实证化的自然辩证法非但无法体现马克思辩证法的真正精神实质,反而导致马克思主义成为一种非辩证的官方系统哲学。

在西方马克思主义发展史上,反对把马克思主义科学实证化,质疑恩格斯以自然辩证法改造社会历史辩证法的声音,一直持续不断。20 世纪60 年代,存在主义哲学家萨特在《辩证理性批判》中,对恩格斯的自然辩证法提出了质疑甚至批评,他认为:"恩格斯指责黑格尔把思想规律强加给物质。其实,他自己恰恰也是如此,因为他迫使科学去验证他在社会领域中发现的辩证理性。但是我们会看到,在历史的和社会的领域,确实有一种辩证理性,恩格斯在将它运用到'自然的'领域和强制性地把它刻在这个领域里的同时,便使它失去了合理性。"〔11〕萨特指出,所谓自然辩证法不过是实证主义所玩弄的一种形而上学的游戏,而辩证法一旦被降变为一种自然辩证法,其后果必将导致"辩证理性被重重幽闭在教条主义之中","理性又变成了一根骨头"。萨特从存在主义的立场出发,划分了自然科学领域与社会历史领域的界限,同时也给出了辩证法合理性和有效性的界限,"如果存在着辩证理性,那么它是在人类的实践中,并通过人类实践,向处在某个特定社会内的人,在它发展的某一时刻表现出来,并且建立起来。在这种发现的基础上,必须确定辩证事实的界限和范围:只要辩证法像可理解性的规律和存在的合理结构一样是必要的,那么它就会是一种有效的方法。唯物辩证法只有在人类历史内部确立起物质条件的优先地位,由特定的人们在实践中发现了它们并承受了它们时,它才有意义"〔12〕。萨特尝试着将马克思主义与存在主义结合为一体,从存在论视域出发重新阐发马克思主义的辩证法,主张以"人学辩证法"替代"唯物辩证法",以"实践辩证法"替代"自然辩证法",以"批判辩证法"替代"教条辩证法",恢复辩证法的人学维度,即存在论的维度,同时也恢复辩证法的批判维度,把辩证法的现实批判锋芒从教条的形而上学的幽闭中解放出来。

马尔库塞在《理性与革命》中对哲学的实证主义倾向予以了批评:"实证主义反对经验事实必须在理性的法庭面前受到审判这一原则,从而防止用'全面地批判既定的事物本身'这些措词来解释事物的'材料'。科学中已不再有此类批判的地位。实证哲学最终促使思维顺从现存的一切,显示了坚持经验的力量。……也就是说,要教育人们对现存的事务采取一种肯定的态度。实证哲学肯定现存的秩序,反对那些扬言要'否定'现存秩序的人。"[13]在马尔库塞看来,马克思的哲学与实证哲学的根本区别在于,前者是否定的哲学、批判的哲学,而后者是肯定和维护现存事物的哲学;因而,马克思的辩证法与黑格尔的辩证法也有着实质上的不同,"黑格尔体系中的一切范畴都终结于现存的秩序,而在马克思的体系中,一切范畴都意指对这一秩序的否定。……马克思体系中的一切概念都是对整个现存秩序的一种控诉。正是在这个意义上,我们说马克思的理论是一门'批判的'理论"[14]。马克思哲学是革命的、批判的理论学说,它始终关注资本主义境况下的人类生存,分析批判资本主义的社会矛盾,揭示人类异化的历史现实,探寻人类自由发展的解放道路。正如马克思在《资本论》序言中所说:"辩证法在对现存事物的肯定的理解中同时包含对现存事物的否定的理解,即对现存事物的必然灭亡的理解;辩证法对每一种既成的形式都是从不断的运动中,因而也是从它的暂时性方面去理解;辩证法不崇拜任何东西,按其本质来说,它是批判的革命的。"[15]因此,"马克思主义的社会科学观是实证主义的主要反对者,同时也可以看作是诠释学的竞争对手。与科学主义的理解不同,马克思主义的批判直接对准核心。作为对社会的批判,马克思主义的社会理论放弃了实证主义和诠释学的价值中立信念,其论点是自我改造,而不是自我理解。对于马克思主义者来说,社会科学知识必须是批判的知识,因为实证主义知识或纯粹的理解都是现存社会的主张。……在马克思主义的方法里,批判与解放是辩证的联系在一起的"[16]。马克思所创立的"生存—实践论"的辩证思维方式,使辩证法获得了全新的革命性的理论内涵,它是关于人的生命存在和生存意义的生存—实践论的辩证法,是关乎人类生存境遇、探究人的自由与解放的人学辩证法。从此意义上看,马克思辩证思维方式的批判性和革命性,并不仅仅是一个认识论和方法论层面的问题,而应该将马克思的辩证思维方式理解为人的解放的学说。也正是在这一理解中,辩证法作为一种哲学思维方式,作为一种社会批判理论,才可能摆脱认识论、知识论的立场,恢复其生存—实践论的理论内涵,焕发出革命的、批判的理论锋芒。

纵观马克思思想的发展历程,我们看到,怀疑批判一直是贯穿其学说的基本主题,并构成其内在的精神旨趣。马克思以"怀疑一切"作为自己的座右铭,以质疑批判的精神,终结了传统的形而上学,实现了哲学思维方式的革命性变革。马克思的一系列著作都醒目地标示出批判的主题,显露其强烈的质疑批判精神:从宗教神学批判,到黑格尔法哲学批判;从形而上学批判,到意识形态批判;从政治经济学批判,到资本主义拜物教的批判等等,其批判的锋芒直指现代资本主义世界,探寻人类自由解放的道路,凸显出思想精神的批判性、革命性和实践性。正如柯尔施在《马克思主义与哲学》中所概括的那样:"马克思思想的发展可以被总结如下:首先,他通过哲学批判了宗教;然后,他通过政治批判了宗教和哲学;最后,他通过经济学批判了宗教、哲学、政治和所有其他意识形态。"[17]

早在 1843 年,马克思在确定《德法年鉴》办刊方针时就已明确表达自己的理论任务,即"对当代的斗争和愿望作出当代的自我阐明(批判的哲学)"。他旗帜鲜明地将"批判的哲学"作为自己的理论追求,并十分明确地指出:"新思潮的优点就恰恰在于我们不想教条式地预料未来,而只是希望在批判旧世界中发现新世界。……就是要对现存的一切进行无情的批判。……什么也阻碍不了我们把我们的批判和政治的批判结合起来,和这些人的明确的政治立场结合起来,因而也就是把我们的批判和实际斗争结合起来,并把批判和实际斗争看做同一件事情。"[18]正是为了实施"批判的哲学"的理论任务,马克思以黑格尔为批判对象,展开了一系列的理论批判工作。1843 年到 1844 年,马克思着手对黑格尔哲学进行全面的批判,先后撰写《黑格尔法哲学批判手稿》、《〈黑格尔法哲学批判〉导言》及《1844 年经济学—哲学手稿》,奠定了"批判的哲学"的基本理论立场和方法。从此意义上说,对黑格尔哲学的批判是马克思批判哲学理论的真正诞生地。在此,马克思通过哲学的批判完成了批判的哲学,以"批判的哲学"为理论武器,将哲学的批判与现实的批判紧密结合为一体,全面地展开了对资本主义现存制度的批判。

在《〈黑格尔法哲学批判〉导言》中,马克思宣告批判哲学的诞生及其理论任务:"真理的彼岸世界消逝以后,历史的任务就是确立此岸世界的真理。人的自我异化的神圣形象被揭穿以后,揭露具有非神圣形象的自我异化,就成了为历史服务的哲学的迫切任务。于是对天国的批判变成对尘世的批判,对宗教的批判变成对法的批判,对神学的批判变成对政治的批判。"[19]从批判的理论视域看,在全面清算黑格尔的理论工作中,马克思已经初步建立起批判哲学的理论立场、思想方式及运作方法,并将其运用到哲学批判之中。在《黑格尔法哲学批判手稿》中,马克思提出了"非批判性"的概念,并将其作为黑格尔法哲学批判的一个基本尺度。马克思指出:"把主观的东西颠倒为客观的东西,把客观的东西颠倒为主观的东西的做法,必然产生这样的结果:把某种经验存在非批判地当作观念的现实真理性。……这样也就造成了一种印象:神秘和深奥。……这还是那一套非批判性的、神秘主义的做法。……这种非批判性,这种神秘主义,既构成了现代国家制度(主要是等级制度)的一个谜,也构成了黑格尔哲学、主要是他的法哲学和宗教哲学的奥秘。"[20]在《1844年经济学—哲学手稿》中,马克思继续运用"非批判性"的概念批判黑格尔:"黑格尔晚期著作的那种非批判的实证主义和同样非批判的唯心主义——现有经验在哲学上的分解和恢复——已经以一种潜在的方式,作为萌芽、潜能和秘密存在着了。"[21]值得注意的是,马克思在使用"非批判性"概念时,总是将其与秘密、深奥、奥秘、神秘等概念联系在一起,以突出"非批判性"的神秘主义特征。从此意义上来理解,批判的过程就是解密揭秘、揭露拆穿、驱魔祛魅、颠覆解构的过程。与其说这种批判与宗教神学的批判不同,不如说它是宗教神学批判的另一种展开形式,是宗教神学批判的一个变种,正如黑格尔哲学是宗教神学的一个变种一样。所不同的是,宗教神学的神秘主义特征直接地呈现在人们的面前——人的自我异化的神圣形象,而传统形而上学或意识形态则以理性思辨的方式遮蔽了神秘性——具有非神圣形象的自我异化,使其神秘主义特征更具有隐蔽性。这正是马克思在《〈黑格尔法哲学批判〉导言》开篇所言"对宗教的批判是其他一切批判的前提"的真正内涵。需要指出的是,长久以来,由于缺少从批判理论的立场和视域理解马克思的批判哲学,人们仅仅将马克思的批判哲学简单地理解为一种唯物主义的现实批判精神或态度,哲学批判被简单地还原为现实的否定,政治经济学批判被简单地过渡到革命的改造,从而忽视了批判哲学所蕴含的基本理论立场、原则及方法,导致批判哲学的理论内涵及其方法论意义始终处于被遮蔽的状态之中。以至于马克思的后继者们在阐释马克思思想的过程中,依然回退到非批判的形而上学传统之中。

作为一种哲学,作为一种理论,作为一种思维方式,批判性思考与非批判性思考究竟有怎样的区别?批判哲学是否拥有一套独立的理论立场、思想方式及运作方法?简言之,批判如何可能?批判哲学如何可能?批判性的思考如何可能?马克思一系列批判性论著为我们解答或思考上述问题奠定了坚实的理论基础。大致上看,马克思以前的形而上学哲学都可以称为非批判性的哲学。从此意义上说,马克思哲学的革命性变革,也就是从非批判性哲学到批判性哲学的变革;马克思哲学思维方式的变革,即从非批判性的思考方式到批判性的思考方式的变革。

二　现代性批判:马克思哲学的后现代意蕴

现代性题域的展开,关涉如何看待马克思的现代性批判及其当代意义的问题。显然,从现代性题域看,马克思属于极其重要的阐述现代性问题的思想家。马克思与现代性问题的提出,应该从两个互动的层面上来加以理解,一方面,可以从现代性视域出发,将马克思学说置于现代性题域中,进行新的阐释;另一方面,也可以透过马克思学说来重新理解现代性问题。

从现代性视域出发来理解马克思,是伴随现代性问题的当代凸显而逐渐展开的,它拓展了理解马克思的崭新视域,不仅将马克思学说从传统形而上学改写的封闭理论中解放出来,彰显其对现代社会的深入剖析和深刻理解,还焕发或激活了马克思主义介入当代议题的理论活力。虽然,现代性问题与一般现代化问题的研究相比,具有突出的理论性特征,甚至生成为一种现代性的哲学话语。但是,现代性问题始终围绕着现代社会的生成发展来展开,是现代社会的理论表述、理论反思和理论批判,这无疑规定了现代性问题模式的历史具体性。换言之,进入现代性题域,即意味着解释模式的历史语境化。历史语境化的哲学思考方式与事件化的哲学思考方式一样,反对脱离时代历史情境的抽象理论运思,反对历史的课题化或形式化,力求理论面向事情本身、面向事件本身,以祛除理论的形而上学化倾向。历史语境化的解释模式与理论形式化的解释模式不同,理论形式化也可以称为理论逻辑化、理论抽象化、理论体系化或理论普遍化的一种解释模式,其实质是理论的形而上学化。理论形式化的解释模式试图以一种纯粹的理论态度来阐释马克思学说,将马克思主义作为一种纯粹理论态度中的意识哲学来加以对待,并将其提升到具有普遍概括

15

意义的普适性真理的高度,其理论代价或后果往往是具体历史语境的丧失。

应该看到,长期以来,由于缺少现代性的问题意识,在论及马克思的形而上学批判时,我们过多地从哲学理论层面来看待其变革性思想意义,将马克思的哲学革命局限于纯粹哲学观念领域来加以把握,这虽然对于改变形而上学化的马克思主义的误读具有十分重要的意义,但如果缺少现代性或后现代性视域,马克思现代性批判的后形而上学意义依然处于被遮蔽状态,或者说,它依然未能超出理论化的形而上学视阈。可以十分肯定地说,一旦将马克思的形而上学批判置于现代性批判的题域中,我们就会发现马克思对形而上学与资本现代性的批判是双重互动的,虽然表面上看,形而上学批判属于纯粹哲学的理论问题,而资本现代性批判属于物质生产的经济问题,但马克思以其辩证的批判锋芒,揭穿了形而上学与资本之间的共谋关系,形而上学的消解与资本秘密的驱魔具有不可分割的一致性。从现代性视域出发来重新理解马克思,就会使我们比较清晰地认识到马克思作为现代性问题的思想家,其所有理论问题应该纳入资本主义现代性的总问题域之中来加以重新表述和理解,这无疑有助于祛除长期以来对马克思的形而上学化解释模式,恢复马克思哲学的历史原像,并彰显其阐释当代问题的理论价值与意义。

从马克思现代性批判视域出发来重新理解现代性问题,主要是指以马克思的立场和观点来审视反观现代性问题。显然,有别于一般的现代性理论话语,马克思的现代性批判是一种特有的关于现代性的哲学话语。毫无疑问,现代性不仅是一个歧义丛生、充满疑难的问题域,而且是一种独特而又复杂的历史进程,从不同的立场、不同的视角、不同的理论层面进入现代性议题,会得出各式各样甚至完全相反的理论观点。我们看到,遭遇现代性,步入前所未有的现代性之中,是 19 世纪末 20 世纪初所有思想家所必须面对的时代议题。因此,如何对现代性问题加以描述并予以系统全面的阐述,无疑是一个让人费尽心思的难题,而现代性的复杂多变性本身就决定了阐述的多样差异性。波德莱尔以艺术家特有的敏感表达了充满矛盾的现代性体验;迪尔凯姆侧重从社会文化学的角度探究现代社会的功能型构;韦伯注重以宗教祛魅的理性化过程为尺度测量现代社会的价值合理性;西美尔围绕大都市的精神生活描述现代人的精神境况。而马克思则强调从物质生产的社会历史实践中来揭橥现代性的资本逻辑秘密,指认"资本来到世间"并成为支配现代社会的发展动力和本质规定。在马克思看来,19 世纪的秘密根植于现代性的秘密之中,而对现代性的揭秘也就是对无产阶级革命的揭秘。马克思在 1856 年《在〈人民报〉创刊纪念会上的演说》中指出:"这里有一件可以作为我们 19 世纪特征的伟大事实,一件任何政党都不敢否认的事实。一方面产生了以往人类历史上任何一个时代都不能想象的工业和科学的力量。而另一方面却显露出衰颓的征象,这种衰颓远远超过罗马帝国末期那一切载诸史册的可怕情景。在我们这个时代,每一种事物好像都包含有自己的反面。我们看到,机器具有减少人类劳动和使劳动更有成效的神奇力量,然而却引起了饥饿和过度的疲劳。新发现的财富的源泉,由于某种奇怪的、不可思议的魔力而变成贫困的根源。技术的胜利,似乎是以道德的败坏为代价换来的。随着人类愈益控制自然,个人却似乎愈益成为别人的奴隶或自身的卑劣行为的奴隶。甚至科学的纯洁光辉仿佛也只能在愚昧无知的黑暗背景上闪耀。我们一切发现和进步,似乎结果是使物质力量具有理智生命,而人的生命则化为愚钝的物质力量。现代工业、科学与现代贫困、衰颓之间的这种对抗,我们时代的生产力与社会关系之间的这种对抗,是显而易见的、不可避免的和毋庸争辩的事实。"[22]马克思之于现代性的辩证批判在于真实地指出了现代性的内在矛盾与冲突,而这种矛盾与冲突预示了人类解放自身的秘密及其可能性。马克思认为,只有将工人理解为现代性的产物,才可能真正理解无产阶级承担解放全人类同时解放自身的现代性革命的意义。从物质生产的历史发展看,马克思把现代社会理解为一种资本主义生产方式的世界历史性生成,这种生产方式的内在运行秘密就是资本逻辑的无孔不入,或者说,资本逻辑正是现代性社会的本质规定。显然,坚持物质生产方式变革的历史唯物主义方向,并不等于马克思的现代性理论就是一种经济决定论或经济还原主义。马克思对现代社会资本逻辑的指证,意在揭示人的全面异化的现实,并积极展望异化之克服的人类历史发展愿景。如此说来,马克思关于现代性的理论学说,既具有历史唯物主义的政治经济学视野,又具有存在论意义上的人类价值关怀,由此凸显出明确的现代性批判精神。马克思主义的独特视域向人们表明,与诸多理论家不同,从马克思的立场与观点来审视现代性问题,不仅会使我们获得看待现代性的全新视域,还将开启一种质疑批判现代性的理论场域。马克思的思想锋芒祛除了遮蔽在现代性之上的重重迷雾,使现代性问题具有了当代政治实践批判的独特内涵。

　　显然,从马克思思想的发展历程看,马克思与现代性之间构成了千丝万缕的复杂关联,加之人们对马克思和现代性这两个问题的理解向来就充满矛盾歧义,使问题的解决更加复杂难辨。对此,黄瑞祺认为在马克思与现代性之间存在着三重辩证关系:"马克思被称为'启蒙运动之子',他对宗教的批判、对社会生产的理性规划、社会演进观、全面发展的人、个人的自由及解放等理念,和文艺复兴时代的人文主义及'通才'的观念,以及启蒙运动倡导的理性、自由及乐观进步论等可说是一脉相传。不过他对此现代社会思潮也有所批判,认为有其时代上和阶级上的局限性。他也深刻认识到资产阶级与现代性之间的关系。资产阶级发展了庞大的生产力,开拓了世界市场,'按照自己的形象'创造了现代世界。然而由于现代生产力与生产关系的矛盾,表现在异化劳动、世界性经济危机,以及阶级斗争等方面,资产阶级社会必将让位给一个更为高级的社会,这个社会能更有效地利用并促进现代的生产力,以及更能实现文艺复兴、启蒙运动等现代思潮所揭橥的理念。马克思虽然同情工人的处境,意图以'无产阶级'来颠覆资产阶级社会,但他的立场并不是工人阶级的,而是知识分子或知识阶层的,即关怀社会整体或社会大多数的人,这与启蒙思想家或哲人(philosophers)及早期社会主义者很相近。所以他与现代性之间有三重的关系:(1)他是一位现代主义者,倡导现代的理念,能深刻地理解及欣赏现代性的意义和潜力;(2)他是一位'批判现代'或'反现代者',批判现代性的病态(如异化)及危机,且试图改造之。从这一个意义来说,他是'后现代主义'的理论先驱之一;(3)他也是一位'激进的现代主义者'(radical modernist),倡导'无产阶级革命',以推翻资产阶级的统治,消除异化,解放生产力,以求进一步实现现代的理念。"[23]正如黄瑞祺所描述分析的那样,马克思与现代性之间的关系确实错综复杂,这种状况导致人们在理解此问题上歧义丛生。

在如何看待马克思与现代性之关系的问题上,存在着诸多理解上的差异不同。其中,最为关键的问题在于,应该从何种立场与视域出发来看待马克思与现代性之关系。具体而言,是从现代性的立场与视域出发,还是从现代性批判的立场与视域出发,抑或是辩证地介于两者之间来看待或理解此一问题?与之相应,在如何看待马克思与现代性之间关系的问题上主要有三种观点:有人确认马克思属于现代性思想家,有人指认马克思为后现代性思想家,也有人认为马克思处于现代性与后现代性的矛盾冲突或辩证融合之中。一般来说,从现代性的立场与视域出发来处理此一题域,大多会将马克思理解为现代性思想家;从现代性批判的立场与视域出发来处理此一题域,大多会将马克思理解为后现代性思想家,或彰显其后现代的思想意蕴;而介于现代性与后现代性之间的理解,则往往强调马克思与现代性之间存在着既批判又继承的辩证关系。这种观点也可以称为现代性的辩证批判说,认为马克思既继承了启蒙现代性的合理内核,继承了启蒙的精神遗产,又超越了启蒙现代性,对现代性尤其是资本现代性给予了批判,此种理解看起来更符合马克思的辩证思维方式,成为比较通行的经典理解。

应该指出的是,这种对马克思现代性批判的辩证理解,往往会导致在马克思主义学说定位的问题上陷入歧义模糊的两难境遇,正如长期以来庸俗化的所谓辩证思维定势往往成为模棱两可、似是而非的同义词一样。对马克思的现代性批判作辩证的理解,还潜藏着一个看似合理且符合辩证法精神的隐性逻辑,即认为辩证的批判来自于辩证的历史。这种观点强调,马克思现代性的辩证批判源自于现代性历史本身的辩证运动,是一种辩证历史的辩证批判,因而不应将马克思的现代性批判理解为一种激进的批判姿态。因此,"马克思对待现代性的态度,虽然总是以激进的方式表达,却不能在'极端'的意义上去理解。马克思在阶级分析和阶级革命的话语中展开的现代性批判,是对现代性的内在批判,既不是出于激愤的道义立场,也不是一种'非批判的实证主义',毋宁说,它是统摄了主观尺度与客观尺度的历史辩证法,或者说是现代历史辩证运动的辩证批判"[24]。这里,我们要问,为什么不可对马克思的现代性批判作"激进"或"极端"的理解? 其缘由在于批判的辩证法源自于历史的辩证法。换句话说,批判的辩证法只能被理解为历史辩证法的再现,批判的辩证逻辑只能服从于历史的辩证逻辑,然而,这种黑格尔式的辩证历史逻辑正是规定批判不再激进或极端的客观历史规律,其结果是,批判无法跳出历史辩证法的怪圈,批判的激进姿态与极端取向最终不得不向所谓的客观历史逻辑妥协。是否会有一种不激进或不极端的批判? 我对此表示怀疑,如果说马克思继承了启蒙的某种精神,那也只能是"怀疑一切"的批判精神,批判的辩证法不是一种执两用中的兼顾妥协,而是直面矛盾、悖论与怪诞,祛除其魔障,拆穿其外表,解构其伪饰,颠覆其根基。我以为,这才是马克思辩证批判的精神实质。长期以来,在历史辩证法的引诱下批判辩证法已经陷入客观历史逻辑的圈套之中,辩证法被戏称为变戏法,几乎成了一种哲学的陈词滥调或政治化的官方辞令,它已经构成当代批判精神之所以丧失的一个重要原因。

如前所述,理解马克思与现代性之关系,主要包括两方面的理论诉求,即一方面从现代性视域出发,将马克思学说置于现代性题域中进行新的阐释,而另一方面则是从马克思视域出发,将现代性问题置于马克思题域中重新理解。也就是说,马克思与现代性之间的互文或互动,其关键在于获取一种重新阐释的空间,无论是从马克思看现代性题域,还是从现代性题域来看马克思,都需要在互文互动过程中获得一种重新阐释的可能性。因此,此一论域的介入,不应停留在马克思与现代性问题的简单对位描述上,不应仅仅满足于梳理出马克思如何论述现代性问题。重新理解或再度阐释的理论诉求,要求我们在马克思与现代性的论域中获取一种新的理论视域、新的思维方式或新的理论观念,亦即一种新的理论定位。就马克思学说本身而言,如何理解马克思与现代性之间的关系,关涉如何定位马克思思想学说的理论性质问题,具体而言,我们究竟是将马克思理解为现代性意义上的思想家? 还是将其理解为后现代性意义上的思想家? 抑或将其置于现代性与后现代性的模棱两可之间?

从理论定位的角度说,我反对将马克思理解为一个现代性意义上的思想家,也不赞同所谓的辩证的理解方式,即认为马克思在继承现代思想的基础上反思批判现代性。因为,这种所谓的辩证理解总难免给人一种模棱两可、似是而非的感觉。至少,对马克思主义的理论定位而言,辩证的理解方式无法较为清晰地指证马克思究竟是属于现代性的思想家,还是非现代性的、反现代性的抑或是后现代性的思想家。诚然,就理论定位来说,确实存在着非此即彼的简化性选择,因为,从某种意义说,所谓定位也就是定性,所以难免将某些复杂的思想加以简化处理。我们应该清醒地认识到,无论是将马克思指认为现代的思想家,还是将其指认为反现代或后现代的思想家,都无法避免复杂问题的简约化处理。然而,应该清楚的是,一种理论的定位,并不是理论的客观描述或还原,而是一种具有解释学意义的再度阐释,而这种解释的简化命名或定位,只能具有当代意义上的"效果历史",其目的是为了凸显某种容易被遮蔽的思想意蕴。应该看到,无论是现代性问题本身,还是马克思关于现代性的分析与批判,都充满着多重复杂的矛盾以至于歧义,仅仅对之加以描述或展示,对于真正理解马克思主义的真实内容和精神实质并无太多助益,对于较为明晰地定位马克思的思想学说也并无助益。问题的关键在于,我们是在当代语境中来重新阅读或重新阐释马克思。从当代语境看,或现实地说,我们处于批判现代性的后现代语境中来重新阅读或重新阐释马克思。出于这样的考虑,我更倾向于将马克思的现代性批判理解为一种后现代性的思想,将马克思理解为一个具有后现代意蕴的思想家。

应该明确的是,将马克思的现代性批判理解为一种具有后现代意蕴的思想,与将马克思理解为现代思想家的观点截然相反。这里所说的现代思想,主要是指以现代性的思维方式、理论框架及价值立场来看待现代社会诸问题的理论思想。这种思想是现代社会理论化的结果,是现代社会的理论表达,而这种理论表达往往隐含着现代自身合理化的理论诉求,是现代性自我确证的理论表征。在这方面最为典型的例子是黑格尔。对此,哈贝马斯指出:"黑格尔不是第一位现代性哲学家,但他是第一位意识到现代性问题的哲学家。他的理论第一次用概念把现代性、时间意识和合理性之间的格局突显出来。……所以黑格尔的哲学满足了现代性自我证明的要求。但付出的代价是贬低了哲学的现实意义,弱化了哲学的批判意义。最终,哲学失去了其对于当前时代的重要意义,毁灭了自己对时代的兴趣,拒绝了自我批判和自我更新的天职。时代问题没有了挑战性,因为,站在时代高度的哲学已经丧失了意义。"[25]从现代性题域看,黑格尔哲学对于绝对理性的宏大叙事,无疑是理性化现代进程的理论确证,理性的合理化不过是现代社会的合理化,理性的辩证运动不过是现代社会的历史进程,理性的绝对性不过是现代社会永恒正义的形而上学确证。马克思清醒地认识到,德国古典哲学不过是法国启蒙现代性的理论表达,哲学沦为现代社会的辩护律师,而现实世界并未因理性王国的建立而诞生出一个合理的社会。在质疑启蒙现代性的理性规划,揭穿黑格尔的理性辩护,批判理性王国的现实黑暗方面,马克思开启了现代性批判的思想历程。从此意义上说,《黑格尔法哲学批判》是马克思开启现代性批判的标志性文献。马克思在《黑格尔法哲学批判》中拆穿了黑格尔充当现代社会制度辩护律师的真实用意,他指出:"黑格尔把现代欧洲立宪君主的一切属性都变成了意志的绝对的自我规定。他不说君主的意志是最后决断,却说意志的最后决断是君主。第一个命题是经验的。第二个命题把经验的事实歪曲为形而上学的公理。……这种非批判性,这种神秘主义,既构成了现代国家制度(主要是等级制度)的一个谜,也构成了黑格尔哲学,主要是他的法哲学和宗教哲学的奥秘。"[26]当我们从现代性与后现代性题域来重新解读马克思对黑格尔的批判时,确实可以从中发现与以往解释模式完全不同的崭新意义。可以十分肯定地说,传统解释模式属于一种以形而上学方式隐蔽起来的现代性哲学话语。这种解释模式虽然与现代社会历史息息相关,但却以所谓哲学或形而上学的面目而出现,以一种非神圣形象的神秘性来确证自身的合理性。马克思尖锐地识破了其中所隐藏的秘密,提出终结形而上学、消灭哲学的现代性批判任务,并明确指出:"真理的彼岸世界消逝以后,历史的任务就是确立此岸世界的真理。人的自我异化的神圣形象被揭穿以后,揭露具有非神圣形象的自我异化,就成了为历史服务的哲学的迫切任务。于是,对天国的批判变成对尘世的批判,对宗教的批判变成对法的批判、对神学的批判变成对政治的批判。"[27]由于没有现代性与后现代性的视域,传统解释往往将马克思对黑格尔的现代性批判误识为一种哲学认识论意义上的颠倒,隐去了现代社会的批判背景,使之成为另一种抽象的形而上学哲学论证,这样,黑格尔以其理性的狡计为现代统制制度所作的永恒合理化辩护,也被唯心与唯物的主题所偷换替代。马克思以现时代的眼光洞悉黑格尔形而上学的神秘性,现代国家的批判、现代制度的批判、现代政治的批判、现代经济的批判,所有的一切凝聚为现代性的批判。在马克思看来,哲学的抽象逻辑证明,科学的实证性证明,都属于非批判的形而上学,而非批判的形而上学无论以怎样隐秘的方式出现,说到底不过是现代的自我规定、自我确证,亦即现代性的自我辩护。抽象的、唯心的形而上学哲学的根本性问题,并不在于它认识世界的真假与否,而在于它的非批判性的现代性自我辩护;永恒的、绝对的理性的根本性问题,也不在于它是否先验或经验,而在于理性化的现代建制的永恒合理化确证。只有从现代性批判的视域出发,我们才可能真正理解马克思终结形而上学的真实意义。在此,我们可以十分肯定地说,在如何对待现代性的问题上,马克思在其早期的著作中就已经完成了对黑格尔哲学的了断,这绝非一种哲学观念上的了断,而是明确确立了如何看待现代性、批判现代性的批判立场。

如前所述,从现代性与后现代性视域出发来定位马克思的思想学说,并不是一种还原式的思想描述,而是将马克思置于当代语境中所进行的重新阐释及重新定位。这就要求我们充分地考虑到现代性语境和后现代性语境对于理解马克思的思想学说的重要意义。

从现代性语境看,我们不能无视在马克思主义发展历程中启蒙现代性始终构成马克思主义过程中一个重要的面向,因此,一般地说,马克思继承了启蒙现代性的精神,甚至将马克思理解为现代性的思想家,并没有太大的差错。马克思对人类命运的关怀、对自由解放的追求、对历史进步的展望、对理想愿景的叙事,以至怀疑一切的精神,都可以在启蒙的精神传统中追溯到来源,但是,这种理解的问题在于,忽视了启蒙现代性的负面因素,至少是将内在于启蒙现代性的矛盾冲突分化为二,它必然导致只强调马克思继承启蒙现代性的积极方面,而遮蔽了启蒙现代性的负面因素。这样,将马克思定位为现代性意义上的思想家,往往会将启蒙现代性的负面影响夹带进来,一同塞进马克思的思想之中。我们看到,在对马克思主义的阐释过程中,基于对马克思继承启蒙现代性的理解,导致将马克思改写为一个现代性的传承者形象,从而完全抹煞了作为现代性批判者的马克思形象。随着现代性负面效果越来越多地暴露出来,对马克思的现代性改写也逐渐暴露出弊端,并酿造出相当严重的历史恶果。霍克海默、阿多诺敏感地意识到这一问题,他们承继马克思的现代性批判精神,对启蒙现代性神话进行了激烈尖锐的批判,认为以同一性为特征的工具理性的启蒙规划重新建立起一个管理的世界、集权的世界、统治的世界,启蒙以其非神圣性的形象成为凌驾于人的新的上帝,启蒙的规划设计就是同一性的规划设计,而同一性哲学最后必然是一种死亡哲学。如果从现代性的负面效应来看,无论是集权统治的纳粹主义和斯大林主义,还是技术统治的资本主义,都建基于启蒙现代性的负面恶果之上。也就是说,从现代性的视域看,东西方两大阵营你死我活的意识形态斗争,都源自于启蒙现代性的负面影响,两者名为对立,但其现代性规划设计的基本理念实则为一,正如鲍曼在《现代性与大屠杀》中一再重申的主题,人类世界林林总总的大屠杀行为绝非现代社会偶然意外的恶果,而是现代性的必然结果。鲍曼在《流动的现代性》中,分析了资本主义与集权主义带给人类社会的灾难,其根源都来自于现代性的规划工程。鲍曼以奥威尔的《一九八四》和赫胥黎的《美丽新世界》为例,指认两部反乌托邦的作品虽然指向两个不同的社会体制,但其共同的病根均源于技术管理的现代性设计方案。"奥威尔笔下的世界,是一个破旧失修、一贫如洗、供应不足、万物匮乏的世界;赫胥黎描绘的世界,则是一个富裕奢华、铺张浪费、供应过剩、厌腻饱足的世界。可以预料,生活在奥威尔的世界中的人们,是充满悲惨和恐惧的;而赫胥黎笔下的人们,却是无忧无虑、充满快乐。它们还有其他同样明显的差别。事实上,这两个世界在每一个细节上都是相互对立的。然而,也有将两种幻境联在一起的东西。它们共同的预言是:这是一个严密控制的世界;一个个体的自由不只是虚伪欺骗或不复存在,而且还被训练成遵守命令和按部就班的人们所深恶痛绝的世界;一个一小部分精英在手中控制着所有的木偶牵线以致其他的人都能像木偶那样走过一生的世界；一个被划分为管理者和被管理者、设计者和设计的遵从者——其中第一类人让设计符合自己的心意，而第二类人既不希望也不能够去窥探行动计划并抓住它的全部意义——的世界；一个作出对它自己都几乎是不可思议的选择的世界。未来储备的是更少的自由，准备着的是更多的控制、监视和压迫，这个问题并非争论的一个部分。奥威尔和赫胥黎在世界的终点和目标的问题上，并非意见不合，他们只是在不同地设想一条将我们带到那个地方的道路，而我们只要保持足够的愚昧无知、懒惰，静听事情顺其自然地发展就够了。"[28]从当代语境看，启蒙现代性的反思批判已经提升到一个崭新的高度，这无疑是对现代社会种种痼疾所造成恶果的深刻而全面的批判。毋庸讳言，由于对马克思的现代性改写，现代性作为一种意识形态已经成为集权主义社会规划的理论根据，因此，我们必须将马克思的现代性改写重新改写过来，凸显马克思的现代性批判精神，彰显马克思思想学说的反现代或后现代意蕴。弗里斯比在《现代性的碎片》中认为，从马克思对资本主义现代性的揭秘和批判来看，"马克思本人并不是一个现代主义者——在将现代主义等于他所勾勒的现代性经验的意义上"[29]。也正是在此意义上，沃勒斯坦在《苏联东欧巨变之后的马克思主义》一文中也强调："已经死亡的是作为现代性理论的马克思主义，这一理论是与自由主义的现代性理论一起被精心制造出来的，而且它确实在很大程度上受到了自由主义的激励。而没有死亡的是作为对现代性及其历史表现、即资本主义的世界经济进行批判的马克思主义。已经死亡的是作为改革战略的马克思列宁主义，没有死亡的是鼓舞现实的社会力量的语言上的大众化和马克思式的反体系的趋势。"[30]特别需要提请人们注意的是，从当代语境看，现代性已经成为一种主流的意识形态话语，无论是西方的"历史终结论"，还是东方的"实现现代化"，现代性的历史进程已经成为通向历史终结的标志，现代性已经成为不证自明的意识形态话语，如果我们不考虑现代性意识形态话语建构背后的政治动因，毫无怀疑批判地高歌现代性、拥抱现代性，再征用马克思来为现代性的合理合法化进行辩护证明，从而模糊了马克思现代性批判的锐利锋芒，取消了寻求现代性替代方案的可能性，现代性题域就真的会变为非批判的实证主义的意识形态话语。在此，重申马克思现代性批判的后现代意蕴，也即是重申现代性批判理论话语的另类激进的可能性。

从后现代语境看，如何看待马克思的现代性批判，是否将现代性批判理解为一种后现代性理论话语,更是一个充满疑难的问题。虽然人们一致认定马克思的现代性批判,却不愿认可现代性批判可以理解为反现代性,因而也更难以认同马克思的现代性批判具有后现代性意蕴。在马克思与后现代的议题上,之所以会产生理解阐释的困难,其主要原因在于人们对于后现代主义本身的理解充满歧义或歧视。确实,后现代主义是一个充满歧义的思想谱系,从某种意义上甚至可以说,它是人类思想史上最为复杂难辨的思想谱系。但是,如果我们从现代性与后现代性的视域来理解后现代主义,或者说从现代性批判的角度对后现代主义加以理解和把握,后现代之于当代资本主义现代性的激烈批判依然显而易见。正如利奥塔指认资本主义乃是现代性的别名,而后现代的另类激进的批判锋芒直指资本主义的现代性。因此,可以从资本现代性批判的角度理解马克思与后现代之间的亲缘关系。以此为出发点,不仅有助于我们更好地理解马克思资本现代性批判的当代意义,同时也有助于我们从批判精神的角度来识别后现代主义的真精神,凸显其解构批判精神及其当代意义。

三 后现代解构策略:批判理论的激进变体

作为当代的文化思想潮流,后现代主义庞杂繁复、纷纭难辨,构成歧义丛生的思想星丛。然而,从批判性的立场和视域出发,我们可以对后现代主义进行基本的理论定位,描绘出大致的思想图景,勾画出家族相似的精神谱系。从批判性的视域看,后现代思想范式究竟是一种批判性的思考方式,还是一种非批判性的思考方式?如果后现代思想范式可以被理解为一种批判性的思考方式,那么,应从何种意义上看待后现代批判理论与马克思批判理论之间的联系和区别,以识别其在批判性思想传统中的意义与价值?

劳伦斯·卡胡恩在《从现代主义到后现代主义》这部文集中提出,后现代主义虽然模糊难辨,但从批判的视域和立场看其哲学思维方式的转换,可以归纳出四个基本主题,即批判在场、批判本原、批判同一、批判先验。[31]凯尔纳和贝斯特注重从批判的立场来理解和质疑后现代主义,他们在《后现代理论:批判性的质疑》的开篇阐明自己的立场:"我们的任务是去评估后现代理论在多大程度上有助于发展关于当前时代的批判理论与激进政治。我们将通过质疑来评判后现代理论的贡献和局限,例如,它们是否对现代性和现代理论提出了恰当的批判？是否提出了有益的后现代理论、方法、写作模式、文化批判理论以及新的后现代政治？"[32]凯尔纳和贝斯特侧重考察后现代主义对当前时代的批判，将后现代性指认为现代性批判的产物，将后现代理论纳入批判的思想传统之中，以激活后现代理论的批判活力。当代后现代思想家虽持不同的观点，但强调后现代思想范式是一种批判性的思考方式，后现代性理论话语是一种批判性的理论话语，强调后现代对现代的批判，认为启蒙运动以来的现代性规划已经造成现代西方文明的种种弊病和危机，启蒙现代性作为一种伟大的工程规划已经耗尽了自我批判的能力。后现代性所标示的现代之后，并非一个时间延续的概念，而是一种断裂，后现代性是对现代性的反叛，它宣告现代性已经终结，并与之彻底决裂。总之，正是在现代性的地平线隐退之处，后现代性的批判锋芒才得以凸显。凯尔纳、贝斯特以及卡胡恩等人的研究视角与方法为我们理解后现代主义提供了可资借鉴的理路，也规定了我们研究马克思主义与后现代主义的基本视域，即将后现代主义置于批判的维度上加以理解和把握，关注后现代主义的解构批判精神，并将这种解构批判精神纳入怀疑批判的思想传统之中加以考察，以见出批判理论的内在连续性。从哲学思维方式上看，后现代性理论话语是对传统形而上学的颠覆解构。因此，我们在将其理解为一种解构的哲学、一种另类的哲学的同时，也可以将其理解为一种"批判的哲学"。后现代主义哲学以延异、增补、播撒、踪迹的解构策略批判在场的形而上学，以拒斥宏大叙事的语言游戏，批判本质主义和基要主义，以非同一的否定性思维批判逻各斯中心主义和同一性哲学，以现实文化政治的当下关注批判先验决定论的历史主义。正是在此意义上，我们才可以在后现代主义解构精神与马克思主义批判精神之间建立起内在的关联，也正是这种内在关联性构成了两者比较分析的前提。

毫无疑问，后现代主义是一个充满歧义、充满论争的题域，以至于难以寻找到一个较为确切的概念对之加以描述或规定，更加之后现代主义摒弃逻辑体系的化约原则，反对概念定义的清晰性，主张延宕播撒的差异多元性和不确定性，由此形成了所谓众声喧哗的嘈杂局面，使其理解和界定陷入困境之中。从理解方式和方法上看，描述和界定后现代主义大致可以分为两种主要路径：一种是认识论的模式；一种是批判理论的模式。认识论的理论模式建立在镜式反映思维的基础上，将理论的本质理解为自然之镜，将客观事实与主观认识的对位符合作为知识确立的基本原则，其实质是以科学实证主义准则来规定人文社会科学,将人文社会科学等同于自然科学,致使其理论成为社会客观事实的逻辑归纳和总结,因此,客观科学的价值中立往往是它所标举的理论立场。与之相反,批判理论反对将自然科学的研究方法僭越地运用到人文社会科学领域,认为理论的任务并不是镜式地反映客观实在,而应是以人类的生存意义为价值目标,直面生命存在的矛盾冲突和现实社会的不合理性,对现存的社会关系进行质疑批判。

从认识论模式出发来理解后现代,强调历史时间或历史时段的划分,偏重于将后现代主义的产生和发展与社会历史时代的变迁进行简单的对位分析。这种与历史时代简单对位的理解方式认为,所谓的后现代的现代之后,并不是一种断裂,而是一种接续,这意味着后现代是现代发展到一定历史时期的产物。因此,后现代主义是"后工业社会"、"后现代社会"、"消费社会"、"信息时代"或"晚期资本主义时代"社会历史变迁在思想文化领域中的一种反映,或一种理论化的表达。以时间技术定位和历史分期对位的方法界定现代性与后现代性,是以机械唯物论为理论基础的思想史研究思路。它以社会发展的历史时代分期为标尺来判定社会思潮的有无及其特征,因此,形成了一种机械的思维模式,认为社会存在与社会思潮之间的关系只能是一种机械对位的关系。按着这种模式,与现代社会相对位的思想形态就必然是现代性的理论范式,与前现代社会相对位的思想形态就应该是前现代性的思想方式,而与后现代社会相对位的思想形态就一定是后现代的理论话语。这种历史分期对位的机械划分,形成了一种固定的理解模式。这种理解模式认为现代性产生于17、18世纪开始的现代工业社会,而后现代性则产生于20世纪后工业社会的兴起。这种解释表面看似乎简单明晰而正确,然而,表面背后的逻辑其实恰恰是机械的社会存在决定论的推论结果。应该看到,对待历史的这种机械决定论观点,忽视了社会存在的多元复杂性,将历史时代与社会思潮之间交错复杂互动关系简化为一种线性图谱,从而模糊或遮蔽了历史时代与社会思潮之间的冲突矛盾及其内在的隐秘关系。社会变动始终在旧与新、历史与当下、同质与异质的交错缠绕中进行,用所谓划时代的方法,即用技术时间概念进行历史断代的划分,往往会遮蔽社会存在本身所蕴藏的多元复杂性,使历史分期变成历史的切割,从而将历史处理成肢离破碎的形而上学的肢解物或加工品。虽然,理解和把握任何一种文化思想都不能离开它所产生的社会历史时代背景,但文化思想与其历史时代

27

并非是简单的机械对位的"反映与被反映"的关系。从批判的维度看,思想文化并不是社会客观事实反映的简单衍生物,它往往显现出超前性或超越性,而这种超前性或超越性来自于文化思想本身所具有的批判精神。从此意义上看,与其说后现代主义是当下时尚新潮社会的"刺激—反映",不如说是以其反叛的解构精神对现代性所带来的种种危机所进行的颠覆批判。

从后现代文化思想谱系的价值颠覆立场上看,一般简约化的流俗理解多认为,后现代主义反对宏大叙事,颠覆已经确立的普遍价值准则,怀疑客观真理的存在,解构崇高的美学风格,拒斥文化思想的深度诉求,因而是一种没有任何思想深度、没有任何价值标准、没有任何理想追求的浅表化的文化思潮。以至于,"怎么都行,这就是后现代主义"成为概括后现代思想浅表化的流行用语。大多数人基本上依据这句极具概括性同时也是极端简约化的流行用语,便轻而易举地获得了对于后现代主义的理解或定位,并由此形成一些想当然的批评套话,加诸后现代的名目之上。可以肯定地说,这种理解或定位如果不是别有用心或另有用意的话,至少也是随众流俗,不求甚解。对此,我想指出的是,对于后现代思想,并不可以简单一概地斥之为毫无深度,其实,从当代思想史的层面看,后现代思想尤其是后现代主义哲学是一种富于深度的精神探险,它试图突破积习已久的传统思想的藩篱,以解构的姿态重新面对庞大的传统观念。解构所针对的对象主要是传统经典文本,像德里达这样的解构主义大师,其主要解构策略就是颠覆经典文本,这也构成了他前期哲学工作的重要内容。就此而言,如果没有对传统的透识了解,如果不深知传统结构的要害之处,所谓的颠覆解构就只能成为一句无的放矢的空话大话。毫无疑问,颠覆解构传统构成批判的前提,或者说,颠覆解构就是批判。从某种意义上说,传统无疑是批判的最大障碍,因此,我们应该从后现代主义中寻找消解传统的锐利思想。或许,后现代的解构策略、另类思维、别样思想的真正意蕴,只有在颠覆传统、求异创新的意义上才可能加以理解。可以毫不夸张地说,如果没有后现代主义在哲学思想层面上对传统范式的颠覆性革命,我们几乎难以在真正意义上突破传统的重重积层,真正的批判也难以实现范式革命的转换。从这个意义上,我想说的是,"怎么都不行,这就是后现代主义"。

从后现代文化思想谱系的复杂构成上看,后现代大致可分为批判的后现代与时尚的后现代。批判的后现代以颠覆、解构的批判精神,锋芒直指现代性,指控现代性极端发展所带来的一系列后果与危机,以激进的方式关注介入当代社会所面临的诸多问题。从这个意义上说,批判的后现代是以一种超越时代的姿态,展示并发挥其时代批判的文化功能。而时尚的后现代虽然也表现出一种新异奇特、另类反叛的新潮特征,但实质上已经融入大众化的时尚潮流之中,成为某种时尚化的文化符号。应该看到,时尚的后现代实质上是以一种与时代同步共谋的姿态,顺从呼应时代的现状,以时尚化、风格化的方式点缀现时代的生活。显然,这是两种完全不同意义上的后现代。后现代并不是一种时尚,它更是一种危机意识的表征,一种批判性的理论话语。目前,将后现代加以时尚风格化处理,也是一种比较通行的解释模式。这样,后现代似乎也就成了一种以娱乐狂欢的形式引领当下生活时尚的文化潮流,其关注现实的问题意识与批判锋芒最后也就剩下另类不群的象征表演意义。后现代在中国似乎始终处于一种尴尬的境地,在许多人的眼里,后现代在中国的理论旅行不过是一场时尚另类的嘉年华展演。当前中国文化思想界尚缺少更多的贴近现实生活、关注民生发展、凸显问题意识、张扬批判精神的好作品,而诸多贴着后现代标签的时尚化作品,不仅以另类扮酷的方式表演着一种后现代的姿势样态,更深层的意味在于,它彻底地取消了后现代原本所具有的批判性精神。我认为,要使后现代在中国语境中摆脱如此尴尬的境地,就必须恢复或返还后现代本身所具有的批判本性,显露后现代的批判性锋芒,以祛除当下语境中对后现代批判精神的时尚化、妖魔化的遮蔽。

从哲学思维方式上看,后现代性理论话语是对传统形而上学的颠覆和解构。因此,我们在将其理解为一种解构的哲学、一种另类的哲学的同时,更应该将其理解为一种"批判的哲学"。后现代性理论话语所主张的极富颠覆性的理论,是对科学至上、技术统治的西方现代性文明种种症候的诊断,也是对资本主义社会形态所蕴藏或显露的种种危机的预警和批判,由此形成十分鲜明的批判性特征,成为反传统形而上学的"后形而上学"哲学思潮。如果从批判的视域与立场来看,马克思的资本现代性批判与后现代的解构批判,依然共同建基于当代资本主义批判的地基之上。显然,马克思的现代性批判精神与时尚化的后现代主义不仅毫无共同之处,而且相去甚远,但作为资本主义现代性的批判,马克思主义与批判的后现代主义无疑具有精神气质上的内在关联,也正是在此意义上,德里达认为解构主义者是马克思遗产的继承人。

从批判的视域和立场上看,后现代并不仅仅是一种时尚,它应该被理解为一种危机意识的表征,一种批判性的理论话语。与时尚化的后现代主义理解不同,从批判的视域和立场来理解后现代主义,将后现代主义理解为对于极端发展的现代社会的断裂、颠覆和批判。后现代思想的产生与几个世纪建立起来的西方现代社会及其所呈现的种种危机息息相关。奥斯威辛和古拉格群岛作为象征性的死亡事件,表征着西方现代社会的诸种危机症候,并以此完成了西方现代性最后的走向终结与毁灭。从这个意义上说,后现代思想可以说是关于现代西方社会的危机意识,是全面彻底反思现代性危机的危机意识。

四 批判性思想谱系:辩证批判与解构策略

马克思主义与后现代主义之间虽然存在着诸多差异,但两者都坚持从批判的立场出发对理论与现实进行质疑和颠覆。马克思主义的辩证思维方式,后现代主义的解构思维策略,都可以说是一种批判性的思考方式,因此可以指认,马克思主义与后现代主义在理论旨趣上具有一定的家族相似性,两者同属于批判理论的思想谱系。从现代性的题域看,马克思对资本主义的分析批判,开启了现代性批判的理论视域,为后现代主义终结现代性、颠覆现代性、解构现代性奠定了理论前提。从哲学层面上看,马克思对传统形而上学的终结,开启了后形而上学的理论视域,为后现代主义的后形而上学思维方式奠定了理论基础。从政治实践的层面上看,马克思对现存社会制度的批判及其人类解放的理想目标,为后现代主义的文化政治学批判提供了理论资源。

后现代理论家利奥塔在《后现代状况:关于知识的报告》中,将叙事区分为肯定性的合法化叙事与否定性的反合法化叙事。否定性的反合法化叙事体现的是批判的马克思主义,而肯定性的合法化叙事则指的是科学实证化的官方马克思主义哲学。马克思主义似乎始终摇摆于这两种叙事之间。利奥塔站在后现代的立场上认同马克思主义批判精神中的否定性叙事方式,拒斥官方马克思主义的肯定性叙事方式,但他并不因为这种拒斥而全面否定马克思主义的理想价值。利奥塔认为马克思主义能够按照否定性叙事的模式"发展成为批判性的知识"[33],试图从马克思主义之中拯救出否定性叙事的批判精神。在利奥塔看来,以法兰克福学派为代表的西方马克思主义继承了马克思学说中否定性的批判性的叙事方式,而后现代理论,包括他自己的"反宏大叙事"的后现代理论,也是一种否定性叙事,可以被看做是马克思批判精神的某种继承。德里达在《马克思的幽灵》中反复强调解构所采取的批判分析形式,正是从马克思那里继承的批判精神:"我们要努力把马克思主义的批判精神(这在今天似乎是最不可缺少的东西),与作为本体论、哲学或形而上学体系的马克思主义区别开来,与作为'辩证唯物主义'、历史唯物主义或历史方法的马克思主义区分开来,还要与被组织在政党、国家或工人国际等机构中的马克思主义区别开来。"[34]正是在这个意义上,我们才可以在后现代主义解构精神与马克思主义批判精神之间建立起内在的关联,这种内在关联性构成了在两者之间进行比较分析的基本理论前提。因此,在批判性哲学的维度上,马克思主义与后现代主义可以展开广泛而深入的互文对话。将马克思主义的辩证批判精神与后现代主义的解构批判精神共同纳入怀疑批判的思想传统之中加以理解和把握,高扬马克思主义的辩证批判精神,凸显后现代主义的解构理论旨趣,无疑是当代文化政治学所必须面对和解决的重要议题。

31

　　作为解构主义的大师,德里达认为马克思主义的批判精神与后现代主义的解构精神在思想气质上具有相通性,因此解构主义与马克思主义之间可以进行一种相互的增补。首先,德里达认为解构不仅仅是一种破坏性的否定,它也是一种建设性的批判。在德里达看来,解构虽然极具摧毁破坏功能,但它并不仅仅是单纯的否定,而是一种建设性的批判,"解构不是拆毁或破坏,我不知道解构是否是某种东西,但如果它是某种东西,那它也是对于存在的一种思考,是对于形而上学的一种思考,因而表现为一种对存在的权威、或本质的权威的讨论,而这样一种讨论或解释不可能简单地是一种否定性的破坏。认为解构就是否定,其实是在一个内在的形而上学过程中简单地重新铭写"[35]。其次,解构不仅仅是一种文本的拆解,也是一种政治的批判。德里达指出:"解构不是一种简单的理论姿态,它是一种介入伦理及政治转型的姿态。因此也是去转变一种存在霸权的情境,自然这也等于去转移霸权,去叛逆霸权并质疑权威。从这个角度讲,解构一直都是对非正当的教条、权威与霸权的对抗。"[36]解构之所以是一种现实政治的批判,是由于社会的政治、经济、法律制度的建立都有赖于意识形态话语的合理合法化证明,因此,要摧毁这些社会制度结构,就必须先行解构意识形态话语,使其合理合法化的文化逻辑彻底崩解。因此,"解构不是,也不应该仅仅是对话语、哲学陈述或概念以及语义学的分析;它必须向制度、向社会的和政治的结构、向最顽固的传统挑战"〔37〕。再次,解构并不是一种虚无主义,它也是一种未来的承诺。许多人指责解构主义怀疑一切的态度必然导致虚无主义,对此,德里达不无愤慨地辩护说:"解构决不是什么虚无主义或怀疑主义,对此为什么有人视而不见,还常常这样认为——尽管20多年来有那么多文本明确地从主题上作了相反的说明?为什么只要别人就理性及其形式、历史、演变提个问题,就被说成是反理性主义?刚就人的本质和人的概念的结构提个问题就被斥为反人道主义……这些人怕的是什么?他们想吓唬谁?他们想用这堤坝保护什么样的同质性?他们以共识的名义,总之以其'号令'的名义想不让谁说话?这些老话连篇、凶险可怖的惩戒委员会究竟要我们遵守什么秩序?仅仅是让人感到厌恶的秩序?我担心事情更为严重。"〔38〕德里达反复申明,解构不是绝对怀疑否定的虚无主义,它始终指向未来的承诺:"我常强调解构不是'否定'这样一个事实。它是一种肯定,一种投入,也是一种承诺。那么,究竟对什么说是呢?它相当的困难。首先是对思想说是,对那种不能被还原成某种文化、某种哲学、某种宗教的思想说是。对生活说是,也就是说对那种有某种未来的东西说是。对要来的东西说是。假如我们想通过记忆去改变事物,那是因为我们喜爱将至的生活甚于死亡或者完结。因此,对思想、生活和未来来说,不存在终极目的,只存在无条件的肯定。"〔39〕对"思想说是",就是要破解一切对于思想的形而上学的阉割,"叛逆霸权并质疑权威",从而恢复思想本来就具有的丰富性、多样性、流动性、自由性和创造性。对"生活"和"未来"说是,就是要破解种种压制人的生活创造力的独断主义和统治话语,消解把人的生活限制在某一个固定的原则、导致人的生活失去面向未来的可能性的僵化和专制,从而使人的生活面向未来敞开,保持自我超越和自我创造的空间。〔40〕德里达似乎在表明,解构不仅仅是一种否定的拆解的批判精神,更是一种肯定的建构的批判精神。显然,这种解构的批判精神与马克思主义之间具有内在的气质相通性。因此,德里达主张恢复"解构以及解构的马克思主义'精神'的马克思主义记忆和传统"。在他看来,虽然解构主义理论并不等同于马克思主义,但它忠实于马克思主义的某种精神。反之,虽然马克思主义并不等同于解构主义,但它同样具有解构主义的某种精神。因此,解构主义与马克思主义之间可以进行一种相互的增补,"将马克思主义激进化的做法可以被称作是一种解构"〔41〕。对此,美国著名解构主义文学批评家米勒认为:"不管承认与否解构是马克思发展的分析形式的继承者,不管是否忠实。假如马克思是解构主义者,解构就是一种马克思主义形式。"[42]

应该明确的是,马克思主义与后现代主义虽然同属于批判理论的思想谱系之中,但后现代主义作为批判理论的一种激进化的当代表征形式,是传统批判理论的一个变体。从此意义上可以说,后现代主义是一种激进批判理论,而马克思主义则是一种辩证批判理论,或者可以说,批判性后现代主义是马克思主义批判理论的一种激进化的当代变体。但是在看到马克思哲学与后现代哲学之间的联系的同时,亦应该看到两者的不同之处。

马克思更为关注社会的政治实践,而解构主义更多地专注于文本理论和文化批判;马克思哲学是一种社会实践的哲学,而解构主义则是一种理论实践的哲学。正如瑞恩所尖锐指出的那样:"马克思主义和解构理论可以沟通,但是在一个基本点上它们无法联系。解构理论是对一些主要的哲学概念和实践的哲学质疑。马克思主义恰恰相反,它不是一种哲学。为革命运动命名的马克思主义建立在马克思对资本主义的批判分析之上,这一分析的理论与实践旨在推翻一个筑基于一个私有财产积累的社会,代之以一个自由合作的劳动者共享社会财富的社会。千百万人被杀害了,因为他们是马克思主义者;然而没有人因为他或她是解构主义者,而必须去死。"[43]虽然,批判性的后现代理论不无社会政治批判的实践蕴涵,不无对现代性历史事件的切身关注和政治哲学反思,但始终难以走出文本解构的文化理论视界,更由于后现代理论日趋时尚流行化甚至嬉戏狂欢化,其解构颠覆、批判反思的精神维度被逐渐平面化,因此,在当代语境下,如何理解马克思哲学与后现代性理论话语之间的关系,如何从马克思实践哲学的高度回应或批判后现代境遇中的诸多理论问题,变得越发重要。应该看到,一方面,后现代主义认同马克思主义的理想价值取向,强调马克思主义批判精神的重要意义,尤其是马克思主义对资本主义批判的当代意义,以极端化的方式将马克思主义批判精神进一步推进发展,对当代资本主义社会及其思想文化进行新的探讨和分析,激活了马克思主义当代批判的理论活力;另一方面,后现代主义认为,随着时代的发展,马克思主义的某些核心范畴已经失去了分析当代资本主义的有效性,主张解构和否定马克思主义传统中的一些基本理论、观点和方法,消解马克思主义批判传统的一些基本向度,并力图通过激进的解构方式重新激活马克思主义的批判精神。这种激进化的批判,以其极端化的方式将批判理论推进到了自我瓦解的境地,陷入难以摆脱的理论困境之中。

在现代性批判题域中,马克思主义与后现代主义均对资本主义现代性进行颠覆批判,但两者对待现代性的态度有所不同,前者是辩证地批判,而后者是彻底地否定。马克思对资本主义现代性进行了无情的批判,但并不否认资本主义发展的历史进步意义,认为资产阶级在历史上确实起过非常大的革命作用。马克思始终以辩证批判的眼光看待资本主义现代性的两重矛盾性,他指出,资本主义"一方面产生了以往人类历史上任何一个时代都不能想象的工业和科学的力量。而另一方面却显露出衰颓的征象,这种衰颓远远超过罗马帝国末期那一切载诸史册的可怕情景。在我们这个时代,每一种事物好像都包含有自己的反面。我们看到,机器具有减少人类劳动和使劳动更成效的神奇力量,然而却引起了饥饿和过度的疲劳。新发现的财富的源泉,由于某种奇怪的、不可思议的魔力而变成贫困的根源。技术的胜利,似乎是以道德的败坏为代价换来的。随着人类愈益控制自然,个人却似乎愈益成为别人的奴隶或自身的卑劣行为的奴隶。甚至科学的纯洁光辉仿佛也只能在愚昧无知的黑暗背景上闪烁。我们的一切发现和进步,似乎结果是物质力量具有理智生命,而人的生命则化为愚钝的物质力量。现代工业、科学和现代贫困、衰颓之间的这种对抗,我们时代的生产力与社会关系之间的这种对抗,是显而易见的、不可避免的和毋庸争辩的事实"[44]。本着辩证批判的思想原则,马克思在现代性批判过程中批判地继承了启蒙运动的精神遗产,发扬了启蒙运动中具有革命性的理性批判精神,将追求人的自由解放的启蒙精神作为其批判哲学的理想追求。在后现代主义题域中,资本主义是现代性的别名之一(利奥塔),"现代性的另一个根本意义,这就是全球范围里的资本主义本身"[45]。因此,后现代主义对现代性批判也是一种针对资本主义的批判,但它们将资本主义现代性批判推向极端,完全否定启蒙现代性的精神遗产,宣告启蒙理性规划已经彻底破产,认为启蒙所致力追寻的自由解放理想不过是乌托邦的宏大叙事,应坚决予以拒斥,这就取消了批判哲学的价值向度。这种对现代性的极端否定态度,导致后现代主义往往否弃对于意义与价值的追寻。问题是,取消了批判的价值向度,同时也就意味着无法提供取代资本主义现代性的替代方案,这种极端的批判也就变成了无根基、无目的、无理想的批判,由此,极端的批判势必走向极端的相对主义或虚无主义。

在形而上学批判或理论批判的题域中,马克思以革命的实践哲学终结了传统的形而上学哲学,认为"哲学家们只是用不同的方式解释世界,而问题在于改变世界",认为"批判的武器"不能代替"武器的批判",理论批判是现实批判的理论前提,此理论批判必须服务于社会政治革命实践,因此,马克思的批判哲学是一种实践的批判哲学,一种现实的批判哲学,一种行动的批判哲学。后现代主义也不遗余力地颠覆西方的形而上学传统,形成了"后形而上学"的哲学思维方式,它不仅呼应了马克思"消灭哲学"、终结形而上学的理论宣言,还将这种解构颠覆的理论运动推向了极端。然而,马克思批判哲学是一种诉诸政治革命的实践哲学,而后现代主义批判则主要侧重于哲学理论的文本解构。后现代主义以其犀利的解构策略,彻底地颠覆瓦解了基础主义、本质主义、逻各斯中心主义、理性主义、科学主义等西方传统形而上学的根基,但后现代主义不能辩证地处理理论批判与现实批判之间的关系,它在将理论批判推进到极端的同时,使其自身陷入理论的隧洞之中,无法返回现实批判的场域。在政治革命实践的题域中,马克思批判哲学是一种诉诸改造世界的政治实践哲学,而后现代主义则主要是一种诉诸文化政治的话语实践哲学。后现代主义在解构传统理论的同时,也解构了马克思主义本身,认为马克思有关阶级革命的基本理论和分析方法已不再适用于晚期资本主义社会。在后现代主义看来,后现代社会的民主政治形式越来越呈现出复杂的差异多样性,产生了多种多样的新的政治对抗形式,而这些新的对抗形式不应简单地还原为阶级和阶级斗争的问题。这也就是说,马克思有关阶级革命的理论丧失了阐释当代社会政治的有效性。"在后马克思主义的理论中,是身份而不是阶级构成了后现代的各种社会关系的基础,身份来自于暂时性的话语认同,包括种族、性别、文化上的认同,是多样化的角色认同,不同于以客观利益为基础的阶级概念,身份是多元的、异质的,不断变迁和流动的,是随着话语认同而随机建构的。后马克思主义解构了马克思主义的阶级概念,代之以暂时性、多样性、异质性、变动性、开放性的身份概念,以身份政治取代阶级政治。"[46]后现代主义反对将无产阶级作为历史的主体,强调不同阶层、不同种族、不同性别的身份认同危机,关注知识与权力、话语与权力之间的共谋关系,认为激进民主政治的主要展开形式是文化领域的话语霸权争夺。为此,后现代主义将总体政治转换为差异政治,将宏观政治转换为微观政治,将阶级政治转换为身份政治,将革命实践转换为话语实践,将现实批判转换为文化批判。

总之,从批判的立场和视域看,马克思主义与后现代主义同属于怀疑批判的思想谱系,共同具有质疑批判的理论精神。然而,强调两者之间共同具有某种家族相似的精神气质,并不等于完全抹平其间的差异不同,马克思主义与后现代主义毕竟是两种不同的理论表达,在具有相通、相近、相似的理论旨趣的同时,两者之间存在着诸多不同之处。毫无疑问,马克思主义作为当今时代难以超越的理论视界,依然具有强大的理论生命活力。马克思的革命的、辩证的批判哲学,在具有理论批判与现实批判的有效性的同时,也具有自我批判的功能。这种自我批判的精神,为批判理论自身进行不断的自我批判——对批判的批判,提供了基本的理论立场和视域。因此,马克思主义不仅为批判性的后现代主义提供了丰厚的理论思想资源,同时也为我们批判性地分析后现代主义提供了丰厚的理论思想资源。

(作者单位:辽宁大学文学院)

*本文为国家社科基金项目:"马克思美学原典的文本学解读"(10BZX074)的阶段性成果

注 释

〔1〕 关于马克思主义与后现代主义的相关研究,参见王宁:《马克思主义与解构理论:批判性思考》(《文学理论前沿》第五辑);陈晓明:《幽灵学与异质性的马克思精神——对德里达《马克思的幽灵》的一种解读》(《马克思主义美学研究》第10卷);宋伟:《马克思主义与后现代主义的当代接合》(《马克思主义美学研究》第12卷第2号)。

〔2〕 霍克海默:《传统理论与批判理论》,转引自《法兰克福学派论著选辑》上卷,北京:商务印书馆1998年版,第89页。

〔3〕 同上书,第66页。

〔4〕 霍克海默:《批判理论》,重庆:重庆出版社1993年版,第232页。

〔5〕 同上。

〔6〕 福柯:《什么是批判?》,转引自詹姆斯·施密特编《启蒙运动与现代性》,上海:上海人民出版社2005年版,第390—391页。

〔7〕 同上书,第388页。

〔8〕 阿尔都塞:《哲学的改造》,转引自陈越编《哲学与政治:阿尔都塞读本》,长春:吉林人民出版社2003年版,第223页。

〔9〕 孙利天:《论辩证法的思维方式》,长春:吉林人民出版社2006年版,第20页。

〔10〕 詹姆逊:《什么是辩证法》,《西北师范大学学报》2005年第5期。

〔11〕 萨特:《辩证理性批判》(上),合肥:安徽文艺出版社 1998 年版,第 165 页。

〔12〕 同上书,第 166 页。

〔13〕 马尔库塞:《理性与革命》,转引自《法兰克福学派论著选辑》上卷,第 372 页。

〔14〕 同上书,第 379 页。

〔15〕《马克思恩格斯选集》第 2 卷,北京:人民出版社 1972 年版,第 218 页。

〔16〕 吉尔德·德兰逊:《社会科学:超越建构论和实在论》,长春:吉林人民出版社
2005 年版,第 60 页。

〔17〕 柯尔施:《马克思主义与哲学》,重庆出版社 1989 年版,第 44 页。

〔18〕《马克思恩格斯全集》第 1 卷,北京:人民出版社 1956 年版,第 416—418 页。

〔19〕《马克思恩格斯全集》第 3 卷,北京:人民出版社 2002 年版,第 200 页。

〔20〕 同上书,第 51、104 页。

〔21〕 同上书,第 318 页。

〔22〕《马克思恩格斯选集》第 2 卷,第 78 页。

〔23〕 黄瑞祺:《马克思与现代性的三重辩证关系》,见黄瑞祺编著《马克思论现代
性》,台湾:巨流图书公司 1997 年版,第 1—2 页。

〔24〕 罗骞:《辩证历史的辩证批判》,《马克思主义与现实》2005 年第 4 期。

〔25〕 哈贝马斯:《现代性的哲学话语》,南京:译林出版社 2004 年版,第 49—50 页。

〔26〕《马克思恩格斯全集》第 3 卷,第 34、104 页。

〔27〕 同上书,第 200 页。

〔28〕 鲍曼:《流动的现代性》,上海:上海三联书店 2002 年版,第 81—82 页。

〔29〕 弗里斯比:《现代性的碎片》,北京:商务印书馆 2003 年版,第 37 页。

〔30〕 沃勒斯坦:《苏联东欧巨变之后的马克思主义》,转引自《全球化时代的"马克
思主义"》,北京:中央编译出版社 1998 年版,第 13 页。

〔31〕 Lawrence E. Cahoone ed, *From Modernism to Postmodernism: An Anthology*, Cam-
bridge: Blackwell Publishers, 1996.

〔32〕 贝斯特、凯尔纳:《后现代理论:批判性的质疑》,北京:中央编译出版社 2001
年版,第 40 页。

〔33〕 利奥塔:《后现代状态:关于知识的报告》,北京:三联书店 1997 年版,第
76 页。

〔34〕 转引自卡弗:《政治性写作:后现代视野中的马克思形象》,北京:北京师范大
学出版社 2009 年版,第 11 页。

〔35〕 德里达:《一种疯狂守护着思想》,上海:上海人民出版社 1997 年版,第 18 页。

〔36〕 德里达:《书写与差异》,北京:三联书店 2001 年版,第 15 页。

〔37〕 德里达:《一种疯狂守护着思想》,第 21 页。

〔38〕 德里达:《多义的记忆》,北京:中央编译出版社 1999 年版,第 258 页。

〔39〕 德里达:《书写与差异》,第 16 页。

37

〔40〕 参见贺来:《解构背后的乌托邦精神》,《博览群书》2003 年第 5 期。

〔41〕 德里达:《马克思的幽灵》,北京:中国人民大学出版社 1999 年版,第 129—130 页。

〔42〕 米勒:《许诺、许诺:马克思和德曼的关于语言行为、文学和政治经济学诸理论之异同》,见《马克思主义美学研究》第 4 辑,桂林:广西师范大学出版社 2001 年版,第 33 页。

〔43〕 Michael Ryan, *Marxism and Deconstruction*, Baltimore and London: The Johns Hopkins University Press, 1982, p. 1.

〔44〕 《马克思恩格斯选集》第 2 卷,第 78—79 页。

〔45〕 詹姆逊:《现代性的神话:当前时代的反动》,转引自《当代国外马克思主义评论》第 4 辑,北京:人民出版社 2004 年版,第 9 页。

〔46〕 陈炳辉:《后马克思主义与马克思主义》,转引自《教学与研究》2005 年第 3 期。

建立一种世界批评理论：以广义叙述学为例

赵毅衡

内容提要：近十多年来，"批评理论"正在兴起：文学理论，文化理论，正在弥合成一个具有普适性的总体理论。这个理论有四个支柱，其余都是其延伸，只要我们回到四个支柱理论，就不会永远陷于"不是跟着说，就是自言语"（固守 19 世纪之前的本土思想语汇）的两难之境。事实证明，中国学者能够对建立一个普适性的批评理论做出贡献。本文试图在广义叙述学范围内讨论叙述时间：叙述是意识把握内在时间的基本方式，只有在穿越叙述行为、叙述文本、叙述的接受三个环节的交互主体关系中，这种时间向度才能充分显现。叙述的贯通时间向度可以有三种：过去向度（小说、历史），未来向度（广告、预言），现在向度（戏剧、电影、电视新闻、电子游戏等）。西方学界无法处理各种叙述体裁的独特时间问题，是因为他们受制于西方学术传统，以及西方语言的时态。

关键词：批评理论　支柱理论　广义叙述学　时间向度　体裁

Abstract：A critical theory, which is to a great degree, universal, is being developed in the last decade or so, after it has broken out of the cocoons of literary and cultural theories. With the help of the four theoretical pillars, we non-Westerners shall be able to shake off the old dilemma of either "talking after the Western fashions" or "talking to ourselves". Chinese scholars can and should make their contributions to a universal critical theory. This essay attempts to drive home this point by proposing a general narratology within which the complicated issue of temporality can be discussed. Narratives, in the broadest sense, are the fundamental modes for consciousness to incorporate its "internal time". However, the internal time can only be demonstrated in inter-subjectivity that starts from the narrative action, proceeds through the narrative text and arrives at the reception of the text. Considering the phenomenological flow of intention, narratives can be divided according to their temporal directionalities: those of the past (fiction, history, etc), those of the future (advertisement, prediction, etc), and those of the present (drama, cinema, TV-news, computer games, etc). The western narratologists, shackled by the traditional view of diegesis since Aristotle, and the tenses in their grammar, refuse to acknowledge the complicated temporality in narratives.

Key words: Critical theory; four theoretical pillars; general narratology; temporality in narrative; genre

一　什么是"批评理论"？

文本作者就广义叙述学的主要框架，在几个学校作过演讲，也在叙述学的专业会议上作过发言，得到的是一片沉默：没有人赞同，却也没有人反驳，更不用说著文支持或驳斥，似乎这个建议中没有任何值得争论的内容。但是对一些小说叙述学中的细节，西方学者已经讨论过多年的问题，中国学者的争论却很热烈，争论的中心似乎是：谁对西方理论的理解更正确？

这个局面只有一个解释：中国学界还没有准备好把批评理论变成世界性的批评理论，最大的雄心也只是用中国古籍把批评理论"中国化"，而这种做法对于建立一个现代批评理论是远远不够的。中国人一百年来的两难之境是：不是接着西方人说，就是自言自语。难道中国学界至今缺乏提出全球性新课题，思考全球性新课题的能力或雄心？

世界批评理论的出现，取决于非西方学界对自己工作的基本态度：创立一种世界性的批评理论，首先要求我们不排外，把全部批评理论（而不只是 19 世纪末之前的中国文献）当做"自家事"；更重要的是：我们不能等着接受批评理论世界化，这个前景需要我们积极参与才能实现。

中国大学必开三门课程："中国文学理论"、"西方文学理论"，"文学理论"。前两门对象是一个，文学，却成为完全不同的学科，分开它们的鸿沟有两条:首先是两套完全不同的批评语汇,互相不能兼容;而且,它们还是两个不同时代的学说:"中国文论"讲到 19 世纪末为止,至多到王国维结束,没有"20 世纪中国文论";而"西方文论"虽然从古希腊讲起,重点却在 20 世纪。而"文学理论"这门课不是前两门的综合,这个课程本身的存在,说明了合一的批评理论不仅是可能的,而且正是我们在做的。因此,我在这里提出"世界批评理论",并不是什么标新立异,而是承认事实,只不过是提出了几点新的看法。

首先,这门学科应当叫什么? 古代汉语或现代汉语中,都没有"文论"这个双声词。这个缩语却在中国学界坚持了下来:"文论"本身的发展,让中国学界得了这个缩写词的便宜。60 年代以来,这门学科的重点,已经从文学转向文化:"文化转向"已经使文论面目全非。"Literary Theory"这个词已经不再适用,不仅文学批评已经多半是"文化进路",而且研究对象也是整个文化。近 40 年来,文学系、艺术系、传媒系、比较文学系、哲学系,都转向文化研究(Cultural Studies),各国学界为如何命名这门学问伤脑筋,中文却以一个模糊的双音词安之若素:"文学理论"与"文化理论",都是"文论"。

最近十多年,情况又有发展:这门学科目前又在溢出"文化"范围,把有关当代社会演变、全球化政治等课题,都纳入关注的范围。因此,近年来这门学科越来越多地被称为"批评理论"(Critical Theory)。这一术语一直是德国法兰克福学派称呼自己理论的专用词,直到最近,才开始一般化。中文里倒是可以避免这个混乱:可以把法兰克福学派的理论及其发展译为"批判理论",而把广义的 Critical Theory 译为"批评理论"。这个名称在中国也开始为学界所接受,这个趋势不可能阻挡。

例如哈查德·亚当斯(Hazard Adams)主编的著名的巨册文集兼教科书《自柏拉图以来的批评理论》(*Critical Theory since Plato*,从 1971 年初版以来,已经重印了多次,中国也有重印本),王一川主编的教科书《批评理论与实践教程》(北京:高等教育出版社 2005 年版),赵毅衡、傅其林、张怡主编的教科书《现代西方批评理论》(重庆:重庆大学出版社 2010 年版),还有一大批重要论文,也都用"批评理论"一词。[1]

的确这次改变名称是必要的:这个理论体系及其应用范围,已经覆盖并超越了文学/文化之外的领地。先前至少各个学科的界限比较清楚:文学理论、艺术理论、文化理论、社会批判理论,因对象而分清界限。比较文学在全世界的发展,尤其是对跨学科研究的推崇,对这种界限模糊化起到了促进作用。

当代文化的急剧演变，以及这个理论本身的急剧演变，迫使这个理论体系改变名称。批评理论的目标学科宽大得多：文学基本上全部进入，但是过于技术化专业门化的文学研究不算；文本源流、考据训诂等传统学术依然是语文学科的核心，不属于批评理论的范围。

各种文化领域——美术、戏剧、电影、电视、歌曲、传媒、广告、流行音乐、各种语言现象、时尚、体育、娱乐、建筑、城市规划、旅游规划甚至科学伦理（克隆、气候、艾滋等）——这些都是批评理论目前讨论最热烈的题目。同样，广告等专业技术的讨论不进入批评理论，只有当它们成为批评对象，才进入讨论的视野。

而文化领域之外，政治经济领域也越来越成为"批评理论"的关注点。全球化问题、第三世界经济受宰制问题、"文明冲突"、意识形态、世界体系、第三条道路问题、贫富分化、穷国富国分化、东西方分化、弱势群体利益、性别歧视，所有这些问题，都是批评理论特别关注的目标。而要用一种理论统摄所有这些讨论，一方面这种理论不得不接近哲学的抽象，例如德勒兹（Gille Deleuze）以精神分裂（Schizophrenia）与资本主义对抗的解放哲学；另一方面这种理论不得不越出"文化"的非行动界限，例如近年的性别政治论（Gender Politics）。

所以，在许多名为同类的文集、刊物、课程提纲、教科书中，我们会发现所选内容大致上三分之一是文学理论，三分之一是文化理论，还有三分之一是与人类问题有关的哲学（福柯称为"人的科学"，Human Sciences）。这样一看，"文论"一词（哪怕是"文化理论"的缩写）也已经不合适了。

二 批评理论的基本体系

批评理论从 20 世纪初发展到现在，已经极为丰富，以至 20 世纪往往被人们称为"批评的世纪"。不管发展到何种形态，批评理论始终依赖于四个支柱体系：马克思主义文化批评、现象学—存在主义—解释学、精神分析、形式论。在 20 世纪初，这四种理论不约而同同时出现，互相之间并不存在影响关系，但是它们共同的取向是试图透过现象看底蕴，看本质，看深层的规律。批评理论各学派首先出现于 20 世纪初的欧洲，这并不奇怪：欧洲思想者普遍感到了现代性的压力。那时在世界其他地方，尚未出现这种历史对思想的压力。

20 世纪批评理论最重要的思想体系是马克思主义。从葛兰西（Antonio Gramsci）、卢卡契（Georg Lukacs）开始，到法兰克福学派，基本上完成了马克思主义的文化转向（Cultural Turn），马克思主义使当代批评理论保持批判锋芒。当代著名批评理论家很多是马克思主义者；而 20 世纪的大多数马克思主义者也主要从文化批判角度进入政治经济批判。

当代批评理论的第二个思想体系，是现象学/存在主义/解释学（Phenomenology/ Existentialism/Hermeneutics）。这个体系是典型欧洲传统的哲学之延续。从胡塞尔（Edmond Husserl）开始的现象学，与从狄尔泰（Wilhelm Dilthey）开始的现代解释学，本来是两支，却在海德格尔（Martin Heidegger）、利科（Paul Rocoeur）等人手中结合了起来。伽达默尔（Hans-Georg Gadamer）与德里达（Jacques Derrida）在 80 年代的著名的"德法论争"，显示了较严谨的哲学思辨与解放的理论姿态之间的差别。

当代批评理论的另一个支柱思想，是精神分析（Psychoanalysis）。这一支的发展，一直陷入争议，但是其发展势头一直不减。只是这一派的"力比多"（libido）出发点，与中国人传统观念过于对立。拉康（Jacques Lacan）的理论对西方当代批评理论影响巨大，其陈意多变，表达方式复杂，在中国的影响也一直不够充分。

当代文论的形式论（Formalism）体系，是批评理论中重要的方法论。这一潮流似乎是"语言转向"（Linguistic Turn）的产物，至今已深深地锲入当代批评理论。符号学原本是形式论的一个派别，由于其理论视野开阔，又不尚空谈具有可操作性，60 年代之后即成为形式论的集大成者。符号学从结构主义推进到后结构主义，从文本研究推进到文化研究，如今符号学与形式论几乎同义（叙述学、认知语义学等，是符号学普遍原则在特殊领域中的扩展）。当代全球文化的迅速蜕变，使形式研究超越了自身：一方面形式论保持其分析立场；另一方面它超越了形式，批判锋芒越来越锐利，成为批评理论的方法论基础。

在当代，流派结合成为开拓新阵地的主要方式：对当代批评理论做出重大贡献者，无不得益于这四个体系中几种的结合，此时符号学作为人文社会科学的总方法论，作用就非常清楚：70 年代前，两个体系的结合已经常见，例如巴赫金（Mikhail Bakhtin）的理论被称为"马克思主义符号学"；拉康的精神分析应用了大量符号学概念；80 年代后，越来越多的人用结合体系方式推进到新的领域：克里斯蒂娃用符号学研究精神分析，展开了性别研究的新局面；鲍德里亚则以符号学与马克思主义结合，对当代资本主义作出尖锐的剖析；利科等人的工作重点是把解释学与形式论结合起来。至于符号学与解释学，更是一个学说的两种称呼。福柯说："我们可以把使符号'说话'，发展其意义的全部知识，称为解释学；把鉴别符号，确定为什么符号成为符号，了解连接规律的全部知识，称为符号学。"[2]的确，凡是涉及意义，就进入了符号学，因而也就会用符号学作为基本的方法论。

近40年批评理论的新发展，往往都以"后"的形态出现。但是后结构主义者原来都是结构主义者，这证明结构主义有自行突破的潜质；后现代主义研究当代社会文化正在发生的重大转折；后殖民主义则反映当代世界各民族之间——尤其是西方与东方国家之间——文化政治关系的巨大变化，以及西方殖民主义侵略的新形式；如果我们把女性主义与性别研究看做"后男性宰制"的学说，那么可以说，60年代之后的批评理论，都是上述四个支柱理论的延伸产物。

把现代批评理论分成"四个支柱，若干延伸"，自然是过于整齐的切割。笔者只是想指出：现代批评理论，已经覆盖了整个人类社会文化触及的所有课题。只要我们能时时回顾四个基础理论，就完全不必跟着西方"最时髦理论"奔跑，就能走出"不是跟着说，就是自言语"的两难之境。

"关门自言语"并不是出路。认为靠整理19世纪之前的本土思想语汇，学界的民族自豪感能得到满足，就能解决当前文化面临的种种难题，任务就太简单了。既然19世纪之前西方也没有批评理论，那么19世纪前的古典中国没有产生系统的批评理论，又有什么可奇怪的呢？整个批评理论是现代性压力的产物，今天批评理论在中国的兴起，正是这种压力的体现。只要我们掌握了四个支柱理论，我们就能与各国学界站在同一起跑线上，对世界批评理论做出中国独特的贡献。

说这样一个理论体系是"西方"的，从至今为止的**主要参与者**来说，应当说是的：四个支柱理论体系和四个"后"体系，创始人和主要发展者，甚至今日的主角人物，都是西方学者。

其实在英语世界，整个批评理论体系常常被称为"欧洲大陆理论"（Continental European Theory）。在主要的批评理论家中，德语（德国、奥地利）和法语（法国、瑞士、比利时）的思想家占了一大半，还有一部分东欧及南欧的思想家。与幅员版图和高校数量正好相反，英语国家贡献比较少。受经验主义传统之累，英美高校再发达，也只能起鼓风作浪的传播作用。欧美之外的人，对批评理论扮演过重大作用的，主要是"后殖民主义者"。这一派的几个领军人物都是在英美受教育,并且在英美大学执教的阿拉伯人和印度人。无论如何,这个批评理论,并不是一种"西方理论"。

第二个原因可能更重要:批评理论需要一个体制作为批评对象,现在批评理论的对象是西方社会文化和政治体制。但是这个体制正在向全世界扩展,因此这个批评理论,也就是针对正在向全球延展的西方式体制(例如符号经济,例如社会泛艺术化)的批评理论,这从反面证明它不是一个西方理论。

三 批评理论需要更加普适

批评理论是对现代化进程的一种思想回应。西方批评理论,是20世纪初在欧美的许多国家没有任何人际族际协调发展起来的:弗洛伊德不了解马克思,胡塞尔不了解索绪尔,雅克布森不知道瑞恰慈或艾略特,皮尔斯不知道索绪尔,批评理论的第一代奠基者,没有可能作有意识的应和。20世纪初,这些思想者都发现有必要从现象后面寻找深层控制原因:葛兰西在阶级斗争后面找到文化霸权(cultural hegemony),弗洛伊德从人的行为方式后面找到无意识中力比多的力量,胡塞尔从经验与事物的关联中找到意向性这一纽带,而索绪尔与皮尔斯分别看到人类表意的符号规律。这个不约而同的"星座爆发",是文化气候催生的产物。正因为是对同一个文化发展进程的思想应对,它们对表面现象有共同的不信任。这种共同立场,也为它们日后的融合打下了基础。

批评理论确是欧洲文化土壤上长出来的东西,在20世纪初的欧洲,出现了现代性的挑战,学者们普遍感到了现代性的文化压力。那时在世界其他地方,尚未出现这种对思想的压力。早一些,在19世纪,欧洲有文学理论、文化思考、哲学探讨,学科之间并没有构成一个运动。批评理论的突然出现(虽然这个名称是近年才有的),的确是现代性首先对欧洲思想施加压力的产物。

由此,我们可以辨明另一个问题:既然19世纪的西方没有批评理论,19世纪的东方(例如中国)没有这种理论,也很可以理解,没有什么需要自辩的。等到现代性的挑战成为世界现象时,翻译已经发达,国际学界的交流已成常规,大学教育成为思想融合的阵地。此时东方(包括中国)的批评理论,已经不可能与世隔绝单独发展,我们可以大胆预言:批评理论今后的发展必然向"世界批评理论"发展,因为东方学者不得不回应现代化进程提出的各种问题,从而不再"学着说、跟着说"。

预言批评理论将世界化的第二个原因是:东方民族的文化遗产,已经开始进入批评理论的大体系。近30年,在全球范围内,人们渐渐认同一套新的价值观:例如多元文化、地方全球化、弱势群体利益、环境保护意识、动物保护意识、反无限制科技等等。很多新价值提倡者声称他们是在回向东方智慧:对生态主义的西方信徒来说,道家经典是他们的圣经,"道法自然"是他们的响亮口号;反对"科技无禁区"的人,一再重提老子关于过分智巧的警告;动物保护主义,与佛教的众生有灵有显然的相应;对残疾人、弱智者的关怀,更是佛教式的悲悯;至于老年人的权利,当然与中国儒家传统一致。至少,因为本是我们的固有思想,东方人应当对这些新价值并不感到陌生,甚至应当有自然的亲和。

结论是什么呢? 在最近的未来,非西方民族将会对批评理论做出贡献,但是不会完全用一个东方化的理论取代它,而是把它变成一个真正世界性的理论。批评理论已经是整个人类的财产,而当代东方的文化气候已经开始召唤这样一种世界化的情势。也就是说,批评理论的当代化,与"批评理论世界化",正在同时进行,不久后我们会信服:这两者其实是同一个命题。

这并不是向"普适主义"投降:任何理论的适用性都不需要预设,要的只是在批评实践中检验某个特定理论的有效性,我们更需要发展理论:在这个全球化的时代,任何理论都远远不够成熟。所谓"发展",并不是在现成的理论框架中填充中国材料。恰恰相反,我们的发展说明理论总体的不足之处,也就是说,不是证明理论"非普适",而是证明理论"不够普适"。

下文以广义叙述学作为例子,说明我们中国学界可以把某种理论推进得更加普适。如果可以靠我们的努力把叙述学世界化,我们就能加入建立世界批评理论的队伍。

四 叙述三环节中的时间向度

任何叙述,其流程无例外地有三个基本环节:叙述行为、被叙述出来的文本、叙述文本的接受。本文将要讨论的,是贯穿三环节的"内在时间"。

叙述与被叙述的关系,是一种"抛出":叙述把被叙述之物抛出叙述人[3]所在的世界之外。格雷马斯认为叙述的最基本特征是"分离":叙述人向自身之外投出各种范畴,形成"创造性的分裂","一方面是陈述的主体,地点与时间的分裂,另一方面是陈述的元表现,空间表现,时间表现的分裂"。[5]"抛出"形成的叙述世界与被叙述世界之分裂,是叙述的前提。

叙述人主体与被叙述的人物主体不可能同一;叙述人所在的空间时间,与被叙述的空间时间也不可能同一。叙述本身,就是在讲另一个人(哪怕是叙述人自己)、另一个地点、另一个时间内发生的事情。诚然,这种"抛出"有远距与近距之分。最贴近的叙述,例如病人向医生讲述当下的症状,"抛出"几乎难以觉察,但是依然存在。

莫妮卡·弗路德尼克提出:"不可能同时既体验一个故事,又对这故事进行叙述,也就是说,不可能把自己正在经历的事情讲成故事。"[5]叙述可以叙述任何事件,就是无法叙述叙述行为本身:叙述行为是元叙述(格雷马斯上引文中称为"元表现")层次的操作。叙述与被叙述合一,就取消了叙述本身。的确,叙述与被叙述之间的时间差,是保证叙述进行的条件,但是请注意,这里说的是叙述,而不是读者/听众对叙述作的时间重构,听众完全可以认为被叙述的事件正在发生,例如医生必须把病人的主诉视为正在进行的情况加以诊断。

因此,本文所讨论的时间向度,不仅是叙述时间,也不仅是被叙述时间,也不仅是被理解的叙述时间,而是叙述的三个环节之间的时间关联。一旦把叙述的三个环节联合起来讨论,叙述的"抛出"形成的时间向度就会呈现出完全不同的联系,本文试图讨论的就是叙述文本"意图中的内在时间向度"。

对于时间这个困惑了哲学家数千年的难题,胡塞尔认为其三维实为意向中的存在,对过去,意识有"保存"(retension);对此刻,意识有"印象"(impression);对未来,意识有"预期"(protension),从而意识组织成一股"时间之流",而这个时间之流穿过形式的渠道:"维持这一切的最重要的因素,是时间之流的形式结构。"[6]而利科近年来进一步提出,胡塞尔说的"意识时间之流的形式",就是叙述。没有叙述,意识中就没有内在时间,意识本身就无法存在。他的三大卷《时间与叙事》(1983—1985)详细讨论了意识如何靠叙述组织时间,令人信服地证明:没有叙述,意识就无法把握时间。该书第一卷开场就声明:"关于时间的思考,只能是无结论的思索,只有叙述才能给予回应。"[7]

47

但利科并没有清晰地回答本文讨论的问题:叙述的三个环节对时间的理解并不一致,到底是叙述(行为),还是被叙述(文本),还是叙述的接受(理解),构成我们意识中的时间之依据?他有时似乎认为文本更为重要:"没有被叙述出来的时间,无法思考时间。"(There can be no thought of time without narrated time)[8]他认为意识用三种不同的模仿来处理时间的三维:"从情节顺序之预构(prefiguration)出发,通过情节化(emplotment)来进行建构(constructive configuration),达到文本世界与生活世界冲突的再构(refiguration)。"[9]利科把胡塞尔的经验对时间三环节的处理方式,具体地体现到叙述中。但在他的具体讨论中,叙述行为依然扮演主要角色。

胡塞尔讨论意向中的时间三维,似乎假定经验主体是合一的,而利科落实到叙述,难题就出现了:显然,他说的时间预构、建构以及再构,依靠的是不同的主体。笔者的看法是:我们很难描述叙述的发出主体,也控制不了接受主体,文本是唯一可以验证的依据。当叙述文本具有本质上不同的形式时,它的"全部意义"将会发生怎样的变化?这些变化又如何在有关主体的意识中引发不同的时间意识?我所谓广义叙述学,其中的关键点就是文本体裁与时间意识的这种关联。

五 叙述的定义

描写人物和变化(情节)的符号文本,就是叙述(narrative);不卷入人物与变化的符号文本,就是陈述(statement)。叙述文本在符号文本中占的比例极大,因此符号学不得不讨论叙述。符号叙述学研究的对象,是"叙述性"(narrativity),正如诗学(Poetics)研究的主要对象不是文学,而是"文学性"。与现有的叙述学之不同,符号叙述学研究超出小说(以及电影)的范围,研究各种符号文本中的叙述性。符号叙述学,必然是广义叙述学。

叙述学从20世纪初发端,近80年之久一直没有超出小说范围,此后电影成为文化中最重要的叙述,但是电影叙述学基本上只是已经充分发展的小说叙述学的变体。当然人们都意识到许多其他文本体裁,尤其是历史和新闻,都是叙述,但是它们的叙述方式似乎"自然"得不必进行专项研究。

泛叙述,是利奥塔首先在那本具有轰动效应的《后现代状况:关于知识的报告》中提出的,他认为人类知识分成"科学知识"与"叙述知识"两大类。[10]在利奥塔之前很久,萨特已经强调生存等同于叙述:"人永远是讲故事者:人的生活包围在他自己的故事和别人的故事中,他通过故事看待周围发生的一切,他自己过日子像是在讲故事。"[11]但是这些都是个别批评家的见解,泛叙述及其研究始终只是一个没有探索的理论可能。直到当代文化出现"叙述转向"(Narrative Turn):几乎人文社科的所有领域,都发现叙述化是一种强有力的研究方式;而文化的各种体裁,也被发现具有叙述性。

叙述转向的大潮,始自 70、80 年代的历史学。海登·怀特出版于 1973 年的《元史学》[12],开创了用叙述化改造历史学的"新历史主义"运动。此后,闵克、格林布拉特、丹图等人进一步推动,造成了一个影响深远的运动。闵克 1987 年的著作《历史理解》[13]清晰地总结了新历史主义的叙述观。这个运动的影响溢出历史学,冲击了整个人文学科。

叙述转向发生的第二个重要领域是心理学。1987 年布鲁纳发表两篇重要论文《生命与叙述》[14]和《现实的叙述构建》[15],提出"没有叙述就没有自我"这个重要的命题。[16]教育学大规模的叙述转向出现在 90 年代中期,恐怕教育学是至今为止中国学界认真考虑叙述转向的唯一学科。[17]泰勒的《跨文化研究中的自然探索》[18]一书,发现"叙述方法"甚至在科学教学中都非常有用。社会学家普伦默 1983 年的书《生活文件》[19]开创了记录叙述方式的社会学新研究法。叙述转向对社会调查和救助领域冲击极大,尤其是关于苦难病痛的讲述,自我建构就成为救助关键。叙述转向甚至进入特殊专业的领域,例如体育与旅游社会学。[20]

叙述转向在法学中的发生,应当说最令人吃惊,因为法律一向以"依据事实量刑"为己任。布鲁克的著作《恼人的供认》[21]把法庭上各方关于犯罪的论辩,看做类似于文学的叙述竞争。

叙述转向在政治学中的发生,使政治策略从由政治天才掌握的复杂韬略,变成具有操作性的方法。霍顿 1996 编辑出版的论文集《文学与政治想象》[22],罗伯茨的论文《国际关系中的历史,理论,与叙述转向》,以叙述作为政治意义表达的基本方式。[23]叙述转向最终在医学中发生:讲故事被证明有治疗作用。[24]进入"自然科学",应当说是叙述转向成功的最终证明:科学开始人文化。哈特曼特地为《文学与医学》刊物撰写了论文《叙述及其后果》。[25]叙述转向在 90 年代终于形成声势,最近开始出现从哲学方面综合研究各种叙述的著作,例如心理学家布鲁纳 2002 年的

《编故事:法律,文学,生活》[26]、雷斯曼 2008 年的《人类科学中的叙述方法》[27]都试图跨越学科寻找叙述化的规律。

"叙述转向"在不同的学科重点不同:在历史学,是用叙述分析来研究对象;在社会学和心理学,主要是把人的叙述作为研究对象;在医学、法学、政治学中,主要是用叙述来呈现并解释研究的发现。

近十年叙述转向最具有本质意义的发展,是在人工智能方面:计算机开始模仿人的头脑讲故事的能力,大量文献与多次国际会议使叙述学与人工智能融合成一个特殊学科"叙述智能"(narrative intelligence)。[28]

有人提出小说中也出现"叙述转向",这个说法似乎有点奇怪:小说本是最典型的叙述。这个观点指的是近 30 年小说艺术"回归故事"的潮流:以法国"新小说"为代表的先锋小说,强调对"物自身"的描写,严重忽视情节。而 70 年代之后,小说开始"回到叙述",重新注重情节。在法国,小说"叙述转向"的标志是图尼埃作品的风行:图尼埃特别擅长重写旧有传说故事,独创一番局面。在英语世界中,讲故事的好手如美国的罗斯、唐德里罗,英国的麦克尤恩等,小说研究者的眼光也开始从博尔赫斯、卡尔维诺,罗伯-格里耶等不注重情节的先锋作家,转向"经典性作家"狄更斯、巴尔扎克、亨利·詹姆斯等,以及当代的侦探、冒险、奇幻等"类型小说"。

许多学者认为近年批评界的重要趋势是"伦理转向"(Ethical Turn)。[29]这两个转向是什么关系? 叙述转向似乎是个形式问题,伦理转向强调内容或意识形态。实际上,它们是一个问题的两个方面:正是因为叙述化,才彰显了伦理问题。叙述化不仅是情节构筑,更是藉叙述给予经验一个伦理目的:只有用叙述,才能在人类经验中贯穿必要的伦理冲动,情节表达意义,其中首先是道德意义。1995 年文学批评家牛顿的名著《叙述伦理》[30]已经提出两者的合一。费伦与唐伟胜的对话《伦理转向与修辞叙述伦理》[31]也提出叙述包含伦理,读者的伦理判断是阅读(即读者的"叙述化")过程中不可能减省的部分。

为什么讲故事能达到伦理目的? 因为叙述不可能"原样"呈现经验事实。在叙述化过程中,不得不对情节进行挑选和重组。经验的细节充满大量无法理解的关系,所谓"叙述化",即在经验中寻找"叙述性",在凌乱的细节中寻找秩序、意义、目的,把它们"情节化",构筑成一个具有内在意义的整体,事件就有了一个时间/因果序列。"情节将特定行动的诸种要素连为一体,构成道德意义。叙述性并不提取抽象原则,不可能把意义从时空背景中抽离出来,因为人与世界的特殊联系植根于个别故事的体验之中。"[32]因为获得了时间中的意义,叙述文本成为构造人的"时间性/目的性存在"的符号形式。

后现代理论摧毁了主体,叙述转向至少找到了一个符号自我作为替代品:叙述身份,构筑了一个从自身通向世界的经验形式,给了自我暂时立足的一个支撑点。这个"从后门进来"的自我,至少让自我有了一个伦理意义依持。

六 "最简叙述"定义

叙述学历史与符号学一样悠久,声势浩大的叙述转向,应当是叙述学发生革命性变化的契机,从目前局面看来,反而给叙述学带来难题。

自 80 年代起,学界产生了所谓"新叙述学"(又名"后经典叙述学",post-classical narratology)。"新叙述学"有没有准备好为涵盖各个学科的叙述提供一套有效通用的理论基础、一套方法论,以及一套通用的术语呢? 既然叙述转向已经发生,叙述学家有没有接受这个挑战的愿望呢?

对此,赫尔曼在为《新叙述学》一书写的引言中回应说:"走出文学叙述……不是寻找关于基本概念的新的思维方式,也不是挖掘新的思想基础,而是显示后经典叙述学如何从周边的其他研究领域汲取养分。"[33]这位"新叙述学"的领军人认为,新叙述学依然以小说叙述学为核心,只是可以在其他叙述的研究中"吸取养分"。

弗路德尼克讨论叙述转向,态度是无可奈何的容忍。她说:"非文学学科对叙述学框架的占用往往会削弱叙述学的基础,失去精确性,它们只是在比喻意义上使用叙述学的术语。"[34]本文的看法正相反:叙述转向,使我们终于能够把叙述放在符号文本大背景上考察,今后应当是小说叙述学"比喻地使用术语"。

要做到让叙述学"扩容"以涵盖所有的叙述,就遇到一个关键障碍,即西方学界传统的叙述"过去时"要求。新叙述学的领袖之一费伦斩钉截铁地表示:"叙述学与未来学是截然对立的两门学科。叙述的默认时态是过去时,叙述学像侦探一样,是在做回溯性的工作,也就是说,是在已经发生了什么故事之后,他们才进行读听看。"[35]另一位新叙述学家阿博特也强调:"事件的先存感(无论事件真实与否,虚构与否)都是叙述的限定性条件……只要有叙述,就会有这一条限定性条件。"[36]过去性,是小说叙述学的边界,而要建立广义的符号叙述学,就必须打破这条边界。远自亚里士多德起,都顽强地坚持"过去性"立足点,他们为此不得不排除一种重要的叙述类型——戏剧。柏拉图和亚里士多德都认为模仿(mimesis)与叙述(diegesis)对立,戏剧是模仿,不是叙述。2300年后,1988年,普林斯在《叙述学辞典》中提出过一个最简叙述(minimal narrative)定义:

> 由一个或数个叙述人,对一个或数个叙述接收者,重述(recounting)一个或数个真实或虚构的事件。

普林斯说明,正因为叙述要求"重述",而戏剧表现是"台上正在发生的",因此不是叙述。[37]既然排除"正在发生的"戏剧,也就必须排除影视、电视广播新闻、电子游戏等当代最重要的叙述样式,叙述学就不得不回到小说中心。

所谓事件,就是在时间变迁中,状态有变化。历史哲学家丹图认为叙述事件包含以下序列[38]:

> 在第一时间(t−1),x 是 F
> 在第二时间(t−1),H 对 x 发生了
> 在第三时间(t−1),x 是 G

丹图的定义只写到时间,而没有说明这个事件变化发生在何处:在自然状态中,在经验中,还是在符号文本及其接收中。但是事件中的时间性——变化,以及这个变化的意义——是在叙述接收者意识中重构而得到的。也就是说:时间变化及其意义究竟是客观存在的,还是解释出来的?

这个问题,不仅牵涉到叙述的本质,而且关系到叙述的理解方式。现象学着重讨论主体的意识行为,讨论思与所思(noetico-noematic)的关联方式,利科把它演化为叙述与被叙述(narrating-narrated)的关联方式。利科在三卷本《时间与叙述》临近结束时声明:关于时间的意识(consciousness of time),与关于意识的时间(time of consciousness),实际上不可分:"时间变成'人的时间',取决于时间通过叙述形式表达的程度,而叙述形式变成时间经验时,才取得其全部意义。"[39]叙述形式与时间经验之间的关联方式,的确是符号叙述学的核心问题。

既然叙述转向已经在那么多符号表意方式中出现,叙述学就不得不面对既成事实,叙述学必须自我改造:不仅要有各种体裁的门类叙述学,也必须有一门能总其成的广义符号叙述学。门类叙述学,很多人已经在

做,有时候与门类符号学结合起来,应当说至今已经有很多成果。而要建立广义符号叙述学,就必须从出发点开始:重新定义叙述。

叙述的最基本定义,应当既考虑叙述的文本特点,也考虑叙述的接受理解方式。本文建议,只要满足以下两个条件的符号文本,就是叙述,它包含两个主体进行的两个"叙述化"过程:

(1)有人物参与的变化,形成情节,被组织进一个符号链。
(2)此符号链可以被接收者理解为具有时间和意义向度。

读者马上可以发现,这与笔者关于符号文本的定义非常相似:

(1)一些符号被组织进一个符号链。
(2)此符号链可以被接收者理解为具有时间和意义向度。

上述两者唯一的区别是:叙述讲的是"有人物参与的变化"。没有"人物"与"变化"这两点的符号文本,是"陈述"而不是"叙述":所有的符号文本,不是陈述,就是叙述。实际上,本文关于叙述文本的讨论和分类,对于"陈述"有时候也适用,只是叙述描写的是"人物在变化中",是人类文化的更根本性表意行为。

叙述定义中的所谓"人物"(character)不一定是人格,而是一个"角色"情节元素。这一定义边界的确有点模糊:既然拟人的动物甚至物(例如在科普童话中、在广告中)都是人物,那么并不"拟人"的动物是否算"人物",就是一个难题。我们基本上可以说,动物不具有"人物"的主体意志特征,动物哪怕经历了事件(例如在描述生物习性的科学报道中)也不能算叙述,而是事实陈述。"人物"必须是"有灵之物",也就是说,他们经历变化,具有一定的伦理感受和目的。如果广告中描述的牙膏,为某种伦理目的(例如保护人类的牙齿),"甘愿"经受某种变化(例如改变自己的成分),这牙膏就是"人物",这广告就有叙述。如果只说某某牙膏有新的有效成分,就不是叙述。

应当说明,有不少论者的"最简叙述"定义,没有涉及人物这个必要元素,上引普林斯的定义即一例,语言学家莱博夫的定义("最简叙述是两个短语的有时间关系的序列"[40])是另一例。但是笔者认为人物是绝对必需,不然叙述与陈述无从区分,如果呈现"无人物事件变化"的机械功能、化学公式、星球演变、生物演化、生理反应等也能视为叙述,叙述研究就无从立足。

本文提出的这条最简叙述定义,与普林斯的定义有很多点不同("人

53

物"是其中之一)。但是两条定义最关键的不同在于,是否承传从古希腊开始的叙述必须"重述过去"这个条件。笔者认为,被叙述的人物和事件不一定要落在过去。这样就解除了对叙述的最主要限定,只有这样,叙述转向后出现的各种叙述类型,例如广告,例如法庭辩词,例如白日梦,例如电子游戏,就是广义符号叙述学要处理的课题。甩开"过去时",是符号叙述学的根本出发点。

在这个定义基础上,我们可以对我们各种体裁的叙述文本作一个基本的分类。

七 叙述分类之二:事实性/虚构性

首先遇到的最基本的叙述分类标准,是虚构性/事实性(非虚构性)。"事实性"(factuality)叙述,说的不一定是"事实"(facts):"事实"指的是内容的品格,而所谓**"事实性"指的是叙述接收者对待文本的态度,即把文本看做在陈述事实**,这也就是笔者在另一篇文章中提出的"接受原则"[41]。虚构性/事实性的区别至关重要:内容是否为"事实",不受文本过程控制,要走出文本才能验证;而理解方式,却是文本表意所依靠的最基本的主体间关系。

有一度,"泛虚构论"(panfictionality)盛行。提出这个看法的学者,根据的是后现代主义的语言观:"所有的感知都是被语言编码的,而语言从来总是比喻性的(figuratively),引起感知永远是歪曲的,不可能确切(accurate)。"[42]也就是说,语言本身的"不透明本质"使文本不可能有"事实性"。这个说法过于笼统,在历史学界引发太多争议。例如很多历史学家尖锐地指出,纳粹大屠杀无论如何不可能只是一个历史学构筑[43],南京大屠杀也不可能是,历史叙述文本却必须是"事实性"的。

文本的"事实性(非虚构性)",是文本体裁理解方式的模式要求。法律文本、政治文本、历史文本,无论有多少不确切性,发出者是按照事实性的要求编制文本,接收者也按照事实性的要求重构文本意义。既然是事实性的:文本主体必须面对文本接收者的"问责"。在法庭上,原告方、被告方、证人,他们有关事件的叙述,虽然很不相同(因此不会都是"事实"),都必须是"事实性"的,因此都要受到陪审员的怀疑、法庭的裁决;如果是"虚构性"的,就不能到法庭上去说。

例如希拉里·克林顿在竞选中说,她在波黑访问时受到枪手狙击,她就必须接受记者追问。如果真有此事,那么民众或许可以从希拉里的文本中读出伦理意义:"此人有外交经验和勇气,堪当总统。"但是希拉里把文本体裁弄错了,就不得不承受其伦理后果:哪怕不是有意撒谎,至少她容易夸大其词,因此缺少总统品格。

关于未来的叙述,其事实性则有所不同:《中国日报》环球在线消息2008年2月5日报道,希拉里作了个关于未来的叙述:"如果美国国会无法在2009年1月(下任美国总统上任)之前结束伊拉克战争,我作为总统也将会让它结束。"这话是否虚构? 如果从问责角度,可以说既是又不是虚构:因为希拉里是否能成为总统尚悬而未决。

同样,所有的广告、宣传、预言、承诺,都超越了虚构性/事实性的分野:作为解释前提的语境尚未出现,本质上是虚构;但是这些叙述要接收者相信,就不可能是虚构性文本。因此,这些关于未来的文本,是一种超越虚构/非虚构分野之上的"拟非虚构性"文本。之所以不称为"拟虚构性",是因为文本携带的意图:发送主体不希望接收者把它们当做虚构,不然它们就达不到目的。

因此,按虚构性/事实性,叙述文本可以分成以下四种:

1. 事实性文本:新闻、历史、档案、检举告发、法庭辩词等
2. 虚构性文本:文学、艺术、戏剧、电影、笑话、电子游戏等
3. 拟事实性文本;广告、宣传、预言等
4. 拟虚构性文本:梦境、白日梦、幻想等

此分类中有一个更加根本性的问题:虚构性文本,其题材规定性质就是不实之词,因而不能以真假论之。但是符号文本传送的底线是"事实性",不然接收者没有接收的理由。仔细解说这种表意方式的机制:虚构文本必须在文本主体之外,构筑另一对文本主体,它们之间能作一个"事实性"文本的传达——讲话者(作者)只是引录一个特殊发送者(例如小说的叙述者)对另一个特殊人物(听他讲故事的人物,所谓"受述者")所讲的"代理事实性"故事。例如斯威夫特的《格利佛游记》是虚构的小说:斯威夫特本人对"事实性"不问责,由代理发送人格利佛对小人国等叙述的"事实性"负责,这就是虚构。显然,一个事实性叙述(如检举告发),或拟事实性叙述(例如广告或预言)不可能这样做。

反过来说,如果文本主体不分化(作者在文本中并不推出另一个说话者),这个文本就不可能是虚构的,而必然是"事实性"的。当然,叙述

55

文本的发送主体可能撒谎,或由于其他原因有意说错。说此叙述"撒谎"或"不真",就是把这文本作为"事实性"的来判断的结果:对虚构文本,我们不作如此的判别。

麦克尤恩的小说《赎罪》以及由此改编的电影,其魅力正在混淆二者,后又在道义良心压力下被迫区分二者:叙述者(一位女作家)小时候因为嫉妒,冤枉姐姐的恋人强奸她,害得对方入狱并发配到前线,她一生无法摆脱"没有赎罪"的苦恼。她叙述了与姐姐和姐夫重新见面,似乎已有悔罪的机会。但是到小说最后,又说这是她脑中的虚构,姐姐和姐夫都已经死于战争。她在作那一段叙述时,让自己的人格分裂出一个"自己"做叙述者,因此那一段是假的,主人公编出来安慰自己的良心,但是最后不得不对虚构编造忏悔。这里的悖论是:无论事实段落,还是虚构段落,都是小说中的虚构,但在这个虚构世界中,还是有进一步的虚构性/事实性叙述的基本分野。

本节说的"拟虚构性文本"(白日梦、笑话等)之所以能成立,也正是因为它们在虚构体裁的框架里,内核依然是"事实性"的。而一个人做梦时,绝大部分情况下觉得正在经历真实的事件,这才能让梦做下去。[44]正如一个心理医生听取病人讲述的梦境或幻想,在心理医生的接收预期中,这是事实性的讲述,能够暴露他的潜意识心理,不然医生没有理由听下去。

八 叙述分类之二:记录性/演示性

文本的媒介,可以成为文本分类的原则:媒介会严重影响叙述的内在品质,表面上一个叙述可以从一个媒介转换到另一个媒介,文字或图像可以叙述同一个故事,巴尔特甚至认为叙述是翻译时保留的东西(而诗歌恰恰是翻译中丢掉的东西),但实际上媒介会严重改编叙述的内在品格。

按媒介性质,叙述可以分成以下几种:

1. 文字媒介:历史、小说、日记等
2. 语言媒介:讲故事、口头叙述
3. 以身体为主的多媒介:舞蹈、哑剧、戏剧等
4. 以心像为主的潜叙述:梦、白日梦、若有所思等
5. 以图像为主的多媒介:连环画、电视、电影等

叙述文本最常用的媒介是语言(文字与话语),口头话语是人类最基

本的文本方式,而文字文本记录了大量的文本,这两种媒介都是语言,却有根本性的区别。

文字叙述是记录性的,而记录文本是固定的文本,历史上抄写—印刷技术的巨变,没有改变其记录本质:一旦书面文本形成,便不再变化,如琥珀中的虫子一般历时地固定了讲述,它的意义流变只是在解释中出现。只有近年出现数字化书写与互动文本,才发生了文本流变的可能:阅读时由于读者控制方式不同而破坏其固定性,这是"书面"二字近年的变化。

口头叙述却是不断变化的,不仅语言文本难以固定,而且口头讲述常常不是单媒介文本:不管是收音机新闻广播,还是电视新闻,都可以附有许多"类语言因素",例如语气、场外音、伴奏、姿势等等。每一次文本表演,口头文本是变动不居,其伴随文本(姿势、语气、伴奏等)变化更大。

上述媒介类型中最引起争议的可能是"潜叙述",即未完成传达的心理叙述:心理图像——例如白日梦中的形象——其媒介是"心像"。我们的思索虽然不可能脱离语言,但是日有所思或夜有所梦,常常由形象构成。[45]心理学家顿奈特提出:人的神经活动实际上是在不断地做"草稿",而"心灵"的发展实为此种打草稿能力的增长。[46]布鲁纳则声称"思想不是理性的推论,思想是讲故事"[47]。心思或梦境,哪怕没有说出来,没有形诸语言,也已经是一种叙述。

梦或白日梦等心理叙述,没有自己之外的接收者。它们与日记不同:日记是有意给自己留作记录的,也就是说,明确地以自己为接收者。梦与白日梦也充满了意义,它为了表意才发生。但是由于其媒介(心像、痛觉等心理感觉、自我沉思)的非传达性,它们只是叙述的草稿,没有完成叙述过程的表意。这是一种很特殊的叙述,但是这种叙述默认的潜在接收者是文本主体自身,所以本文提出的最简文本定义第二条,写成"此符号链可以被接收者理解为具有时间和意义向度",没有说"另一接受主体",因为接收者可以是符号发出者自己。这样的心理叙述,我称之为"潜叙述"(sub-narrative)。可以说,潜叙述是任何叙述构筑的基础,毕竟我们想的比讲的写的多了很多:讲出的只是冰山一角。

九 叙述分类之三:"时间向度"

第三种分类方式恐怕是最复杂的,那就是语态,在笔者关于符号的定义中称为"内在时间",即"被接收者理解为具有时间和意义向度"。本文已经一再解释了"意义向度",但是"时间向度"始终没有解释。所谓时间向度,就是本节所要谈的语态,虽然此处只谈叙述文本,实际上所有的符号文本在接收者那里都会引发"时间向度"问题。

班维尼斯特在《一般语言学诸问题》中提出语态(mood)的三种基本方式,具有传达表意的普世性:"任何地方都承认有陈述、疑问和祈使这三种说法……这三种句型只不过是反映了人们通过话语向对话者说话与行动的三种基本行为:或是希望把所知之事告诉对话者,或是想从对话者那里获得某种信息,或是打算给对方一个命令。"[48]

他的看法暗合了现象学的看法:叙述文本背后的主体关注,是一种"主体间"的关联方式。胡塞尔这样阐释"交互主体性":"我们可以利用那些在本己意识中被认识到的东西来解释陌生意识,利用那些在陌生意识中借助交往而被认识到的东西来为我们自己解释本己意识……我们可以研究意识用什么方式借助交往关系而对他人意识发挥'影响',精神是以什么方式进行纯粹意识的相互'作用'。"[49]语态,就是对他人意识发挥影响的方式。

班维尼斯特说的三种"讲述",讨论的不只是讲述行为,不只是讲述内容,而是讲述人希望讲述接收者回应的方式,是贯穿说话人—话语—接收者的一种态度,这三种句式隐含着叙述主体的三种"意图性中的时间向度"。有的学者已经注意到这三种语态模式在叙述学上的意义[50]。本文给符号文本下定义时就已经提出,所有的文本都会被接收者理解为携带着"内在的时间向度与意义向度"。这"内在的时间向度",就是文本与接受中无法摆脱的意图方向性。所有的符号文本,都贯穿了这个意义向度问题,例如一幅桂林山水的图片,放在不同的符号文本中,似乎是同样的内容,我们却明白其中的语态:是景色的记录(过去向度),还是现场的报导(现在向度),还是旅行社的敦请(未来向度)。因此,含有时间方向意识的语态,是符号表意的普遍问题,只是在各种叙述文本中,这种分野更加重要,更加明显。

本文仔细检查各种符号叙述类型,以及它们的表意方式,发现叙述主体总是在把他的意图性时间向度用各种方式标记在叙述形式中,从而让叙述接收者回应他的时间关注。三种时间向度,在叙述中不仅是可能的,而且是必需的。没有这样的三种时间向度关注,叙述就无法为叙述接收者提供基本的意向构筑模式。

按内在时间向度,可以对叙述文本作出以下划分:

1. 陈述式（过去向度叙述）：历史、小说、照片、文字新闻、档案等
2. 疑问式（现在向度叙述）：戏剧、电影、电视新闻、行为艺术、互动游戏、超文本小说、梦、白日梦等
3. 祈使式（未来向度叙述）：广告、宣传、预测、诺言、未来学等

这三种叙述文本的真正区分，在于主体意图关注的时间方向：过去向度着重记录，因此是陈述；现在向度着重演示，意义悬而未定，因此是疑问；未来向度着重规劝，因此是祈使。它们的区别，不在于被讲述事件（内容）发生的时间：就被讲述事件的发生时间而言，各种叙述甚至可以讲同一个故事，就像上面引用的同一幅桂林山水图片，可以用在完全不同的叙述之中。

例如，所谓"未来小说"不是未来型叙述，未来小说发生在未来的过去，实际上是过去型叙述。其内容的未来性质，不能否定其叙述形式的过去性质。杰克伦敦作于 1907 年的未来小说《铁蹄》，叙述者艾薇丝在 1932 年美国工人阶级"二次革命"时，以回忆录的方式回忆了 1917 年"一次革命"时开始的美国工人阶级与法西斯的斗争，因此"未来小说"依然是过去向度叙述。

真正的未来叙述，最大特点是用承诺某事件会发生（或是否定性承诺，即恐吓警告）来作劝服，这是叙述发送行为与叙述接受之间的意图性联系。其眼光在将来：宣传叙述中的故事是为了"如何吸取过去的教训"；广告则以"发生过的故事"诱劝可能的购买者[51]；而预言则以将来会发生的事件来说动接收者。

十 "现在向度"的可能后果

现在向度叙述，问题最为复杂。有人认为小说与戏剧或电影叙述方式相似，有人认为完全不同。它们的相似之处在于内容，在于叙述的事件，不同之处在于内在时间向度：过去叙述给接收者"历史印象"，对已经成为往事的事件进行回顾（典型的体裁是历史等"文字记录式叙述"），因此是陈述式的；未来向度叙述目的是让接收者采取某种行动，因此是"意动的"（借用雅克布森的术语）[52]，内在时间向度是未来的；而现在时叙述给接收者"即时印象"，时间的发展尚无定局（典型的体裁是戏剧等"演示性叙述"），因此是疑问式的。

梦与白日梦也是进行式的，而不是事后叙述，上一节中说的"演示

性"叙述大多是现在时的,其展开的基本形态是疑问,情节悬而未决。《红楼梦》作为小说,一场梦必须醒后才能被叙述:石头被带到"花柳繁华地、温柔富贵乡"走一遭的梦,必须在梦过之后,才由青埂峰下的石头叙述出来。与此正成对比的是贾宝玉"梦游太虚幻境",对于贾宝玉自己的经历(睡在秦可卿床上)而言,却是同时进行的、演示性的、现在时的。所以电影《异梦空间》(Inception)中复杂的六层梦套梦可以"同时"进行叙述,因为不是在说已成过去的事,叙述不需要滞后。

由于电视电影已经成为当代文化中最重要的叙述体裁,我们不得不详细讨论影视的所谓"现在向度"。电影学家拉菲提出:"电影中的一切都处于现在时"[53];电影符号学先驱者麦茨也进一步指出这种现在时的原因是:"观众总是将运动作为'现时的'来感知"[54],画面的连续动作给接收者的印象是"过程正在进行";巴尔特认为,电影与照片不同,它的"拍摄对象在渐变着,他不强调自己的真实性,不申明自己过去存在⋯⋯电影是'正常的',就像生活一样,而摄影静止不动,它从表现退回到停滞"[55];罗伯-格里耶也强调说,电影的"画面是现在时。即使我们看到的是'闪回',即使涉及的是回忆,任何画面特性也显示不出现在、过去和将来的差别,画面永远是现在时状态的画面"[56]。

如此多的理论家和电影学家把他们的立场说得很清楚,但是电影的"现在时"依然让不少人困惑。电影似乎是制成品,是记录。戈德罗与若斯特就认为电影是预先制作好的(已经制成胶卷或 DVD),因此"电影再现一个完结的行动,是现在向观众表现以前发生的事"。所以电影不是典型的现在叙述。他们认为"(只有)戏剧,与观众的接受活动始终处于**现象学的同时性中**"[57]。戏剧是"现在时",因为一切都未定,让接收者有一种干预冲动。但是观众看电影时,究竟有没有意识到他们看到的演出来自"已经记录下来"的载体?

因此,电影与小说的时间有没有本质区别,是学界至今争论不休的大难题。本文的观点是:第一,戏剧与电影,因为它们都是演示性叙述,在意图性的时间方向上接近,而与小说等过去叙述有本质的不同。从叙述被接受的方式上看,电影与戏剧,其意图的时间模式与被接受的模式关联而言,都具有"现象学的同时性"。坚持认为两者不同的学者,认为戏剧的叙述(演出)类似口述故事,叙述发出者(演员)至少感觉上有临场发挥的可能,情节演化可能有不确定性;而电影是制成品,缺少这种不确定性。各种演示叙述关键的时间特征,是"不确定性",是"事件正在发生,尚未有结果"的主导印象。演示,就是不预先设定下一步叙述情节如何发展,让情节成为对结果的疑问。在叙述展开的全时段中,叙述使接收者始终占有印象中的共时性。而直觉印象,对于经验中的时间感觉来说,至关重要。

舞台或银幕上进行的叙述行为,与观众的即时接受之间,存在异常的"未决"张力。小说和历史固然有悬疑,但是因为小说内在时间是回溯的:一切都已经写定,已成事实,已经结束。读者会急于知道结果,会对结局掩卷长叹,却不会有似乎可以参与改变叙述进程的冲动。

今日的网上互动游戏与链文本(情节可由读者选择的动画或小说),更扩大了叙述进程的这种"待决"张力,接收者似乎靠此时此刻按键盘控制着叙述的发展,在虚拟空间中,"正在进行"已经不再只是感觉。

这种现时性,可以称为"现在在场"(the present presence),海德格尔称为"此刻场"(the moment-site)[58]。而在现象学看来,内在时间(internal time)不是客体的品质,而是意识中的时间性;笔者认为,某些符号叙述的现在向度,不是叙述内容的固有品格,而是叙述体裁接受方式的特定程式,是他构建文本中的时间意图的综合方式。

这种理解,也符合社会学家对影视接受的调查。玛格丽特·莫尔斯在传媒研究方面的一篇具有开拓性意义的论文中指出:电视新闻或"现场报道"中"新闻播音员似乎自然而然地与观众对话"。播音员好像不是在读新闻稿,而是在作实在的口头讲述。"这种做法有意混淆作为新闻从业人员的播音员,与作为发表意见的个人之间的区别。"电视观众会觉得播音员在直接对他说话,因为观众觉察到叙述行为本身:播音员启合的嘴唇"发出"新闻消息,"我们看到的讲述说出的时间,与(被讲述)信息本身的时间同步"[59]。

电视新闻的这种"同步",在大部分情况下只是假象。但是对于绝大部分观众,预录与真正的直播效果相同。社会学调查证明:绝大部分观众认为新闻是现时直播的。[60]新闻实际上是"旧闻",是报道已经发生了的事件,这一点在文字新闻报道中很明显,而电视播音的方式,给过去的事一种即时感,甚至如现场直播一样给人"正在进行因而结果不可预测"的感觉。电视新闻冲击世界的能力,就在于它的现在时间性:它把讲述变成可以即时实现的时间经验。

电视新闻的这种"现在在场"品格,会造成集体自我诱导,是许多群体政治事件背后的导火线:电视摄影机的朝向,使讲述表意的意图方向本身如此清晰,以至于被报道叙述的事件发展会循文本意图发生。此时,叙述发送主体(全球影视网的制作者)、叙述(被访者所言所行)、叙述接收者(所有的观众,包括上述制作者与被访者),全部被悬挂在一个不确定的意义空白之中,朝下一刻的不明方向发展。而这个方向,实际上是意识形态与社会主流价值预设的,在电视镜头前后的人都心照不宣地明白:采访者知道要拍到什么故事,被采访者也知道电视台要听到什么故事(也就是讲出何种伦理价值),因为他们自己就是观众。

这就让我们又回到"自我符号表意"问题。符号叙述发送与接受互相制约,最后实现的是主体原来的想法:一个集团主体在发表意见,但是没有足够的思想距离(虽然在空间上叙述转了一大圈,到卫星上转播回来),最后符号叙述演化出来的,依然是叙述自身携带的元语言。

今日西方叙述学界依然把叙述看成是个古瓶,把"事件的在场实现"这个妖魔锁在过去中。一旦把叙述广义化,这个瓶塞就被拔开了:时间的在场性就把预设意义,以我们的内心叙述方式强加给当今,"新闻事件"就变成一场我们大家参与的演出:预设意义本来只是各种可能中的一种,在电视摄影机前,却因为我们自身的集体自我注视,而在场实现于此刻:在"现在时"叙述中,我们在被迫叙述我们自己。

十一　世界批评理论的可能

以上是一个不算太简短的实验:看看我们能否不跟着西方学界走,也不依靠中国古籍(19 世纪前的中国古人显然不可能预料到当代叙述范围的扩大,不可能为我们准备好精神遗产),为建立具有普适性的批评理论做一点贡献。

上面的例子证明,我们多少能做出一点特殊的贡献:西方叙述学界至今守住亚里斯多德的区分,不愿意承认叙述可以"非回溯",不承认戏剧是叙述,这样就使得叙述学不能处理当代最重要的叙述体裁电影、电视新闻、广告、游戏等,也无法处理传媒时代带来的许多问题。只要我们不盲从,就可以看到,西方学界被动词时态绊住了,反而是动词没有时态的中国人,容易看到这种时间束缚没有必要。

经过当代文化的"叙述转向",叙述学就不得不面对已成事实:既然许多新体裁已经被公认为重要的叙述体裁,那么叙述学必须自我改造,不仅能个别对付传统叙述,也必须有能总其成的广义理论叙述学。事实证明,各种体裁的叙述学绝不是"简化小说叙事学"就能完成的,许多体裁的叙述学提出的问题,完全不是旧有叙述学所能解答的。

叙述固然无法叙述叙述本身,但是叙述的接受,对叙述的内在时间进行重构,这就使叙述意图中的内在时间得到彰显,叙述就出现了过去、现在、未来三个维度之分。而这个分野,可以从批评理论的四个支柱得到支持,本文得益于形式论,也得益于现象学与阐释学:包括本维尼斯特的"泛语态论"、胡塞尔的"内在时间论",以及利科的"叙述建构时间论"。如果我们坚持"回到四个基础理论",我们就能独立地创新。只要是创新的思维,说出与西方学界不同的看法时,完全不必犹豫。

而且,我们还可以看到,如果我们能做出一点贡献,并不是把批评理论更加"本土化",在这个时代的批评理论中,强调"越是本土的就越是世界的",是一种没有根据的机会主义,除了自我炫耀恐怕达不到其他目的。既然我们面对的社会文化现象是共同的,既然广义叙述学要处理的电影、电视、新闻、游戏等新的叙述方式是全球共有的形式,我们要帮助建立的理论,自然具有世界性的品格。这样一门批评理论,肯定有本土性的因素,不会彻头彻尾是普适的,但是文化全球化趋势没有逆转,批评理论的普适性也就只会增加。

(作者单位:四川大学文学与新闻学院)

注 释

〔1〕 例如张颐武的论文《全球化时代批评理论的新空间——简评〈王宁文化学术批评文选〉第三、四卷》,《外国文学》2003 年第 6 期;周小仪《批评理论之兴衰与全球化资本主义》,《外国文学》2007 年第 1 期。

〔2〕 中国大部分文献"叙述"、"叙事"混合使用,不加区分,或是过于做文章,认为这二者的区分大有讲究。谭君强译米克·巴尔的著作 *Narratology*: *Introduction to the Theory of Narrative*,标题为《叙述学:叙事理论导论》,译者有意用汉语二词。利科的名著 *Temps et recit*,英译成 *Time and Narrative*,汉译成《时间与叙事》。但是本文结尾会讲到,利科的重点恰恰不是文本,而是叙述行为。在本文中,我坚持用"叙述行为"与"叙述文本"二词,主要目的是行文统一。

〔3〕 本文用"叙述人"一词,因为"叙述者"常用于小说文本分析中,而"叙述人"在本文中指任何叙述行为者(agent of narration)。

〔4〕 A. J. Greimas and Joseph Courtes, *Semiotics and Language*: *An Analytical Dictionary*, tr. Larry Crist et al, Bloomington: Indiana University Press, 1982, p. 76.

〔5〕 Monica Fludernick, *Towards a "Natural" Narratology*, London and New York: Rout-
ledge, 1996, p. 252.

〔6〕 Edmund Husserl, *On the Phenomenology of the Consciousness of Internal Time*, Dor-
drecht: Kluwer, 1991, p. 16.

〔7〕 Paul Ricoeur, *Time and Narrative*, Volume 1, Chicago: University of Chicago Press,
1985, p. 6.

〔8〕 Paul Ricoeur, *Time and Narrative*, Volume 3, Chicago: University of Chicago Press,
1988, p. 241.

〔9〕 Paul Ricoeur, *Time and Narrative*, Volume 1, p. 181.

〔10〕 Jean-Francois Lyotard, *La condition postmoderne : rapport sure le savoir*, Paris: Minu-
it, 1979, p. 78.

〔11〕 "A man is always a teller of tales; he lives surrounded by his stories and the stories
of others; he sees everything that happens to him through them, and he tries to live
his life as if he were recounting it", Jean-Paul Sartre, *Nausea*, New York: Penguin,
Modern Classics, p. 12.

〔12〕 Hayden White, *Metahistory : The Historical Imagination in Nineteenth-Century Eu-
rope*, Baltimore: The Johns Hopkins University Press, 1973.

〔13〕 Louis O. Minke, *Historical Understanding*, Ithaca: Cornell University Press, 1987.

〔14〕 Jerome Bruner, "Life and Narrative", *Social Research*, Spring 1987, pp. 11-32.

〔15〕 Jerome Bruner, "The Narrative Construction of Reality", *Critical Inquiry*, Fall 1991,
pp. 1-21.

〔16〕 2007 年奥尔森的著作《布鲁纳:教育理论中的认知革命》对布鲁纳的贡献作
了出色的总结。David Olson, *Jerome Bruner : The Cognitive Revolution in Educa-
tion Theory*, London: Continuum, 2007.

〔17〕 侯怀银、王霞:《论教育研究的叙述学转向》,《教育理论与实践》2006 年第
6 期。

〔18〕 Peter Tayler, *Naturalistic Inquiry in Cross-Cultural Research : A Narrative Turn*,
Springer, Netherlands, 2007.

〔19〕 Ken Plummer, *Documents of Life : An Introduction to the Problems and Literature of a
Humanistic Method*, London: George Allen and Unwin, 1983. 至今普伦默依然坚持
叙述法,例如 1995 年《讲性故事》一书对同性恋的研究,突破了实证方式社会
学。叙述把"生活经验"(lived experience)转化为建构自我的有效手段。一些
社会工作者开始盛赞叙述转向,认为叙述不仅是意识形态的权利表现,也是
一种解放力量,可以让先前被迫沉默的阶层"获得声音"。

〔20〕 Brett Smith, "The Potential of Narrative Research in Sports Tourism", *Journal of
Sport and Tourism*, vol. 12, 2007, pp. 249-269.

〔21〕　Peter Brooks, *Troubling Confessions : Speaking Guilt in Law and Literature*, 2000. 此
类书籍绝大部分只是把法律叙述与文学叙述对比,这也许是因为文学热衷于
描写法庭场景,但是法学本身的叙述转向的确还有待深入。

〔22〕　John Horton(ed), *Literature and The Political Imagination*, London : Routledge, 1996.

〔23〕　Geoffrey Roberts, "History, Theory and the Narrative Turn in International Rela-
tions", *Review of International Studies*, 2006, vol. 32, pp. 703-714. 该文总结了这
方面近年的发展。美国民主党竞选战略顾问卡维尔甚至提出"叙述是竞选的
钥匙",认为 2004 年克里败于布什,是因为"没有能(把政策)形成叙述"(Rory
O'Connor, "Shoot the Messenger", *Mediachannel*, New York, November 11, 2004)。

〔24〕　有的医学家甚至为叙述转向找到了科学根据:芝加哥的心理医生麦克亚当斯
认为故事构筑的"个人神话"是最有效的自我治疗,为此写了一系列的用叙述
进行心理自疗的普及读物《我们藉以生活的故事》、《赎罪的自我》、《路途的
转折》。Dan McAdams, *The Redemptive Self : Stories Americans Live by*, New York :
Oxford University Press, 2006 ; *The Person : A New Introduction to Personality Psy-
chology*, New York : Wiley, 2006 ; *Identity and Story : Creating Self in Narrative*. New
York : APA Books, 2006.

〔25〕　Geoffrey Hartman, "Narrative and Beyond", *Literature and Medicine*, Fall 2004, pp.
334-345.

〔26〕　Jerome Bruner, *Making Stories : Law, Literature, Life*, New York : Farrar Straus Gir-
oux, 2002.

〔27〕　Catherine Reissman, *Narrative Method in Human Sciences*, London : Sage, 2008.

〔28〕　Michael Mateas and Pjoebe Sengers (eds), *Narrative Intelligence*, New York : John
Jameson, 2003.

〔29〕　近年除了伦理转向,尚有其他各种"转向":后皮亚杰(Post-Piaget)心理学自称
经历了语用转向(Pragmatic Turn)、讲述转向(Discursive Turn),法学上有过
"解释转向"(Interpretative Turn)。可以看出,这些都是叙述转向的另样说法。

〔30〕　 Adam Zachary Newton, *Narrative Ethics*, Cambridge, Mass : Harvard University
Press, 1995. 神经心理学家加扎尼加 2005 年的著作《伦理头脑》(Michael
Gazzaniga, *The Ethical Brain*, Dana Press, 2005)一书中总结得更为清楚。这本
书跨越了科学、哲学、人文学的界限,引起广泛的轰动。

〔31〕　Tang Weisheng, "The Ethical Turn and Rhetorical Narrative Ethics",《外国文学
研究》2007 年第 3 期。

〔32〕　D. E. Polkinghorne, "Narrative Configuration in Qualitative Analysis", in *Life Histo-
ry and Narrative*, eds. J. A. Hatch and R. Wisniewski, London : Falmer, 1995, pp.
5-13.

〔33〕　戴卫·赫尔曼:《新叙述学》"引言",北京:北京大学出版社 2002 年版,第

18 页。

〔34〕 莫妮卡·弗卢德尼克：《叙述理论的历史（下）：从结构主义到现在》，James Phelan 等主编《当代叙述理论指南》，北京：北京大学出版社 2007 年版，第 40—41 页。

〔35〕 费伦：《文学叙述研究的修辞美学与其他论题》，《江西社会科学》2007 年第 7 期。

〔36〕 H. 波特·阿博特：《叙述的所有未来之未来》，James Phelan 等主编《当代叙述理论指南》，第 623 页。

〔37〕 Gerald Prince, *A Dictionary of Narratology*, Aldershot: Scholar Press, 1988, p. 58.

〔38〕 Arthur C. Danto, *Analytical Philosophy of History*, Cambridge: Cambridge University Press, 1965, p. 236.

〔39〕 Paul Ricoeur, *Time and Narrative*, vol. 1, Chicago: University of Chicago Press, 1984, p. 52.

〔40〕 William Labov, *Language in the Inner City*, Philadelphia: University of Pennsylvania Press, 1972, p. 360.

〔41〕 赵毅衡：《诚信与谎言之外：符号表意的"接受原则"》，《文艺研究》2010 年第 1 期，第 27—36 页。

〔42〕 Marie-Laure Ryan, "Postmodernism and the Doctrine of Panfictionality", *Narrative*, 5:2, 1997, pp. 165-187.

〔43〕 Jeremy Hawthorn, *Cunning Passages: New Historicism, Cultural Materialism and Marxism in the Contemporary Literary Debate*, London: Arnold, 1996, p. 16.

〔44〕 只有在半醒（或所谓"假醒"，false awakening）的时候，偶尔会意识到自己在做梦（透明的梦，lucid dream），参见 Celia Green, *Lucid Dreams*, London: Hamish Hamilton, 1968, p. 56。

〔45〕 参见龙迪勇：《梦：时间与文本》，《江西社会科学》2002 年 8 月号。

〔46〕 Daniel Dunnett, *Kinds of Minds: Understanding Consciousness*, Basic Books, 1996.

〔47〕 Jerome Bruner, "Life as Narrative", *Social Research*, Fall 2004, p. 691.

〔48〕 Emile Benveniste, *Problems in General Linguistics*, Coral Gable: University of Miami Press, 1971, p. 10.

〔49〕 《胡塞尔文集》，倪梁康选编，上海：上海三联书店 1997 年版，第 858—859 页。

〔50〕 胡亚敏在她的《叙述学》一书中引用了班维尼斯特这段话。乌里·玛戈琳上引文也提到"未来时文本"与"条件式、祈愿式、义务式"等句型有关，但是她与"现在时"、"进行时"等时态混合在一道讨论（戴维·赫尔曼主编《新叙述学》，第 91 页）。

〔51〕 广告研究者认为：广告的意义不是灌输的，而是观众（爱好运动的少年）的意识构筑的，他们急需用幻想中的未来实现自我的转换。见 Judith Williamson,

Decoding Advertisements, London: Marion Boyars, 1978, p. 56.

〔52〕 罗曼·雅克布森:《语言学与诗学》,赵毅衡编《符号学文学论文选》,天津:百花文艺出版社 2004 年版,第 169—184 页。

〔53〕 Albert Laffay, *Logique du Cinéma: Création. et Spectacle*, Paris: Masson, 1964, p. 18.

〔54〕 麦茨:《电影语言:电影符号学导论》(Christian Metz, *Essais sur la signification au cinéma*, Paris: Klincksieck, 1972),刘尧森译,台北:远流出版公司 1996 年版,第 20 页。

〔55〕 罗兰·巴特:《明室》,北京:文化艺术出版社 2003 年版,第 141—142 页。

〔56〕 罗伯-格里耶:《我的电影观念和我的创作》,《出版商务周报》2008 年 5 月 11 日,第 24 页。

〔57〕 戈德罗与若斯特认为戏剧电影都是"重述"过去的事,它们与小说不同之处只在于"戏剧和电影不是一个故事的表现而是再现,这个故事作为手稿、脚本、小说、历史、神话或一个想法而现存于人们的头脑之中"。戈德罗和若斯特《什么是电影叙述学》,北京:商务印书馆 2005 年版,第 135 页。

〔58〕 此术语德文为 Augenblicksstatte,见 Martin Heidegger, *Contributions to Philosophy*, Bloomington: Indiana University Press, 1999, p. 235。海德格尔对康德思想的阐述,见 Martin Heidegger, *Kant and the Problem of Metaphysics*, Bloomington: Indiana University Press, 1997, p. 83。

〔59〕 Margaret Morse, " The Television News: Personality and Credibility ", in Tania Modleski (ed.), *Studies in Entertainment*, Bloomington: Indiana University Press, 1986, pp. 55-79.

〔60〕 Fanie Feure, " The Concept of Live Television: Ontology as Ideology ", in E. Ann Kaplan (ed.), *Regarding Television*, Frederick MD: University Publication of America, pp. 12-22.

语言、身体、主体性再现：
"女性书写论"的美学向度

张玫玫

内容提要：本文研究的"女性书写论"限于法国女作家、文论家埃莱娜·西苏于 20 世纪 70 年代提出的弘扬性别差异的书写理论。通过深入分析西苏的主要理论著述和几部相关的文学作品，本文揭示了"女性书写论"的精髓在于，从语言的精神结构入手，主张探索女性欲望的"黑暗"大陆，倡导语言变革，以达到解构父权思想二元论的目的，开启建构和再现新的女性主体性的空间。在此基础上文章指出，以主体性再现为核心的女性书写论关乎"过程中的书写"，它借助"差异的游戏"生成意义的潜力不仅具有性别政治意义，而且蕴含丰富的美学可能性。

关键词：西苏　女性书写　语言　身体　主体性再现

Abstract：The present essay confines its study of the theory of "feminine writing" to Hélène Cixous' *écriture féminine*, put forward in the 1970s. Through an in-depth analysis of Cixous' major theoretical writings and some of her related literary works, the essay reveals that proceeding from the psychical structure of language, *écriture féminine* aims to deconstruct the dualism that underlies patriarchal ideology by advocating the exploration of the "dark" continent of female desire and change in language, and, ultimately, to open up space for the construction and representation of a new female subjectivity. On this basis, the author argues that, centering on the representation of subjectivity, *écriture féminine* is about "writing in process". Its potentials to generate meanings through "the play of difference" not only have significance in sexual politics, but also contain great aesthetic possibilities.

Key words: Cixous; *écriture féminine*; language; body; subjectivity representation

诲习德里达解构之道的埃莱娜·西苏(Hélène Cixous)最为人称道的建树之一,是她对父权思想二元论的批判分析。以《突围》[1]为例,我们可以对她的主要观点作如下概括:构筑整个西方哲学思想和文化生活根基的二元对立结构隐含压迫女性和压抑女性意识发展的论断,西苏指出它们使女性同自己的身体产生异化,把女性欲望导向女巫的妖术和歇斯底里的发作。要从这个逻辑系统突围出去,西苏认为必须走一条也堪称进攻的逃逸路线,即妇女必须通过探索女性欲望的大陆来挑战"菲勒斯—逻各斯中心主义"权威。这块大陆既不黑暗,也不由"匮乏"界定,把它从深深的压抑中解放出来,女性就可以实现其书写,建构起一种以双性同体为基础的爱欲美学。这里,我们将从语言、身体和主体性再现三大方面来探讨西苏书写性别差异的思想开启的美学新空间。

一 "把'法则'炸得粉碎"[2]:"女性书写"的语言突破

西苏在《突围》中指出,父权思想的核心包藏着暴力与死亡。在"她在何处?"这个开篇问题之下,西苏列举了一系列互相对立的概念:

> 主动性/被动性
> 太阳/月亮
> 文化/自然
> 白昼/黑夜
>
> 父亲/母亲
> 头脑/内心
> 理性的/感性的
> 逻各斯(理念)/帕索斯(感伤力)[3]

西苏认为,这些成对的概念都建立在最基本的"男人/女人"的二元对立之上,体现了一种父权价值观。每对概念的前一项都是阳性词汇,受文化的褒扬和肯定;而后一项则是阴性词汇,都带有消极的被贬抑的意义。由于两相对立的概念遍布作为思维媒介的语言,西方的哲学、文学和批评都不可避免地陷入这种无休止的等级对立逻辑之中,而在每一组对立背后都能够发现隐藏的男/女对立和它内在的肯定/否定的价值判断范式。在这个范式中,女人由被动性界定,由于主体(语法意义上的主语)是行为者,所以女人作为主体是不存在的。西苏从这个逻辑中读出了暴力和死亡,因为意义需要在对立中产生,一个词语要获得意义就必须打压与之相对立的另一个词语,这一组词于是成为争夺意指优势的战场。最后,胜利被等同于主动,失败被等同于被动,而在父权制度下,男性总是胜利者。西苏谴责这个逻辑不给女人留下肯定的空间,"女人要么是被动的,要么不存在,余下的一切皆不可想象"[4]。针对这一二元论思维,西苏提出的对策不是现存体系内部的简单平等,因为这个平等根本不可能在现存体系内部实现;她提出的是改写整个体系,使其内部两个概念的对立和冲突能够被某种新的关系取代。在一定意义上,可以说西苏的整个理论抱负就是要拆解菲勒斯—逻各斯中心主义的意识形态,肯定女性是生命、权力和能量之源的价值,从而迎来一种全新的女性语言。她相信这种语言能够戳穿逻各斯中心主义与菲勒斯中心主义串通起来压迫妇女、使她们失语的阴谋,不断地颠覆父权制的二元组合。

西苏的上述观点不仅是作为理论提出来的,而且也体现于一种写作实践,她把这种实践称为"女性书写"(*écriture féminine*)。"女性书写"所包含的关于语言变革的思想既是对菲勒斯—逻各斯中心主义的语言和文化逻辑的批判,同时又是突破这种逻辑的森严壁垒,尝试他性书写的积极探索。

1. 弑戮他者的男权文化逻辑与"女性的"想象界

《突围》列举了一连串二元对立的词语,其实是在回答开篇提出的问题:"她在何处?"当眼光随着排列的一对对词语逐行下移时,便在我们的头脑中有意识或无意识地建立起某种联系——由于语言的编码方式(如欧洲一些语言的阴阳性语法意义),由于社会生活表层下面潜藏的文化指涉逻辑,"她"似乎总是穿插流连于两相对立的一组词语的右端,身影在"被动性"、"月亮"、"自然"、"黑夜"等形象中时隐时现。有意无意之间,我们注意到左端的词语似乎表达了更重要的概念,享有相对于右端的优先权。这种联系和认识随着西苏的进一步列举逐渐增强,直至得到最后确认:

　　形式、凸形物、步伐、行进、播种、进步。

　　物质、凹面、地面——脚踏实地方能迈出步伐,承载的地面,容纳倾倒物的地面。

$$\frac{男人}{女人}^{[5]}$$

至此,西苏列举的组合清单已经发生了结构变化,从左右并列变换成上下叠加,当最后一组词语出现时,先前左右之间的斜划线现在被上下之间的横隔线取代,由此构成对开篇问题非常直观的回答:女人像沉默的地面被压在脚底下,支撑着享有特权的男人在上面构筑文化大厦;她是进步形式的物质基础。

　　西苏哀叹"同样的隐喻"总是一而再、再而三地出现。她注意到贯穿历史始终的是某种"一向通过对立运作"的思维过程,借用德里达的术语,她指出这就是"逻各斯中心主义",因为以贬低女性为前提,也是"菲勒斯中心主义"。[6]这种对立具有等级化的本质和暗中侵蚀的作用,它要求"女人"在对立中充当被动参与者,不允许她拥有自身命运的控制权。在西苏描述的父权文化制度中,"女人"就像前俄狄浦斯阶段真实界里母亲的身体,是某种"缺失的,因而让人渴望的"事物。[7]"女人"对二元对立体系必不可少,但同时又遭到该体系的排斥。西苏描述的等级对立制度可以在拉康的自我与他者("我"与"非我")的关系中找到原型。拉康的理论假定镜像阶段的自我建构必须依赖一个"他者",由他者的在场反射出自我的形象。自我与他者的关系在这里恰似自我与自我投射到镜子中的影像之间的关系。按照拉康的解释,当儿童初次认出自己的镜像时(无论是从真正的镜子中,还是从类似镜子的母亲身上),要经历与此镜像的认同,产生一个关于身体的"无意识意象"(*imago*),使儿童得以区分我与非我、自我与他者。[8]需要强调的是,此处自我与他者的关系并非对等,他者也许帮助自我实现了身份认同,而自我却否认他者获得身份的权利,他者只是被自我挪用,然后抛弃。所以西苏说拉康精神分析学的自我产生自"对他者的弑戮"[9]。

　　他者概念不仅对西苏倡导的书写至关重要,而且在贯穿整个后结构主义思想的欧洲哲学传统中也必不可少。第一个将他者概念引入女性主义理论的是波伏娃,她在《第二性》中指出,父权制占用了自我概念,把妇女置于相对于自我的他者地位。他者概念在哲学传统中的存在主义和现象学背景正好界定了包括西苏在内的后结构主义女性主义理论家使用这个概念的界限。

西苏将"女人"和"他者"联系起来的突出表现,是在其著作中反复讲女人是作为母亲的他者,这一联系被她的翻译者用英语缩合词 m/other 精练地概括出来。西苏将女人和他者置于黑格尔的"主奴辩证关系"的框架中来思考("主人/奴隶 暴力。压制。"[10]),对立双方都不能脱离其对立面而单独存在("没有奴隶不成其为主人"[11])。在任何"按等级制组织的关系"中,他者不论以什么形式呈现,都是被挪用、压抑、排斥和湮灭的一方,对他者的挪用、压抑、排斥和湮灭则通过对立体系的隐秘作用得以实现。然而,西苏声称,改变与他者的关系,就有可能引起体系自身的变化:"肯定有一些关联的方式完全不同于男性经济规定的传统。因此,我迫切而焦急地寻找能产生一类异样交换的场景,一种不会与死亡旧说串通的欲望。这种欲望将发明**爱**,唯有它不会用爱来遮蔽对立面……相反,一定会存在对彼此的承认……每一方都承担**他者**的风险,差异的风险,不感觉存在他性的威胁,反而欣喜于通过尚待发现、尊重、赞赏、珍视的未知数获得的增长。"[12]西苏认为这种截然不同的与他者的关联方式可以在书写中得到探索和表达。她说书写是"能够逃离[父权制文化的二元对立体系]恶毒重复的别样天地"[13]。由于她提出的是有别于父权话语"男性"经济的替代物,西苏给这种新型经济冠以"女性"之称,谓之"女性书写"。

从本质和功能上定义"女性书写"远非容易的事情,正如西苏在《突围》和《美杜莎的笑声》中所言,"目前,要**定义**一种女性的书写实践仍不可能,其不可能性还将持续;因为这种实践永远不能被**理论化**、被圈起来编码,但是这不意味着它不存在"[14]。西苏的这句话经常被批评家引用,各有各自的解读,伊恩·布莱斯(Ian Blyth)和苏珊·赛勒斯(Susan Sellers)认为这句话里最关键的词语是"实践"。我们无法确切地说"女性书写"是什么,我们只能观察"女性书写"的作为,就是在这个意义上,布莱斯和赛勒斯说女性书写是一种"实验"书写。[15]西苏不曾提供实践女性书写所应遵循的公式,但是她的描述给出了理解其书写理论之基本要素的提示和建议。在女性书写实践的语言要求这个问题上,西苏说:"[女性书写实践]将永远超出菲勒斯中心主义体系主宰的话语;它现在和将来都在受[菲勒斯中心主义的]哲学—理论支配的领域以外的某处发生。"[16]那么,能够摆脱菲勒斯中心主义话语内部二元等级对立体系支配的"别样天地"究竟在什么地方?

还是在《突围》里，谈到女性书写不能用等级对立的语言进行"理论化"的时候，西苏接下来写道："但是我们可以开始言说。开始指出一些作用、无意识欲动（drives）的一些要素、女性的想象界与真实界的一些关系，与书写的关系。"[17]这句话暗示我们，如果菲勒斯中心主义的象征界不是女性书写适合的生存空间，那么实践这种书写的语言便可能发自于想象界。

真实界、想象界和象征界是拉康理论中的三个重要概念。西苏从20世纪70年代开始阐述女性书写思想时起，一直对精神分析学蕴含的创造和阐释的可能性深感兴趣，深入理解西苏文本使用的拉康术语要求我们首先要对这些概念本身进行必要的澄清和解释。想象界可以说是"化解"俄狄浦斯情结之前，儿童所处的非语言或前语言的生存状态。在想象界，儿童已产生初始的自我个人意识（自我在拉康和弗洛伊德各自的理论中分别用了 *moi* 和 *ego* 来表示），但是他/她仍然与母亲密切认同。弗洛伊德和拉康都认为与母亲的紧密联系在俄狄浦斯情结化解的过程中遭到破坏，其时，父亲作为第三方介入，干扰和瓦解了母与子的二人统一体。拉康表述这个过程时引入了所谓"父亲的法则"[18]，父亲的法则带来阉割恐惧，从而拆散母子二人亲密融合的关系，促使儿童进入象征界。由于象征界代表了语言阶段，拉康的理论可以说是用语言要素改写了弗洛伊德。根据这种改写，语言代替或代表了匮乏的东西，而儿童进入象征界后缺失的是母亲。从想象界走向象征界的路是一条有去无回的单行道，一旦儿童在父亲的介入下迈入象征界（语言），想象界（和母亲）就只能通过语言接近了。其结果是，孩子与母亲之间的纽带被削弱，他/她与父亲和语言的联系却显得似乎牢不可破。

尽管得到了语言，儿童仍然痛感失去母亲，仍然渴望重回幸福、统一的前俄狄浦斯状态。真实界曾经是这种欲望获得"满足"的空间，在真实界，儿童没有缺失。然而，由于真实界也属非语言的阶段，代表了儿童与母亲不依赖语言为媒介交流，彼此亲密无间地融合，它也像想象界一样，只能通过象征界接近。更有甚者，由于象征界/语言是基于匮乏的假定构筑的，不存在匮乏的真实界因而永远可望而不可及。进入语言王国的成人世界在西苏看来，无异于丢失童真，所以她不止一次地回顾夏娃和伊甸园的故事，寄寓她对父权制文化深层结构和假定的批判。想象界和真实界不可能离开象征界的语言媒介作用被人们体验，故而拉康尊崇象征界，赋予它高于另外两者的地位，可以说，拉康以象征界和语言的优越性，制

73

造了囚禁非语言的无意识欲望的牢笼。

西苏在《突围》中试图探求是否还有可能存在另一种途径接近真实界和想象界,是否可以利用一种全然不同的关联体系,这种体系更贴近想象界和真实界,不需要围绕"匮乏"运转。西苏的抱负听起来很抽象,但是她坚信这种新体系可能存在,而且重要的是,如果它存在,就会产生深远的社会政治影响。借"女性书写"之名,西苏暗示这种迥异于等级对立的体系可以通过彻底重新评价我与非我之间,或者说自我与他者之间的关系得以实现。

2. 语言与西苏的书写实践

从以上分析可以清楚地看出,西苏认为语言对妇女遭受的意识形态压迫具有根本作用。她在《突围》和《美杜莎的笑声》中都明确地表示,男人正是通过语言成功地实现了掌握控制权的欲望,从而消除了他者具有的可能性。"女人总是在男人的话语'内部'运作,"西苏写道,"[她是]一个能指,总要指向对立的能指,而对立能指却吞噬掉它特殊的能量,压制或扼杀它非常不同的声音。"[19]语言在西苏眼里已成为"自我同一的帝国",她敦促妇女藉书写"潜入"语言,"炸毁"菲勒斯中心主义话语的法则,让语言"飞翔"。[20]

"飞翔"是深受西苏喜爱的意象,她经常用飞翔来描述女性及其书写,借鸟儿自由的双翼,逃离秩序森严、条理井然的男性话语内部等级对立的组织法则。西苏不认为二元等级对立是任何语言当中必然的结构,它不过是模仿男女成双成对的人类制度,而且截然对立的两个词语是通过暴力维持着彼此之间的关系。语义学反映的是对词语意义非中立的分析,它与现实世界依靠武力维持压迫关系相近似。将语义结构视为模仿社会关系并且诉诸武力的观点剥去了意义二分法权威的神秘外衣,使西苏能够思考另一种言说和书写方式的可能性,女性书写因而代表了超越父权法则的限制确立新型语言的设想。西苏在自己的著述中努力重拾人类声音最初的节奏和语调,寻找能够言说身体的语言——用这种语言不仅可以让丰富的情感得到自由直接的表达,而且还令言说者能够聆听他者,聆听万物言说自己。

我们将以西苏自己的著作为蓝本,探讨女性书写的语言实践。

在如诗般的长文《伊拉》中,西苏不到已确立的理论丛林里枉然搜寻关于女人的既定知识,而是仔细聆听,任由另类的一股思绪带着她游走在一个个联想和冲动之间。她从词语印在纸页上的笔画中寻找新奇洞见,拒绝把观察到的现象统统套进预先准备好的范畴。按固定模式分门别类在西苏眼里不过是消灭知识客体的一种方法，所以她要抛开所有成见重新去看，听任客体言说自己，将自己的节奏加在人的意识之上。这意味着书写者/认知者必须放弃支配欲强烈的单一自我，即语言中的那个"我"，然后才能体验他者的观点、他者的声音、他者的书写、他者的时空，为他者所震撼和感染。这意味着思想者不求旁征博引、自圆其说，而是去做探索者，做拆解陈腐思想的人。《伊拉》中的女性探索者既是书写者和认知者，也是思想者，她遇到概念难题时，不会为了既定的目标剪辑或删改不相同的声音或经验，她以语言为媒介辛苦跋涉的征途通向的不是任何已知的真理，而是尚待发现的奥秘。这样的书写和知识有可能产生的条件就是语言能够不压制那些言说者自由的表达。

要保全他者的独特性和他性，书写者必须学会如何"照看和维护，不要捕捉"，她必须抵制"抓到手中再赋予意义"的冲动，她采取的书写立场要"反映和保护如新生儿般脆弱的那些事物"。[21]西苏1983年发表的小说《普罗米希亚之书》探讨的一个重要主题正是书写者相对于被热爱的他者所应采取的立场。

普罗米希亚是普罗米修斯的女身，西苏笔下的叙述者热切地想要讲述她的故事，可是开篇第一句话，她却不得不承认"我有点害怕这本书。因为这本书是关于爱的"。[22]《普罗米希亚之书》不仅讲述给予爱，也讲述承受爱。叙述者不讳言自己具有爱和表达爱的能力，"但是被爱，那才是真的了不起。承受爱，让自己被人爱着，进入神奇而令人敬畏的慷慨之圈，接受礼物，找到妥帖的答谢辞，那才是真正的奇迹"。[23]普罗米希亚既是爱的源泉（给予者），又是爱的对象（承受者）；作为女人的神话原型，她既是叙述者自己又是他者。当叙述者要把普罗米希亚当做女主人公来描述时，她感觉"书写问题成了我的敌人"。[24]书写是她的敌人，因为她痛恨以作者的权威和支配姿态走进这本关于爱的书，因为这本毕竟是普罗米希亚的书。为了避免专横武断的书写立场，为了"反映和保护"普罗米希亚，西苏的叙述者把书写的自我一分为二，于是《普罗米希亚之书》有了两个叙述者——"我"和"H"。分身使叙述者能够"反复不断地从一个位置滑向另一个位置"，[25]从而把自己从"自传"的束缚中解放出来，她认为自传这种书写体裁充满"妒忌"和"欺诈"。[26]由于读者已被告知叙述者"我"和"H"的由来，当能指"我"出现在文中时，读者几乎不会把它当成第一人称代词，而倾向于视之为第三人称，似乎这是一个人物的名字。这一策略瓦解了自传的根基,作者、叙述者和主人公不可能再以同一个代词的名义被等同起来。在《普罗米希亚之书》中,"我"和"H"都不可能独立写出普罗米希亚的故事,普罗米希亚自己的贡献也功不可没。叙事主体和声音不断变换,自我和他者都在言说,没有主次优劣之分,两个叙述者和普罗米希亚对彼此的理解已超越了语言。

西苏把书写行为当成多元工程分摊给"我"、"H"和普罗米希亚,这使得两个叙述者和叙述对象的身体界限、主体性界限和文本界限都变得模糊不清,内部与外部的区分极不稳定。H. 吉尔·斯科特(H. Jill Scott)于是认为《普罗米希亚之书》关心的主要问题不是主体身份或差异性,而是邻近性(proximity),"彼此贴近却不尽然"[27]。书中的"我"道出了近距离接触的技术难题:"'我'感觉那么贴近,可是也知道'我'与 H、与普罗米希亚有多么不同,'我'怀着外科医生的恐惧战栗"[28],似乎她创作这个文本需要负责切割和拼贴那些身体。"我"意识到自己和"H"及普罗米希亚三人之间很接近,她渴望主体性和身体相混淆的状态,但是同时又希望肯定她的两个"他者"参与创作的行为,她说:"'我'的目的是尽可能近地滑向真正的创作者,直到'我'能够让'我'的灵魂与这些女人的灵魂轮廓相接,却不至于难分彼此。然而,有时在必要的极度接近当中,两个'我'总有可能在边缘会合。"[29]斯科特认为,强调三个主要人物的邻近主体性是西苏对拉康划分象征界与想象界的诗意拒斥,她给出了三个理由:一是西苏的主体邻近性模糊了内部与外部的区别;再者,西苏强调了一种三元优于二元的关系;第三,西苏将身体纳入书写过程,而拉康则将身体排除在了象征界之外。[30]斯科特的见解有助于理解女性书写以爱他者来超越等级对立法则的主旨。

女性书写背离象征界的基本组织法则,不拘囿于等级思维和预定范畴的限制,既活跃又具有破坏性,西苏经常在文章中使用法语词 *voler* 来形容女性及其书写这一双重特征。*Voler* 既指"飞翔",又指"偷盗";是自由无羁的运动,也是无法无天的捣乱。西苏说:"*voler* 有两重含义并不偶然,它一语双关,甩掉了意义的施为者。不偶然:女人像飞鸟和盗贼……她们(*illes*)[31]忽然经过,飞出牢笼,欣然于搅扰空间秩序、扰乱方向……改变事物和价值的位置。"[32]所以西苏反复讲飞翔/偷盗是女人的姿态——"偷偷潜入语言,在语言中飞翔,并且让语言飞翔"[33]——以"飞翔"寄寓破坏法则的含义,赋予女性书写无畏的颠覆性。

这种颠覆性书写的运动轨迹不同于有统一和管控作用的男性话语

（unifying，regulating *history*[34]），"［女人的］言语即使在表述'理论'或政治的时候，也不曾是简单的或直线性的或'目标化的'，不作普遍概括：她将自己的故事（her story）引入历史（history）"[35]。我们还是从西苏本人的著述中来领会她这番抽象的描述。

西苏著文如同作诗，而且是一组系列诗，她经常流连于同一个主题、同一缕思绪、同一个意象，一次次返回来，从不同的角度去探索。西苏的著作是一系列相关联的文本，它们不提供对问题结论性的回答，而是带着读者一路领受她的心情、挫折、欣喜、发现和洞见；由于文章往往相互联系，你甚至可以不时从比如《美杜莎的笑声》和《突围》里读到大段大段相同或相似的文字。西苏的文本没有哪一个能够指望独自完全包容或表达它所关注的问题或奥秘，相反，每一个文本都是对更广大的、未知的（也许是不可知的）陌生世界某一细小方面的一次冥思、一番勾画或短暂但深刻的一瞥。正如西苏在《书写之梯的三步》中所说，重要的不是奔哪个方向而去，而是积蓄势头，"你必须迈开步。书写就是这样，出发上路……这不意味着你一定要到那儿，书写不是到达；多数时候它**不到达**"[36]。这是一种对预料之外的事物心态开放、积极回应的书写策略，书写者以敏锐、警觉的意识状态上路，随时准备停下来聆听他者的声音，跟随新的心情和灵感踏上另一条路，或许奥秘就在道路转弯处。

西苏对语言的关注是哲学层面的。在她看来，反映单一的男性世界观的父权文化制度将其根本的组织逻辑和法则铭刻在语言的深层结构上，通过语言编码让这种制度确立下来，在世代相袭的知识传承过程中逐渐强化，进而被当成必然和自然的。世上没有任何内在意义是先于人为强加的结构而存在的，由于语言内部反映了这些结构，语言因而成为理解这些结构并促成变化的关键。语言代表的男性世界观决定了它要压抑、排斥和挪用所有与之不同的文化建构，因此语言当中被压抑的、女性的或无意识的"他者"才是最具颠覆性的变革力量。对语言的上述思考构成了西苏"女性书写"论的基本前提。

二　身体/无意识：铭写女性经验的场域

身体是主体意识的物质载体，是铭写存在经验的场域。女性主义认为，女人对自己身体的认知是她们"界定自己的身份、掌握自己的命运、实现自我赋权"的重要途径和组成部分。[37]西方文化以人的身体特征为

77

区分社会群体差异的主要视觉参照项,其主流话语——无论是宗教话语还是科学话语——皆假设身体是标示性别的最明显的符号,身体的差异决定了男女在智力、情感、体能和欲望等方面的差异。以二元对立论为基础的理性主义思维不仅以男性身体来规范整个人类的身体,而且把女性桎梏在身体之内,建构了女性身体与理性相左的偏见。

性别概念进入书写的实质,是拒绝接受传统文化对心灵和身体的割裂。像许许多多呈等级对立的二元概念一样,心灵与身体的对立建立在最基本的男/女对立的基础上。将女人与身体而非心灵联系在一起,使得她同书写这种智力活动产生距离。提倡女性差异书写的文论家往往从两方面对这些传统观念提出质疑:首先,她们正面肯定女人与身体的联系,拒绝把身体放在服从心灵的次要位置;其次,她们鼓励女性进入书写,以此反对身体与心灵的割裂。"书写身体","让人们听到你的身体",这些呼吁分明是在驳斥书写纯粹是精神活动的观念。

与"身体"密切相关的两个关键概念是"无意识"和"欲望"。作为后现代语境下受拉康影响的新一代法国女性主义文论家,西苏关心在弗洛伊德的"阴茎嫉羡"论[38]之外,有没有肯定性的表征女性欲望的方式,以及女性欲望是否必须永远服从和补充男性欲望。她在关于"女性书写"的理论建构中,以自己的方式表达了对于用"匮乏"来界定女性本质的拒斥,并且积极探索铭写女性经验、再现自主的女性欲望的途径。

"书写身体"是西苏敦促和鼓励妇女参与书写的主要内容之一,经常被人当做其"女性书写"的战斗号令。身体对于西苏来讲,既具有文本性又体现了书写的主体性,"书写身体"也是"用身体书写",它能反映三个方面的重要内涵。首先,遭到父权文化压制的女性身体可以在藉书写而实现的文本化过程中得到释放,从而挑战菲勒斯中心主义关于身/心、男/女、无意识/意识的二元等级对立。其次,语言自身反映了一种身体机能。言说和书写都必须涉及思想的翻译,而这需要调动复杂的神经刺激和肌肉运动网络。如此复杂的生理活动连同呼吸、脉搏、紧张、荷尔蒙变化等不间断的身体机能,都影响着人们对语言的使用。西苏认为,如果书写者试图压制这些身体活动,那么书写者不仅歪曲了书写过程的本质,而且还在男性法则的指导下企图控制意义。再者,"书写身体"意味着疏通和再续书写/言说主体与"母亲"的联系,母亲身体之音韵节律的持续影响可以作用于(男性)象征界原本无所不能的划界与分层,质疑其构成和各种定义,进而质疑主体同语言、他者、自我及世界的关系。我们将围绕这三方面的内涵论述西苏关于身体和无意识的书写思想。

1. 受压制的身体及其颠覆潜力

"妇女必须参加写作,必须写自己,必须写妇女。就如同被驱离她们自己的身体那样,妇女一直被暴虐地驱逐出书写领域。"[39]《美杜莎的笑声》一开篇,西苏就如此暗示了女人的物质存在与她书写的文本之间存在的密切联系。西苏强调,父权制文化不仅占用女性的身体,而且决定了它的文化含义——包括女人对自己身为女性的认识和对自身性别经验的理解。她敦促女性摆脱父权文化的限制性定义,用书写表达自己的觉醒与新发现。她在《突围》中指出:"关于女性特质,女人可以书写的东西几乎无所不包:写她们的性征,也就是说写其情欲之无限的和流动的复杂性。"[40]她相信,书写女性的觉醒将"冲破"男性象征界的符号编码及等级对立划分,使之对其他的可能性开放。

西苏关于身体与书写关联的推断很大程度上来源于她谙习精神分析学的背景,尤其是对拉康理论将语言同性心理发展相联系的了解。拉康发展了弗洛伊德关于儿童性心理发展的理论,认为在性别认同过程中起关键作用的阉割恐惧同样决定了语言的习得和结构,女人代表"匮乏"的观念因而也同两者有了联系。应该说弗洛伊德关于性别角色决定过程的思想,特别是他的俄狄浦斯情结这一概念,为拉康更为复杂的着重语言的理论奠定了基础。在拉康那里,个人进入象征界与其俄狄浦斯情结的化解相呼应。我们从弗洛伊德学说中得知,俄狄浦斯危机的化解意味着男童不再视父亲为争夺母亲的对手,相反,由于认识到父亲拥有阳具,他转而与父亲认同。相对于父亲建立的这种新地位在某种程度上帮助他克服掉与母亲分离的失望,使他能够将恋母的欲望转移到其他女人身上。而对于女童来说,弗洛伊德认为,她把母亲和自己都看成是受到了阉割,并且认为母亲应该为自己受阉割的状态负责,由此她将对母亲的欲望转向父亲,继而转向其他男人,因为男人才拥有她所缺失的阴茎。

拉康在十分明显的比喻意义上解读俄狄浦斯危机,在他看来,危机的化解并不完全在于如愿地拥有了男性器官本身,而在于占有了长期以来赋予这个器官的文化含义,即它所代表的权威和力量。拉康又进一步假设语言习得是在象征意义上占有阳具(菲勒斯),也是进入社会价值和法律体系的途径。性别角色的确立和语言习得因而成为身份形成过程中两个作用重大而又盘根错节、彼此关联的因素。西苏在《美杜莎的笑声》、《突围》和其他重要文章中,把拉康的理论当做是对男性/女性现状的一种解释——男人占有菲勒斯,控制象征界;女人被划归非象征领域,与身体和无意识为伍,处于心灵和意识的对立面。

男性理论家创造了菲勒斯这个话语的中心能指,并且通过阉割情结把"匮乏"塑造成欲望的动机。欲望和对感知进行组织再现的象征界于是受到严重的扭曲,给男人和女人都造成损害。西苏用尖刻又不失诙谐的语言对崇拜阳具的菲勒斯中心主义进行抨击:

> 凭借肯定阳具的首要地位,并使之发挥作用,菲勒斯中心主义的意识形态侵凌的受害者不止一个。作为女人,我被那个幽灵的巨大阴影笼罩,有人告诉我:崇拜它,崇拜这个你无法挥舞炫耀的东西。但是与此同时,男人得到的却是那怪诞的、很难令人羡慕的命运——(设想一下吧)他被化简为带着泥蛋蛋的单个偶像。[41]

如果说"差异"是两性之间所固有的,那么"对立"则是推崇一方、压制另一方的文化结果。菲勒斯中心主义的文化创造的语言封杀了女性身体和女性力比多的表达渠道。

把女人排斥在心智和知识之外,竟使得她们无法认识自己的身体。西苏借用弗洛伊德的词汇,把无意识状态下的女性身体叫做"黑暗的大陆"——它神秘莫测,就连女人自己都不能探知。然而,西苏断定,要打破这种局面,女人必须仰仗的也正是她的身体,她不应该害怕自己的身体或者为它感到羞耻,而是要利用与身体联系更亲密的优势,积极探索,了解自身欲动的每一个起伏和流向,从中汲取力量,去动摇菲勒斯中心主义的象征界,"炸毁"父权制的法则。对于西苏这样的后结构主义女性主义作家,书写就是实施颠覆破坏的手段。文学不可枯竭的特性就像女人的想象力,有着如同女性身体那样无穷无尽的潜力:"写你自己,"西苏告诫妇女们,"必须让人们听到你的身体。只有到那时,潜意识的巨大源泉才会喷涌。我们的气息将布满全世界……无法估量的价值将改变老一套的规矩。"[42]

西苏总是不厌其烦地规劝妇女"书写身体":"通过书写自己,妇女将回归自己的身体,这身体曾经被人从她那儿收缴去,而且更糟的是,这身体曾经被变成供陈列的神秘怪异的病态或死亡的陌生形象,这身体常常成了她讨厌的同伴,成了她被压制的原因和场所。身体被压制的同时,呼吸和言论也就被压制了。"[43]"书写身体"也是解放无意识的号令。被迫同语言疏离使女人失语,由于不能将力比多升华成为文化成就,她只能被囚禁在身体之中,充当无意识和物质性的化身。女性书写的意义之一就是解放被压制的无意识和身体,继而使妇女能够释放和发挥无限的潜能与力量。

2. 书写中的身体:解剖学还是形态学?

"书写身体"意味着,西苏在一定意义上将女性书写的特殊性寄寓在物质性身体之中。西苏反复强调女性力比多丰富多元的特点也是女性书写的本质,女性身体的特质和女性欲望分散多形态的特点将依靠重新建立的语言和书写秩序,撼动旧有的生活秩序。她说:"女人的身体有无数的激情临界点——一旦摆脱枷锁和压制,表达出从四面八方穿过身体的丰富意义,它将使旧有的单声道母语和着不止一种语言混响。"[44]"因为她的到来,一次又一次,生气勃勃,我们将开始一段新的历史。"[45]性别差异是这里驱动女性书写这种特殊语言的原动力。

关于性别差异的界定,西苏反对精神分析学围绕身体器官和"匮乏"话语建构的差异对立的"自然"解剖学决定论,她更强调身体欲动:"鉴于女人的;力比多经济既非男人可认同的,又不能归因于男性经济,我认为,正是在愉悦的层面上差异最明显。"[46]在女性书写宣言《美杜莎的笑声》中,她用抒情的对比赞赏女人分散、连续的性愉悦,认为这愉悦胜过菲勒斯式的单一与集中:

> 虽然男人的性欲发生在阴茎周围,在它的独裁之下生成了那个中央集权的躯体(从政治解剖学上讲),但是女人却不会产生同样的区域化,(其欲望)不会专服务于生殖器、不会只在界限内铭写。她的力比多漫无边际,就如同她的无意识遍布天下。[47]

紧接着这段文字,西苏把分散的女性愉悦同女人的书写语言联系起来:"她的书写只能不停地向前,从不铭记或辨认边线……她让他者语言讲话——那种语言有无数的方言,既不受藩篱约束,又不惧怕死亡。对于生活,她来者不拒。她的语言不遏制,而传达;不阻止,而催生可能性。"[48]然后,西苏召唤所有的身体欲动进入女性的自我表达当中:"口欲、肛欲、声欲——所有这些欲动都是我们的力量,还有妊娠欲——就像是书写的欲望:一种从内部体验自我的欲望,一种渴求腹部隆起、渴求语言、渴求血液的欲望。"[49]西苏在文章中强调了多形态的女性力比多欲动在女性无意识和女性解放话语的书写中占据的首要地位。

无论是理论书写还是小说创作中,西苏都坚持认为女性身体不是分裂零碎的,它是一个整体,其中的任何一部分也都自成一体。她说组成女人这个整体的各部分"不是单纯的部分之物,而是运动的、变幻无穷的组合,是厄洛斯不知疲倦地穿越的星球,一个辽阔的宇宙空间,不以优越于其他星辰的任何一个太阳为中心"[50]。尽管肯定身体的完整和谐性,但西苏笔下的女性身体多数是以部分的形态出现——乳房、腹部、头、嘴、阴户等等,她尤其喜欢影射阴户和乳房作为一系列隐喻的根基,这些部位流淌的液体,如乳汁和血液,在她的文本中随处可见,最著名的一个例子也许是女人用于书写的"白色墨水"。当她想到女性身体时,她说:"我想到的是溢出的意象,充盈的能量往外流淌,止不住地流淌。"[51]西苏本人的行文风格也仿佛流淌的无意识,关于身体及欲望的比喻和双关语俯拾即是。对她来说,这种书写既是对女性身体的赞美,又是该身体欲望和冲动的产物。

在另一篇重要文章《阉割还是斩首?》中,西苏用了"女性文本身体"这一术语来概括女性书写与身体之间的必然联系。根据她的定义,女性的文本身体"是一种女性的力比多经济,是一种体制、能量,是未必由文化造就的支出系统。我们赖以识别女性文本身体的事实是,它永无休止,不会完结:它没有结尾"[52]。解读这段话的一种方式是把女性书写看成依赖生物决定论的本质主义实践,事实上,这也构成了迄今对西苏最主要的批评。一些女性主义批评家认为,西苏倡导的冠之以"女性"的语言和书写实践不过是重复父权文化压迫者的老把戏,即强化妇女是他者,其他者性就在于她们不同于男人的生物学性别差异(或解剖学差异)。

批评西苏的反本质主义观点大都围绕"女性书写的本质主义何在"这个问题展开。对文学批评家玛丽·雅各布斯(Mary Jacobus)而言,存在专门的女性文本性,且能够直接表达具有颠覆意义的女性欲望和性征,这种主张在两大方面值得商榷。首先,被西苏用来阐释女性文本性的许多文本出自男性先锋作家之手,这似乎很难让这种文本性被冠以"女性"而立足;其次,女性的文本性与女性性征直接关联的思想忽略了妇女所体现的复杂的社会历史叙事的巨大影响[53]。换言之,将女性欲望的解放潜力理想化所造就的身体形象,脱离了妇女体验其身体的复杂的社会历史环境,西苏的女性身体是诗意的虚构,与实际身体的政治现实关联不大。类似的看法在安·罗莎琳·琼斯颇有影响的文章《书写身体:走向理解"女性书写"》中也有表述[54]。声称女性身体是根本不同而且具有颠覆性的力比多能量的源泉,释放这种能量将动摇顽固的菲勒斯中心主义结构,这种主张在这些批评家看来,在政治上未免天真。

马克思主义的女性主义者特丽莎·艾伯特(Teresa Ebert)说,女性书写"冒险将女性特质重新本质主义化,并建构了扎根于物化的身体与语言概念的新身份"[55]。艾丽丝·贾丁(Alice Jardine)认为,女性书写的局限性在于它以更真切地与女性特质关联为由推崇某一种风格,不按这种风格书写的妇女作家和理论家都有可能被斥为掉进了菲勒斯中心主义的思维和书写模式。如此一来,女性书写非但没有开启创造性表达受压制的女性身体的新方法,反而将女性身体的表达局限在某种刻板、标准的风格之中。也就是说,女性身体的解放被拘囿于某一种先锋书写风格。这么做的危险是,打破体裁限制和线性逻辑的先锋实验,最终也可能僵化成为界定女性特质的新教条和新规范。

另一方面,西苏的捍卫者坚持认为,对女性书写的本质主义指控源于一种误读,其根本问题是混淆了解剖学与形态学之间的区别。解剖学关心的是生物学意义上的物质性身体,生物本质主义正是诉诸女人的解剖学差异而成为流行意识形态的,就像弗洛伊德论及女人的性别差异时所说的"解剖学即命运"。这类意识形态将文化差异理解为自然差异的真实反映。事实上,决定文化价值和地位的不是自然的解剖学差异,而是解剖学差异被再现和体验的方式。

反之,形态学是解剖学差异的文化再现形式,使用形态学的概念具有两大战略优势。其一,形态学提请人们注意,关于性别解剖学的科学"事实"都是"自然"差异在特定历史和社会条件下的再现,这类事实的意识形态"纯洁性"值得怀疑;其二,强调身体的形态学建构是对"解剖学即命运"(或文化反映自然)的回绝,因而才可能产生更加赋权的身体再现形式。在哲学家莫伊拉·盖登斯(Moira Gatens)看来,当西苏言及女人的身体时,她指的是文化对女性身体形态的再现。"形态学不是已知事实,而是解读,当然它和我们对生物学的理解不是毫无关系。"[56]盖登斯认为,形态学概念超越了生物性别/社会性别、自然/文化、身体/心灵的二元对立,符合解构形而上学的逻各斯—菲勒斯中心主义的理论旨趣。形态学身体既不能约简为自然,也非文化,它是超越两大范畴的活跃的书写场所,通过探讨自然与文化、身体与心灵的关系,为根本改写身体在对立中间地带的位置提供了可能性。这应该是西苏认为女性书写能够改变以前对女性身体的各种定义,为改写身体开创新局面的原因所在。在《美杜莎的笑声》中,西苏写道:"未来不能再取决于过去。我不否认过去的影响仍然陪伴着我们,但是我拒绝重复它们以使它们更强大,我拒绝赋予它们相当于命运的不可撤消性,拒绝混淆生物范畴和文化范畴。期望必不可少。"[57]

3. 母亲(他者)的声音

母亲的身体在"女性书写"中有着十分重要的作用。在西苏看来,前俄狄浦斯阶段母亲身体的节律和音韵将持续影响到成年的经验。西苏曾以童年的经历为例证说明"母"语对她本人的深刻影响。西苏的母亲有奥德血统,讲德语,然而西苏在阿尔及利亚度过的童年被包裹在法属殖民地的文化氛围之中,她不曾学习过德文的语法规则。尽管如此,德语的节奏和用法依旧渗进并动摇她成年后使用的语言,尤其是她的"官方"语言法语。

西苏相信在书写之中不压抑并且包容母亲的身体,代表了同前象征界自我与他者(母亲)之间的丰富性建立联系,因而也是规避男性经济图式决定的匮乏、放逐和永久异化的方法。从母爱的无私动机之中,她发现了一种全然不同的与他者的关系模式,这也意味着可以由此开启另一种堪称"女性的"经济和语言的可能性,"与只关注自我的男性自恋背道而驰"[58]。铭写与他者(母亲)的这种关系将为革命性的变革提供蓝图。

西苏说女人是"永远的回归"——通过书写不断回归/繁殖自我和周围的结构。书写的这种母性本质起源于女人创造生命的生理能力,西苏的文本中随处可见对母性的影射,与母亲相关的词汇主宰了她本人的书写。她认为女人成其为女人是在怀孕的那一刻:

> 我们不会拒绝——如果这碰巧激起我们的幻想——无以伦比的妊娠快感,而在经典文本中,它们实际上总是被夸大或驱除——或诅咒。如果有一样东西遭到了压制,这儿就是找回它的地方:在怀孕女人的禁忌之中。这很能说明其时她似乎被赋予的权力,因为……当她怀孕时,女人不仅让她的市场价值翻倍,更重要的是,她获得了在自己眼中成为女人的内在价值,而且不可否认地得到了身体和性。[59]

西苏感觉做母亲和怀孕的快感受到了父权文化的压制,部分原因在于母亲眷顾他者、无私给予的快感与男性力比多经济循环的给予—接受—回报的馈赠模式[60]相抵触。她认为母爱可能代表了迄今存在的最深切和最完全的与他者的关系,怀孕的潜在或实际经验给了女人一种独特的他者观,"女人……有内部的经验,一种包容他者的经验,以及由他者带来的非否定性变化和积极接纳的经验"[61]。根据自身的体验,西苏在《突围》中写下了一段话,肯定女性的孕产经验对激发人彻底重估与他者、身体和书写之间关系的潜力:

> 这不仅仅是有关女性身体额外资源的问题,生产与她血肉相连的生命物的这种特殊能力,不仅仅是改变节奏、交换法、与空间的关系、乃至整个感知系统的问题,而且事关那些紧张时刻不可取代的经验,事关身体的危机,还有平静地进行了很长时间、然后在孩子出世的超越瞬间迸发的那种经验……这是与他者联系的经验,一切都体现在分娩的隐喻之中。一个体验了在自我体内容纳非我的女人怎能没有同被书写者的特殊联系?怎能没有从源头同慷慨赠与的书写的联系?[62]

此处言及的联系绝不是指给予—接受—回报的往复循环,相反,西苏说怀孕与分娩的经验显示,"女人的力比多经济——她的愉悦、女性想象界——与她自己建构无悔裂变之主体性的方式之间存在着联系"[63]。容许他者出现势必冒险失去自我,自愿将自我完全淹没进未知世界,但是,只有当身体与他者最亲密地接触,让陌生性在你身上显现,书写才会"从你的未知寄居者的喉咙里涌上来,奔流而出"。"书写是他者的通道、出入口和住所,"她在《突围》中写道。[64] 愿意邂逅和"歌唱"他者,不试图以占用或扼杀他者的差异来达到建构和美化自我的目的,这才是"女性书写"的主旨。

书写的母性本质不只是出于母亲孕育生命的特殊能力,它还有超越生殖功能的一面。西苏常说母亲是"在其角色之外我所理解的母亲,作为非名称和善之源的母亲"[65]——即在象征界之外活动、充当创作资源的母亲。"母亲"是与前象征界或前语言关联的一个概念,它代表了丰饶的无意识空间,西苏还用了"声音"一词来指涉这个空间。就像西苏用过的许多词汇,如"身体"、"文本"、"母亲"等等,"声音"也具有字面和隐喻的双重含义。西苏注意到女人往往羞于在人前开言吐语的情形,认为言说和书写一样,也是妇女受到压迫的场所,然而,也正像书写,言说可以成为新女性诞生的地方。西苏因而在女人和声音之间假设了一种特别的联系。每个女人心中的声音不单是她自己的声音,这个声音还发自她心灵的最深处,她自己的言说于是成了从前听到过的那首原始之歌的回响,是

85

"所有女人珍藏于心的初爱之声……最初的无名之爱在每个女人心中唱响"[66]。其实这就是母亲的声音，它在前俄狄浦斯阶段主宰了孩子的想象："这声音是法则出现之前的歌，在象征界分离的权威夺走你的气吸，并重新占用它以组成语言之前。最深沉、最古老、最值得敬爱的圣母往见礼。"[67]声音和相关的词汇，如"气吸"和"歌"，都以身体之力的面目出现，西苏把它们同欲动、愉悦和"母亲"联系起来。声音是原初之力，"永不停息地在女性言说和书写中回响"[68]。书写将这种能量物质化，为力比多涌流、为解缚的无意识提供路径。

"声音"和"母亲"的同义性在西苏的文本中通过对"大海"的召唤，体现在这个词语的隐喻内涵上。法语里"大海"(*la mer*)和"母亲"(*la mère*)是同音异义词，这使得大海与母亲的联系多了一层双关的魅力。西苏说："我们自身就是大海、沙子、珊瑚、水藻、海滩、潮汐、泳客、小孩、浪花……异质多元，是的。为了欢乐，她是性感的；她乃异质多元的情欲冲动：空中的泳者，行盗的飞人，她不固守自我；她是可以分散的，她庞大、令人惊异、充满欲望、能够成为其他人，成为她将来要做的他者女人，成为她现在还不是的他者女人，成为他，成为你。"[69]这段话让人联想到母亲庇护下恣意寻欢的乖张小孩。在西苏笔下，海水是女性化的元素，大海这个神秘的世界里有着如母亲子宫般的快慰和安全。西苏的言说主体在这个空间里任意地在各个主体位置上游走，抑或与世界融合。她的女性书写稳稳地落在拉康的想象界上，一切差异和对立都在这个空间里消逝——想象界里，母亲与孩子合二为一，难分彼此。在强大的善之母的庇护下，书写的女人自由无畏，她也是强大的，她从母亲身上汲取力量，行破旧立新之举。

三 "书写他者"的主体性建构

"他者"是西苏"女性书写"理论的一个核心概念，"女性书写"在很大程度上是"书写他者"的一种努力，也就是说要藉书写打破自我/他者等级对立的西方传统思维定式，抛弃以自我为中心、占用或消除他者差异的（男性）支配观念，接纳、包容他者，达到质疑主流意识形态及其感知与表达模式的目的。弘扬他者不但是西苏挑战二元对立思维的重要策略，而且也是她构想新型女性主体性的关键。

1．主体性的"他者"之维

在现象学和存在主义的哲学传统中，"他者"是主体建构自我形象的要素，他者赋予主体意义，帮助或强迫主体选择一种特殊的世界观并确定其位置。拉康的镜像理论揭示了在这个过程中，"他者"逐渐被内化为"自我"，最终被抹除的命运。在自我/他者、主体/客体对立的压抑性权力机制中，他者是相对于主体的客体，通常被看做是无意识的，甚至是无生命的。他者意识其实是主体意识的一部分，也就是说，他者的主体性是被抽空了的。

受波伏娃《第二性》影响的女性主义批评思想将女性与二元对立结构中次要的、非本质的、边缘的、衍生的一端认同，认为父权制对"自我"的殖民化使男人占据了这个概念所代表的首位的、本质的、中心的、本源的位置，妇女沦为从属的他者。他者概念包含受父权制意识形态压抑的一切内容。因此对于被客体化的、处于他者地位的妇女，书写他者意味着重新构想或创造自主的主体身份。在这个意义上，可以说"女性书写"提供的空间使妇女能够朝着建构本体自主性的方向努力，并且开始书写超越菲勒斯中心主义极限的主体性。西苏说，书写对于妇女关系到他者女人和他者自我的降生，"为他者开辟产生各种可能性的空间"[70]。

与作为主体的他者概念密切相关的另一个概念是"另我性"或曰"他性"（alterity），它表明他者具有不可约简为自我/他者二元逻辑的自主、独立的属性。这种根本的他性和无法同化的独特性从本体论上独立于支撑西方形而上学的菲勒斯—逻各斯中心主义二元对立的思维定式，以另我为形式存在的他者代表着差异。另我性标称的差异超越了 A（自我）/非 A（他者）的逻辑，你不能以前者为依据来界定后者，在另我性的差异空间里，自我不是确立与他者关系的中心或基准，他者的另我性不是"我"与"非我"的对立关系的总和。这个另我性空间在西苏那里被编码成母性空间，西苏认为它先于主体在象征界的形成而存在，是能够与菲勒斯中心主义抗衡的空间。

西苏笔下的他者母亲（m/other）和母亲的身体有浓重的隐喻色彩，它象征着那些被放逐的颠覆性能量，直接威胁到菲勒斯中心主义思想的连贯统一性。他者母亲的颠覆性还在于它对精神分析学、哲学和文化再现领域里那个传统的母亲神话进行了干预，母亲不再是生殖力遭到男性创造力同化而被占用的一个形象，也不是那个被动的、客体化的身体，虽然孕育、生成了主体，却最终被主体意识抛弃。新的女性主体性建构中，开

87

启母性空间意味着主体能够联通物质性、情感、鲜活的欲望,身体物质性从此也是主体性的一部分。

他者还有另一方面的含义,表示可知世界的极限。西苏在《作家真言》一文中谈论巴西女作家李斯佩克特的文本时,认为这些文本之所以深刻,是因为它们思考人类与非人类他者的关系,这是人类的性别经济很难包容的他性。李斯佩克特在小说《G. H. 讲述的激情》中描述了女主人公吞食一只蟑螂的经历,这一另类的举动是为了尝试与他者的极限沟通,结果以恶心的呕吐告终。在西苏看来,小说的寓意在于说明,提防认同陷阱,不把他者当做自我的投射,同时尝试达到极限邻近性是何等困难。无论接触多么深、相距多么近,他者永远陌生,你不可能通过同化、合并的过程认识他者的陌生性,差异永远不可能被同化。李斯佩克特的女主人公最后任思绪由反感和憎恶他者的陌生性飘向对死亡和爱的思索。在这样的语境中,思考死亡就是思考置他者于死地的欲望——想要消灭和同化他性对自我构成的威胁。当思想超越了这一步,就能够迈向更开阔的包容、关爱、尊重他者的境界。

"爱"是西苏用来表达与他者关系的重要概念,她一边阐述"女性书写"是"书写他者",一边强调"书写是爱的姿态"。[71]这里,"爱"是由书写表现出来的对他者的开放心态,而书写则是关爱地沉思自我内心及以外的他者。关爱他者意味着接纳他者的陌生性,爱是不以差异为威胁,是对他者的忠实,对未知的、不曾预料的一切敞开胸怀。西苏意识到爱可以滋生矛盾的欲望,强烈的爱可以转化为同化对方的占有欲:想要彻底了解对方,占据对方,钻进对方的皮肤,然而这又是绝对不可能办到的。于是"一种矛盾的奇迹产生了:就在我们不可能分享的地方,我们分享这非分享性、这欲望、这不可能性。我们从来不曾像这样被分裂我们的东西用如此纤细的纽带维系在一起……性别差异确如欲望女神……她带给我们自己身体的愉悦、自己性别的愉悦,还有我们自身的愉悦加上他者的愉悦。加上两者的混合体"[72]。西苏在这里强调与他者的交流是第三个实体,是存在于两者之间的第三者。这种超越二元对立的自我与他者交流的主体性(或主体间性)在她的理论中还以"他者双性同体"和"第三身体"的形象获得再现。

2."他者双性同体"

双性同体在非生理学的文化层面代表了男女两种社会性别的平衡与统一,它隐含的两性心理交合思想通常与丰富的想象力相联系。不少女性作家在不同的时期试图拿这个概念为我所用,弗吉尼亚·伍尔夫是其中比较突出的一个例子。在《一间自己的屋子》中,伍尔夫带着对柯勒律治的赞许,追随他使用 androgyny 一词,勾勒"充分受精的"双性同体灵魂发出的力量:"如果你是男人,你头脑中的女人定然发挥作用;而一个女人也定然与她内心的男人交合。"[73]伍尔夫用"交合"一词述及女人与自身"男性"部分的内心联系,而且主张作家在双性同体的思维框架内忘记自己的性别,以争取更自由的创作空间。这种双性同体思想在相当长的一段时间里一直是围绕伍尔夫创作的一个争议焦点。

伊莱恩·肖瓦尔特(Elaine Showalter)把伍尔夫的双性同体观理解成某种自卫性的逃避,她说:"双性同体是个神话,帮助她[伍尔夫]避免与自身令人痛苦的女性特质对峙,使她能够阻遏和压制她的愤怒和抱负。"[74]陶丽·莫伊(Toril Moi)从挑战"关于人类本质身份的男性人本主义观念"出发,认为伍尔夫的双性同体是对性别身份和男性特质/女性特质二元对立的解构,不是试图把它们调和成统一的、超越性别的整体而加以消解或扬弃。[75]莫伊的看法为玛丽·雅各布斯作了铺垫,雅各布斯对伍尔夫的解读兼有解构主义和精神分析学的视角,双性同体被重新定义为再现或解决"差异"的一种方式,性别差异从性别化实体、身份和本质的问题转变成对分异过程本身的关注。雅各布斯说:"双性同体同时兼为欲望的展现和压抑,这种双重性最终表现为对未被划分的意识采取的乌托邦观念。'妨碍心灵统一'的压制性男/女对立让位于一种悖反的心灵,它不被设想为一体,而是异质性的,容许差异的游戏。"[76]雅各布斯对伍尔夫双性同体概念的解读在一定程度上契合西苏的"他者双性同体论"。

一些女性主义者认为西苏的"他者双性同体"是对伍尔夫的发展和超越。伍尔夫本人没有对她的"双性同体"观念作深入系统的论述,她的思想更多地蕴涵在一系列创作实践中,正如我们从上文所见,这种含混性留下了很大的阐释空间。不管怎么说,在双性同体的名义下淡化自身性别印记的策略在消解对立的同时,也擦抹了差异。而西苏以"他者"标称的双性同体论高扬的正是"差异"概念。

对于一些女性主义者,希腊语词源的"双性同体"一词 androgyny 的构词法恰好体现了性别的二元划分和将男性(andros)置于首位、让女性(gyne)屈从的等级制,她们拒绝使用 androgyny 代表女性的精神完整。受精神分析学熏染的西苏借用了弗洛伊德的术语 bisexuality。弗洛伊德认为儿童最初都是双性的,他用 bisexuality 来指前俄狄浦斯阶段儿童(以男

89

童为典型)在与母亲的共生融合中所表现出的多形态的性倒错倾向。这一时期,儿童的自我是尚未界划的无边的欲望,自我与外部世界没有明晰的区分界限,母亲作为它的第一个欲望客体被误认为是自我延续的一部分。弗洛伊德的"双性"模式中他者(母亲)被剥离了自身独特性,完全被自我占用,沦为自我的工具和陪衬;此外,双性是儿童个体性征尚未分化的状态,从表面上看它似乎消除了男女两性的对立,但是,经历俄狄浦斯情结的自我意识形成过程仍然是用男性作为尺度去衡量和界定女性——旧有的秩序终究得到了肯定。西苏对弗洛伊德的菲勒斯中心主义的批判使她意识到弗氏术语 bisexuality 原有的内涵不可能不与包容差异的平等两性关系抵触,于是她启用了"他者双性同体"概念(the other bisexuality)。

"他者双性同体"的提出包含着对异性恋制度的批判反思。在西苏看来,异性恋是菲勒斯中心主义书写机器的基本组成部分,这台书写机器能够将主体性铭刻进限制重重的男性力比多经济之中。异性恋夫妇是建构菲勒斯—逻各斯中心主义等级制二元对立的基础,西苏认为这种两性关系总是充满压抑和限制,因为它强加在男人和女人身上的刻板的性别角色和预定的性别身份限制了爱和欲望的体验。在形而上学的意义上讲,性别化夫妇作为二元论思维定式的基础也妨碍了创造性思维。与异性恋相比,传统的双性同体思想虽然表面上看似灵活、开放,但是在实际上却重复了男/女二分法逻辑,因而同样限制欲望和创造性。西苏认为双性同体中男性与女性特点的融合类似于一场"阉割",造就的会是无性别的存在,她拒斥传统的双性同体概念,并且写道:

> 针对融化双方、抹煞差异的这种双性同体,也为避开阉割,我提出他者双性同体。有了它,每个主体不会被锁在虚假的菲勒斯中心主义的表象舞台上,他或她将建立起自己的情欲世界。双性同体——顾名思义,是在自身内部容纳两种性别的在场,其明显和坚韧程度视个人情况而异。它不排斥差异或某一性别,从这一"自我许可"出发,它代表了欲望铭刻在我的身体和他者身体每个部分上的多重作用。[77]

"他者双性同体"不局限于男性或女性的性征,它逾越了单一的男性欲望或女性欲望的界限。西苏不提倡将自我与他者合并为双性的"自我同一体",而是寻找可能性"延伸进他者",与他者的关系达到"我进入他者却不毁灭他者"的境界,他者反过来则不会"试图把一切强加于我本人"。[78]

西苏曾经暗示,用黑格尔的哲学三段式逻辑理解,男性特质是主题,女性特质是反题,双性同体则是合题,男女差异在综合中得以消解。西苏对这种传统双性同体观的批判与一些批评家对伍尔夫的责难不谋而合,这些批评家认为伍尔夫对双性同体的赞美无异于抹消女性主体的积极特质,拥抱一种性别中立的主体观。而中性的主体历来是男性主体占用的非命名空间,长期掩盖在普遍的主体性和不带偏见的理性等意识形态的伪装之下。如果"双性同体"以综合的方式解决差异的策略是对二元对立的某种逾越,那么弘扬差异的"他者双性同体"就是在此基础上的又一次逾越。"他者双性同体"的概念突破了男性特质与女性特质二元对立的界限,它引进的第三种性征不可约简为对立的任何一方,但却同时超越了二者。

西苏关于"他者双性同体"的设想也是她干预男性主导地位的部分努力。这种新的第三主体性质疑(男性)主体对女性特质的憎恶和否认,反对将女性视为使主体面对死亡、阉割、丧失自我等威胁的"匮乏"。如果男性不把女性置于"匮乏"话语的压迫之下,反而能够通过"他者双性同体"来接纳女性特质,那么他们就可以达成与女性更和谐的关系。然而,西苏又指出,由于历史上长久以来的压制,妇女更容易接受并得益于这种不消除差异的双性同体,男人则更多地受到单一性征的拘囿。女性的欲望不固着在单一的器官上,女人因此更容易避免菲勒斯中心主义的还原论思想,她能够继续向往自己身体的所有部分和他者身体的所有部分。据此,西苏断言这种双性同体也体现在女性的书写过程中:"我要说:今天,书写属于女人。这不是挑衅,而是意味着女人承认他者的存在。在她成为女人的过程中,她没有像男孩子那样抹杀潜藏在女孩子身上的双性。女性与双性并行不悖。"[79]西苏反复讲女人是双性的,女性书写也是双性书写。这种双性书写"不排斥差异",它穿越自我与他者的界限,开辟崭新的欲望空间,随欲望进入"是我又不是我的他者"。[80]由此看来,他者双性同体是主体性"对他者在伦理上的开放"[81],双性是他者的性征。

3."第三身体"

就像德里达从声音/文字(书写)的二元对立入手来解构西方思想的逻各斯中心主义,西苏以身体为据点向这个思想传统的压抑机制发起"突围",身体越过与心灵对立的界限,进入能动的主体性,进而通过与他者联通,让历史上被边缘化、被压抑的东西浮出水面。在这样的语境中,

91

"他者双性同体"可以说是西苏为实现拆解菲勒斯—逻各斯中心主义的目标而重新构想和再现主体性的尝试,同样的努力还把她引领到了对"第三身体"的思考。

"第三身体"最早是作为标题出现在西苏1970年发表的一部法语版小说中,1999年被翻译成英文出版。这部将自传成分与文学典故和神话人物杂糅在一起的文本以"爱"的名义思考和探索了与向往的他者的关系,包括其中必然涉及的尊重、忠实、同化、占用等复杂性。与"他者双性同体"相仿,"第三身体"的概念关注的也是突破对立的一种中间性,即从一者到另一者之间交流的阈限空间。西苏用"身体"命名这一空间,赋予介于两者之间的这第三个概念某种文本性的"血肉",使之脱离超自然的想象,成为主体间相互作用的鲜活能量。当被客体化的他者的主体性得到承认,传统哲学的主体—客体模式就转变为主体—主体模式,这就是哈贝马斯的"主体间性"(intersubjectivity)。哈贝马斯拒斥以自我为中心的主体哲学或曰意识哲学,强调"客体知识的范式必须被能够进行言说与行动的主体间的相互理解的范式所取代"[82]。从这个意义上讲,西苏的"第三身体"可以理解为自我与他者之间未被扭曲的交往关系,是健康的主体间性,它使爱和书写向更富有伦理性的两性关系敞开。如同哈贝马斯的主体间性是由语言交往所构建,"第三身体"代表了男性话语和非男性话语的中间地带创造"新形象"、"新叙事"以及"新主体性"的话语空间。[83]

在《齐来书写》中,西苏论及"第三身体"时,把书写描述成男性和女性的会合,是与另一个身体令人陶醉的约会,其结果不是擦抹差异或消除他者,而是奉献他性的甘饴,制造而非减少差异。第三身体的这种书写姿态仍然体现了西苏解构菲勒斯中心主义二元对立思想、强调创造其他存在方式的理论主旨。书写对于西苏,是突破对立界限的销魂时刻,是主体立于自我之外体验他性的陶醉:

> 我感觉到我被书写所爱。我怎能不去爱它?我是女人,我做爱。爱造就我,一个第三身体来到我们中间,一种第三视觉,还有我们的他异之耳——在我们两人的身体之间,我们的第三身体在翻腾,它飞起来观看事物之高潮,扶摇直上,直逼至高:潜沉、畅游于我们的水域,降落、探索身体的深处,发现每一个器官并使之神圣,认识细微的和眼睛看不见的东西——但是,为了书写第三身体,外部的必须走进来,内部的必须向外敞开。[84]

第三身体"被投射到我之外,覆盖着我",它"出自于我的身体","包裹着我的身体",却令我的身体感到"陌生"。[85]这个身体打开了一种新的思维方式,即通过物质性进行思考的方式,物质性并不单纯地以肉体在场的形式呈现,而且是运动的,它游走到身体之外,然而却属于身体。第三身体是由欲望的交往和流动创造的:"在我们的唇舌相交处,第三身体来到我们之间,这是法则不存在的地方。"[86]两性热烈、亲密的相会在西苏笔下不是自我或他者的消亡,她在两者之间召唤超自然的第三实体。"自我"与"他者"的接触创造了第三个概念,"第三身体"存在于二元对立法则的限制之外,指向无限制的自由感觉。

西苏曾在《第三身体》中对这个新实体作如下描述:"我们已经打造了我们的不朽之地:它就在我们俩的欲望伸展交叉之处,从我们无声结合的唇舌同一侧冒出来……又倏然出现在另一侧,以第三身体为形式,在我双眸的明镜中显现为他的形象,在他的双眸中显现为我的形象——在这身体之中,我们最大限度地交换相似性;在这身体之中,我们相互转译。从我的欲望中将诞生什么?这独特而未知的沉默之躯:我们必须寻找到那无言的、无限制的语言,它将正确而无损地令我们长存。"[87]在这里,西苏强调了主体间的交流,第三身体是"转译"发生的空间,是交换他者再现的书写形式,它创造的"无限制"的语言不会抹杀任何一方,却将"令我们长存"。有意思的是,这种语言是"无言的",第三身体代表的话语空间竟是"沉默之躯",沉默无言也许正好说明了这种新话语在现存体系之外孕育的状态。

西苏的"第三身体"概念不是孤立的,它与后结构主义思潮影响下的身体想象一脉相承。伊利格瑞(Luce Irigaray)曾经也用诗意的笔触描写两性的亲密接触衍生超出相爱双方身体界限的他性:"于是新的生命诞生了,这是被宠爱者的新开端。也是爱者的。一张尚未雕刻的脸露出来……不是戴上永不摘除的面具,而是绽放的花朵,远离黑夜最隐秘处的淹没和吞并。"[88]这里,新生的他性也超出了现存的再现体系("不是戴上永不摘除的面具"),它绽放着动态的生命。

西苏的第三身体是未按等级分层的欲望的载体,不是器官的有机组合。在西苏笔下,它可以表现出反组织化的多形态特征:"我们周身是嘴。言语从我们的手上、我们的腋下、我们的腹部、我们的眼中、我们的颈项处源源而出。"[89]多形态的健谈赋予这个身体无尽的言说可能性,言说并不以嘴为组织原则。西苏对层级化、有组织身体的解码使她的第三身

93

体概念与德勒兹和瓜塔里的"无器官身体"有某种程度的异曲同工之妙。"无器官身体"的想象是对弗洛伊德的"匮乏"和"阉割"叙事的反动,在弗洛伊德那里,秩序分明、规整条理的身体形态学把力比多能量局限在菲勒斯中心主义的俄狄浦斯经济以内,而无器官身体经历着不断生成的过程,它是"生成的场所"[90],是"欲望的对接"、"强度的绵延"[91]。无器官身体和西苏的第三身体都体现了把欲望写进思想、写进话语的后结构主义理论旨趣,在欲望之中并通过欲望构想身体,是对稳定、同一的主体性说"不"的姿态。

四 结论

西苏的书写理论体现了后现代语境下的西方女性主义在政治性和认识论上出现的重要转变。后现代女性主义认为,妇女争取平等和解放的传统理论建立在一些有关妇女一体的宏大叙事的基础上,企图超越历史、社会和文化,具有总体化和普遍主义的倾向。这种反思使受到后学影响的新一代女性主义者开始重新认识和定义女性的主体意识和主观能动性、妇女反对父权制压迫的抵抗场所和抵抗方式以及身体对于女性的身份界定和自我赋权的重要意义。多元主义和差异性成为女性主义在后现代语境下呈现的鲜明特点。

从西苏的理论中可见,存在于话语和父权制意识形态之外的"本真"的女性主体性不存在,女性的主体意识是一种文化建构,是多元的和变化的,是充满内在矛盾的主体之间进行对话的结果,换句话说,女性主体性是在语言和话语的实践中产生的。这不是否定物质世界对女性主体性的影响,而是强调"物质世界的含义是在话语中产生的"[92]。对语言和话语的关注使女性主义反对父权制的主要场所从实施物质压迫的社会体制转向意识形态研究和话语实践。在西苏的女性书写论中,身体不仅仅是女性主义政治批判男性中心主义的焦点,更成为了女性重新命名世界、认识他人、体验自我的重要媒介。当书写介入身体,诘难二元对立思维模式的统治地位,颠覆种种关于身体次于心灵的文化建构时,身体的物质性让位于身体的文本性,身体已变成了符号的身体。

女性书写论秉承后结构主义思想,强调包容他者和他性。这种他者书写与"女性"联通,因为它不仅呈现了原本受到(男性)文化压制和占用的内容,而且意味着对女性差异正面的价值重估。肯定(性别)差异,不论这是精神上、身体上还是文本上存在的差异,是挑战菲勒斯—逻各斯中心主义的主要对策,书写差异因而成为挞伐菲勒斯—逻各斯中心主义,生产他者文本的关键。

习惯历史分析和经验研究的女性主义学者往往批评"女性书写论"脱离了妇女的日常生活与经验。的确,西苏似乎更关心抽象的"性别差异"概念和"女性特质"隐喻,她的著述绝少涉及父权制社会里妇女的生活现实,但是这不能说明她的女性主义思想与妇女的日常斗争经验无关,只能说明她的著作关注的不是妇女在特定历史社会条件下的实际生存境遇,而是由男性主宰的知识体系。有人因此说这是一种脱离民众的精英姿态。应该指出的是,女性主义是反对性别压迫的多元斗争,抵抗有多种形式,出现在多种不同的实践之中,当然也包括生产意义、话语和知识的实践。当西苏挑战男性主宰的知识体系时,她同时也质疑了从概念上解释妇女的日常生活,赋予它们意义,使之合法化的父权制意识形态。这是从象征再现的内部开展斗争,对男性受优待的言说地位提出异议,争取以不同的方式认识世界、书写经验的权利。这种斗争揭示了流行话语和知识在表面上不证自明的假象,暴露其内部的断裂,为新的认知和书写模式提供生成空间。因此,"女性书写"阐述了不同形式的欲望、愉悦和再现在书写中实现的可能性,这是"过程中的书写",在开放的生成空间里,释放受压制的异质性因素,通过差异的游戏,展现意义生产的过程。

在德里达的词汇里,"书写"是与"延异"相呼应的词语,在"书写"指涉的文本生产过程中,意义永远没有完全的此在,永远不可能被总体化,而是不断地延宕,永远在过程之中。对于深谙解构之道的西苏,"女性"和"女性特质"正是意义生成的主要试验场,诚如我们已经看到的那样,主流话语中以"男性"为尺度建构的"女性特质"已遭到彻底解构,丧失其"同一性";另一方面像西苏这样的后现代女性主义理论家正试图发现——或者说想象——另一种迄今为止一直受到压抑而不被言说的"女性"。她们利用"书写"作为工具,不是去再现"女性特质",而是通过实验性的诗学和文本创作,创造"女性"的意义,并以此激发妇女参与重新想象她们的生活和身边的世界。这使"过程中"的"女性书写"蕴涵巨大的政治和美学可能性。

(作者单位:吉林大学外国语学院)

95

注 释

〔1〕 《突围》是 1974 年西苏与克莱芒合著出版的《新诞生的青年女子》之第二篇。全书共三篇,第一篇《负罪者》为克莱芒的文章,第三篇《交流》以对话的形式呈现两人思想的碰撞与契合。《突围》是目前比较集中地体现西苏"女性书写"思想的重要篇目。本文引用此篇的所有文字都依据 1986 年版的英译本。

〔2〕 本节标题取自西苏实践语言变革的激情宣言:"现在,我——女人,将把'法则'炸得粉碎:从今以后,这爆炸不仅可能而且不可逃避;让它发生吧,就在此时,在语言中发生。"见 Hélène Cixous(Betsy Wing, trans.), "Sorties:Out and Out:Attacks/Ways Out/Forays", in Hélène Cixous and Catherine Clément, *The Newly Born Woman*, Minneapolis:University of Minnesota Press, 1986, p. 95.

〔3〕 Hélène Cixous, "Sorties:Out and Out:Attacks/Ways Out/Forays", in Hélène Cixous and Catherine Clément, *The Newly Born Woman*, p. 63.

〔4〕 Ibid., p. 64.

〔5〕 Ibid., p. 63.

〔6〕 Ibid., pp. 63, 64, 65.

〔7〕 Ibid., p. 67. 拉康关于真实界的理论将"真实"(the real)这一本体论概念严格区别于经验性的概念"现实"(reality)。"现实"是想象界和象征界共同作用的结果,而"真实"是超现实的,它不仅与想象对立,而且处在象征之外,完全无法认知。真实界里母亲的身体因而是某种外在于个体的未知物,是处于创伤核心的真实经验,可望而不可及。

〔8〕 See Lacan, "The Mirror Stage as Formative of the Function of the I as Revealed in Psychoanalytic Experience", in *Écrits*, pp. 2-3.

〔9〕 Cixous, "Sorties", in *The Newly Born Woman*, p. 70.

〔10〕 Ibid., p. 64.

〔11〕 Ibid., p. 70.

〔12〕 Ibid., p. 78.

〔13〕 Ibid., p. 70.

〔14〕 这段话同时见于 Cixous, "Sorties", in *The Newly Born Woman*, p. 92;and "The Laugh of the Medusa", *Signs*, vol. 1, no. 4(Summer, 1976), p. 883.

〔15〕 Ian Blyth with Susan Sellers, *Hélène Cixous:Live Theory*, New York and London:Continuum, 2004, p. 18.

〔16〕 Cixous, "Sorties", in *The Newly Born Woman*, p. 92.

〔17〕 Ibid.

〔18〕 "父亲的法则"在法语里利用同音异义词 *nom*(名字)和 *non*(不准,禁止)构成语义双关,兼指"父名"和"父亲的禁令",说明儿童在阉割恐惧的作用下与父亲认同的过程。

〔19〕 Cixous, "Sorties", in *The Newly Born Woman*, p. 95; "The Laugh of the Medusa", *Signs*, vol. 1, no. 4（Summer, 1976）, p. 887.

〔20〕 Cixous, "Sorties", in *The Newly Born Woman*, pp. 78, 96.

〔21〕 Cixous, "To Live the Orange", in Susan Sellers（ed.）, *The Hélène Cixous Reader*, London: Routledge, 1994, p. 84.

〔22〕 Cixous, *The Book of Promethea*, *Betsy Wing*, *trans.* Lincoln, NE: University of Nebraska Press, 1991, p. 3.

〔23〕 Ibid. , p. 20.

〔24〕 Ibid. , p. 14.

〔25〕 Ibid. , p. 12.

〔26〕 Ibid. , p. 19.

〔27〕 H. Jill Scott, "Loving the Other: Subjectivities of Proximity in Hélène Cixous's *Book of Promethea*", *World Literature Today*, vol. 69, no. 1, Winter 1995, p. 29.

〔28〕 Cixous, *The Book of Promethea*, p. 5.

〔29〕 Ibid.

〔30〕 Scott, "Loving the Other", pp. 29-30.

〔31〕 *Illes* 是西苏在特殊语境下创造的一个符号, 由法语第三人称阳性复数代词 *ils*（他们/它们——指代盗贼和飞鸟）和第三人称阴性复数代词 *elles*（她们——指代女人）融合而成, 能包容差异, 一词三关。

〔32〕 Cixous, "The Laugh of the Medusa", *Signs*, vol. 1, no. 4, Summer 1976, p. 887.

〔33〕 Cixous, "Sorties", in *The Newly Born Woman*, p. 96; "The Laugh of the Medusa", *Signs*, vol. 1, no. 4, Summer 1976, p. 887.

〔34〕 Cixous, "Medusa", *Signs*, p. 882.

〔35〕 Ibid. , p. 881.

〔36〕 Cixous, "Three Steps on the Ladder of Writing", in S. Sellers（ed.）, *Reader*, p. 203.

〔37〕 苏红军:《在相互质疑中探索女权主义关于身体的理论》, 苏红军、柏棣主编《西方后学语境中的女权主义》, 桂林: 广西师范大学出版社 2006 年版, 第 81 页。

〔38〕 弗洛伊德关于儿童性心理发展的学说认为, 儿童的性别认同取决于对母亲缺失阴茎的认识, 这一认识使男孩产生阉割焦虑, 女孩则相应地出现"阴茎嫉羡"（penis envy）。阴茎嫉羡心理使女孩日后将欲望转向男人, 渴望生出孩子以补偿自身的"匮乏"。

〔39〕 Cixous, "The Laugh of the Medusa", *Signs*, vol. 1, no. 4, Summer 1976, p. 875.

〔40〕 Cixous, "Sorties", in *The Newly Born Woman*, p. 94.

〔41〕 Cixous, "Medusa", *Signs*, p. 884.

97

〔42〕 Ibid. ,p. 880.

〔43〕 Ibid.

〔44〕 Ibid. ,p. 885.

〔45〕 Ibid. ,p. 882.

〔46〕 Cixous, "Sorties", in *The Newly Born Woman*, p. 82.

〔47〕 Cixous, "Medusa", *Signs*, p. 889.

〔48〕 Ibid.

〔49〕 Ibid. ,p. 891.

〔50〕 Ibid. ,p. 889.

〔51〕 Cixous, "Rethinking Differences", in Elaine Marks and Georges Stambolian (eds), *Homosexualities and French Literature*, New York: Cornell University Press, 1979, p. 71.

〔52〕 Cixous, "Castration or Decapitation?", *Signs*, vol. 7, no. 1, Autumn 1981, p. 53.

〔53〕 关于雅各布斯的相关论述,参阅 Mary Jacobus, *Reading Woman: Essays in Feminist Criticism*, London: Methuen, 1986。

〔54〕 参阅 Ann Rosalind Jones, "Writing the Body: Toward an Understanding of 'L' Ecriture Feminine'", *Feminist Studies*, vol. 7, no. 2, Summer 1981, pp. 247-263。

〔55〕 Teresa Ebert, *Ludic Feminism and After: Postmodernism, Desire, and Labour in Late Capitalism*, Ann Arbor, MI: University of Michigan Press, 1996, p. 166.

〔56〕 Moira Gatens, *Feminism and Philosophy: Perspectives on Difference and Equality*, Cambridge: Polity Press, 1993, p. 115.

〔57〕 Cixous, "Medusa", *Signs*, p. 875.

〔58〕 Cixous, "Sorties", in *The Newly Born Woman*, p. 94.

〔59〕 Cixous, "Medusa", *Signs*, p. 891.

〔60〕 西苏称这种模式下的馈赠品为"索取的礼物"。西苏在多篇文章中表示,做母亲的经验提供了一条走出"男性"馈赠经济无限循环怪圈的道路。见"Medusa", in *Signs*, p. 888; "Sorties", in *The Newly Born Woman*, p. 87。

〔61〕 Cixous, "The Author in Truth", in Deborah Jenson(ed.), *Coming to Writing and Other Essays*, trans. by Sarah Cornell, Deborah Jenson, Ann Liddle and Susan Sellers, Cambridge, MA: Harvard University Press, 1991, p. 155.

〔62〕 Cixous, "Sorties", in *The Newly Born Woman*, p. 90.

〔63〕 Ibid. ,p. 90.

〔64〕 Ibid. ,pp. 85-86.

〔65〕 Cixous, "Medusa", *Signs*, p. 881; "Sorties", in *The Newly Born Woman* p. 94.

〔66〕 Cixous, "Sorties", in *The Newly Born Woman*, p. 93.

〔67〕 Ibid. ,p. 93.

〔68〕 Cixous, "Medusa", *Signs*, p. 881.

〔69〕 Ibid. , pp. 889-890;另见 "Sorties", in *The Newly Born Woman*, p. 89。

〔70〕 Cixous, "Clarice Lispector: the Approach", in *Coming to Writing and Other Essays*, Cambridge, MA and London: Harvard University Press, 1991, p. 62.

〔71〕 Cixous, "Coming to Writing", in *Coming to Writing and Other Essays*, p. 42.

〔72〕 Cixous and Mireille Calle-Gruber, trans. by *Hélène Cixous Rootprints: Memory and Life Writing Eric Prenowitz*, London and New York: Routledge, 1997, p. 54.

〔73〕 Virginia Woolf, *A Room of One's Own*, San Diego: Harcourt Brace Jovanovich, 1957, p. 102.

〔74〕 Elaine Showalter, *A Literature of Their Own*, Beijing: Foreign Language Teaching and Research Press; Princeton University Press, 2004, p. 264.

〔75〕 Toril Moi, *Sexual/Textual Politics: Feminist Literary Theory*, 2nd edition. , London and New York: Routledge, 2002, pp. 9-11.

〔76〕 Mary Jacobus, "The Difference of View", in *Reading Woman: Essays in Feminist Criticism*, London: Methuen, 1986, p. 39.

〔77〕 Cixous, "Sorties", in *The Newly Born Woman*, pp. 84-85.

〔78〕 Cixous, "Castration or Decapitation?", p. 55.

〔79〕 Cixous, "Sorties", in *The Newly Born Woman*, p. 85.

〔80〕 Ibid. , p. 86.

〔81〕 Abigail Bray, *Hélène Cixous: Writing and Sexual Difference*, Basingstoke: Palgrave Macmillan, 2004, p. 51.

〔82〕 汪民安主编:《文化研究关键词》,南京:江苏人民出版社 2007 年版,第 502 页。

〔83〕 郭乙瑶:《性别差异的诗意书写——埃莱娜·西苏"女性书写"理论研究》,北京师范大学博士学位论文,2009 年 5 月,第 79 页。

〔84〕 Cixous, "Coming to Writing", in *Coming to Writing and Other Essays*, pp. 53-54.

〔85〕 Cixous, *The Third Body Keith Cohen*, trans. by Evanston, IL: Northwestern University Press, 1999, p. 34.

〔86〕 Ibid. , p. 70.

〔87〕 Ibid. , p. 153.

〔88〕 Luce Irigaray, "The Fecundity of the Caress: a Reading of Levinas, Totality and Infinity, 'Phenomenology of Eros'", in *An Ethics of Sexual Difference*, trans. by Carolyn Burke and Gillian C. Gill, Ithaca, NY: Cornell University Press, 1993, p. 189.

〔89〕 Cixous, *The Third Body*, p. 79.

〔90〕 陈永国:《理论的逃逸》,北京:北京大学出版社 2008 年版,第 119 页。

〔91〕 Gilles Deleuze and Félix Guattari(trans.), *A Thousand Plateaus: Capitalism and*

99

Schizophrenia Brian Massumi, Minneapolis：University of Minnesota Press, 1987, p. 161.

〔92〕 苏红军、柏棣：《西方后学语境中的女权主义》，桂林：广西师范大学出版社 2006 年版，第 25 页。

符号—结构与文学性：
从文学手法两大层级阐释文学性

苏　敏

内容提要：俄国形式主义开始了文学手法与文学性研究，其中，文学性问题引起学界的普遍重视，但是，直到现在，究竟什么是文学性，以及文学手法与文学性之间的关系仍没有令人满意的结论。笔者认为，如果严格按照费尔迪南·德·索绪尔、罗兰·巴特的符号学方法，以及让·皮亚杰、路德维希·冯·贝塔兰菲的结构方法考察文学事实，文学性不是一个不可以进一步研究的盲区。从符号—结构看，文学性是文学手法结构整体赋予文本的属性。最小文学手法是文学符号—结构研究的起点，它是不可再分文学想象具象对自然语言横组合切分的片段，自然语言是其能指，不可再分文学想象具象是其所指，也是其结构要素，不可再分文学想象具象的虚构—造型性规定最小文学手法的基本性质与功能。最小文学手法保持自己的结构边界、结构转换规律参与更大单位的结构构成。文本文学手法，是以文本艺术图画为切分单位的最小手法横组合整体的所指，是更大单位、更高结构层级的文学手法。文本手法统一体是包括最小手法、文本手法两个结构层次的整体，以文本艺术图画为单位的最小手法是其能指，文本手法是其所指，文本艺术图画是文本手法统一体的结构要素，它的虚构—造型性规定文本手法统一体的基本性质与功能。文学性即文本手法统一体整体以及它所属的子结构赋予文本的属性，主要包括文学手法的虚构—造型性、语言手法的装饰性与陌生化以及最小文学手法三大类型、文本手法五大类型赋予作品的特性。其中，文学手法的虚构—造型性，是最基本的文学特性。

关键词：符号—结构　最小手法　文本手法　文本手法统一体　虚构—造型　语言手法　手法类型

Abstract：Russian Formalism started the study of literary technique and literariness，and the issue of literariness has attracted plenty of attention in the academia. But what literariness is and the relationship between literary technique and literariness have not exactly ascertained. The author believes that according to the theory of Ferdinand de Saussure，Rolland Barthes，Jean Piaget and Ludwig Von Bertalanffy examining the literary fact，literariness would not be a blind spot which can not be further explored. According to the symbol-structure，literariness is the characteristic given by the entirety of literary technique structure. The starting point of literary symbol-structure is the minimal literary technique. It is the syntagma's fragment of literary imaginary figure which can not be further divided. Language is the signifier，and literary imagination is the signified which is also the element of structure. The imaginary-formative of literary imaginary figure which can not be divided formulates the minimal literary technique's basic quality and the function. The minimal literary technique keeps its structural boundary. The structural transformation law takes part in the bigger structure. The literary technique in the text is the signified of the minimal syntagma entirety which is the minimal unit divided by the art of the text. It belongs to the bigger literary technique and gets a higher level. The literary technique entity includes two levels，the first one is the minimal technique，and the second the textual technique. The minimal technique，the unit which is the textual art drawing，is the signifier of the literary technique entity. The textual technique is the signified. The textual art drawing is the structural element of the literary technique entity. Its imaginary fabrication decides the basic quality and function of the literary technique unity. Thus literariness is the quality given by the literary technique unity and its substructure. It includes the imaginary fabrication of literary technique，the decoration and the defamiliarization of language，the three types of minimal literary techniques，and the five types of textual techniques，all of which give the text its characteristic. Among these，the imaginary fabrication of literary technique is the basic literary characteristic.

Key words：Symbol-structure；minimal technique；textual technique；literary technique unity；imaginary-formative；language；technique type

文学性是文学之所以为文学的东西似乎是学界共识。但是，究竟什么是文学性却没有令人满意的解释。笔者在此借助索绪尔、罗兰·巴特符号学，以及皮亚杰、贝塔兰菲结构主义方法论谈谈自己的思考。

一　符号学相关概念

符号学是研究意指作用的科学，其研究内容主要包括符号的特性、构成、分类等。在表面上仿佛是任意的或者说非系统的符号组合中确定结构系统的存在，是符号学的基本任务。本文在表面上仿佛是任意的或者是非系统的文学手法中探寻其符号－结构构成、结构要素、纵聚合类型、结构层级等，并在此基础上探讨文学性，因此，首先需要明白什么是形式。

103

1．形式、实体、物质（或可感载体）

"实体"和"形式"是符号学的最基本概念。关于"实体"与"形式"的划分，溯源于索绪尔的语言符号学。索绪尔明确指出，语言是形式，既不是实体，也不是抽象物。他在《普通语言学教程》第二编第三章"同一性、现实性、价值"中断言："语言学是在这两类要素（思想和声音——笔者注）相结合的边缘地区进行工作的；这种结合产生的是形式（forme），而不是实体（substance）。"索绪尔以快车和街道为正面例子，以衣服为反面例子，说明语言符号是 forme，既不是抽象事物，也不是纯粹的物质材料，而是既包含物质层面、又包含抽象层面某种条件（成分之间的某种关系）的一种特殊存在。[1]

路易斯·叶姆斯列夫从常素与可变体角度阐释索绪尔的断言：显现关系中（被显现）的常素可以称为形式；显现关系中（显现）的可变体可以称为实体。[2]

罗兰·巴特以语言能指为例具体阐释了索绪尔的断言：语言能指（或表达）的实体，如语音学范畴语音的、有音节的、非功能性的实体。语言能指（或表达）的形式，是由纵聚合规则和句法规则组成的。同一形式，可以有两种不同的实体：语音实体和书写实体。[3]

皮埃尔·吉罗通过一个例子说明实体—形式在传统语言学和现代语言学之间的区别：传统语言学所说的"实体"和"形式"的对立，即一种符号有一个实体和一个形式。如,公路上的交通灯,红色表示禁止通行的信号,在实体上就是一种电选择信号,而在形式上则是一种红色的圆盘。对同一个对象——公路交通灯,现代语言学的解释则是:红色圆盘,在信号本身确定了信号,红色圆盘构成了实体;形式则是它与其系统的其他信号之间的关系,即存在把它与绿色、黄色信号对立起来。吉罗关于交通信号灯的举例中属于传统意义上的实体——电选择信号,在现代符号学中既不是实体,又不是形式,那它是什么呢?他把电选择信号用另外的术语指代,这就是"物质"或"可感载体"。[4]

我们可以不纠缠符号学关于实体与物质(或可感载体)之间的细微区分,但必须明白符号是 forme 这一判断,也即意味着它既不是抽象事物,也不是实体或者纯粹物质材料,而是既包含物质层面、又包含抽象层面某种条件的一种特殊存在——整体中不同成分之间的一种关系。

由此出发,我们断言文学手法是文学符号—结构,意味着我们的研究对象既不是纸质文本实体或物质载体,也不是抽象概念,而是与文学手法有关的种种关系。

2. 符号的能指与所指及其性质

能指(signifiant)和所指(signifié)的概念也是索绪尔提出的。任何符号,按照索绪尔的观点,都包括能指(音响形象)和所指(概念),符号是能指和所指的结合。索绪尔关于符号由能指与所指构成的断言,罗兰·巴特用符号意义系统模式表示为 ERC,其中,E 是表达平面,C 是内容平面,R 是 E 和 C 两者的关系,即符号的意义。[5]索绪尔在把所指称为概念时,明确指出所指的心理性质:所指不是"一个事物",而是这个"事物"的心理复现。如"牛"这个词的所指,不是动物牛,而是它的心理复现。罗兰·巴尔特调所指是符号的两个关系物之一,即非中介的关系物。他在斯多葛派关于符号三个部分的区分基础上,指出所指既不是意识行为层面的"心理复现",也不是物质存在层面的"真实物",而是"可言状的",是在获得意义过程中使用某一符号的人所指的"某一事物",它是符号的两个关系物之一,与能指的唯一不同点在于能指是中介物。[6]能指的实体永远是物质的,如声音、实物、图像等。

由此出发,最小文学手法,作为符号,是自然语言与不可再分文学想象具象对立统一关系整体。其能指自然语言以物质为依托,比如,书写符号或印刷符号之文字,其所指不可再分文学想象具象是其"心理复现",即在文学想象活动中的不可再分文学具象的心理复现,最小文学手法具有物理—心理双重性质。

3. 符号研究的双重观点

　　索绪尔从句段关系和联想关系两方面讨论了语言的双重观点,强调句段关系与联想关系是研究语言事实的两个自然轴线。他认为,语言各要素间的关系和差别,都是在这两个不同范围内展开的,每个范围都会产生出一类价值。

　　笔者以为,符号学中所讨论的意义与价值、横组合与纵聚合以及言语与语言三对概念,是索绪尔所说的这种语言研究双重观点的三个维度。三对概念之间的不同在于:符号的意义与价值,是从"形式"角度展开讨论的一对概念,客观描述了这种"形式"的构成成分与相邻成分两个维度之对立;而横组合(句段关系)与纵聚合(联想关系),则是从客体角度指出这两种"形式"的特点以及研究方法:现场线性特点与不在场联想特点之对立以及切分研究方法与分类研究方法之对立;言语与语言则是从符号使用主体角度指出这两种"形式"的特点:个人性与社会性之对立。

　　符号学这三对概念体现了符号的基本二元对立:个人性符号的横组合切分能指与所指构成关系的"意义",社会性符号的纵聚合类型相邻关系的"价值"。符号这种基本二元对立是笔者关于最小手法、文本手法横组合切分,最小手法、文本手法纵聚合系统,以及在此基础上关于文学性探讨整体逻辑框架之基本理论资源。因此,下面简单介绍符号学的这三对概念。

4. 符号的意义和价值

　　在符号学中,意义、价值等术语的含义比较纠缠。笔者在此主要参照索绪尔、罗兰·巴特共同认同的相关阐述作一个方便法门的自我规定:从符号能指和所指"构成关系"确定符号的意义;从符号类型"相邻关系"确定符号的价值。符号的价值与意义既互相对立,但又不可分割,只有在意义、价值双重限定前提下才能确定符号的意指作用。

　　索绪尔第一个在意指作用中剥离出"意义"和"价值"这一对概念。在《普通语言学教程》第二编第三章中,他提出符号的"意义"和"价值"不同。他说,语言学与经济学相似,都面临着价值的概念,都涉及不同类事物间的等价系统,不过一种是劳动和工资,一种是所指和能指。

　　在该书第二编第四章,索绪尔详细讨论了"价值"不等于"意义"的问题。他说,价值,从概念方面看,是意义的一个要素。意义既依存于价值,又跟它不同。这个问题很难弄清楚但必须弄清楚。意义只是听觉的对立面,一切都是在听觉形象和概念之间、在词的界限内发生的。问题的奇特之处在于,一方面,概念在符号内似乎是听觉的对立面,另一方面,这符号本身,即它的两个要素间的关系,又是语言的其他符号的对立面。语言是一个系统,它的各项要素都有连带关系,其中每项要素的价值都只是因为有其他各项要素同时存在。这样规定的价值,怎么会跟意义,即听觉形象的对立面发生混同呢?

索绪尔断言,支配任何价值的原则是:第一,一种能与价值有待确定的物交换的不同的物;第二,一些能与价值有待确定物相比的类似的物。要使一个价值存在,必须有这两个因素。比如,要确定一枚 5 法郎硬币的价值,第一,能交换一定数量的不同东西,如面包;第二,能与同一币制的类似价值相比,如一法郎硬币,或另一币制的货币(如美元)相比。同样,一个词可以跟某种不同的东西即观念交换,也可以跟某种同性质的东西即另一个词相比。因此,我们只看到词能跟某个概念"交换",即看到它具有某种意义,还不能确定它的价值;我们还必须把它跟类似的价值,跟其他可能与它相对立的词比较。索绪尔强调必须借助于符号之外的东西,才能真正确定它的价值。[7]

罗兰·巴特的表述更明晰:符号的意义,可以设想为一个言语过程,是联结能指和所指的行为,该行为的产物便是符号。关于"价值",罗兰·巴特提出了与"构成成分"相对的"相邻成分"概念,并更重视"价值"的研究。他说,讨论符号,不应该从其"构成成分"入手,而应该从其"相邻成分"入手,这就是符号的价值问题。在他看来,符号的价值,是结构主义语言学的核心问题。罗兰·巴特还补充说:符号的价值,是从潜在的纵聚合方面、联想场方面考虑的。[8]

从文学手法看,最小手法、文本手法的能指与所指之间的构成关系是其意义,最小手法三大类型、文本手法五大类型,是其相邻关系的价值。

5. 符号的横组合和纵聚合

索绪尔首先揭示了符号学横组合和纵聚合关系各自的特点,不过,他所使用的术语是"句段关系"和"联想关系"。他在讨论"句段关系"与"联想关系"时把它们与"语言"与"言语"概念相联系。罗兰·巴特继承索绪尔的基本观点,但却使用了更具有普遍意义的"横组合"和"纵聚合"术语,并指出横组合关系主要研究切分,纵聚合关系主要研究分类。

在话语中,词以长度为支柱结合的、线条特征为基础的关系,索绪尔称为"句段关系"。这种句段关系可以出现在最小单位音位,也可以出现在最大单位句子。例如法语 re-lire(再读);contre tous(反对一切人);la vie humaine(人生);Dieu est bon(上帝是仁慈的)等。在索绪尔看来,句段关系是由两个或几个连续的单位组成的关系。

句段关系不仅要考虑部分和部分的关系,而且,还要考虑整体和部分的关系,因为整体的价值决定于它的部分,部分的价值决定于它们在整体中的地位。较小单位组成的较大单位,两种单位互相间都有一种连带关系。

罗兰·巴尔特调意串分析活动是切分。他说:意串是由一个进行切分的实体构成。在他看来,找出构成意串的表义单位,是横组合研究的基本任务。他说:意串,表现为一种"链锁"的形式(例如滔滔不绝的话语)。然而,意义只能产生于分节,也就是说产生于能指层和所指层之间的同步划分:言语行为可以说是划分事实的活动。……意串是连续的(即流动、链锁式的),但它只有在"分节"的情况下才能传递意义。

在横组合研究中,罗兰·巴尔特特别关注怎样切分意串。他说:意串的切分虽然困难重重,但却是一项基本工作,因为必须给出系统的选择单位,总之,意串是由一个进行切分的实体构成,这就是它的定义。以言语的形式出现的意串表现为一个"无限语段":那么,如何从这无限语段中确定出表义单位,即构成语段的符号的界限呢?

在话语之外,各个有某种共同点的词在人们的记忆里联合起来所构成的某种关系,索绪尔称之为联想关系。这种关系可以出现在符号的能指层次,也可以出现在符号的所指层次。在索绪尔看来,联想关系与句段关系完全不同,它们不再是以长度为支柱,它们的所在地是在人们的脑子里。它们是属于每个人的语言内部宝藏的一部分。句段关系和联想关系的不同,索绪尔认为可以从是否在现场角度判断:句段关系是在现场的;联想关系却把不在现场的要素联合成潜在的记忆系列。联想关系,在空间上没有确定的先后顺序。

在纵聚合关系中,罗兰·巴尔特调"对立",并指出适用于"联想"关系的分析活动是分类。他说:意义永远取决于一事物和另一事物 aliud/aliud 的一种关系,因为这种关系只抓住两种事物之间的差异。联想场或纵聚合关系中词汇的内部排列通常被称为对立。他还指出这种"对立",包括一个共同成分和一个不同成分。他说:联想场(或纵聚合关系)的词项必须既相似,但又有不同点,应该包括一个共同成分和一个不同成分。

在能指方面,教(enseigner)和武器(armement)的关系就是这样;在所指方面,教(enseignement)和教育(éducation)的关系也是这样。

从纵聚合关系的"对立"出发,罗兰·巴尔特提出了"分类":事实上,处理对立只能是观察可能存在于对立词项之间的相似和差异关系,准确地说,就是将它们进行分类。[9]

从文学手法看,自然语言符号以不可再分文学想象具象切分、最小手法以文本艺术图画切分等,均属于符号横组合构成关系;最小文学手法所指的三大类型、文本手法的五大类型等,均属于符号纵聚合相邻关系。

6. 符号的语言和言语

罗兰·巴尔特指出:语言(langue)[10]和言语(parole),是索绪尔语言学理论的核心概念。在索绪尔以前,语言学关心的是通过语音演变、自发联想和类推作用研究历史变化的原因,主要是一种个人行为的语言学。言语行为(langage),即人类按照一定规则发出一连串语音以产生有意义的话语。言语行为同时具有物质的、精神的、心理的、个人的、社会的等因素,索绪尔从言语行为特性研究出发,在混沌的言语行为中抽出纯社会性的交际所需要的约定俗成的系统——语言(langue),并在语言的参照下重新定义了言语(parole)——个人性的组合。[11]

在区别语言和言语的同时,索绪尔又指出了两者的联系:"这两个对象是紧密相联而互为前提的:要言语为人所理解,并产生它的一切效果,必须有语言;但是要使语言能够建立,也必须有言语。从历史上看,言语事实总是在前的。……另一方面,我们总是听见别人说话才学会自己的母语的;它要经过无数次的经验,才能储存于我们的脑子里。最后,促使语言演变的是言语……语言既是言语的工具,又是言语的产物。但是这一切并不妨碍它们是两种绝对不同的东西。"

他的结论是:"根据这一切理由,要用同一个观点把语言和言语联合起来,简直是幻想。……两条路不能同时走,我们必须有所选择;它们应该分开走。"索绪尔强调,语言和言语,都可以保留言语学的名称,但是,两门学科不能混为一谈,两个领域的界限不能抹杀。[12]

罗兰·巴尔特用"约束"阐释索绪尔所说的"语言"之社会性,用"自由"阐释索绪尔所说的"言语"之个体性:虽然组合约束是由"语言"决定的,而"言语"则以多样的形式来体现这些约束。因此,横组合单位间存在着某种结合的自由。……而建构音位纵聚合关系的自由则是零,因为语言在这里已经确立了规则……把句子组合起来的自由最大,因为在句法方面没有了约束(话语在思路上连贯性的限制也许存在,但已不属于语言学的范畴)。[13]

关于文学的"语言"与"言语",学界众说纷纭。限于篇幅,笔者在此不展开讨论。笔者的观点是:最小手法、文本手法的横组合切分构成关系之"意义",属于文学手法的"言语",它是个人性的、任意的、物理—心理的,任何一个作家的写作都是自由组合自己的话语以及文学手法;最小手法、文本手法的纵聚合类型相邻关系之"价值",属于文学手法的"语言",它是非个人的、社会性的、单纯心理的,任何作家的写作"自由"其实都是在最小文学手法三大类型、文本手法五大类型潜在"字典"中的不自觉选择。

二 文学手法、文学性以及文学单位

文学手法与文学性,是俄国历史诗学以及形式主义提出的概念。文学单位是俄国历史诗学、形式主义、西方结构主义诗学、现象学诗学等涉及的一个概念。

1. 文学性

在《现代俄罗斯诗歌》中,雅各布森提出了著名断言:"文学性是文学的科学对象,亦即使该作品成其为文学作品的那种内涵。"[14]"文学性"虽然为当下学界熟知,但"文学性"命题不是无源之水无本之木,它萌芽于什克洛夫斯基的"文学手法"概念。在俄国形式主义诗学文献中,什克洛夫斯基的文学手法与雅各布森的文学性都强调研究文学之所以成为文学的特性:在讨论文学手法时,什克洛夫斯基强调文学手法是产生艺术性的一切方面;在提出文学性时,雅各布森则强调文学手法是诗学的唯一主角。

什克洛夫斯基把文学手法提高到文学本体地位加以强调:文学手法是指使作品产生艺术性的一切艺术安排和构成方式,这包括对语音、形象、情感、思想等等材料的选择和组合、用词手法、叙述技巧、结构配置和布局方式等等,总之一句话:使材料变形为艺术作品的一切方面。由此,艺术发展史不再是作家创作个性、文学流派变更、形象变化的历史,而是艺术手法不断变更的生态系统。他说:"我们将特殊手法创作的作品,称之为狭义的文艺作品,这些手法的目的,在于使这些作品尽可能确实作为文艺作品而为人们所接受。"[15]

雅各布森不仅在 20 年代提出"如果文学这个学科要成其为科学，它必须承认'手法'是自己唯一的'主角'（rpoй）"[16]，而且，50 年之后，在《诗学问题》后记中，他仍然坚持说："文学性，换言之，言语到诗学作品的转换以及实现这个转换的系统手法，这就是语言学家在分析诗歌时要发挥的主题。"[17]

文学手法是文学本体研究的基本对象，是俄国形式主义者的共识。托马舍夫斯基也明确指出文学手法是诗学的直接研究对象："每一部作品都有意识地分成它的组成部分，在作品结构中相同的结构手法，亦即把文学素材联合成艺术整体的方法，一般都有区别。这些手法就是诗学的直接对象。"[18]

在《结构主义诗学》中，乔纳森·卡勒充分肯定雅各布森的"文学性"命题，但明确指出雅各布森用语言手法取代诗学手法的做法是一个失败。[19]在《文学性》中，卡勒虽然肯定文学性是文学研究的核心问题，但他指出：应当承认，关于文学性，我们尚未得到令人满意的定义。诺斯罗普·弗莱在他的系统性论著《批评的解剖》一书中申明，"我们尚无真正的标准，把文学语言结构与非文学语言结构区分开来"，他的话不无道理。[20]卡勒自己曾经就文学性或者文学本质提出几点概括[21]，后来他放弃了文学本质探讨转而研究文学能力[22]。

笔者以为，从符号学理论看，雅各布森语言学诗学的主要失误之一，在于他将符号研究的两种维度与两种符号类型混为一谈。雅各布森强调从语言学角度研究诗学，并因此用语言学"隐喻"和"转喻"两大修辞手法比附语言学中的顺序性与毗连性关系，再用文学思潮两大类型浪漫主义和现实主义以及文学体裁两大类型诗歌和散文比附这两种修辞手法。[23]如前所述，符号横组合关系与纵聚合关系，是考察符号意指作用时的两种角度，前者主要讨论符号切分，后者主要研究符号类型。而隐喻和换喻，是符号的两种类型，属于符号纵聚合关系范畴。

笔者以为，如果我们老老实实按照结构主义符号学方法对中西文学作品加以考察，用符号—结构方法探寻文学性不是一个盲区。俄国形式主义诗学当年所开辟的文学性研究方向，大致是符合文学事实的。因此，在什克洛夫斯基、雅各布森的研究基础上，笔者断言，文学性指文学作品表达手法赋予文学作品的特性，文学性与文学手法相通，只是文学性是文学手法结构整体的性质与功能，文学手法是文学"形式"结构整体之构造活动与结果。

2. 文学手法

文学手法(Приём)伴随着什克洛夫斯基的名字为人熟知,但是,19世纪末20世纪初亚·尼·维谢洛夫斯基的历史诗学乃开文学手法研究之先河。在比较大量的文学史料基础上,维谢洛夫斯基提出人类共同的"稳定的诗歌格式":在文学体裁研究中,他提出了抒情诗、史诗、戏剧等;在情节诗学研究中,他提出了情节—母题等;在诗歌语言研究中,他提出了诗歌修饰语、诗歌语言风格、诗歌心理对比法等。[24]维谢洛夫斯基的历史诗学,确定了俄国形式主义以及后来结构主义实证研究基本方法;而他关于体裁分类、情节—母题以及诗歌语言等"稳定的诗歌格式"研究,则确定了俄国形式主义以及结构主义诗学关于文学本体研究之基本范围。

20世纪初俄国形式主义文论第一次明确强调文学手法在文学本体中的重要地位,并注重研究文学手法——使文学成为文学的方式。1917年,什克洛夫斯基提出了著名的"艺术即手法"(或译为"作为手法的艺术")的命题。什克洛夫斯基和托马舍夫斯基不仅明确将文学手法视为文学本体问题,而且在诗歌语言和散文情节两方面均有比较详尽的研究。

在《作为手法的艺术》中,什克洛夫斯基提出诗歌不等于形象,诗歌是形象加陌生化手法。相对于散文的普通、节约、容易的言语,诗歌是困难的、扭曲的言语。关于情节手法研究,什克洛夫斯基概括了小说的诸种情节结构模式。在《小说写作的秘诀》中,什克洛夫斯基提出非侦探小说单线情节结构的三种模式——时间顺序、临时换叙、插叙,以及侦探小说的平行线索模式,还具体研究了侦探小说的预告谜底之细节暗示、雷同手法、同音异义词、化装手法以及揭谜底的推论等手法。在《短篇小说和长篇小说的结构》中,什克洛夫斯基指出小说是在手法基础上安排母题,以形成情节—主题,而不仅仅是简单罗列形象、简单描写事件,并提出小说的四种结构:第一,层次结构或圆形结构以及虚假结局、否定结局等;第二,平行结构以及人物对比、亲属关系等;第三,框架手法及三种方式:阻止某行为发生、行文手法、为叙述而叙述的理由;第四,串联手法的两种情况:游历和附加性素材插入。[25]

在《情节的构成》中,托马舍夫斯基提出了一系列概念:主题与母题、本事和情节、母题分类、叙述者、叙述时间和地点、母题论证三种方式——结构母题论证、求实母题论证、艺术母题论证等。其中,求实母题论证涉及真实性问题,艺术母题论证涉及手法的陌生化问题。在《论诗句》中,托马舍夫斯基具体研究了诗歌的节奏、传统节律规律、诗人或作品的节律冲动。[26]

笔者虽然沿着俄国形式主义诗学方向研究文学手法,但是,却不是像俄国形式主义那样从具体文本中概括文学手法,而是遵从结构主义演绎性理论建构原则,从理论起点假设出发探寻文学手法结构构成,进而讨论文学性。

此外,笔者从中国学者的独特视角出发以中国与西方模仿文学互照互识作为研究的实证基础。因此,就比较文学而言,笔者不同于维谢洛夫斯基历史诗学之处是跨越异质文明的中西文学比较。[27]

在中西比较文学研究中,叶维廉强调放弃单一的西方模子,不能用一种文化模子来覆盖另一种文化模子,倡导从两个异质文化各自的模子出发,"同异全识",从而寻求超越文化异质、语言限制之"共相"。叶维廉认为,这种两个模子互照互识的方法,是解决某些重大批评理论的关键,可以提出限于单元文化里不大容易提出的问题。[28]他呼吁:"我们必须放弃死守一个'模子'的固执。我们必须要从两个'模子'同时进行,而且,必须寻根探固。"在互相尊重的态度下,对双方本身形态作寻根了解,在明了差异性基础上,建立基本相似性,以探求超脱文化异质限制的"共相",是叶维廉两个模子互照互识方法的基本原则。[29]

笔者赞同叶维廉从两个异质文化各自模子出发阐释文学作品的基本原则,但本文不是从宽泛的文化模子寻根阐释中西文学事实,而是从中西诗学语境寻根阐释中西文学事实。相对而言,笔者的研究范围更小、更确定并更具有操作性。

3. 文学单位

在中西文学—诗学互照互识基础上,笔者断言,在文学作品表达手段结构整体中,最小手法、文本手法是探索文学性最重要的结构层级。认识这两个结构层级,是从符号—结构角度探索文学性的基本前提。而要理解文学手法这两个结构层级,首先需要明确什么是文学单位。

传统诗学不讨论单位照样研究文学,但是,西方 20 世纪诗学由于研究涉及作品整体和部分之间的关系,因此经常在研究中使用文学单位。从 20 世纪西方诗学相关文献看,所使用的文学单位主要是切分情节的叙事单位,大致包括三个层面:第一,不可再分的单位;第二,以独立完整文本为单位;第三,介于最小单位与文本单位之间的单位。

维谢洛夫斯基第一次提出不可再分的叙事单位"母题"(мотив),但其使用不是很严格。他将"情节"与"母题"视为传统小说类型化中的对应形式,情节是母题的组合,并明确指出"母题"是不可以进一步分解的、最简单的叙事单位。在《情节诗学》中,维谢洛夫斯基指出:"(1)我把母题理解为最简单的叙事单位,它形象地回答了原始思维或日常生活观察所提出的各种不同问题。……(2)我把情节理解为把各种不同的情境——母题编织起来的题材。……"在把"母题"明确界定为叙事单位的同时,维谢洛夫斯基在讨论抒情诗的形象、"心理对比法"时,也使用"母题"概念。在他的抒情诗研究中,其"母题"概念大致等于形象、主题、象征或艺术格式等。[30]日尔蒙斯基在题材手法中将抒情诗概括为题材与母题,叙事文学概括为情节与母题,是对维谢洛夫斯基实际使用的"母题"话语之继承。[31]

与日尔蒙斯基不同,什克洛夫斯基、托马舍夫斯基在诗歌研究中更多是对诗歌语言陌生化手法以及节奏、声调、节奏规律、节律冲动等进行研究,维谢洛夫斯基的"母题"概念在他们那里大多用于散文研究。而且,托马舍夫斯基在"母题"概念基础上增加了"主题",使母题—主题成为一对相对概念,本事—情节成为一对相对概念。在托马舍夫斯基那里,"母题"指不可再分的题材单位,"主题"指更大的单位,有时指以独立完整作品切分的单位。[32]

法国学者茨维坦·托多罗夫的"命题"、"序列"等,与维谢洛夫斯基的单位研究相似,指叙事作品的最小单位,以及更大单位。[33]只是托多罗夫的"序列"未必是以独立完整文本为切分单位。

英加登所说的"事态"、"事态群"等单位[34],从研究者界定看,似乎不限于叙事文学类型,是关于具有普世意义文学事实的单位。但是,从其对"事态群"的解释——根据作品描绘的世界中的事件而形成因果关系或互相跟随关系——判断,似乎主要还是指以事件—情节为核心的对象,更多还是对叙事作品单位的概括,没有摆脱亚里士多德《诗学》的西方文学视域。

俄国形式主义的"母题"、托多罗夫的"命题"、英加登的"事态",大多指不可再分的叙事单位;托马舍夫斯基的"主题"、英加登的"作品图式化外观",或者说作品"被描绘的世界",大多是在独立完整文本意义上的文学单位;英加登的"事态群"和"客观情境"、托多罗夫的"序列",均指介于文学最小单位和文本单位之间的文学单位。上述学者关于叙事单位的界定,大多是为了实际研究而对文学事实的经验描述。

犹如自然语言符号最小单位不是音位,而是语素——可以体现意义的单位,在文学研究中,其研究单位不是体现日常交际交流功能和意指作用的自然语言单位词或者句子,而是体现文学想象具象功能和意指作用的新单位。在中西文学比较基础上笔者断言,在文学符号横组合切分中,最重要的两个单位当是:第一,不可再分文学想象具象;第二,文本艺术图画。正是以这两个单位切分,构成文学手法最基本的两大结构层次:第一,最小手法;第二,文本手法。下面,笔者尝试着从这两个结构层级探讨文学手法的结构构成以及文学性。

三 从最小手法看文学性

如果我们把文学审美风格整体看做一个符号结构,那么,文学手法属于其较低层级表达层面的文学事实。因此,以下研究存在一个假设前提,即从文学审美风格连续构造整体中截取有关文学手法部分加以考察,而将文学审美风格整体的其他部分暂时悬置起来。

最小文学手法是文学的最小细胞,它包含了文学最基本的遗传基因,是考察文学性最重要的对象。从最小手法看,文学性主要体现为虚构—造型性、语言手法的艺术性、最小手法三大类型的规定性等。

1. 什么是最小文学手法

如果我们把文学审美风格整体看做一个具有连续构造过程的复杂结构,最小手法就是这个结构研究中无法再上溯分析的开端。诚然,自然语言是文学作品的媒材或者说最原始材料,但从符号—结构看,自然语言只是文学手法的作为中介物的能指或者"实体"。

从中西文学看,作为"形式"的文学手法有三种不同的中介物—实体:第一,声音媒介口耳相传的话语,比如荷马史诗或者《诗经》等。传世的口头文学大多经过文人整理,因此,虽然在传世的实体意义上它们属于纸质媒介,但特殊的文学手法大多还是保留下来,比如,荷马史诗中的漫长象喻,《诗经》中的重章迭句、反复咏唱等。第二,纸质媒介的语言符号,比如中西文人创作的文学作品。第三,电子媒介的镜头,比如电影《泰坦尼克号》、电视《红楼梦》等。信息时代电视电影作品中的镜头,可谓大众传播时代的最小文学手法,不过本文主要讨论以自然语言作为实体的传统文学作品。

自然语言单位——比如词、句子等——虽然也进入文学研究视野,但只是文学研究的准单位，不是文学研究的最小单位。由此出发，我们关于最小手法"意义"的定义如下：

> 最小文学手法是自然语言符号以不可再分文学想象具象再次切分的横组合片断，自然语言是其能指，不可再分文学想象具象是其所指。最小文学手法，是若干自然语言符号与不可再分文学想象具象相互作用的文学符号—结构整体，是二者相互作用转换生成的第三者，它不是自然语言符号与文学想象具象二者累加之和。其间，既不存在文学想象具象的物质化，也不存在自然语言的图像化。最小文学手法这种横组合构成关系，属于文学手法的"言语"，无论中国文学还是西方文学，文学作品的语言文字组合均是个人性的、自由的。

作为最小文学手法所指之 Image，与前人有关研究所说的图像、形象、表象等概念相通。亚里士多德在《诗学》中就提出了模仿文学的"图像"："人对于模仿的作品总是感到快感，经验证明了这样一点：事物本身看上去尽管引起痛感，但惟妙惟肖的图像看上去却能引起我们的快感。……我们看见那些图像所以感到快感，就因为我们一面在看，一面在求知，断定每一事物是某一事物……"[35]朗加纳斯把"诗的形象"作为风格范畴中思想的藻饰技巧问题加以讨论，认为风格的庄严大多依靠恰当地运用形象，这种形象是说话人在感情专注亢奋中似乎见到的，并让读者产生类似的幻觉形象。[36]

任何成功文学作品中的 Image，都属于作用于接受者的心理表象。在这里笔者既没有使用心理学、哲学的通常术语"表象"，也没有使用当下文艺学泛泛而论的话语"形象"或者形式主义诗学的"视觉形象"，而是用"具象"，并用"文学想象"作为修饰语加以限定，企图强调最小文学手法所指在文学活动中作用于接受者想象活动时"视觉感官"在幻觉中产生的具体图形的造型性。这种造型并不直接作用于接受者的视觉器官，而是建立在文字唤起接受者相关记忆基础上的、接受者再造想象活动中仿佛"看到"的具体图像造型。文学想象具象，在此意义上既与自然物象或绘画雕塑等艺术形象给接受者的视觉刺激不同，也与音乐艺术形象给接收者的听觉刺激不同。

笔者所说的这种最小文学手法，与俄国诗学文献所说的母题、托多罗夫所说的命题以及英加登所说的事态相通，但研究角度、实证基础不同。

从中西文学作品看，最小文学手法纵聚合相邻关系的"价值"，主要包括三大类型相互对立关系:第一,叙事,主要包括母题和叙述者;第二,描写,主要包括人物描写和环境描写;第三,抒情议论,主要包括直抒胸臆和造型议论。[37]这三种文学类型赋予文本的属性,以及三种类型之间"互文性"规定的潜在意义,即最小手法赋予文本的文学性之一。无论作家诗人曾经怎样自由创造,无论读者观众怎样自由接受,从最小手法角度看,其文学自由大都可看做在最小手法纵聚合系统三大类型中的选择。从符号—结构角度看,最小手法三大类型相邻关系属于最小文学手法的"语言",是非个人的,存在于人类关于文学的集体记忆中。

就这样,最小文学手法意指作用包括自然语言与不可再分文学想象具象之间的构成关系,叙述、描写、抒情议论三大类型之间的相邻关系等。

契诃夫小说《胖子和瘦子》开篇的一个片段,是自然语言以五种最小手法为单位的组合:

> 尼古拉铁路一个火车站上,有两个朋友相遇:一个是胖子,一个是瘦子。/1 胖子刚在火车站吃过饭,嘴唇上粘着油而发光,就跟熟透的樱桃一样。他身上冒出白葡萄酒和香橙花的气味。瘦子刚从火车上下来,拿着皮箱、包裹和硬纸盒。他冒出火腿和咖啡渣的气味。他背后站着一个长下巴的瘦女人,是他的妻子。还有一个高身量的中学生,眯细一只眼睛,是他的儿子。/2 "波尔菲里!"胖子看见瘦子,叫起来。"真是你吗? 我的朋友! 有多少个冬天,多少个夏天没见面了!""哎呀!"瘦子惊奇地叫道。"米沙! 小时候的朋友! 你这是从哪里来?"/3 两个朋友互相拥抱,吻了三次,然后彼此打量着,眼睛里含着泪水。/4 两个人都感到愉快的惊讶。/5

在这一自然语言横组合片段中,自然语言以不可再分文学想象具象切分为五个最小文学手法:首先,第三人称叙述者隐身现在时顺叙;第二,人物肖像描写;第三,人物对话描写;第四,人物动作描写;第五,人物心理描写。上述五种类型最小手法,契诃夫写作时的自由,其实是对最小手法三大类型的选择组合;有文学经验的阅读主体阅读小说时的自由想象,其实其潜在联想关系自觉不自觉也将其归类为叙事手法、描写手法等。

日尔蒙斯基提出建构从材料到手法到风格的理论体系,并将文学手法分为三部分:第一,诗歌语言的手法,包括语音的诗律、元音和辅音选择、声调高低之旋律、语义、词法、句法等。第二,诗歌题材的手法,即选题,又包括四个方面:题材与母题(抒情诗)、题材分类(平行、对比、重复、比较等);叙事单位的母题和情节理论;特殊部分,即内部形象理论(大自然、环境、人物描写、描写的基本特征等)。第三,诗歌结构、架构手法,即体裁(жанр)。在日尔蒙斯基看来,在题材手法中,存在一个特殊部分,即内部形象理论,它包括大自然、环境、人物描写、描写的基本特征等。[38]日尔蒙斯基关于文学手法分类涉及最小文学手法,但是,其分类存在不同单位、不同结构层级文学手法的混杂。本文将在后面不同结构层级研究中辨析日尔蒙斯基分类的这种混杂。

2. 最小手法对自然语言的再次切分

在最小文学手法中,以词或句子为单位的自然语言物理存在,作为**文学符号**整体所传递的信息,已经不再是作为交际交流载体之自然语言符号所传播的信息,而是自然语言符号的潜在功能所传递的信息——不可再分文学想象具象。自然语言以不可再分文学想象具象为单位的集合,使具有同样物理形式的自然语言发生一种性质上的改变,即由意指性、规约性符号转换生成造型性、图像性符号。

就文学与语言学研究对象看,两者物理层面物质载体相同,都是自然语言,但是,产生"文学性"的符号,与产生交际交流功能的符号不在一个结构层级。自然语言与最小文学手法,不仅符号切分单位不同,而且其能指、所指以及符号的"意义"、"价值"也不同。自然语言的切分单位是词和句子,其能指是自然语言的声音,所指是具体交际交流信息,其符号的意义是自然语言声音与概念相互作用构成的关系,其符号的价值是词法句法等类型构成的关系。最小文学手法的切分单位是不可再分文学想象具象,其能指是自然语言符号横组合以文学单位再次切分之片段,其所指是不可再分文学想象具象,其符号意义是自然语言与不可再分文学想象具象相互作用构成的关系,其符号的价值是最小手法三大类型之间构成的关系。

为了理解最小文学手法的这种结构转换,我们首先需要了解最小文学手法对自然语言的再次切分。在中西文学作品中,随处可见最小文学手法对自然语言的这种再次切分。

在《诗经·周南·雎鸠》开头的十六个汉字中,以词为单位的"关关"或者以字为单位的"之",虽然是我们分析该诗句时也使用的单位,但是,这些单位只是作为最小文学手法内部的单位进入我们的研究视野,"关关"也好,"之"也罢,只是我们关于该段十六个汉字文学手法研究之部分而不是其全部。在这里,象声词"关关"的双声叠韵音响效果,虚字"之"

117

所传达的委婉悠长意味,是"关关雎鸠,在河之洲"自然语言声音韵律形成的独特表达方法,属于诗学手法的组成部分,它们使"关关雎鸠,在河之洲"的想象具象具有语言艺术特有的音响美效果,这种音响美效果与音乐作品《梁祝》、《命运》那种旋律、节奏构成的音响美效果不同。

我们假设,如果没有关于在河之洲的雎鸠之景物描写所创造的文学想象具体形象,象声词"关关"虽然仍然具有双声叠韵音响效果,虚字"之"虽然仍然可以传达委婉悠长意味,但是,仅仅以字或者词为单位研究这些文字,它们只能在古代汉语中作为虚字或者双声叠韵词的例证来讲解。一旦象声词"关关"、虚字"之"的分析与《周南·雎鸠》的语境以及所提供的文学想象图画结合起来分析,古代汉语课就成为文学课或者具有文学课的因素。

同样物理存在的文字,假如"关关"是生物学专著中关于鸟类动物雎鸠的说明性文字,而不是《诗经·周南·雎鸠》中规定的自然语言横组合片段之部分,也不属于文学范畴,即使"关关"同样是用来说明雎鸠的和鸣声,并同样具有双声叠韵特征。

再回过头来以契诃夫小说《胖子和瘦子》开篇片段第四个最小文学手法为例,帮助我们理解最小文学手法对自然语言的这种再次切分。

两个|朋友|互相|拥抱,吻|了|三次,然后|彼此|打量|着,眼睛|里|含|着|泪水。

这段由名词、动词、数量词以及虚词等十六个词组合的自然语言符号横组合片段之所以进入文学研究领域,也是因为它们以自然语言符号不具备的新单位重新切分,在文学想象空间产生意义延展,产生了只有在文学想象活动中才能够创造的虚构性想象连续图画:两个朋友相见时先后三个动作——拥抱、吻、打量。

同样的这十六个自然语言符号横组合,我们假设在日常交际交流语境中,不管是语言学关于这十六个词所组成的语段之语法分析也好,还是日常谈话叙述两个朋友相见的三个动作也好,都不存在创造或者接受小说《胖子与瘦子》中的这种虚构的、文学想象活动中的心理具象。而契诃夫关于这三个动作的"动作描写"手法,虽然从语言能指角度看它们没有发生诗歌语言的变形、扭曲、陌生化,它们和日常话语语境自然语言符号的物理存在似乎完全相同,但是,由于其自然语言符号与作者或接受者文学想象具象相互作用时产生了文学活动中才存在的新单位与新意义,所以,它们进入了文学殿堂。

从英加登所说的诗歌作品那种朦胧的、双线条的、隐喻方式的"真实"内容[39],到格雷马斯关于诗歌单位以及诗歌的两种模式双重功能等研究[40],可见西方学者自觉不自觉都意识到最小手法对自然语言再次切分这种文学事实,只是他们的研究角度不同、表述话语不同。

3. 最小手法的两次结构转换

最小文学手法对自然语言的上述再次切分,从符号—结构角度看,属于文学符号—结构构造过程的第二次结构转换。最小文学手法存在两次结构转换:

第一次是自然语言符号内部音响形象横组合片段与观念相互作用的结构转换,这次结构转换以词、词组、句子为切分单位[41],自然语言和诗学语言都具有这种结构转换。前面我们讨论过的《诗经》中"关关"、"之"的词汇意义,属于该结构转换的产物。要指出的是,以自然语言单位切分的音响形象的这种所指,通常不直接进入文学"形式"研究领域。

第二次结构转换是自然语言符号保持自己规约性符号的结构边界、结构性质、结构转换规律参与更大单位横组合与不可再分文学想象具象相互作用的结构转换。作为一般交际交流工具的自然语言符号不存在这种结构转换。不可再分文学想象具象是该次结构转换产生的第二个所指。日尔蒙斯基所说的母题、题材手法的特殊部分等,大多属于这次转换的产物。

从符号学角度来看,最小文学手法是典型的符号第二性系统,即表达层面本身由一个意义系统构成的复合系统。[42]如果我们沿用罗兰·巴尔特的模式,把 R 看做符号能指与所指的关系,自然语言的能指 E(音响形象)与其所指 C(观念)构成的符号第一性系统表述为 ERC,那么,当 ERC 作为更高结构层级符号最小文学手法的能指时则表示为(ERC),它与其所指"不可再分文学想象具象"C′相互作用构成的符号第二性系统即(ERC)RC′。其中,在第二次结构转换过程中所产生的单义所指 C′,由于文学想象具象之造型性,使自然语言第二次结构转换过程和被构造物获得先前不具备的造型性特征与功能。

皮尔斯、吉罗的符号分类研究虽然都意识到规约性符号与造型性(或者类比性关系符号)之间的差异,但是,他们并未揭示造型性符号形象功能不同之原因。罗兰·巴尔特的符号学虽然用符号的第二性系统解释文学作品,但是,并未用符号的两次结构转换解释第一性系统规约性符号与第二性系统造型性符号之间的这种差别。吉罗虽然用多义编码解释诗学编码,但没有用文学符号第二次结构转换以及文学符号的第二个所指解释文学作品中的自然语言符号的这种造型性。笔者借用皮亚杰关于不同层级结构转换理论把最小文学手法符号第二性系统、符号的造型性多义性等现象阐释为结构的第二次转换。笔者以为,从最小文学手法看,自然语言规约性符号与文学造型性符号之间的差别,根本原因在于两种符号结构转换的具体情况不同:规约性符号只存在一次结构转换,而造型性符号却存在两次结构转换。也就是说,同样的物理存在,作为文学符号时自然语言具有两个所指:第一个所指是与自然语言音响形象相对应的观念;第二个所指是与自然语言音响形象与观念统一体相对应的不可再分文学想象具象。

在文学作品中的自然语言这种第二次结构转换以及第二个所指,是最小文学手法构成之秘密,是文学符号区别于自然语言交际交流符号之关键。生物学、语言学中的"关关",不存在《诗经·关雎》开头十六个汉字中的"关关"所包含的那种第二次结构转换以及第二个所指。其实,造型艺术的线条和色彩之所以成为艺术手段而不同于普通的线条和色彩,音乐艺术的旋律和节奏之所以不同于非音乐艺术的自然声响,也在于第二性系统的这种第二次结构转换以及第二个所指。符号第二性系统的第二次结构转换及第二个所指,为亚里士多德以情节为中心的模仿文学之图像、朗加纳斯诗的形象、康德的想象力的表象乃至陆机"期穷形而尽相"之形象[43]、皎然"但见情性,不睹文字""虚实难明"之"境象"[44]等文学形象相关论述提供了新的阐释。雅各布森语言学诗学的失误之一,就是没有看到文学单位对自然语言的再次切分以及文学符号第二次结构转换,把自然语言第一次结构转换的封闭性规则主观移植到第二次结构转换。

文学性,从最小手法结构看,当是最小手法两次结构转换之被构造物的性质与功能,它主要包括:(第一次结构转换中的)语言手法的艺术性;(第二次结构转换中的)最小文学手法不可再分文学想象具象赋予文本的特性。

4. 最小手法第一次结构转换的三种意义

在最小文学手法第一次结构转换过程中,自然语言—规约性符号的表义性可概括为三种情况:

首先是关于不可再分文学想象具象的信息。文学作品中的自然语言符号大多具有这样的表义性。在最小文学手法第一次结构转换中自然语言符号 ERC 的这种意义,将在第二次结构转换中作为最小文学手法的能指(ERC)参与其结构构造,从而成为第二性系统最小文学手法(ERC)RC′的组成部分。关于这个部分,本文将在下面进一步讨论。

在文学作品中,不同程度还存在另外一种情况,即自然语言符号所表达的信息与文学想象图画无关,它的功能只是传递一般交际交流信息,即自然语言能指音响形象只有一个单一所指,属于皮尔斯符号分类中的规约性符号或者皮埃尔·吉罗符号学分类中的逻辑编码。比如,契诃夫《一个文官之死》关于"突然间"的议论、屠格涅夫小说关于俄罗斯命运的政论、雨果《巴黎圣母院》关于"印刷消灭炼金术"的议论、拜伦《唐璜》上下古今无所不谈的插话……[45]

上述自然语言符号不具有第二次结构转换的可能性,无论人类想象力怎样发挥也不可能在这样的单义编码中创造文学想象具象,它们仅仅以第一次结构转换构成第一性系统 ERC 直接进入文学作品。笔者将文学作品中这些自然语言符号的另类概括为文化代码。

犹如不存在纯而又纯的氧气,实际存在于文学作品中之自然语言,不是由纯而又纯的最小文学手法构成,其间,或多或少夹杂着自然语言—文化代码。它们的存在说明文学作品艺术图画并非 100% 由最小文学手法构成。这种情况,犹如中国画中的题字、印章。

文学作品最小文学手法第一次结构转换中所产生的意义,还存在一种特殊情况,这种情况在前面所讨论的两种意义中都存在,这就是自然语言表达本身的艺术性,笔者将它概括为自然语言的装饰性与反常化。日尔蒙斯基所说的语言手法[46],前面谈及的《诗经·关雎》中双生叠韵词"关关"、虚字"之"的独特表达韵味,大多属于这种情况。

在讨论诗歌语言陌生化手法时,什克洛夫斯基强调"艺术的目的是使人对事物的感受如同你所见到的视觉形象一样,而不是如同你认知的一样,艺术的手法是事物的陌生化手法,是复杂化形式的手法,增加感受的难度与感受时间的长度"[47]。笔者以为,什克洛夫斯基关于陌生化手法的断言可以概括为语言的装饰性与反常化。语言的装饰性,即什克洛夫斯基所说的诗歌语言的扭曲变形,包括声音层面的韵律、节奏、节律规律以及诗人的节律冲动等,修辞层面的比喻、象征、夸张等。而什克洛夫斯基所讨论的托尔斯泰语言的陌生化、民间故事关于性器官的陌生化、普希金平庸语言(相对于杰尔查文高雅风格)或者俄罗斯诗歌中对方言的偏爱等,则可以概括为反常化。

自然语言第三种意义的特殊性在于,自然语言音响形象或者观念的物理属性要参与其意义构成。比如,斯宾塞九行诗体与意大利八行诗体之间的不同,律诗五言与七言之间的不同,诗歌押韵、平仄等手法以自然语言音响形象规律为前提才存在。此外,从马致远《秋思》中的对偶、名词连用意象叠加看,其中还有自然语言所指的词性因素参与。正是这些作为文学作品物质载体本身的因素参与语言手法的装饰性—反常化,文学作品才具有文学作品的特殊属性。在此意义上,俄国形式主义对语言手法的强调是合理的。不过,这种语言手法在文学手法整体中的比例有限,断不能将它们等同于文学手法全部。雅各布森语言学诗学就是前车之鉴。

5．最小手法第二次结构转换之造型性

自然语言的艺术手法,未必一定属于文学范畴。文学想象具象与自然语言的相互作用,是语言艺术手法成为诗学手法的绝对必要条件。孤立的、离开文学想象具象的语言手法,不管怎么装饰,也不属于文学。中国古代用骈文写成的墓志铭不是诗,犹如当年亚里士多德断言用韵律写成的科学诗不属于"诗",尽管用骈文写成的墓志铭或者用韵文写成的"科学诗"的自然语言中可能存在韵律、节奏、节奏规律,甚至节律冲动以及比喻、象征、夸张、对偶等手法。

从结构角度看,文学艺术相对于非文学艺术话语行为的差异,主要不在于自然语言层面本身的装饰性,而在于自然语言符号与不可再分文学想象具象相互作用以及文学想象具象在其结构构成中对自然语言的支配作用。用结构术语表述,即不可再分文学想象具象是最小手法的结构要素,它的造型图像性质和功能不限于自身,要放大影响结构整体,规定结构整体基本属性与功能。由此笔者断言,最小手法赋予文本的最基本文学特性是造型性。荷马、萨福的诗不同于科学诗,庾信的《哀江南》不同于一般的墓志铭,其根本原因就在此。

结构要素也即俄国形式主义诗学所说的"主要成分"。俄国形式主义大多认同文学的"主要成分"。艾亨包姆说:"这种或那种成分,在处于其他成分之上并支配它们时……而具有形成主要成分的意义。"穆卡若夫斯基指出:凡作品中使所有其他成分发生作用,并决定它们关系的一种成分,就是主要成分。雅各布森曾经把俄国形式主义研究分为三个阶段:第一,分析作品的语音;第二,分析作品的意义;第三,将语音与意义统一为一个整体。在第三个阶段,他提出了"主要成分"概念,指出"主要成

分"是文学作品的核心部分,它们支配、规定其他成分,并使之产生变化。主要成分保证结构的整体化。不过,究竟什么是文学作品中的"主要部分",俄国形式主义存在较大分歧:艾亨包姆认为叙事中的"本事"是其主要成分;穆卡若夫斯基认为诗歌的"主要成分"是"素材"以及"风格";在雅各布森看来,主要成分似乎是艺术价值系统。[48]笔者以为,文学作品不同结构层级有不同结构层级的结构要素。笼而统之地谈论诗歌或者文学的结构要素,犹如盲人摸象,这恐怕是俄国形式主义关于文学结构要素产生分歧的原因之一。

笔者关于不可再分文学想象具象是最小文学手法结构要素之断言,还有中西诗学文献根据。不过,传统诗学研究大多没有单位切分,因此,其关于文学造型讨论既包括最小手法,也包括文本手法。

从西方诗学看,从亚里士多德《诗学》一直到叙事学关于情节、性格、对话体、第三人称叙述等研究,都是围绕创造性模仿艺术图像的文学手法研究。在此意义上,康德"想象力的表象"等不过是对亚里士多德《诗学》、叙事学之类具体研究的概念表述。

什克洛夫斯基诗歌语言陌生化手法虽然否定"形象思维",但并不否定可感知的诗歌形象本身。除了认为艺术目的是使人对事物的感觉如同所见的视觉形象那样而不是认知那样以外,他还说:"几乎有形象的地方就有陌生化的描述。"什克洛夫斯基对诗歌形象的不重视,原因在于西方抒情诗找不到形象创新路径,他说:"诗歌派别的全部工作在于,积累和阐明语言材料,包括与其说是形象创造,不如说是形象的配置、加工的新手法。形象是现成的,而在诗歌中,对形象的回忆远胜于用形象来思维。"[49]

6. 最小手法第二次结构转换之虚构性

在符号学领域或者传统的中西诗学文献中,文学艺术的造型性特征几乎是共识。但是,在当代文艺学中,关于文学的造型性特征却存在不同看法,韦勒克提出的"虚构世界"是其代表之一。在讨论文学虚构世界时,韦勒克指出,文学史上存在着全无意象的好诗,甚至还有直陈诗,而且,许多伟大作家描绘虚构人物,或者完全不涉及视觉形象,如陀思妥耶夫斯基或亨利·詹姆斯笔下的人物没有外形,只有心理状态、鉴赏趣味、生活态度等;或者只勾勒人物形象草图或特征,如托尔斯泰、托马斯·曼的小说。[50]

韦勒克以非标准意象否定文学意象本身的观点虽然难以成立,但是,他的异议提出了文学想象具象造型的纵聚合类型问题,以及文学想象具象的前提——虚构性问题。

在韦勒克的启发下,从中西文学作品出发,笔者以为,文学想象具象造型包含视觉形象与非视觉形象。其中,视觉形象,包括标准具象以及草图勾勒。非视觉形象,包括直陈诗和只展示人物心理世界的小说。标准具象与草图勾勒之分,其实不限于小说人物,抒情—言志诗很多,在此恕不赘言。韦勒克关于文学意象的研究也是没有文学单位切分的泛泛而论,因此,笔者在此提出的文学具象分类既包括不可再分文学具象,也包括文本文学具象。

韦勒克的"虚构世界"还提醒我们,文学造型存在一个绝对前提:虚构。不过,虚构不是韦勒克的发明。亚里士多德《诗学》就提出并非常强调文学虚构,他说:"把谎话说得圆主要是荷马交给其他诗人的,那就是利用似是而非的推断。……一桩不可能发生而可能成为可信的事,比一桩可能发生而不可能成为可信的事更为可取。"[51] 从最小文学手法看,不仅自然语言与逻辑陈述相互作用不可能产生文学符号,而且,自然语言与非虚构的想象具象组合也不可能产生最小文学手法。诚如韦勒克所强调的,抒情诗、史诗、戏剧处理的都是一个虚构的世界、想象的世界。[52]

在文学作品中,一段心理描写的自然语言符号之所以成为文学手法,在于它是自然语言与人的心理活动具象虚构世界相互同化作用产生的第三者。相对而言,心理学病案的一段文字,物理形式相同——音义结合的符号,符号所指范围也似乎相同——人类心理活动,只是心理学病案是出于心理学研究动机留下的自然语言符号,是心理学研究选定的人类心理活动现象的文字记录,而不是文学编码创造性想象活动所产生的心理活动图象,其间没有融入作者、读者虚构性想象活动,因而它不能转换生成文学符号。欧里庇得斯悲剧人物内心激情描写、莎士比亚的戏剧独白、拉辛悲剧人物内心冲突描写,其内在自然的艺术图画,与弗洛伊德的心理记录不同,在于文学作品中的人物心理描写是作家—读者文学艺术虚构想象活动的产物。

从文学虚构—想象性出发,当下的纪实文学、报告文学或者新现实主义,不过是传统虚构文学的陌生化处理而已。

以吉罗的诗学符号多义编码观点看,虚构—造型性是文学作品中的自然语言的第二个所指不可再分文学想象具象的性质与功能放大影响最小文学手法的性质与功能,它在把自己的性质功能赋予其能指的同时包容其原有的性质与功能——自然语言第一次结构转换构成的交际交流信息及语言手法的艺术性。在此意义上,最小文学手法的意指作用,主要是文学想象具象的虚构—造型性,以及叙事—描写—抒情议论三大类型之对立、自然语言的装饰性—反常性之对立等相互同化作用呈现的综合性特征。

最小文学手法的虚构—造型性,犹如自然语言的交际交流基本性质与功能,最小文学手法纵聚合的三大类型犹如语言学中的词性分类、句子分类,它们的约束不影响最小手法横组合时的个性自由表达。哪怕使用同样的语言描写或景物描写手法类型,不同的作家可以有不同的个性表现。哈姆雷特关于"生存还是毁灭"的内心独白,别里科夫"千万别闹出什么乱子"的口头禅,其文学性首先是文学想象具象的虚构—造型性。其次,是最小手法纵聚合三大类型对立关系中语言描写类型赋予文本的属性,这些符号"意义""价值"规定不妨碍莎士比亚与契诃夫的人物语言描写之自由创造,而莎士比亚剧本语言韵律优美、词汇华丽丰富等,契诃夫小说语言简炼、朴实以及非韵律形式等,也是其个性的体现。王维"寒山转苍翠,秋水日潺缓"、杜甫"愁眼看霜露,寒城菊自花",都是诗歌虚构想象活动创造的秋天景色图画,而"苍翠"体现了王维妙悟诗歌话语之特色,"愁眼"体现了杜甫沉郁诗歌话语之基调。

四　从文本手法统一体看文学性

文本文学手法统一体,是文学手法的独立生命个体,也是考察文学性重要的对象。从文本手法统一体看,文学性主要体现为虚构—造型性、以及以文体—体制为结构要素的文本手法五大类型的规定性。

如前所述,在索绪尔看来,符号价值除了与有待确定物"交换"关系之外,还要与有待确定物存在"类似"关系:一枚五法郎硬币可以与面包交换,也可以与一法郎相比或美元相比。在句段关系中,较小单位组成较大单位,两种单位互相间都有一种连带关系。文学手法以更大单位——文本艺术图画——切分,涉及符号—结构构造连续构造过程,因此,在此首先讨论文学手法在文学符号连续构造过程中的位置。

1. 文学手法与文学符号构造连续体结构层级

文学手法,无论以怎样的单位切分,在文学符号—结构连续体构造过程中的关系都属于第二性系统,其构成模式都是(ERC)RC′,只是每一结构层级不同,所指 C′的具体内容不同。

前面讨论过的最小文学手法两次结构构造转换作用的第二性系统构成模式是:(ERC)RC′,其中,(ERC)指自然语言;C′指不可再分文学想象具象。在此要继续讨论的是,当最小文学手法(ERC)RC′横组合以文本艺术图画为单位切分时,最小文学手法(ERC)RC′集合可以与文本文学手法 C″交换,这时,它们之间的相互关系构成更大单位、更高结构层级符号—结构,其符号"第三系统"模式为[(ERC)RC′]RC″。笔者把以文本艺术图画为切分单位的最小文学手法[(ERC)RC′]横组合集合与文本手法 C″相互同化作用产生的第三者[(ERC)RC′]RC″称为文学手法统一体。

还是以文本艺术图画为单位,文学手法统一体[(ERC)RC′]RC″还可以与作品艺术图画 C‴交换构成更高层级的符号—结构,其符号"第四系统"模式为{[(ERC)RC′]RC″}RC‴。笔者把{[(ERC)RC′]RC″}RC‴称为作品纯文学风格。

限于篇幅,笔者在此不讨论风格。因此,在文学构造连续过程中,本文讨论范围到作品纯文学风格所指作品艺术图画 C‴为止。[53]

2．文本手法与文本手法统一体

巴赫金认为,表述的文本,作为文学想象活动中话语的文本,具有完成性、封闭性等特点。就文本的完成性、封闭性,巴赫金举例说:绘画中(包括肖像画)完成了的或"封闭的"人脸。这些面孔画出了一个完全的人,这人整个地就在眼前,不可能再成为他人。这些面孔已经说明了一切,它们已经死去或仿佛已经死去。艺术家把注意力集中在那些完成性的、决定性的、封闭性的特征上。……此人不能再重生、更新、变形——这是他的完成阶段(最后的和终结的阶段)。[54]在这个意义上,文本是文学手法的封闭性单位和独立单位。

从中西文学看,同一个最小文学手法,当其从横组合关系参与建构更大单位结构并以文本艺术图画切分时,若干最小手法互相作用构成一个新的整体。该整体不等于若干最小手法之和,它可以与性质功能不同的文本文学手法"交换",也就是说,它的功能产生一个新的所指——文本手法。在这个意义上,文本文学手法是以文本艺术图画为切分单位的最小文学手法横组合集合之所指。

还是以契诃夫《胖子和瘦子》开篇的那个由五个最小文学手法构成的片段为例。我们在讨论最小文学手法第二次结构转换时指出,同样的自然语言,契诃夫小说中的自然语言与日常语言的不同在于这些话语在小说文本中发生了第二次结构转换,获得了最小文学手法的虚构—造型性,五个最小文学手法类型赋予自然语言的属性,以及简炼、朴实、非韵律形式语言特性等。现在要继续讨论的是,就是这些从《胖子和瘦子》中摘录出来的最小文学手法片段,如果把它们放回到《胖子和瘦子》文本中,每个最小文学手法在保持自己的结构性质、结构转换规律的同时,会获得一种文本表达层面的新的所指,比如,城市灰色小市民生活的题材、短篇小说体裁、以一当十的情节安排与结构布局、夸张的主人公性格塑造、简洁的语言风格等。

从符号构成关系看,以文本艺术图画为切分单位的最小手法集合,与文本手法之间构成的能指与所指关系,即以文本为单位的新的文学手法整体之"意义"。从文学符号连续构造过程看,文本手法与以文本为单位的最小手法集合之间的相互同化作用,是文学符号以文本为单位的第一次结构转换过程和转换结果。笔者把以文本为单位的最小手法集合与文本手法相互作用的第三者、以文本为单位的第一次文学手法结构转换过程和转换结果,称为文本手法统一体。

最小文学手法以文本为单位的横组合整体,是文本手法统一体中具有中介性的能指。任何一部文学作品,不论是契诃夫的短篇小说、巴尔扎克的《人间喜剧》,以及荷马史诗、莎士比亚悲剧、莫里哀喜剧,或者四言诗《周南·关雎》、五言律诗王维《辋川闲居赠裴秀才迪》、七言古诗李白《蜀道难》、七言律诗杜甫《秋兴八首》,或者电影《泰坦尼克号》、电视剧《红楼梦》等,仔细拆解分析,大多是林林总总、各种各类以自然语言或镜头为物质依托的最小文学手法组合。

最小手法保持自己的结构边界、结构转换规律、结构性质在以文本为单位的更大结构中作为附加意义载体,与非中介性的另一关系物文本手法相互作用构成更高层级的结构。最小手法,作为较低结构层次,是更高结构层级文本手法的能指,诸最小手法一旦以文本为单位在一个新的空间组合成一个整体,这个整体就不再是若干最小手法累加之和,它要和文本手法交换;文本手法一旦以文本为单位构成,它也不是空穴来风的孤立存在,而要与最小手法集合相互作用,最小手法集合与文本手法以文本为单位相互作用转换生成的崭新第三者——文本手法统一体成为具有相互同化作用的新的转换体系,具有新的"意义"。最小手法集合与文本手法,犹如一张纸的两面,共同构成文本手法统一体,其间不存在最小手法的文本化,或者文本手法物质化。

3. 文本手法纵聚合之价值

从中西文学作品看,文本手法在纵聚合关系维度主要有五种类型:题材、文体——体制、语体风格,以及结构布局、形象塑造。每一种类型还可以再细分,比如,题材有爱情与战争题材之对立,现代与历史题材之对立等;文体与体制有小说、戏剧与诗歌之对立等;语言风格有阳刚与阴柔之对立,繁复与简洁之对立[55]等;结构布局与形象塑造有必然性结构布局——形象塑造与主观性结构布局——形象塑造之对立、[56]《诗经》"雅丽"与《离骚》"奇丽"之对立[57]等。

从中西诗学文献互照互识看,西方诗学文献中的"文体"、"体裁",与中国古代诗学文献中的"体"、[58]"体制"[59]相通,所以,在此笔者两种概念并举。

这里所说的结构布局、形象塑造,笔者在90年代曾概括为情节结构与主人公性格塑造。[60]由于笔者的实证基础扩大到中国古代言志诗,而中国言志诗中情节布局与性格刻画大多不像西方模仿文学那样突出,所以,本文改用外延更为宽泛的表述,既可概括西方文学,也可概括中国言志诗。

西方学者在讨论文本手法时提出了文本修辞手法[61]。在中西文学史上,很少出现以文本为单位的修辞手法,或者说,修辞手法一旦扩展到以文本为单位,就已经与文本结构布局手法相关,不再是单纯的语言修辞手法。

在中国诗中,比喻修辞手法扩展成为整个文本手法时出现了言志诗独特的结构布局手法——兴。《桃夭》中的比喻在西方抒情诗中可以看到,《关雎》中的兴则是西方抒情诗中很难见到的。

《神曲》中狼、豹、虎的象征寓言,与但丁神游三界见到上帝的寓言象征或者但丁、贝亚德、维其略的象征寓言,两种手法之间存在差异:前者属于修辞手法,后者属于形象塑造结构布局手法。莎士比亚《麦克白》中也有关于三个女巫的象征修辞手法,但莎士比亚悲剧却几乎不存在布局结构形象塑造上的寓言。在象征修辞手法上,《神曲》与《麦克白》相同;在文本手法上,《神曲》主观表现的寓言象征与《麦克白》必然性情节和性格不同。

从中西文学看,文本手法五大类型与最小手法三大类型,均属于储存在人类文学集体记忆中的文学"语言"。不同民族——文化之间的文学创作、文学翻译,虽然自然语言符号层面的音响形象—观念对应关系不同,但是,最小手法三大类型、文本手法五大类型的规定性通常是作者、译者必须遵守的游戏规则。比如,史诗小说通常是第三人称叙述手法,戏剧通常是对话体叙述手法。叙事是情节布局事件安排,抒情是内心情感倾吐。比兴是托物言志,意境是情景交融。阿喀琉斯的愤怒之类情节叙述无论怎样翻译,必须翻译为若干事件安排,不能翻译为愤怒的情感抒发。"关关雎鸠,在河之洲。窈窕淑女,君子好逑"中以比兴为基本手法的言志诗,不能翻译为君子看见窈窕淑女的事件安排。荷马史诗押韵分行的诗歌,罗念生翻译为散文体,要说明翻译者的改动。丘尔契将古希腊悲剧改写成故事,要说明是改写。

语言学诗学出现偏颇的原因之一,在于他们没有认识到语言修辞手法与文本手法分别属于两个不同结构层级,严格地说他们主观随意打破子结构封闭永恒结构界限,将其混同于更大单位、更高层级的结构。辨析文学手法的不同结构层级,不仅可以在理论上更好地认识文学手法—文学性,而且在具体作家作品研究中有助于摆脱研究复杂文学现象时的困惑与混乱。

在雨果和巴尔扎克小说中,作者所偏爱的一些文学手法相近:两个作家刻画性格都喜欢用夸张手法突出人物的某种基本性格,外部环境描写都精细入微,人物细节描写都详尽具体,语言都比较铺陈夸张等。为什么两个作家又分别属于不同的文学思潮?为了解答这个问题,就需要对作品的文学手法进行具体细致的辨析。这时如果我们区分了最小手法与文本手法两个结构层级,两个作家的同和异就比较容易认识了——两个作家最小手法相似较多,文本手法差异较大。

雨果与巴尔扎克小说的差异,主要是文体—体制、情节布局、性格刻画、语体风格的不同:《巴黎圣母院》的中世纪题材、历史小说体裁,从观念出发夸张放大的主人公塑造方法,充满离奇、巧合的情节,主观性的结构布局,充满充沛情感、雄辩政论的文体风格等;《高老头》的19世纪法国经济生活题材、写实小说体裁,从反映法国社会风俗史、探索人类社会规律出发夸张放大的偏执性格,典型环境典型性格,"人物再现法"和宏大《人间喜剧》构思,个性化的语言等。

王维、李白、杜甫,三个诗人三个风格类型,李白的"奇丽"与杜甫的"雅丽"之间的差别,比较容易理解,而王维与杜甫诗歌大多取材现实生活,两者之间在艺术上究竟怎样不同就不容易说清楚。借助文学手法理论,我们选择同样文体—体制、同样题材的诗歌,具体考察两个诗人在结构布局形象塑造方面的差异从而体悟两个诗人"奇"与"雅"之差别:王维山水诗与李白游仙诗同属"奇丽"类型在于作品想象空间都属于摆脱物理世界桎梏的内心世界,只是摆脱物理世界的方式不同;而杜甫诗歌想象空间更多是关于尘世间儒家士大夫的情感情怀抒写,所以属于"雅丽"类型。

4. 文本文学手法的结构要素

从中西诗学文献互照互识看,文本手法五种类型不是同质等价的,文体—体制在中西诗学文献中都非常受重视,当是文本文学手法的结构要素。托马舍夫斯基关于文学的主要成分是"体裁"的观点,就文本手法而言是成立的。[62]

根据郭绍虞的观点,在中国古代诗学文献中,汉代就出现了"文"与"学"、"诗"与"赋"之分别。[63]从曹丕《典论论文》之奏议、书论、铭诔、诗赋四科四"体"[64],到刘勰的《文心雕龙》上篇《明诗》、《乐府》、《诠赋》等二十篇"体制"专论[65],可见中国关于文体—体制的研究在魏晋南北朝时期就比较充分。

在西方诗学文献中,从亚里士多德《诗学》开始就有关于史诗、悲剧、喜剧以及抒情诗等不同文体的具体研究。[66]后来还有菲尔丁的散文体的滑稽(comic)史诗[67]、狄德罗的"严肃喜剧"[68]等新文体研究。

俄国诗学文献从维谢洛夫斯基开始重视文体研究,日尔蒙斯基的结构手法研究,与维谢洛夫斯基的文体研究相通。

在中西文学作品—诗学文献基础上,笔者以为,在文本文学手法纵聚合类型系统中,文体—体制是其同化作用的"中心",换言之,文本文学手法纵聚合类型系统是以文体—体制为结构要素,以其他文本手法类型为基本结构元素相互协调作用的产物。文体—体制确定文学作品中诸文本手法基本性质的发展方向,并放大影响文本手法整体的基本性质、基本类型。

王维的《辋川闲居赠裴秀才迪》文本手法赋予作品的文学性,总的说,是围绕五言律诗五言四联的字数、诗行、押韵、平仄、对仗等文体—体制规定性[69]体现的:在文本意义上的清新明丽、简练自然的语言、平远大全景的构图以及错落有致的立体感:潺缓秋水、苍翠寒山的宁静远景,渡头、墟里之落日孤烟静谧中景,野老听蝉和接与醉歌近景……特别是最后一联"接与"、"狂歌五柳前"的用事用典穿越时空,为读者留下一个不确定点,既可以读解为比喻裴迪,又可以读解为诗人超越时空的禅意表达。
这些在五言律诗基本规定下对诗歌音律美的体悟、对山水画式的纵深构
图的欣赏,对用事用典多义性的琢磨,对诗歌语言洗练天成的咀嚼等,就
是《辋川闲居赠裴秀才迪》文本手法赋予作品的文学性。在此意义上可
以说,如果要认识《诗经》、《离骚》或者《蜀道难》与《辋川闲居赠裴秀才
迪》文学手法的差异,首先需要认识五言律诗与四言古诗、长短句赋体或
者歌行体古诗等文体—体制差异。

契诃夫的短篇小说《一个文官之死》开始以第三人称叙述者身份交
代了时间、地点、人物、事件。紧接着是关于"忽然间"的议论。之后,是
主人公打喷嚏的细节描写。再之后,是关于打喷嚏的议论。议论之后,是
打喷嚏后主人公四下察看的细节描写,以及他认出文职将军的叙述。在
主人公认出文职将军以后,戏院里,主要是主人公心理描写、主人公与将
军对话描写的交替。在家里,是主人公与妻子的对话描写。第二天,将军
接待室,主要是场面描写、主人公与将军对话描写、主人公心理描写。第
三天,简洁叙述以后,主人公与将军对话描写,最后,以叙述交代结局,结
束小说。整个小说可以切分为十五个最小手法:两次议论、四次叙述、两
次细节描写、一次场面描写、四次对话描写、两次心理描写。这十五个最
小手法又可以概括为六类:议论、叙述、细节描写、对话描写、场面描写、心
理描写。

《一个文官之死》上述六种十五个最小文学手法在文本意义上体现
为简洁语言风格、开门见山的笔法、以一当十的情节、性格化动作、凝练的
布局等文本手法,诸文学手法以短篇小说文体—体制为结构要素相互作
用构成文本手法赋予作品的特性。荷马的《伊利亚特》、巴尔扎克的《人
间喜剧》,与《一个文官之死》在文学手法上的不同,首先是短篇小说与史
诗、长篇小说在文体—体制规定性上的不同。

在文体—体制规定中,媒材物质属性是其构成因素之一。口耳相传
的荷马史诗,相对于后来的文人创作有自己的独特手法,信息时代电影故
事片、电视连续剧相对于纸质媒材的文学作品有自己的独特手法,不管是
荷马史诗丰富的插笔,还是电影的三 D 手法,说到底是其媒介不同带来
的体制—体裁规定性。

从维谢洛夫斯基的《历史诗学》到卡勒的《结构主义诗学》,叙事文学
和抒情诗是西方诗学提出的最基本的两大文类。中国先秦到唐宋的诗
歌,以及元明清的小说戏曲,为西方 20 世纪诗学关于两大基本文类的划

分提供了异质文化的实证基础。在中西文学互照互识基础上,笔者把文体—体制类型再细分为写人记事和言志抒情两大基本类型。由于文体—体制是文本手法的结构要素,因此,文体—体制这两大基本类型赋予文本的特性,是文本手法赋予作品的最基本的文学性。

在这里,鉴于中国古代言志诗的惊人数量与巨大成就,因此,笔者把中国古代言志诗作为抒情诗文体—体制研究的主要对象,并在西方"抒情诗"基础上加上"言志"以概括中国古代诗歌特点。

从中西文学看,虽然异质文化的文学共用一个文学手法纵聚合系统,但是,异质文明的文学在文学手法上还是存在自由选择的空间,即不同文明的文学在文体—体制两大基本类型选择上侧重点不同。在文体—体制选择上,西方文学更侧重选择写人记事类型,中国古代文学更侧重于言志抒情类型。

在西方文学发展史上,史诗、戏剧、小说等文体大多数时候是西方文学的正宗。在写人记事基本文体—体制类型规定下,西方文学在文本手法上创造了情节布局与人物刻画两种基本模式:必然性情节布局与性格刻画;主观性情节布局与性格刻画。在必然性情节与性格刻画中可再分为两类:或喜或悲单一性情节布局性格刻画与悲喜混杂情节布局性格刻画;在主观性情节与性格刻画中又再分为三类:强化情节布局性格刻画、淡化情节布局性格刻画、零位情节布局性格刻画。[70]虽然在古希腊西方文学中就出现了著名的萨福抒情诗,但18世纪末19世纪30年代左右的浪漫主义时期抒情诗才一度成为西方文学的正宗。

在中国古代文学中,诗歌不仅在先秦到唐宋时期是中国文学的正宗,就是在元明清出现了戏曲小说之后,在文人观念上诗歌仍是中国文学的正宗。在言志抒情基本文体—体制规定下,中国古代言志诗在谋篇布局时空创造出《诗经》雅丽、《离骚》奇丽两种基本模式,其中,在《离骚》类型中还可以分为李白诗类型与王维诗类型;在形象塑造上创造出比兴、意境两种基本模式,其中,在意境中还可以分为唐音宋调两种类型。[71]虽然在西汉时期中国文学就出现了著名的司马迁史传文学,但中国的戏曲小说成熟相对比较晚、地位不高。

5. 文本手法统一体的结构要素

如前所述,在文学构造连续体结构层级中,文本手法统一体是以文本为单位的文学符号第一个结构转换过程与被构造物。文本手法统一体保持自己的结构性质、结构要素、结构转换规律参与更高结构层级的构造活

动时,文本手法统一体与作品艺术图画"交换",即文本手法统一体成为
更高结构层级的能指,作品艺术图画是其所指,两者相互作用构成新的第
三者——文学风格。笔者在此虽然不讨论文学风格,但是,借助文学风格
结构构成可见,文本手法统一体具有传播作品艺术图画的功能,作为切分
单位的文本艺术图画是文本文学手法统一体的结构要素。[72]

文本手法统一体这种传播作品艺术图画的性质与功能,与最小文
学手法的虚构—造型性相通,只是单位不同,结构层级不同。最小手法
结构相对比较简单,而文本手法统一体结构比较复杂,后者是以更大单
位切分的横组合片段,是包含最小手法与文本手法两个结构层次的复
杂结构。

如前所述,文本手法统一体是一个具有能动作用的新的转换中枢。
在此要指出的是,文本手法统一体这种虚构—造型性,就是文本手法统一
体的新的"意义",或者说作为切分单位的文本艺术图画是文本手法统一
体的结构要素,它的虚构—造型性要放大影响一切文本手法,成为文本手
法之所以成为文学手法的最基本规定性:只有具有创造作品艺术图画功
能的文本表达手法,才可能成为文本手法统一体的构成元素。

新闻报道、心理学病例、历史著述等其实也存在文本表达手法,为什
么它们不属于文学?从文本手法看,是因为它们的表达手法统一体不具
备创造虚构—造型性文本艺术图画的性质与功能。笛福的《鲁滨逊漂流
记》不同于报纸的特写,狄更斯的《双城记》不同于米勒的《法国大革命》,
陀思妥耶夫斯基的《罪与罚》不同于犯罪心理学,罗贯中的《三国演义》不
同于陈寿的《三国志》,鲁迅日记中回故乡的文字记载不同于小说《故
乡》,从文本手法看,在于文学手法以创造作品艺术图画为结构要素建构
自己的结构整体。"本事也可能是作者不曾虚构的真实的事件,情节却
全然是一种艺术结构。"[73]托马舍夫斯基所说的"情节"的"艺术结构"不
同于"本事"之处在于其创造文本艺术图画的性质与功能。

在中国古代历史文献中,项羽本纪等是否属于史传文学的争论,从文
学手法看,在于《史记》表达手法某种程度具有虚构—造型性而不同于单
纯的历史记载。

信息时代的电影故事片、电视连续剧虽然与纪录片、专题片有相同的
媒材、相同的表达手法,但电影故事片、电视连续剧所有表达手法都围绕
创造作品艺术图画构成表达手法统一体,这既是它们与纪录片、专题片的
根本差异,也是它们进入文学殿堂的基本前提。正是在此意义上,信息时

代的电影、电视虽然可以相当程度取代传统纸质媒介文学客体并分流传统文学受众,但文学的虚构想象活动及其游戏规却不会被取代。也在此意义上,大可不必因为年轻人看电影电视不看小说而断言文学危机。在文学审美活动中,电子媒介一方面分流了文学受众,另一方面丰富了文学审美活动方式。

文本手法统一体的基本意义规定文本手法最基本的性质,同时它包容其所属结构元素各自的结构性质、结构转换规律,笔者把文本手法统一体其他结构元素结构性质、结构转换规律赋予文本的特性,称为文本手法统一体的具体意义。文本手法统一体的具体意义体现并丰富了文本手法统一体的基本意义,即写人记事、抒情言志两大基本类型之对立及其文本手法五大类型之对立,体现了文本手法的虚构—造型性。

从文本手法统一体看,《俄狄浦斯王》的文学手法围绕俄狄浦斯王弑父娶母的艺术图画相互作用形成一个整体,其中,包括写人记事体裁基本类型对必然性事件与必然性性格的规定,悲剧体裁对古希腊传说中几大家族题材的规定性、对"无辜英雄"身份和品格的规定,对顺境转逆境的布局与整一性情节和复杂情节的规定,以及索福克勒斯语言风格等。此外,还包括整个文本的全部最小文学手法各自类型规定性以及语言装饰性—反常性等。感受体会这些不同结构层级不同结构类型文学手法赋予作品的属性,就是体悟玩味《俄狄浦斯王》的文学性。

通过文学手法两大结构层级构成关系与相邻关系的考察可见,传统诗学文献没有考虑切分单位以及结构层级前提下关于文学虚构—造型性的研究结论与符号结构分层研究结论相通。虚构—造型,是文学手法从细胞到独立生命个体最基本的属性。笔者的结论,与英加登在讨论文学与科学之不同时所提及的"拟判断"、"再现客体的描述功能"、"图示化外观"等相通。[74]

6. 虚构—造型性派生的文学特性

文学手法文学性,大体上还包括虚构—造型性基础上派生的其他三个特点:第一,无合目的的合目的性;第二,文学的多义性与歧义性;第三,文学手法的传统效仿与陌生化处理。

文学符号虽然具有虚构—造型特性和功能,但是,不是所有虚构—造型活动都属于文学活动。在生活中,虚构—造型活动不限于文学艺术。罪犯为了逃脱罪责、小孩家长为了孩子成长、病人家属为了安慰病人……这些日常生活语境下所编造的谎言故事不能属于文学虚构造型活动。日常生活中的虚构造型在主体动机上存在功利性,而文学虚构造型在主体动机上则是非功利的、游戏的、愉悦的,即无合目的之合目的性。

吉罗认为,诗学编码和语言编码都存在多义编码的选择性。[75] 在文学作品中,不管是语言手法,还是文学手法,都存在这种多义编码带来的多义性与歧义性。

汉鼓吹铙曲第十八《石留曲》:

> 石留凉阳凉,\石水流为沙。\锡以微,\河(案:宜为"何")为香向?\始稣冷,\将风阳。\北逝肯无?\敢枎于杨?\\心邪怀兰,\志金安薄!\北方开留离兰![76]

在这里,"将风阳"中后两个字使用了双关手法,使诗歌语言具有不确定性、含蓄性,更加耐人寻味。风,一语双关,既可训为风,又可训为放。阳,亦一语双关,可作两解:第一,温暖。第二,春夏。[77]"将风阳"在这里既可以理解为将要吹春夏之风,又可以理解为将要放出温暖之气,既可以理解为将要吹起温暖之风,也可以理解为将要放出春夏之气,几种情况似乎都可以,哪种更好呢?对这种双关语义的咀嚼,就是文学性玩味之一。

然而,文学手法的多义性与歧义性,更主要、更典型的体现是文学想象具象造型的包容性、开放性带来的想象空间自由。陶渊明《饮酒》:

> 结庐在人境,而无车马喧。问君何能尔?心远地自偏。采菊东篱下,悠然见南山。山气日夕佳,飞鸟相与还。此中有真意,欲辨已忘言。

《文选》及《艺文类聚》六五引此诗,"见"并作"望"。苏轼著名的断言是:"因采菊而见山,境与意会,此句最有妙处。近岁俗本皆作'望南山',则此一篇神气都索然矣。"[78]此外,北宋沈约在《续梦溪笔谈》中认为,作"望"字与上下句意全不相属。近人王国维则把"见"南山作为"以物观物"的"无我之境"。今人王叔岷从庄子出发认为"望"字"执着",而"见"南山当是"有我之境",比"望"南山更空灵。[79]这里对"望"与"见"的文字玩味中,更多属于对文学虚构想象具象的开放性体悟,属于文学想象图画形象功能发挥、约定关系减弱出现的多义性,相对于"将风阳"的多义性,其内涵丰富得多。不着一字尽得风流之唐诗,为这种文学想象具象造型开放性带来的多义性提供了丰富案例。

在文学作品的人物、事件等被描绘的对象中,英加登把"再现客体没

135

有被文本特别确定的方面或成份叫做不定点"[80]。马致远的"枯藤老树昏鸦，小桥流水人家。古道西风瘦马，断肠人在天涯"，或者斯泰因的"玫瑰的玫瑰的玫瑰"，让人在接受过程中玩味其意象自由叠加之趣。这里的文学手法多义性与歧义性，相对于《饮酒》的多义性而言，更多是文学想象具象造型本身留下的"不定点"所致。《哈姆雷特》剧本中关于哈姆雷特的母亲是否事先与克劳迪斯有奸情之争议，也是剧本本身留下的不定点所致。

贺拉斯在讨论选材时曾将"遵循传统"与"独创"相提并论，并更倡导沿用传统题材。[81]什克洛夫斯基提出的诗歌语言"陌生化"，在很大程度上倡导对诗歌语言装饰性传统的反常化。笔者以为，效仿传统与反传统，两者是同样重要的文学表达手法。遗憾的是，20世纪西方诗学更多关注陌生化断言中的反传统，相对忽略对传统的效仿。在中西文学史上，大量文学成就不同程度、不同角度存在对传统的效仿。西方古罗马文学、文艺复兴时期文学、古典主义文学，都倡导对古希腊的效仿。中国唐宋诗歌的辉煌与其对《诗经》、《离骚》以及陶渊明的效仿分不开。从文学手法看，反常化当与传统效仿并举，犹如语言手法的装饰性—反常化并举。

（作者单位：四川大学文学与新闻学院，重庆师范大学文学院）

注　释

〔1〕 费尔迪南·德·索绪尔：《普通语言学教程》，高名凯译，北京：商务印书馆1980年版，第158、153—154页。以后出自《普通语言学教程》的引文只标页码。与forme相对的substance，高名凯译为"实质"，皮埃尔·吉罗《符号学概论》译为"实体"。

〔2〕 路易斯·叶姆斯列夫：《叶姆斯列夫语符学文集》，程琪龙译，长沙：湖南教育出版社2006年版，第221页。以后出自《叶姆斯列夫语符学文集》的引文只标页码。

〔3〕 罗兰·巴尔特：《符号学原理》，黄天源译，南宁：广西民族出版社1964年版，第29—31页。

〔4〕 皮埃尔·吉罗：《符号学概论》，怀宇译，成都：四川人民出版社1988年版，第33页。以后出自《符号学概论》的引文只标页码。

〔5〕 罗兰·巴尔特：《符号学原理》，第二章、第四章。

〔6〕 同上书，第34—38页。

〔7〕 费尔迪南·德·索绪尔：《普通语言学教程》，第二编第三章、第四章。

〔8〕 罗兰·巴尔特:《符号学原理》,第 39、80、45—47 页。

〔9〕 关于句段关系和联想关系的辨析,参见费尔迪南·德·索绪尔:《普通语言学教程》,第二编第五章、第六章。关于横组合关系与纵聚合关系辨析,参见罗兰·巴特:《符号学原理》,第 49—71 页。

〔10〕 langue,赵毅衡认为,译为"潜存语"更符合索绪尔的原意。索绪尔给 langue 的定义是:"一个仓库……一个文化系统,潜存在每个头脑里,或者,更确切地说,潜存于一群人的头脑里。"我国当代语言学界译为"语言",容易与同样译为"语言"的 langage 混淆。而 Langage 指作为一个总体化存在的语言,比如法语、汉语等。langue,有人译为"语言系统",而赵毅衡认为,这样容易造成误解,似乎 langage 不成系统。参见赵毅衡:《符号学——文学论文集》,天津:百花文艺出版社 2004 年版,第 15 页。

〔11〕 罗兰·巴尔特:《符号学原理》,第 1—2 页。

〔12〕 费尔迪南·德·索绪尔:《普通语言学教程》,第 41—42 页。

〔13〕 罗兰·巴尔特:《符号学原理》,第 2—4、60 页。

〔14〕 O. P. 雅各布森:《现代俄罗斯诗歌》,扎娜·明茨、伊·切尔诺夫编《俄国形式主义文论选》,王薇生编译,郑州:郑州大学出版社 2004 年版,第 321 页。以后出自《俄国形式主义文论选》的引文只标页码。

〔15〕 В. Б. 什克洛夫斯基:《论散文理论》,扎娜·明茨、伊·切尔诺夫编《俄国形式主义文论选》,第 349 页。

〔16〕 O. P. 雅各布森:《现代俄罗斯诗歌》,扎娜·明茨、伊·切尔诺夫编《俄国形式主义文论选》,第 372 页。

〔17〕 雅各布逊:《诗学问题·后记》,转引自托多洛夫《象征理论》,王国卿译,北京:商务印书馆 2004 年版,第 377 页。

〔18〕 Б. В. 托马舍夫斯基:《文学理论》,扎娜·明茨、伊·切尔诺夫编《俄国形式主义文论选》,第 373 页。

〔19〕 卡勒说:雅各布森提请人们注意各式各样的语法成分及其潜在功能,这对文学研究是一个重要贡献,但是,由于他相信语言学为诗学格局的发现提供了一种自动程序,由于他未能认识到语言学的中心任务是解释诗学结构如何产生于多种多样的语言潜在结构,他的分析实践是失败的。参见乔纳森·卡勒:《结构主义诗学》,盛宁译,北京:中国社会科学出版社 1991 年版,第 120 页。

〔20〕 乔纳森·卡勒:《文学性》,马克·昂热诺等编《问题与观点——20 世纪文学理论综述》,史忠义等译,天津:百花文艺出版社 2000 年版,第 27 页。以后出自《问题与观点——20 世纪文学理论综述》的引文只标页码。

〔21〕 在《文学性》中,卡勒将西方诗学关于文学性讨论最富成果的标准概括为虚构性和文学语言结构两个方面,并围绕这两个方面提出文学性的三个方面:

1.语言本身的突现方法;2.文本对习俗的依赖以及与文学传统的其他文本的联系;3.文本所用材料在完整结构中的前景。在文章结尾卡勒说,我们并没有解决文学性问题,没有找到能够确定文学性的鉴定标准。参见乔纳森·卡勒:《文学性》,马克·昂热诺等编《问题与观点——20世纪文学理论综论》,第31—44页。在《文学理论》中,卡勒从五个方面概括文学本质,与其《文学性》的观点基本一致。卡勒概括的五个方面具体是:第一,文学是语言的"突出";第二,文学是语言的"综合"第三,文学是虚构;第四,文学是美学对象;第五,文学是文本交织的或者叫自我折射的建构。参见乔纳森·卡勒:《文学理论》,李平译,沈阳:辽宁教育出版社1998年版,第28—38页。

〔22〕参见乔纳森·卡勒:《结构主义诗学》,第二、三部分。

〔23〕罗曼·雅各布逊:《隐喻和换喻的两极》,张祖建译,伍蠡甫、胡经之主编《西方文艺理论名著选编》下卷,北京:北京大学出版社1987年版,第430—436页。以后出自《西方文艺理论名著选编》的引文只标页码。

〔24〕参见亚·尼·维谢洛夫斯基:《历史诗学》,刘宁译,天津:百花文艺出版社2003年版。以后出自《历史诗学》的引文只标页码。

〔25〕В. Б. 什克洛夫斯基:《作为手法的艺术》、《论散文理论》、《短篇小说和长篇小说的结构》,扎娜·明茨、伊·切尔诺夫编《俄国形式主义文论选》,第211—228、373、231—254页。

〔26〕Б. В. 托马舍夫斯基:《文学理论》、《情节的构成》、《论诗句》,扎娜·明茨、伊·切尔诺夫编《俄国形式主义文论选》,第373、149—175、175—183页。

〔27〕参见苏敏《跨文化文学审美风格比较方法》,《文艺研究》1997年第3期。

〔28〕叶维廉:《批评理论架构的再思》,《叶维廉文集》卷一,合肥:安徽教育出版社2002年版,第56页。以后出自《叶维廉文集》的引文只标页码。

〔29〕叶维廉:《东西比较文学中模子的应用》,《叶维廉文集》卷一,第26—47页。

〔30〕亚·尼·维谢洛夫斯基:《历史诗学》,第595—596、461—488页。

〔31〕В. М. 日尔蒙斯基:《诗学的任务》,扎娜·明茨、伊·切尔诺夫编《俄国形式主义文论选》,第76—77页。

〔32〕Б. В. 托马舍夫斯基:《情节的构成》,扎娜·明茨、伊·切尔诺夫编《俄国形式主义文论选》,第149—155页。

〔33〕托多罗夫在讨论叙述句法时,因为涉及"长度有质的不同的、分立在叙事作品系列中的两种段落",他使用了两个概念作为他的研究单位:第一,"命题",指文本分析的最小单位,指某一段情节。第二,"序列","它由几个命题组成……它给读者的印象是一种完成的整体,一则故事、一件逸事"。茨维坦·托多罗夫:《诗学》,沈一民、万小器译,赵毅衡编《符号学—文学论文集》,天津:百花文艺出版社2004年版,第223—224页。

138 〔34〕英加登认为,作品被描绘的世界是一个由事物、人物、现象、事件的完整自足世界,它是意向事态的描绘功能所体现的。在文学作品研究中,英加登提出了若干层次:语音、语义、事态、事态群、客体呈现于作品的图式化外观。事态,指超出句子单位的一种新的陈述单位。事态由句子意义确定,组成事态的词的材料和形式的功能确定该事态。英加登在事态基础上,还提出了更大的单位:事态群和客观情境。事态群,指在若干连续句子中,对一个事物的描述投射一个相应的事态群,所有这些事态都同时属于一个并且是同一个事物,而且根据作品描绘的世界中的事件而形成因果关系或互相跟随。客观情境,指在有些事态中,不是一个,而是若干事物参与其中,这个事态就构成一个完整的客观情境。不过,为了使描绘世界获得它的独立性,读者必须完成一种综合的客观化,把各个句子投射的各种细节聚集起来并结合成一个整体,即作品图示化外观。参见罗曼·英加登:《对文学的艺术作品的认识》,陈燕谷译,北京:中国文联出版公司 1988 年版,第 40—47 页。以后出自《对文学的艺术作品的认识》的引文只标页码。

〔35〕 亚里士多德:《诗学》,罗念生译,亚里士多德、贺拉斯《诗学·诗艺》,北京:人民文学出版社 1962 年版,第 11 页。以后出自《诗学·诗艺》的引文只标页码。

〔36〕 朗加纳斯:《论崇高》,钱学熙译,伍蠡甫、胡经之主编《西方文艺理论名著选编》上卷,第 123 页。后来的研究者分别从不同角度讨论到文艺作品中的形象问题,所使用的术语或者是"表象",或者是"形象",比如康德论审美判断之想象力的表象、黑格尔绝对精神的感性显现以及史达尔夫人论形象思维的作品、别林斯基论形象思维、20 世纪维谢洛夫斯基论诗歌语言的形象、休姆论"形象化的诗歌"、凯塞尔论语言手段等。

〔37〕 关于最小手法三大类型归纳,笔者主要参考:米克·巴尔:《叙述学——叙事学理论导论》,谭君强译,北京:中国社科出版社 1995 年版(以后出自《叙述学——叙事学理论导论》的引文只标页码);沃尔夫冈·凯塞尔:《语言的艺术作品——文艺学引论》,陈铨译,上海:上海译文出版社 1984 年版;赵毅衡:《当说者被说的时候——比较叙述学导论》,北京:中国人民大学出版社 1998年版(以后出自《当说者被说的时候——比较叙述学导论》的引文只标页码);以及赵毅衡《叙事学》课堂笔记等。

〔38〕 B. M. 日尔蒙斯基:《诗学的任务》,扎娜·明茨、伊·切尔诺夫编《俄国形式主义文论选》,第 76—77 页。

〔39〕 英加登指出:诗歌作品的"真实"内容,是通过隐喻方式曲折确定的,是朦胧的、双线条的,而科学则是直接的、单线条的。罗曼·英加登:《对文学的艺术作品的认识》,第一章第十三节,第 64—71 页。

〔40〕 在诗歌单位基础上,格雷马斯从语言、表达、内容三个方面考察,提出两种语言模式——第一,词组(诗歌模具);第二,陈述(体裁模型),并认为:两个图式

在同一时刻承担双重功用:在句子范围内的普通交流和更大的话语单位内的功用。诗歌图式列表一旦完成,就无法回避其意义问题:语法和音位图式成为诗歌的模具,叙述和韵律图式则成为体裁的模型。格雷马斯借用勒文观点提出诗歌单位叠加在语言单位上,特征是:第一,通过组合轴或聚合轴羡余现象,我们可以识辨它们;第二,它们溢出句子的框架,构成更大的话语意义段;第三,这是一些结构性单位,是一种关系的存在,该关系至少是两个词语的关系。A. J. 格雷马斯:《论意义》上,吴泓缈、冯学俊译,天津:百花文艺出版社2005年版第285—296页。

〔41〕 自然语言包括两层含义,即索绪尔所说的音响形象与意义统一的符号。这种音响形象与意义之间的关系,是约定俗成的,其单位是词和句子。参见费尔迪南·德·索绪尔:《普通语言学教程》,第二章第二节,第36页。关于自然语言音响形象与意义之间的关系,热奈特曾经有一个非常典型的举例——二战时期发生的一个故事:两个不懂英文的德国间谍,空投在英国。饥渴难耐,经过反复练习"请来两杯马丁尼酒"这句话之后,进了一家酒吧。一个上前点酒。不幸的是,酒吧侍者问道:"Dry?"(干红吗?)另一个机械地回答——多少:"Nein, zwei!"(不,两个!)热奈特指出:"语音[drai]既非德语单词,也非英语单词:当它表示"三"时便是德语词,表示"干"时便是英语词。"这个故事说明"(大体上)相同组合的声音在一种语言中可能是一个词,而在另一语言中则是另一个词,一个词(及其语言属性)不是仅由它的形式组成的,而是由它作为'完整符号'的功能构成的,即由其形式与意义的联系所构成"。热拉尔·热奈特:《热奈特论文集》,史忠义译,天津:百花文艺出版社2001年版,第171页。自然语言音响形象与意义之间的关系,叶姆斯列夫有不同语系语言研究的丰富材料。参见路易斯·叶姆斯列夫:《叶姆斯列夫语符学文集》,第一部分语言导论。

〔42〕 关于符号第二性系统,参见罗兰·巴尔特:《符号学原理》,第80—82页。

〔43〕 陆机:《文赋》,《文赋集释》,张少康集释,北京:人民文学出版社2002年版,第99页。

〔44〕 皎然:《诗式》、《诗议》,郭绍虞主编《中国历代文论选》卷二,上海:上海古籍出版社2010年版,第77、88页。以后出自《中国历代文论选》的引文只标页码。

〔45〕 米克·巴尔把叙事作品中的这种现象,概括为"非叙述的评论"。参见米克·巴尔:《叙述学——叙事理论导论》,第147—149页。赵毅衡把这种叙述者对叙述的议论称为"干预",并分为"指点干预"(对叙述形式的干预)和"评论干预"(对叙述内容的干预)。参见赵毅衡:《当说者被说的时候——比较叙述学导论》,第二章。

〔46〕 B. M. 日尔蒙斯基:《诗学的任务》,扎娜·明茨、伊·切尔诺夫编《俄国形式

主义文论选》,第 76—77 页。

〔47〕 B．Б．什克洛夫斯基:《作为手法的艺术》,扎娜·明茨、伊·切尔诺夫编《俄国形式主义文论选》,第 211—228 页。

〔48〕 Б．M．艾兴包姆:《俄罗斯的旋律》《列斯科夫和近代散文》,穆卡尔若夫斯基:《文学语言和诗的语言》O·P·雅各布松:《主要成分》,扎娜·明茨、伊·切尔诺夫编《俄国形式主义文论选》,第 368—369、305—310 页。

〔49〕 B．Б．什克洛夫斯基:《作为手法的艺术》,扎娜·明茨、伊·切尔诺夫编《俄国形式主义文论选》,第 211—228 页。

〔50〕 雷·韦勒克、奥·沃伦:《文学理论》,刘象愚等译,北京:三联书店 1984 年版,第 15 页。以后出自《文学理论》的引文只标页码。

〔51〕 亚里士多德:《诗学》,亚里士多德、贺拉斯《诗学·诗艺》,第 89—90 页。

〔52〕 雷·韦勒克、奥·沃伦:《文学理论》,第 13 页。

〔53〕 关于文学审美风格连续构造过程,参见苏敏:《文学审美风格论》,杨乃乔、田辰山主编《比较文学与世界文学》第一辑,北京:商务印书馆 2004 年版。

〔54〕 M．M．巴赫金:《文本问题》,《文本,对话和人文》,白春仁等译,石家庄:河北教育出版社 1998 年版,第 319 页。

〔55〕 笔者关于语言风格的概括,主要参照刘勰的"风趣刚柔,宁或改其气"、"繁与约桀"的观点。刘勰:《体性》,《增订文心雕龙校注》上册卷六,黄叔琳注、李详补注,杨明照校注拾遗,北京:中华书局 2000 年版,第 379—380 页。以后出自《增订文心雕龙校注》的引文只标页码。

〔56〕 参见苏敏:《从欧洲文学谈文学风格结构》,《西南民族学院学报》1994 年第 2 期。

〔57〕 笔者关于"奇丽""雅丽"分类,根据刘勰"雅与奇反"的观点。《体性》,《增订文心雕龙校注》上册卷六,第 379—380 页。以后出自《增订文心雕龙校注》的引文只标页码。

〔58〕 "体"出自曹丕《典论论文》:"……能之者偏也,唯通才能备其体。"魏文帝:《典论论文》,《文选》卷五二,[梁]肖统编,李善注,北京:中华书局 1977 年影印胡克家重刻本,第 720 页。以后出自《文选》的引文只标明页码。

〔59〕 "体制",出自刘勰《文心雕龙》:"箴铭碑诔,则体制于弘深。"刘勰:《定势》,《增订文心雕龙校注》上册卷六,第 407 页。

〔60〕 参见苏敏:《从欧洲文学谈文学风格结构》,《西南民族学院学报》1994 年第 2 期。

〔61〕 米·森格利·马斯扎克在《作为结构和建构的文本》中依次讨论了词法、句法修辞格、语义修辞格、时空对应、视点—情境(叙述者与被叙述者)、情节(故事与人物)等;阿·基比迪·瓦尔加在《修辞学与文本的生产》中涉及了体裁,都是作为文本修辞问题加以讨论。米·森格利·马斯扎克:《作为结构和建构

的文本》,阿·基比迪·瓦尔加:《修辞学与文本的生产》,马克·昂热诺等编《问题与观点——20 世纪文学理论综论》。

〔62〕 Б·В·托马舍夫斯基:《文学理论》,扎娜·明茨、伊·切尔诺夫编《俄国形式主义文论选》,第 368 页。

〔63〕 郭绍虞:《中国文学批评史》上册,第三篇第一章,天津:百花文艺出版社 1999 年重印北京商务印书馆 1934 年版,第 40—47 页。

〔64〕 魏文帝:《典论论文》,《文选》卷五二,第 720 页。

〔65〕 《增订文心雕龙校注》上册卷二、三、四、五。

〔66〕 亚里士多德:《诗学》,亚里士多德、贺拉斯《诗学·诗艺》。

〔67〕 菲尔丁:《约瑟夫·安德鲁斯》序言,杨周翰译,伍蠡甫主编《西方文论选》上卷,第 506 页。

〔68〕 狄德罗:《论戏剧艺术》,陆达成、徐继曾译,伍蠡甫主编《西方文论选》上卷,第 347—351 页。

〔69〕 关于五律的文体—体制规定,参见王力:《汉语诗律学》,上海:上海教育出版社 1952 年版;王力:《诗词格律》,北京:中华书局 2000 年版。

〔70〕 关于西方文学考察,参见苏敏:《从欧洲文学谈文学风格结构》,《西南民族学院学报》1994 年第 2 期。

〔71〕 笔者认为,"言志"是中国古代诗学核心概念,与"模仿"是西方诗学核心概念相通。关于中国古代言志诗,参见苏敏:《从中西文学视域论中国诗学体系的诠释原则——"言志"》,《东方丛刊》2009 年第 2 期。苏敏:《言志学刍议——从中西文学阐释"言志"与"志"》,曹顺庆、徐行言主编《跨文明对话——视界融合与文化互动》,成都:巴蜀书社 2008 年版;苏敏:《论〈离骚〉的文学物象》,章必功等主编《先秦两汉文学论集》,北京:学苑出版社 2004 年版。

〔72〕 关于文学审美风格连续构造过程,参见苏敏:《文学审美风格论》,杨乃乔、田辰山主编《比较文学与世界文学》第一辑,北京:商务印书馆 2004 年版。

〔73〕 Б. В. 托马舍夫斯基:《情节的构成》,扎娜·明茨、伊·切尔诺夫编《俄国形式主义文论选》,第 156 页。

〔74〕 罗曼·英加登:《对文学的艺术作品的认识》,第三章第一节。

〔75〕 皮埃尔·吉罗:《符号学概论》,怀宇译,成都:四川人民出版社 1988 年版,第 28—31 页。

〔76〕 关于《石留曲》的断句、注解等,参见苏敏:《"石留曲"校雠注疏及其他》,周延良主编《中国古典文献学丛刊》卷七,北京:中国古文献出版社 2009 年版,第 187 页。

〔77〕 风,一语双关,既可训为风,又可训为吹。风,八风也。《说文》卷十三《风部》曰:"风,八风也。……从虫凡声。风动虫生,故虫八日而匕。从虫凡声。"风,吹也。《广雅》卷五上《释言》:"风,吹也。"阳,亦一语双关,可作两解:第一,

温暖;第二,春夏。阳,温暖也。《诗经》卷八《豳风·七月》:"春日载阳",郑笺:"阳,温也。"《文选》卷三《东京赋》:"春日载阳",薛注:"阳,暖也。"阳祀,春夏也。阳,亦代指春夏。《周礼》卷十三《牧人》曰:"凡阳祀用骍牲毛之。"郑司农注:"阳祀,春夏也。"《黄帝内经》卷二《素问·阴阳离合论》曰:"故生因春,长因夏,收因秋,藏因冬。失常,则天地四塞。"注曰:"春夏为阳故生长也,秋冬为阴故收藏也。若失其常道则春不生夏不长秋不收冬不藏。"

〔78〕 苏轼:《东坡题渊明"饮酒诗"后》,《苏轼文集》下,顾之川点校,长沙:岳麓书社 2000 年版,第 796 页。

〔79〕 关于"悠然见(望)南山"的不同体悟,王叔岷有比较详尽的考察。王叔岷:《陶渊明诗笺证稿》,北京:中华书局 2007 年版,第 291—292 页。

〔80〕 罗曼·英加登:《对文学的艺术作品的认识》,第 49—51 页。

〔81〕 贺拉斯:《诗艺》,亚里士多德、贺拉斯《诗学·诗艺》,第 143 页。

当代西方文论大家研究

雷蒙德·威廉斯的马克思主义文化传播理论

侯 岩

内容提要:"文化研究"作为一种话语和策略,是 20 世纪西方学术界继"语言学转向"之后的一个重要事件。伯明翰学派是英国文化研究的重镇,它将对大众文化的思考摆上了学术讨论的议事日程,并赋予其历史和政治使命。雷蒙德·威廉斯(Raymond Williams)是伯明翰学派最重要的奠基者之一,他的文化理论中所闪现的传播思想不仅是对现实社会的思考,同时也具有深远的前瞻性,充分体现出其不懈的政治关怀,对中国学界具有一定的启示性作用。

"文化革命"是威廉斯针对英国近代以来的社会发展过程提出的一种规划性主张,是他将马克思主义文化理论与 20 世纪英国资本主义具体社会形势相结合的产物,体现出西方左派知识分子利用文化议题介入现实社会的文化政治理想,显示了马克思主义文化理论介入现实、政治的传统和策略。威廉斯希望通过传播来促进文化扩展(cultural expansion),形成共同文化,实现社会主义参与式民主,最终完成这一长期革命。传播因此成为赢得"文化革命"胜利的关键环节。

本文力图通过再现威廉斯所处的社会、理论和学科语境,并走进他本人的"问题意识",以描绘出他的传播理论形成和嬗变的轨迹。从马克思主义文化理论的视角,本文重点从三个方面探讨了威廉斯对传播学的贡献。首先通过对"文化革命"与传播的关系,展示了威廉斯与马克思主义的复杂关系;接着梳理和挖掘了威廉斯的文化唯物主义的形成和核心思想,从威廉斯文化观的转变和对文化生产的物质性本质的恢复,显示了文化唯物主义对威廉斯传播思想的影响和指导作用;最后在人道主义的框架内阐明威廉斯对传统传播学的批判和融合,创造性地运用马克思主义的人道主义思想,以一种总体性的姿态介入对传播中的"人"的要素的分析,形成了社会主义人道主义的传播学理论。

关键词:雷蒙德·威廉斯 "文化革命"传播 马克思主义文化理论 文化唯物主义 社会主义人道主义

Abstract: Cultural Studies, as a discourse and strategy, is seen as an important trend inside the Western academic circles after the "linguistic turn". As an inseparable part of British Cultural Studies, the Birmingham School has established the consideration of popular culture, including mass communications on an academic and intellectual agenda with special emphasis on its historical and political mission. Raymond Williams, one of the founding fathers of the Birmingham School, reflects on the social reality through his ideas about communications sparkled among his theoretical works on literature and culture out of his consistent political devotion, which will throw some light on the Chinese academia.

"Cultural Revolution", the result of application of Marxist cultural theory to the capitalist society of 20th century Britain, serves as a political project targeting at explaining the social process of contemporary Britain. It not only shows the vision of Western leftist intellectuals to use culture as a medium of realizing their cultural and political ambition, but also demonstrates the tradition and the strategy that Marxist cultural theory inherits to influence the reality and politics. In this sense, Williams took on the task of establishing the comparable significance of Cultural Revolution with industrial revolution and democratic revolution. Williams believes that communications can help foster cultural expansion which in turn can lead to the formation of a common culture on which the socialist participatory democracy is based. Thus communications becomes an essential link in the Cultural Revolution.

By re-situating the theoretical formulation of Raymond Williams within its social, theoretical and disciplinary background, this essay tries to probe into the problematic of Williams so as to delineate the formation and development of his communications theory. From the perspective of Marxist cultural theory, it elaborates on the contributions Williams has made to communications studies from three aspects. It first dwells on how Williams sees the role of communications in his theory of Cultural Revolution out of his complex relations with Marxist tradition. It is followed with the formation and cores of cultural materialism as guideline on his theory of communications, which is made clear by the change of his notion of culture and his efforts to redefine the materiality of cultural production. In the end, it draws on Marxist cultural theory about humanitarianism to illustrate how Williams conveys his thinking on communications through his approach of totality in his analysis of man in the process of communication, which in turn leads to his communications theory with the characteristics of socialist humanitarianism.

Key words: Raymond Williams; "Cultural Revolution"; communications; Marxist cultural theory; cultural materialism; socialist humanitarianism

149

雷蒙德·威廉斯(Raymond Williams, 1921—1988)是英国新左派文化批评家和文化研究"伯明翰学派"的奠基者之一。他所建构的文化唯物主义理论以及在文化、政治、大众传播和文学领域的著述极大地丰富了马克思主义文化批评宝库,被誉为"欧洲时代(1492—1945)结束前出生的欧洲最后一位伟大的男性社会主义革命知识分子"[1]。

威廉斯绝非传统学术意义上的传播理论家,施拉姆在他那本权威性的《传播学概论》中只字未提威廉斯。威廉斯对传播的关注源于他对文化的思考。文化是威廉斯透视社会,进而改变社会,最终实现其政治理想的利器。在文化的形成、发展和衰亡的过程中,传播的作用不言而喻。进入到20世纪以来,科学技术的发展极大地丰富了传播的方式,对人际交流和社会组织产生了革命性的影响。正是在这一背景下,威廉斯积极介入有关传播的讨论,从批判理论的视角,提出马克思主义文化传播思想,促进了传播学的"文化转向"。在威廉斯看来,"新文化社会学可以被认为是两个显著倾向的汇合,在某一点上还可以被认为是两种显著倾向的转变:一种倾向表现在一般的社会思想里,具体地表现在社会学内部;另一种倾向表现在文化史和文化分析中"[2]。在这里,他所谓"新文化社会学"就是伯明翰大学的"文化研究"理论。这是20世纪后半叶兴起的最重要的西方马克思主义理论之一,其矛头直接指向美国传播界的"行政学派"即以拉扎斯菲尔德为代表的经验学派;伯明翰学派高扬意识形态的旗帜,揭示意识形态领域的阶级斗争。

威廉斯有关媒介文化研究方面的代表性著作有《文化与社会》(*Culture and Society*)、《长期革命》(*The Long Revolution*)、《传播》(*Communications*)和《电视:科技与文化形式》(*Television：Technology and Cultural Form*)等。不难看出,从《文化与社会》到《漫长的革命》,从《传播》到《电视:技术与文化形式》,威廉斯一直是把现代传播技术的功能与他的文化工程放在一起讨论的。他始终认为,文化革命是"人类解放这一伟大过程中的一个部分,与工业革命和民主斗争有着同样重要的意义"[3]。只有经由大众传播的技术和结构,文化革命的目标——文化共同体才能实现。

一 "文化革命"与传播

1."文化革命"与马克思主义文化理论

威廉斯于1961年出版《长期革命》一书,提出了"文化革命"的学说。在威廉斯看来,英国近代以来的社会发展过程是一场长期革命,表现为发生于经济、政治和文化领域的三种紧密相连的缓慢进程,涵盖了社会变革的三个方面——工业化、民主化和传播过程。显而易见,工业革命和民主革命已深入人心,对人们的生活产生了显著影响,但文化革命却并不广为人所知。威廉斯强调指出,文化革命的重要性堪比其他两种革命:"这种深刻的文化革命构成了我们大部分的主要的生活经验,这种革命在艺术和观念世界中以一种非常复杂的方式得到解释,事实上,往往是以斗争的方式得到解释的。在我们试图把这种变化与那种被政治、经济和传播的原则所掩盖的文化进行相关联系的时候,我们发现了一些最困难同时也是最具有人类意义的问题。"[4]在《传播》中,威廉斯再次强调文化革命是"人类解放这一伟大过程中的一个部分,与工业革命和民主斗争有着同样重要的意义"[5]。

威廉斯对文化力量的重视既有其自身的因素,也有当时英国政治环境的影响。威廉斯的文学渊源及其积极参与有关文化的辩论,对他形成自己的文化理论确实起到了重要的作用。身为文学教授和文化批评家,威廉斯惯于透过文学文化来观照政治经济进程,而对英国工党的政治改革的失望以及对工人运动逐渐被现有社会体制整合的担心,更促使他转向文化诉求。这一"文化转向"同时也充分显示了威廉斯的马克思主义渊源和他利用马克思主义文化理论介入现实、政治的传统和策略。

斯图亚特·霍尔(Stuart Hall)认为,文化研究是一个话语组合,表现为多种话语和不同历史的交织和喧哗。[6]在这繁杂的理论来源的背后,霍尔明确了马克思主义传统与英国文化研究休戚相关的事实。他承认,文化研究和马克思主义在理论上并非完全契合:"也就是说,英国文化研究与马克思主义的相遇首先应该理解为遭遇到了一个问题——不是理论问题,甚至不是一个问题设置。"[7]一方面,他批判了具有欧洲中心主义色彩的正统马克思主义的还原主义和经济决定论以及把文化研究当做马克思主义批评理论和实践的观念;另一方面,他也坚持认为,马克思主义提出的问题,如权力关系、资本的流动、阶级问题、理论与实践、经济、政治和意识形态等等,都是文化研究必须面对的核心议题。在他看来,从传统马克思主义向更注重文化的地位和功能的批判马克思主义(Critical Marxism)的转向,是英国文化研究发展的重要驱动力。这也验证了佩里·安德森对西方马克思主义传统的"文化转向"的判断:"西方马克思主义典型的研究对象,并不是国家或法律。它注意的焦点是文化。"[8]

作为英国文化研究的奠基人,威廉斯对马克思主义传统的"挪用"不仅成为英国文化研究的强有力的推进器,反过来也极大地丰富了马克思主义文化理论。"不管是在理论上还是在实践中,我的立场变化与马克思主义息息相关,这种关系也是我大部分创作生活的中心。"[9]由此可见,对马克思主义文化理论进行一番回顾和梳理将有助于我们加深对威廉斯的"文化革命"学说的理解。首先应该明确的是,所有马克思主义的学术问题都必须从马克思、恩格斯开始,否则就不能以马克思主义相称,文化问题也是如此。与政治经济学或哲学相比,马克思、恩格斯并没有在自觉、完整、系统的意义上阐述过文化哲学。但是,通过对马克思主义经典文本的考察,我们仍能在最终意义上确立马克思主义文化观的基本框架。

《〈政治经济学批判〉导言》(1859)的这段话已经成为马克思主义文化唯物史观的基础:"人们在自己生活的社会生产中发生一定的、必然的、不以他们的意志为转移的关系,即同他们的物质生产力的一定发展阶段相适应的生产关系。这些生产关系的总和构成社会的经济结构,即有法律的和政治的上层建筑竖立其上并有一定的社会意识形式与之相适应的现实基础。物质生活的生产方式制约着整个社会、政治生活和精神生活的过程。不是人们的意识决定人们的存在,相反,是人们的社会存在决定人们的意识。……随着经济基础的改变，全部庞大的上层建筑也或慢或快地发生变革。在考察这些变革时，必须时刻把下面两者区别开来：一种是生产的经济条件方面所发生的物质的、可以用自然科学的精确性指明的变革，一种是人们借以意识到这个冲突并力求把它克服的那些法律的、政治的、宗教的、美学的或哲学的，简言之，意识形态的形式。"〔10〕这一"基础和上层建筑"的公式所表现出的复杂性和运动的因素曾引发激烈的争论，划分出不同的阵营。威廉斯肯定了"基础与上层建筑"这一公式从唯物史观出发所进行的新的文化解读，是马克思主义文化哲学的理念和方法论。同时，威廉斯也强调社会现实的所有因素彼此依存，坚持在"整体生活方式"的意义上使用"文化"概念。〔11〕

《巴黎手稿》(《1844年经济学—哲学手稿》)普遍地接触了文化哲学问题，揭示了文化的人道主义本质。在《巴黎手稿》中，马克思对世界进行了类的区分，一个是自然界，一个是人，而另一个就是人的创造物，或称"人的本质的对象化"，用文化的定义来衡量，即属于文化的范畴。因此，《巴黎手稿》将文化定义为人与自然的实践关系，是人的本质力量的对象化。马克思说："在实践上，人的普遍性正表现在把整个自然界——首先作为人的直接的生活资料，其次作为人的生命活动的材料、对象和工具——变成人的无机的身体。自然界，就它本身不是人的身体而言，是人的无机的身体。人靠自然界生活。这就是说，自然界是人为不致死亡而必须与之不断交往的、人的身体。所谓人的肉体生活和精神生活同自然界相联系，也就等于说自然界同自身相联系，因为人是自然界的一部分。"〔12〕马克思的思想表明，在文化研究中，必须始终抓住文化产生的人类学根源，从人与劳动实践的关系中探寻文化发展的规律，进而从人与自然的关系中研究文化的起源、从经济对社会的制约研究文化的根本发展规律、从社会意识及人的心理的相对独立性研究文化发展的丰富复杂形态。

在《共产党宣言》中，马克思、恩格斯所探讨的文化问题不再是人与自然的关系问题，而是全球范围内的社会性问题。由于美洲的发现和新航道的开辟，世界市场成为可能，使一切国家的生产和消费都成为世界性的了，"过去那种地方的和民族的自给自足和闭关自守状态，被各民族的各方面的互相往来和各方面的互相依赖所代替了。物质的生产是如此，精神的生产也是如此。各民族的精神产品成了公共的财产。民族的片面性和局限性日益成为不可能，于是由许多种民族的和地方的文学形成了一种世界的文学"[13]。这就是典型的"世界历史"现象,是对"全球化"的预言。在历史向世界历史、文学向世界文学转化时,也就导致了人类文化与文明的世界化。这就是《共产党宣言》的文化哲学意义所在。

马克思主义是一种充满活力、发展的理论,它的文化理论也在不断地丰富和革新。"西方马克思主义"(Western Marxism)就是对马克思主义文化理论做出过重要贡献的一支理论流派。"西方马克思主义"一名源出于法国哲学家梅洛-庞蒂的《辩证法的历程》(1955)一书,指最初出现于20世纪20年代前期共产国际内部的一股"左"的激进主义思潮。在书中,梅洛-庞蒂追溯了卢卡奇、柯尔施等人的理论,强调他们同苏联学派的正统马克思主义的差异。1976年,英国新左派评论家佩里·安德森出版《西方马克思主义探讨》一书,称其为"前所未有的批判理论、全新开放的知识体系"[14]。安德森对西方马克思主义的特点作了详细的总结,并开列了一张"西方马克思主义者"的名单,于是这一提法在欧美等国流传开来。事实上,西方马克思主义是一种要把传统的、经典的马克思主义同西方文化特别是西方哲学、社会科学和人文科学的优秀成果结合起来的理论研究趋势,并希望借此建立一整套既摆脱所谓正统马克思主义的某些"教条性"和"独断性"的束缚,又坚持批判和改造资本主义社会的不合理性的新学说。西方马克思主义在理论上的一个突出特点便是从黑格尔哲学出发解释马克思的理论,公开宣称要恢复马克思主义的黑格尔哲学渊源。它强调马克思主义的哲学性,突出马克思主义的人学地位,主张要用"总体性的眼光"来观察一切存在着的东西。它特别重视文化在革命中的作用,认为文化艺术是唯一能超越一切的力量,未来的希望正在于文化艺术中。它断言关于人的解放是马克思理论的核心,从而主张回到青年马克思那里去。从理论体系上来考察,一般认为卢卡奇的《历史与阶级意识》和柯尔施的《马克思主义和哲学》以及葛兰西的《狱中札记》是西方马克思主义的思想基础,并在法兰克福学派的社会批判理论中达到高潮。

属于西方马克思主义批判理论传统的"文化研究",源于对传统马克思主义理论的反思,关注如何在资本主义语境下展开对资本主义的批判,进行新的革命。威廉斯的所有著述中都回荡着文化的或激昂或低沉的声音,其中的三部论著,《文化与社会》、《长期革命》和《文化社会学》,显示了威廉斯的文化观从唯心主义到唯物主义的运动轨迹。《文化与社会》是威廉斯的第一部重要著作。威廉斯在书中梳理了英国社会思潮的保守传统,考察文化、工业、民主、阶级和艺术等关键词的意涵变化是从 18 世纪至 20 世纪各个时代的作家对他们"共同生活的环境的变迁所作出的反应的记录"[15]尽管威廉斯努力将文化生产与社会历史背景相联系,并提出融汇工人阶级创造性活动的"共同文化"的理念,但仍可看出利维斯的文化精英思想的影响。威廉斯仍把文化看做是普适性的人类绝对价值,艺术家是社会道德价值观和人类优秀文化的主要传承者。在《长期革命》一书中,威廉斯尽管仍保留着他早期的一些倾向,但又进一步对文化变革的研究提出了一种以体制(institution)为基础的方法论。文化已不再仅仅被看做是"整个的生活方式",它也表现为社会实践中的有差异的总体性(differentiated totality)和动力。在威廉斯看来,"如果我们看事物的方式就是我们的生活方式,那么传播的过程实际上就是共同体的过程:提出、接受和比较新的意义,在发展和变革中产生的张力和成果……如同生产、贸易、政治以及养家糊口一样,艺术也是一种活动。要想充分了解各种关系,就必须对其积极研究,把所有活动都看做是人类能量当下存在的特殊形式"[16]威廉斯以一种关系和过程的观点来看待文化,打破了文化与文学、政治和日常生活的界限,展现了学习和传播模式中隐含的冲突和变化。威廉斯把文化视为各种活动的集合和人类能量处置的形式,其意图是解决主体—客体二律背反,调和资产阶级思想中的意识与外部世界两重性。《文化社会学》中所表明的威廉斯的文化观,已将文化看做是"表意系统,社会结构必须经由它(也包括其他方式)得以传播、再生产、体验和探索"[17]。文化不再仅仅等同于高雅文化或固定的表征,它也包括多极的表达。威廉斯的文化理论是总体性的,侧重于对关系网络的分析,以便揭示代表这些关系复合体的组织本质。

2. 传播的"文化革命"意义

威廉斯所理解的"文化革命"是一种"把包括文学和交流技能在内的积极的学习过程向所有人开放、而非仅限于少数人享用的渴望"[18]。威廉斯希望通过传播促进文化扩展(cultural expansion),形成共同文化,最终实现参与式民主。由此可见,威廉斯把传播看做是赢得"文化革命"胜利的关键环节,他的传播理论也深受马克思主义文化理论的影响,主要表现为对历史唯物主义和辩证唯物主义的丰富和发展。在威廉斯看来,马克思主义哲学归根结底是一种唯物主义,其主旨在于表现各种社会关系,不仅仅是在观念上,而且是在肉体、神经和内脏上。在马克思主义传统中,几乎没有一个作家像威廉斯那样强调,人类对历史的反应从根本上说不是通过信仰或话语来传达的,而是通过情感来传达的。"情感结构"(structure of feeling)这一术语尽管并不精确,但其优点在于确认了历史的清晰性和交织于其中的欲念和剧变。历史唯物主义揭示了人类社会发展的根源,即生产力发展与生产关系的矛盾、上层建筑与经济基础的关系。根据历史唯物主义的基本理论,人是在一定的条件下创造自身历史的,而这些条件要受社会发展状况的限制,同时经济关系及其相关的生产方式也会对其施加影响。作为一门"关于外部世界和人类思维的运动的一般规律的科学",辩证唯物主义揭示了自然界和人类社会的发展规律,即世界不是由一成不变的事物构成的,而是过程的集合体,其中各个似乎稳定的事物以及它们在我们头脑中的思想映像即概念,都处在生成和灭亡的不断变化中;每种现象的一切方面都是相互依存的,彼此有极其密切而不可分割的联系,形成统一的、有规律的世界运动过程。这一"发展"和"联系"的辩证观念贯彻于威廉斯对传播的思考之中。

对传播与社会的联系的关注伴随着威廉斯一生的学术写作和思考,从英国 16 世纪伊丽莎白时期的戏剧到 19 世纪英国报业的崛起,直到 20 世纪出现的电影和电视。威廉斯一针见血地指出:"对我们社会中的传播和文化的讨论,最终不可避免地要涉及对权力的讨论。业已形成的机构的权力和日益强大的金钱的权力共同将某种传播方式强加于社会,并对其产生极大的影响。"[19]

在威廉斯看来,传播绝不是对"真实生活"的二手反映或次要活动,社会生活与传播模式交织在一起,传播形式构成了社会结构,我们观看事物的方式就是我们的生活方式,因此传播过程实际上也就是共同体的过程:对共同意义及其行为和目的的分享;对新意义的提出、接受和对比,造成了成长和变化的张力和成果。因此,对传播系统的研究就是对社会形态的揭示:"人们彼此交谈的方式,哪些规范在他们看来是重要的,哪些是不重要的,他们如何通过与他们保持联系的机构表达这一切:这些都是关键所在。它们不仅对个人至关重要,也对社会至关重要。当然,在我们所生活的这样一个复杂的社会中,人们很容易忽略这一点,并且把报纸、电视或广播当作孤立的事件来讨论……最终我们不是要反对传播体系,而是要以新的眼光来看待我们在这个复杂的社会中所结成的关系,这些关系将如何发展,以及可能的前景。"[20]

"文化革命"理论把文化看做是各种社会关系的复合体(complex),而传播则是这些关系的粘合剂(binding force)。在《文化与社会》一书中,威廉斯专门就大众传播以及传播与社会的话题进行了阐述。首先,他区分了传播(communication)与传送(transmission)这两个概念。强调技术的传播观念其本身必然只不过是一种传送而已,也就是说,是一种单向传送(one-way sending)。在威廉斯看来,技术的使用并没有取代任何一种社会活动的形式,它们至多是增加了选择而改变了某些活动时间的重点,而控制这些改变的主要条件是整个共同生活的环境,显然不仅是这些技术。[21]传播不仅仅是传送,而且还是接受与反应。也就是说,传播的完成有赖于人的心灵的参与,而人的心灵则是由他们的整个经验所塑造的,没有这种经验的确认,即使是最巧妙的资料传送,也不能被传播。经验的获得要通过学习,而人也只能通过经验来学习。威廉斯由此得出结论,"任何真正的传播理论都是一种共同体理论"[22]。传播的形式和模式就是社会的结构。通过研究传播体系的本质就能够了解我们生活于其中的社会形态。因此,传播不是对现实物质世界的反映,而是社会性建构力量。

接下来,威廉斯将传播方式区分为支配性传播和交流性传播,或称民主式传播。强调技术力量的传播态度只能助长支配性传播方式,导致少数人对大众的单向传送,其结果就是形成操纵性的传播方式。威廉斯对广告这种操作性、非民主传播形式的批判,揭示了资本主义消费社会的形成与公开而多元的民主传播的对立。因而传播部门内部的改革是社会民主化的潜在力量。威廉斯对"支配性传播"的批判与哈贝马斯倡导的"交往理论"相得益彰。

在《传播》一书中,威廉斯依然继续论述长期革命的许多主题思想。根据马克思主义的历史唯物史观,经济力量等物质条件决定社会中的社会变革。由生产方式所导致的社会阶级差异造成了一个系统内对于资源获得的不平等。马克思认为,无产阶级通过联合起来,能够获得改变社会所必需的力量,而这一切都有赖于一种阶级意识的形成。但是,资本主义社会的资产阶级控制着社会的精神生产资料(例如大众传媒),不断在无产阶级中制造一种虚假的意识。因此,大众传媒经常受到马克思主义者的批判。针对大众传媒的控制权特点,威廉斯对四种主要的传播模式进行了区分:一、权威主义模式,即由国家监控、限制或排斥不同意见的传播方式;二、家长式,即国家以民族利益为借口来操纵媒体;三、商业式,即媒体巨头根据"市场自由"的原则为消费者提供产品;四、民主式,强调媒体运作的开放性和独立性。在这一模式中,人们的双向交流至关重要。民主性的交流体制的改革将为先前被排斥的各种体验和视角的呈现提供了一个民主性的公共论坛。[23]威廉斯是这样表明自己的价值立场的:"民主的传播体系的首要特征是什么呢?毫无疑问,交流活动是属于全社会的,要确保其健康发展,社会里的个体成员必须最大限度地参与其中。传播是人类发展的记录,因此也必然是多样化的。传播必然要散布于各种不同而又独立的系统之中,而这些系统又必须能确保自己的正常运作。必须抛弃传播是少数人教训、指导和引领多数人的观点。最终必须放弃我们长期以来形成的有关传播的虚假意识形态:传播只是人们实施控制或谋取钱财的手段。"[24]威廉斯建议,应该尽可能地使大众传播媒介摆脱商业化资本和家长制国家机构的控制,并使其民主化和去中心化。在机构上与政府和市场的剥离,为文化的创造者和生产者提供了言论自由所必需的社会环境。威廉斯认为,经由民主管道展开的对话应该是广泛而开放的,参与者必须接受"挑战和评论"[25]。不难看出,威廉斯对现代传播的认识和社会学家哈贝马斯对公共空间(public sphere)的探讨有着知识构架上的相似性,都倡导普遍和批判性的、开放和参与性的公共空间的建构。但是由于威廉斯身处不同的阶级立场和文化环境,因此他的理论框架与哈贝马斯的迥然相异,在今天看来,威廉斯所倡导的这个文化空间比传统的大众社会理论或由技术研发引发的传播的乌托邦幻想具有更加复杂而含混的政治意味。正如他所强调的那样:"新技术出现的时刻就是选择的时刻。在现存的社会条件和经济条件之内,各种新的系统将被当做传播的各种形式来设置,而一点没有真正想到各种相应的生产形式。新的有线电视或者卫星有线电视将极大地依赖旧的娱乐原材料和一些廉价的服务。新的信息系统将被金融机构、函购市场商人、旅行社和一般登广告的人所支配。可以根据'经济'系统力量的轮廓预言,这些性质的内容将被看成是先进的电子娱乐和信息的全部内容或必要内容。更严重的是,它们最终将限定这样的娱乐和信息,并将形成实际的和自我实现的各种期望。然而,有一些现成的、可得到的替代用途。新的有线电视和卫星有线电视系统,以及新的电传文本和光缆信号系统,完全可以在公共所有权之内发展,并不是为了某些老的或新的垄断的供给者,而是作为共同传输系统,通过租赁和契约可以为广泛的生产实体和供应实体得到。"[26]文化生产的民主模式强调传播的自由。只有在体制上从政府和市场中分离出来,在言论自由的社会语境下,大众传播媒介才会做出文化上的贡献。威廉斯相信,这种乌托邦式的自由传播,无疑将促进共同体的各种更加牢固的关系和联结,为人类的需要创造一种民主氛围。

威廉斯的传播理论具有明显的马克思主义文化理论色彩,它不仅受益于传统马克思主义的唯物主义理论,也受到了西方马克思主义中的人道主义的影响,形成了独树一帜的文化唯物主义和社会主义人道主义的传播学理论。

二 文化唯物主义的传播学

正如约翰·希金斯所指出的,文化唯物主义是一个充满争议而又费解的概念,"是一个任由阐释者随性填充所指内容的能指"[27]。尽管各派对文化唯物主义的表述不尽相同,但对这一术语中的两个关键词"文化"和"唯物主义"的认识却相当一致。"文化"包括所有形式的文化,不仅限于莎士比亚戏剧这一类的"高雅"文化,也容纳了流行音乐和通俗小说以及电视节目。"唯物主义"代表了马克思主义的唯物思想,认为文化不能超越物质力量和生产关系。文化不是简单地反映经济政治体制,但也不能与它脱离。在威廉斯看来,文化唯物主义是"在历史唯物主义范围内探讨物质文化和文学生产特性的理论"[28]。

威廉斯直到 1976 年才第一次使用"文化唯物主义"一词,在威廉斯的所有作品中也没有一本关于"文化唯物主义"的专著。但是,威廉斯在20 世纪 50 年代提出"情感结构"这一挑战马克思主义正统观念的术语时,就已经开始运用文化唯物主义方法了。自此之后,有关文化唯物主义的论述散落在威廉斯的一系列著述中,尤其是从 1976 年到 1980 年期间的著述中,代表作是《文化与社会》(1958)、《马克思主义与文学》(1977)、《唯物主义与文化问题》(1983)。威廉斯这样描述这一理论形成的过程:"我花了三十年的时间,通过非常复杂的过程,历经各种理论和探索的转变形式,才从正统马克思主义理论转到我现在的立场,我称之为'文化唯物主义'。"[29]威廉斯的"文化唯物主义"理论试图确立文化在历史变革和政治实践中的建构性力量,同时尊重决定(determination)的必要限制。"文化唯物主义"强调文化或指意实践的历史和政治决定因素,反对依据自由的个人存在的资产阶级美学理论。在这个意义上,威廉斯的"文化唯物主义"是与另外两个理论立场相对立的:正统马克思主义的经济决定论和资产阶级文学理论的个人审美自由论。威廉斯的文化唯物主义就是用马克思的历史唯物主义立场、观点和方法分析和批判各种文化现象,是对马克思主义理论的实践和发展。文化唯物主义的主要研究对象是同文本相联系的社会、政治和文化背景等诸多问题,它力求从多层面探讨文学和艺术,关注历史和哲学理论如何运用于文学研究之中,在进行意识形态批评的同时,去解答当代文化和文学研究中的文本语言与语境问题。威廉斯对文化唯物主义的总结式表述是:"历史唯物主义注重对文学和艺术做社会和政治分析,把它们视为各种各类社会活动和物质生产的一部分;也就是说,文学艺术的发展与变化始终与历史进程相适应,这就是我所要阐明的文化唯物主义立场。"[30]本节拟就威廉斯的文化唯物主义的三个核心理论——文化观、基础与上层建筑和领导权——进行梳理,以求较全面地把握这一指导性理论思想,为更深刻地理解威廉斯的传播理论打下基础。

1. 文化观

在文化唯物主义理论体系中,最核心的概念是"文化",它是理解威廉斯文化理论的基础和出发点。威廉斯对文化概念及其复杂的历史演变的探讨主要集中在《文化与社会》、《长期革命》、《关键词》和《马克思主义与文学》等著述中。在威廉斯看来,"文化"一词含义的发展,记录了人类对社会、经济以及政治生活中这些历史变迁所引起的一系列重要而持续的反应。[31]

威廉斯自己的文化观的形成和发展经历了从唯心主义到唯物主义的过程。最初,威廉斯的文化观是比较狭隘的。有很长一段时间,他把文化的问题看做是作者和读者之间的关系问题。当时他用来描述文化的术语是"感知共同体"(community of sensibility)、"过程共同体"(community of process),旨在强调作者和读者在写作活动之前、之中、之后的联系。[32]在这一时期,威廉斯并没有意识到文化与整个特定社会的关联,没有把文化当做考察社会的最直接的途径,因此威廉斯的早期作品具有较强的"文化唯心主义"色彩。受利维斯的影响,在《文化与社会》一书中,威廉斯强调文化的普适性,能超越产生文化的环境。威廉斯将文化视为人类绝对价值的体现,具有完善人类的潜能,是"上诉法庭"(court of appeal)。同时,威廉斯把文化定义为"全部的生活方式"(whole way of life)。E.P.汤普森(E.P. Thompson)对此提出批评。汤普森认为,由于未能将文化与社会结构联系在一起,威廉斯有关文化的这一表述无法揭示文化内部所蕴含的冲突和分裂。"(他)从没有真正考虑过主导性情感结构加上权力的直接介入加上市场力量和提升、奖励体系加上机构会对观念和信仰体系产生多么大的影响,而这些已经被人接受的观念和正统态度的集合体的意义,也就是一种'虚假意识'或阶级意识形态,要大于其各个部分的总和,有其自己的逻辑。"[33]

《长期革命》一书的一个中心议题是,存在着一种每一个公民都有机会进行评论和批评的"理想的"文化。但是随着威廉斯对文化唯物主义的逐步确立,他放弃了艺术实践具有独立的审美维度的主张,而是将文化的美学层面与文化的历史语境和其中所蕴涵的社会关系结合在一起,这是对利维斯的审美理论的超越。在威廉斯的物质性分析中,艺术不再仅仅被看做具有引导人类走向完善的超越性作用。经过威廉斯的修正,艺术成为一种普通的物质活动。这是威廉斯对艺术社会学的重要贡献。文化唯物主义能够将生产艺术的社会组织和机构与反映社会和意识形态表象的文本的社会学阅读结合起来,这表明,威廉斯同他早期将艺术形式看做是社会产品和绝对道德价值的承载物的倾向已经决裂。根据唯物主义文化观,文化不是现实反映的观念形态的东西,而是构成和改变现实的主要方式,在改造物质世界的过程中起着能动作用。威廉斯认为,文化是一个"完整的过程",是对某一特定生活方式的描述。文化"经验"是"生活方式"和社会生活的"总体实践"。威廉斯认为,文化的价值和意义不仅在艺术和知识过程中得到表述,同样也体现在机构和日常行为中。威廉斯反对唯心主义传统中把文化等同于观念,或精英主义传统把文化等同于理想。他批驳了庸俗的唯物主义和经济决定论,提出了具有创新意义的社会实践相互作用论,即把文化理论与人的社会活动联系起来,同时把社会实践化为人类活动的一种共同的形式。他对英国文化研究的发展的奠基性贡献表现在他对"文化"定义的实质性拓宽。在《文化与社会》(1958)一书中,威廉斯首次将"文化"定义为"一种物质、知识与精神构成的整体的生活方式"[34]。在随后的《长期革命》(1961)一书中,他进一步将"文化"定义为是对一种特殊生活方式的描绘,这种生活方式表达某些意义和价值,但不只是经由艺术和学问,而且也通过体制和日常行为。[35]依据第一个定义,威廉斯强调的是"文化"作为一种存在的整体性,即虽然文化可分作"物质的、知识的和精神的",但它们都统一于一个整体的生活方式(a whole way of life)。"整体性"的意涵表现为两个层面:一是范围,二是联系。威廉斯拓展了文化的范围,将物质生活方式纳入"文化"范畴,"文化"从此就不再只是"知识的和精神的",不再只是阿诺德所推崇的"所思所言之精华",而成为一个更具包容性的概念,以至于生活的物质性存在亦可位列其间了。其深远意义在于突出了文化的物质性。为了正确和深入地理解一种文化,威廉斯提出了"历史批评"的要求,即必须分析文化系统内部相互联结着的各种要素,甚至还必须将所有这些要素置于其所由出的各种语境之中:"这样的文化分析将包括……历史批评……在此批评中,知识的和想象性的作品是在与特定传统和社会之联系中被分析的;而且也将包括对于那些在遵从其他定义的人看来则根本不属于'文化'的生活方式要素的分析:生产组织、家庭结构、表现或支配社会关系的体制结构、社会成员借以交往的典型形式。"[36]换言之,这也就是威廉斯所力倡的"文化唯物主义"的基本涵义,是他之所以被称为马克思主义批评家的规定性立场。

由此可见,在威廉斯的关键词中,"文化"即"社会",反之亦然,而"社会"在他也就是"生活"。这是他扩大"文化"概念为"整体的生活方式"之必然的和逻辑的结论。以此定义"文化",将是把为阿诺德或利维斯排斥在"文化"门外的普通人的生活方式及其文化呈现尽行请入从前被少数人所专有的"文化"殿堂,打通了"文化"的高雅与通俗之间的等级分界。这就是对原有"文化"概念的充实、丰富、扩展或更新。显而易见,威廉斯此举的目的在于文化的社会学和政治上的考量,是基于民主、平等的基本价值取向。

161

2.基础与上层建筑

马克思主义文化理论的两个基本命题是:一是起决定作用的基础与被决定的上层建筑,二是社会存在决定意识。在从马克思的论述到马克思主义的理论演变过程中,主流马克思主义把基础与上层建筑模式奉为马克思主义文化理论的关键概念。对于马克思主义文化理论来说,其分析都是从决定性的物质基础(base)和被决定的上层建筑(superstructure)这一基本前提出发,这是马克思主义文化分析的关键。因此,威廉斯对基础决定上层建筑这一前提作了极为深入细致的剖析。如果说文化范畴是文化唯物主义概念体系的基石的话,那么对决定论的批判,特别是对经济基础决定上层建筑这一观点的批判性反思则是威廉斯理论体系的逻辑必然和重要内容。

在从马克思到马克思主义的转变过程中,有关基础和上层建筑模式中的词语含义和概念的表述都有了不同程度的变化,导致了后来在理解和阐述上的混乱。主要的误区表现为对基础与上层建筑之间、基础各部分之间和上层建筑各部分之间的关联性和复杂性的忽视,造成了概念的自闭性和抽象性,违背了马克思的初衷。正统马克思主义传统将"基础"和"上层建筑"视为可以分割的抽象的具体实体,而没有将它们看做是建构性的过程。在处理经济基础与文化上层建筑之间的复杂关系时,大多数马克思主义者将注意力投放在两者之间的关系或是强调上层建筑的复杂性上。有些人指出了上层建筑的变化与经济基础不一定同步的现象,用马克思的话说,前者"或慢或快发生变革",而这种改变必须要用一种不同的、不那么精确的公式来加以讨论。这是因为产生于上一个经济时期的思想观念在新的经济时期仍会顽强地发挥一定的作用。也有些人对文化上层建筑的复杂性展开论述,强调上层建筑所具有的"相对自主性"。政治、宗教和教育不仅仅是观念,也是制度,它们都有其内在动力。这些上层建筑的不同形式最终要由经济基础来决定,但对它们自身内部活动规律的研究也具有重要意义。

威廉斯认为,在对"真实的社会存在"、"生产关系"或是"生产方式"的特定阶段进行分析的时候,决不能将它们看做是一致的、静态的。根据马克思的历史观,在实际发展过程中,生产关系和社会关系中总是包含着深刻的矛盾性。因此,"基础"总是表现为动态的多样性,是一种充满内部冲突的过程。正如威廉斯所指出的那样:"需要研究的不是'基础'和'上层建筑',而是具体而不可分割的真实过程,根据马克思主义观点,'决定'(determination)的复杂意涵表达了这些过程中的决定性关系。"为了更好地说明这个问题,威廉斯提醒人们注意马克思主义文化理论的另一个基本命题:社会存在决定意识。在威廉斯看来,这一命题比"基础—上层建筑"模式更准确地解释了物质生产与文化实践之间的关系。"社会存在"包括人类的一切:我们的身体和生活,我们与自然界的关系。这一切构建了我们的意识。但威廉斯还是先从人们更为熟悉的"基础—上层建筑"模式入手,试图对这一论断进行批判性的重新评价。威廉斯认为,马克思主义者应该深入研究经济基础的意涵。历史地来看,资本主义社会在大力发展物质生产的同时,也创造了资本主义文化,包括一些宗教信仰(如勤奋的必要性),某种家庭结构和生活方式,敬重、诚实和公平的观念,这一资本主义的新兴文化也包括社会对待工人、穷人和抗议资本主义体制的所谓政治"暴民"的态度。在威廉斯看来,文化显然已不仅仅是一种上层建筑(思想或意识形态),它也是资本主义生产的一个重要组成部分。书籍和出版业、电影和电视、公共关系和广告,这些都是建构资本主义的重要成分。因此说,经济和文化是不可分的。资本主义不仅是一种经济活动,它也是文化活动。在威廉斯看来,突出"基础"对文化机构和表达的优先作用,无意间迎合了资本主义支持者的观点。资本主义拥护者一贯认为,工业生产力比艺术和文化生产更为重要。马克思主义者也试图通过讨论"基本生产"来维护"基础"的主导地位。马克思主义认为,"基本生产"的重要意义在于满足人类的基本物质需求,如对食物和住所的需求。但是,在威廉斯看来,人类的需求不能从政治意义上只限定为对食物和住所的需求。人类的有些需求只能通过人类的共同体形式得以满足。与他人的联系和归属这一人类的基本需求只有通过民主化的组织机构和共享的社会实践才能得以实现。实现这一需求的主要方式是文学和政治承诺带来的交流行为以及我们日常生活所呈现出的社会关系。威廉斯坚信,应该从文化领域的视角重新调整对经济领域的理解,实现促进人类发展和启蒙的目标。威廉斯强调丰富而多样的人类需求的目的是为了批判保守和激进的思想模式中的经济决定论。威廉斯还认为,需要对"生产力"的含义进行重新界定。根据文化唯物主义理论,生产力不能只限于一个社会创造经济剩余价值的工具。相反,生产力是一整套物质文化活动,其中包括经济活动。这些活动深深地嵌入机构组织之中,如媒体、出版公司、教育制度等,并享有不同程度的自主性。如果说历史唯物主义关注的是历史发展的客观规律,那么,威廉斯认为,文化唯物主义在梳理经济、政治和文化机构及实践之间的各种实际关系的同时,牢牢把握了社会总体性。

163

　　威廉斯始终坚持文化是一个过程,因此对马克思主义以经济基础和上层建筑作为一种描述社会总体变化的模式提出了质疑:"对我个人而言,我总是反对经济基础和上层建筑的法则:首先不是因为它的方法论上的脆弱性,而是因为其在理论分析上的狭隘的、抽象、静态的特性。从我对十九世纪的研究来看,我开始把它看做是从本质上是一种资产阶级的法则,更为特别的是,是一种实用主义思想的重要立场。当然我并不是想放弃对经济活动和历史的重要性的感受。"[37]

3.领导权

　　威廉斯本人一直致力于消解基础—上层建筑模式,而葛兰西的领导权理论本身就暗含着对基础/上层建筑模式的消解,带有浓重的文化中心性,这恰好符合威廉斯的任务。

　　"领导权"学说是意大利共产党领袖安东尼奥・葛兰西(Antonio Gramsci)总结无产阶级革命在欧洲发达资本主义国家相继失败教训的结

果。他思考的结论是：欧洲社会长期存在成熟的"市民社会"，国家政权由政治社会与主要由意识形态和文化领域构成的市民社会共同构成，"强权"和"认同"是获取国家政权的必要手段。因此，葛兰西把夺取文化领导权所要进行的长期的"阵地战"当做无产阶级革命的首要任务，这与威廉斯关于以"文化革命"为核心的总体性的"长期革命"思想不谋而合。

威廉斯把葛兰西的"领导权"理论看做马克思主义文化理论的重要转折点之一。"领导权"的意涵"不只包含了政治、经济因素，而且包含了文化因素"[38]，是各种政治、社会和文化力量的纠合，或是积极的社会和文化力量。根据威廉斯的分析，"领导权"理论对文化理论的影响主要表现在对"文化"和"意识形态"这两个概念的涵盖和延伸。首先，"领导权"概念超越了"文化"概念。威廉斯认为，文化表达的是整个社会过程，人类正是以此来确定并形成自己的整个生活的，而"领导权"则将"整个社会进程"与权力和影响的特殊分配相联系。因为，在抽象意义上说"人类确定并形成自己的整个生活"这一观点是正确的，但在现实的社会中，在实现这一过程的方法和能力方面，不同的个人或团体都存在着某种程度的不平等，而在阶级社会里，主要表现为阶级之间的不平等。因此，葛兰西认为，在承认作为整个社会进程的文化时，还要承认其中存在着统治和服从的权力关系，承认个体之间、各社会集团之间实际上的不平等，这样才能更全面地反映出真实的社会过程。其次，"领导权"概念还超越了"意识形态"概念。在传统的马克思主义看来，阶级统治除了依靠制度性上层建筑之外，还要依靠思想意识形态，显然，这种意识形态是相对正式且含义明确的价值观念、思想信仰的系统，它可以抽象为一种"世界观"和"阶级观"。威廉斯认为，具有决定性的因素不仅是这些明确的思想和信仰的体系，而且是活生生的整个社会过程；"领导权"范畴并不排斥统治阶级所发展和宣传的价值信仰体系，但它拒绝将社会意识等同于或还原为正式的意识形态系统。因此，威廉斯认为，对于生活的全部过程，"领导权"是实践和期望的统一体：我们对力量的了解和分析，以及我们对自己和世界的感知和理解；它是一个活生生的意义和价值的系统——既是构成性的又是构成的。因此对于社会中的大多数人，它具有一种现实感，而由于超越了现实，它又具有了绝对感。于是，它是一种文化，也是一种被视为特定阶级生动的统治和服从，总体性的社会过程和特定阶级的权力关系是融于一体的。

威廉斯对"领导权"理论的认识也在不断的修正之中。他对"领导权"的第一次明确讨论出现在 1973 年发表的《马克思主义文化理论中的基础和上层建筑》一文中。当时威廉斯非常关注"整合"(incorporation)的议题,因此在他看来,"领导权"是通过主导文化机构传输出来的一套核心价值观,与主导的社会关系再生产相联系。在后来的《马克思主义与文学》(1977)一书中,威廉斯修正了他对"领导权"的理解,转而试图解决由意识形态引发的一些难题。传统的马克思主义倾向于将意识形态看做是对物质基础的反映,物质存在将自己的印记烙在人们的意识上。威廉斯称这种意识形态观为"机械唯物主义"。威廉斯提出,既不能将文化分析与经济关系或机构关系最终分离,也不能将它依附于经济关系或机构关系。文化是物质性社会活动的产物,从事这种物质性社会活动的机构不同于经济体系,但又与其保持着一定的关系。威廉斯反对将文化还原为意识形态的做法。与他的"情感结构"概念一样,在威廉斯看来,意识形态代表一个阶级或社会群体内在的且表达出来的独特的思想和信仰。威廉斯在此借用"领导权"概念来说明,文化实践是主导社会机构按照领导权的方式来组织进行的。威廉斯坚持历史发展观的立场,反对将"领导权"的形成过程看做是静态的、循序渐进的。威廉斯总是把"领导权"描述为一个变化的过程,是其内部矛盾和反领导权立场竞争的结果。威廉斯的分析表明,在"领导权"身上体现出三种文化过程的融合:传统、机构和组合(formation)。在民族—国家的定义中,传统的形成过程总是接纳和吸收不同声音的过程。"领导权"意义上的传统是建立在国营和私有机构的组合基础之上的,是对特别选定的过去和现在进行的物质性生产和再生产。在威廉斯看来,大众传媒和教育制度是最要害的机构,它们再生产主导意识形态的过程绝非按部就班,而是各种文化政治角逐的场所。例如,威廉斯指出,英国大学课程中体制化的文学教学传统就是对统治阶级主导地位的明确维护,因此,扩大进入现存文化机构途径的努力就成为一项政治行动。尽管在本质上所有主导机构都是各个历史阶段中主导领导权的内在组成部分,但它们永远都是斗争和质疑的场所。根据威廉斯对"领导权"的理解,"组合"是诸如文学运动一类的有意识的运动和趋势,是对现代机构秉持的价值观的直接抵制。在威廉斯看来,这些文学运动经常对自己与领导权集团的核心价值体系之间的关系认识不清:"所有的,或几乎所有的文学运动的先行者们和促进者们,即使他们表现出替代性或对抗性的形式,实际上也是被领导权所束缚的:也就是说,主导文化同时产生并限制了它自己的反文化形式。这一论点是有说服力的。"〔39〕威廉斯在《现代主义的政治》(1989)一书中对20世纪初期的现代主义文学运动政治观点模糊不清的特点进行了分析。在对斯特林堡的个案分析中,威廉斯指出,崇尚解放的个人主义(individualism)是现代主义文学运动反对资产阶级的核心政治理念,个人政治立场的转变这一现象必须与其背后的这一深层"情感结构"相联系。传统、机构和组合之间的关系随历史的发展而变动不居,因此,威廉斯主张,某一时期的文化过程是动态发展的,表现为主导文化、残余文化和新兴文化三元共存的现象。残余文化和新兴文化涵括在主导领导权文化之内。残余文化是以前的主导文化的文化"残存影响",但仍对现在的经验产生积极的作用。在《乡村与城市》(1973)一书中,威廉斯对田园诗的分析是对残余文化所作的最好说明。尽管田园诗的很多特征都被当时占主导地位的贵族文化的意义和价值观所吸收同化了,但它所蕴含的情感结构仍对当时的社会关系起批判作用。新兴文化所表达的是一种新的思考和感觉方式,新兴文化之中也蕴含了主导文化的碎片,并以文化"渗透"的方式对主导领导权的价值观进行颠覆并最终取而代之。在意识到新兴文化、残余文化和主导文化都具有领导权因素的同时,威廉斯也指出:"在现实中,没有一种生产方式,也没有一种主导性社会阶层和主导文化能揽括或是穷尽一切人类实践活动、人类能量和人类意图,与此相反,正是因为主导模式的选择性特征使它排除了全范围的人类实践活动。"〔40〕

威廉斯的文化领导权理论发展了葛兰西的理论,尤其是强调了在当代资本主义社会里文化领导权的动态存在状态和变化模式,提出了许多新问题,对于我们更好地理解资本主义的大众传媒系统有着重要的意义。大众传播技术的迅猛发展是20世纪的标志性成果,大众传媒系统的影响无处不在,新兴的大众文化形式应运而生,构成了一个全新的世界。面对现代社会的发展以及电影、电视等大众传播媒介的普及,知识界对此作出了强烈的反应。以利维斯为代表的英国的文化精英意识到,大众传媒系统将会对精英文化构成巨大的威胁,最终威胁到他们自己的权力和地位,因而出于本阶层的利益,他们对大众传媒系统进行了无情的批判,试图以对旧秩序的"缅怀"来实现"新秩序",恢复已经消逝的"有机社会"。以法兰克福学派为代表的西方马克思主义则开始对现代资本主义社会中的文化工业进行研究和批判。在他们合著的《启蒙辩证法》中,阿多诺和霍克海默认为,文化工业就是按照统一模式批量生产文化传播物的体制。文化工业的出现主要是与本世纪流行的广播、电影、电视、书报出版物等大众传播媒介相联系的,文化工业以整齐划一的方式消融了个性,使大众思想上认同现代资本主义社会,甘愿受到资产阶级文化领导权的统治。

作为一个敏感的思想家,威廉斯也非常重视对传播系统的研究,他在《电影导论》(1954)、《传播》(1962)、《电视:技术与文化形式》(1974)、《唯物主义与文化问题》(1980)等著作中对传播系统进行了深入的研究,并取得了巨大的成就,有研究者认为"传播与社会之间的联系是威廉斯一生关注的焦点之一"[41]。在研究大众媒体时,威廉斯没有像法兰克福学派的学者那样把大众媒体视为技术理性发展的结果,也不像利维斯那般悲观。他对媒体进行了社会史的研究,他认识到,媒体的发展并不是纯粹的技术发展的结果,其中必然伴有社会的压力和政府的干预,因此媒体是社会总体的一部分,社会生活与媒体不可分割地联系在一起。基于这种认识,威廉斯运用"领导权"理论,特别注重考察媒体中的控制系统,提出了影响传播机构运作的三种控制系统:专制(authoritarian 系统、家长制(paternal)系统和商业(commercial)系统。专制系统是少数人用以控制社会的一般系统的组成部分,是统治集团传播其观念、旨意和态度的手段。在此系统中,传播工具和审查权都掌握在政府的手中,实际上是政府垄断了大众媒体,把它作为了一种统治的工具,媒体的内容几乎无一例外是国家设定的议程(agenda),虽然这种议程并不排除所有的辩论和异议,但一切都限定在有利于维护其文化领导权的范围内,政府对于什么是应该和可以讨论的、什么是不应该和不允许讨论的内容作出了严格的规定。由于政府有限度地允许争议,有意识地封锁或泄露某些信息,这种控制给人以"开放"和"民主"的假象,以一种巧妙的方式进行着文化领导权的宣传。家长制系统则试图指导和保护读者、听众和观众,目的是为了有利于统治阶级的文化领导权的实施。根据这种模式,统治者的价值和目的常常被说成是公共利益的代表,实际上统治者则是主要董事会价值的维护者,他们的活动充满了责任和服务。第三种体系是商业体系。这种体系以市场为基础,被视为是保证传播自由的一种方法。它提供给读者、听众和观众(实际上已经转化成了消费者)更多的选择,增加了生产者的机会,表面上也带来了民主和自由。但是,威廉斯指出,商业体系掌握在生产者和广告商的手中,这些人根本不关心社会和个体的健康和成长,他们看到的只是利润,商业体系实际上只是一部由金钱驱动的文化机构,是资本主义再生产过程中的一个重要分支,以另一种方式维护资本主义的正常运转。威廉斯通过自己对媒体的研究得出结论,我们不能脱离社会制度和社会结构来孤立地研究媒体。他通过研究打破了媒体自由的神话，他认识到，"要对我们社会中的传播或文化进行讨论，最终必须讨论权力"[42]。目前，社会中的现存机构、权力、不断增长的金钱力量的迅猛发展，被强加于整个社会。也就是说媒体主要反映统治阶级的利益，是统治阶级实施文化领导权的重要工具，统治阶级无时无刻不在对媒体进行控制。值得注意的是，随着资本主义的发展，媒体的作用不仅限于国内，而且日趋走向国际化，成为资本主义进行全球文化扩张的重要手段。既然媒体在文化领导权中占有如此重要的作用，渗透到社会的每个角落，那么人们还有没有希望利用媒体来进行反领导权的斗争呢？在这个问题上，威廉斯不像法兰克福学派的学者那样悲观。在他看来，媒体虽然具有很强的负面作用，具有统化人们思想的功能，但同时也带来了新的可能性，完全可以将之用作反对领导权的工具。为此他提出了第四种系统：民主的系统。他指出："今天，在一个民主的传播系统中，什么是必不可少的呢？毫无疑问，那种传播属于整个社会，它如果想要健康成长的话，那它就必须以社会个体最大可能的参与为基础。由于传播记录了人类的成长和发展，所以它必然是变动不居的。它必须把自己分散为许多不同和独立的系统，这些系统必须保证能够自我维持。我们必须抛弃如下观念：传播只是少数人对多数人进行说教和引导的问题。最后，我们还应该抛弃有关我们已经广为接受的传播的错误意识形态：那些只对作为控制他人的传播感兴趣或者那些只想利用传播赚钱的人的意识形态。"[43]但是，我们应该看到，虽然威廉斯提出了一些解决方法，但在现实的发展中，这些方法仅仅从文化的角度来改变或夺取领导权，而不是从根本上改变社会制度，某种意义上只是一个美丽的乌托邦，根本无法实现推翻资本主义制度、走向社会主义制度的理想。应该说，这不仅是威廉斯个人的过失，而且是整个西方马克思主义理论所共有的弱点。

威廉斯的"文化唯物主义"理论不应该被看做是一个固定的概念或术语，实际上，它代表了一个发展的动态过程：从早期的唯心主义文化观到对正统马克思主义"基础与上层建筑"模式的认识和批判，从对另类马克思主义的"总体性"理论的挪用到对"文化领导权"的认同，威廉斯的"文化唯物主义"历经了外部条件的限制和压力以及内部因素的冲突和妥协的洗礼，逐步完善了自己的理论体系，经受住了时间的检验，是他对马克思主义文化理论做出的巨大贡献。在我看来，威廉斯对文化唯物主义的最大贡献表现在三个方面：第一，他完成了英国文化研究从"文化—

文明"传统向"文化—社会"传统的转变,超越了以利维斯为代表的精英文化批评模式,开辟了文学批评与社会历史批判相结合之路。第二,他发展了马克思的"经济基础与上层建筑"这一历史唯物主义的基本概念,突破了庸俗马克思主义的"经济决定论",恢复了文化的能动性和物质性的本质。第三,他提出了社会文化系统的三元结构,以"残余文化"、"主导文化"和"新生文化"的辩证关系来解释现实社会中各种文化力量的矛盾、冲突和整合。

威廉斯认为,文化唯物主义反映了马克思主义文化理论的中心思想,也是威廉斯传播思想的认识论和理论基础。[44]威廉斯在总结他的文化唯物主义思想的专著《马克思主义与文学》一书中,既有对文化理论和文学理论的宏观论述,也涉及诸如语言、机构、写作等传播要素的微观分析,充分显示了文化唯物主义对威廉斯的传播思想的影响和指导作用。

三 社会主义人道主义的传播学

1. 社会主义人道主义

"人"的因素是马克思主义文化理论的核心。威廉斯继承和发扬了马克思主义的人道主义精神,从人的本性和需求出发,发展出以人为本的传播思想。

威廉斯在《长期革命》一书中所提出的革命指三种相互依存且发展缓慢的历史进程,即民主革命、工业革命和文化革命。革命的目标是形成有教育的、参与性的民主。这场长期革命的政治必然性是由人类的本性决定的。威廉斯写道:"如果从本质上说,人类是一种学习、创造和交流的存在,那么能满足这一本性的社会组织就只有参与性民主,它使我们每一个独特的个体进行学习、交流和控制。那种低级的、限制性的体系只是对我们真正的资源的一种浪费。"[45]这些话题要求人们对自我和社会的关系进行反思。这一观点重新将威廉斯与社会主义的浪漫形式联系到一起,或可称之为社会主义人道主义。威廉斯的社会主义人道主义是建立在他对人性的认识之上的。在威廉斯有关文化和政治的论述中始终涌动着一股对人类自身能力坚定不移的信念,坚信人类有能力赢得符合自身利益的终极目标。他所倡导的长期革命是以人类的交流本质为依据的,如果被主导性文化机构排除在外,或被主流意识形态整合,与他人交流的这种最基本的需求就无法满足。一旦普通人的自发活动以民主方式进入传播工具,就不可避免地引发对机构的内部结构进行符合人类本性的重组。在小说《第二代》中,威廉斯推断,人类的本性应该与"某种成长的节奏"进行民主的对接。这种节奏是民主的、自主的、人道的,是一种稳定而有机的过程,充满关联和关爱。与此相对立的是宰制性节奏,它是资本主义社会里的一种异化的节奏,带给人断裂、孤立和绝望的感觉。[46]威廉斯对人道主义的坚守有其现实原因:一是英国文化机构进行激进改革的潜力不足,二是英国的劳工运动日益被资本主义社会结构所整合,无法发挥必要的政治影响。因此,在威廉斯看来,人道主义路线是实现社会主义的必由之路。

威廉斯的社会主义人道主义观与源自马克思的社会主义人道主义既有联系又相区别。批判社会理论通常摇摆于两种人性观之间,一种是启蒙主义人性观,另一种是浪漫主义人性观。启蒙主义把人看做是道德和理性的,能够通过运用理念来完善自己,挣脱过去的枷锁。启蒙主义重视人的自我重建和自我创新的力量。浪漫主义在人的"内在"本性之中发现了人类从压迫的社会关系中获得拯救的力量。人类的本性是经由社会中介调停的结果,而不是建构成的。

威廉斯和马克思都认为,人类是可以不断完善的,在人类历史的长河中,人类的内在创造力和公有的本性没有得到充分发展。[47]在现代政治中,生产方式的私有制是工人与他们的自我、与他们的同类和他们的劳动产品相异化的根源。生产方式社会化将恢复人类社会对生产和再生产的控制。在更人性化的共同体中,男人和女人将与他们自己、与社会中的其他人以及他们生产出的创造性产品协调一致。在马克思看来,人类是具有创造性的,只有生产方式公有制才能实现人性的最大限度的发展。马克思有关人性的论述有一个缺陷,即在赋予历史一个目的论意图的同时,低估了人性的多样化。威廉斯也遇到了相同的问题。在他更富有唯物主义色彩的后期作品中,威廉斯寻求将他早期对人类对话本性的强调与对人类的生物过程的思考协调起来。威廉斯论述了人性的物质性及对自我阐释的语言形式的依赖,同时也承认人类对共同体和归属感的需求。威廉斯认为,人类的物质性使他们表现出某些生物性需求。人类共有相同的生物结构,因此使他们具有一定的本能。要想理解这些本能是如何得到满足的以及加诸身体特征之上的价值是如何实现的,就不能脱离文化分类。由此可以推断,人性既不是纯粹生物性的,也不是纯粹文化性的。马克思强调生产的无限扩张性,认为这是"获得解放的社会"的特征。威

廉斯强调人类在生态环境和与自然界交往中所存在的局限性。这一认识
生发出一种全球化的唯物主义伦理,用以解决与老年、饥饿、居无定所、疾
病和婴儿死亡率相关的人类苦难。威廉斯称这一行动为"扩展的幸
福"[48]。马克思主义和社会主义传统的人类潜能观的重要意义在于,它
揭示出主导性社会结构对人类表达和创造性活动的拒绝,呼吁挣脱压迫、
争取自由。威廉斯认为,人性的实现要依靠文化机构的历史发展。因此,
他认为,只要工人阶级基本的交流愿望没有获得全部实现,他们就将永远
是改革的主要力量。

2. 威廉斯的人本传播理论

被誉为传播学奠基人之一的美国学者威尔伯·施拉姆(Wilbur
Schramm)曾说过,当我们研究传播的时候,我们是在研究人。"我们是交
流的动物;交流渗透于我们所从事的一切活动之中。人类关系就是交流
的结果。"[49]他那本在传播学界无人不晓的《传播学概论》的英文书名就
是《男人、女人、讯息与媒介:解读人类传播》(*Men, Women, Messages, and
Media: Understanding Human Communication*)。因此,各个传播学派对传
播的研究,不论是人际传播(interpersonal communication),还是大众传播
(mass communication),从根基上都是剖析人类传播行为。尽管人在传播
过程中的地位和作用是不言而喻的,但不同学派对人的考察和认识不尽
相同,形成了各自的人本观。

主导 20 世纪 50 年代传播研究的是美国的经验主义传播学派,其着
力点是传播过程及传播内容对人的影响,研究的目标是发现传播影响人
的规律,以便于提高传播效率。有人认为该学派所做的传播研究其实
"是有关媒体内容的特殊的、可测度的、短期的、个人的、态度和行为的效
果的研究,以及媒体在舆论的形成中并不是非常重要的结论"[50]。拉斯
韦尔(Harold D. Lasswell)的"谁,通过何种渠道,对何人说,说了什么,取
得何种效果?"的模式分别导致了控制分析、内容分析、大众媒介分析、受
众分析以及效果分析,成为这一学派的理论框架。在经验主义的视野中,
受众是作为效果的相对物出现的。经验研究把人视同于无生命的物。忽
视人的历史性和社会性,是一种"非人道"的研究。法兰克福学派的洛文
塔尔就曾指出:"它(经验主义)的社会研究在表面价值上抓住了现代生
活现象(包括大众传播),却拒绝把它们放入历史道德总体之中。"[51]卢
卡奇则对经验主义研究的哲学基础——实证哲学提出了批判。他认为,

171

实证科学"根本看不到人的存在和价值,看不到人的主体与意识"[52]。

20 世纪 90 年代以后,随着网络的普及,媒介技术决定论如日中天,成为一种新的传播学研究范式。加拿大学者哈罗德·英尼斯(Harold Innis)可以被看做是第一位重要的媒介决定论者,是技术主义的先驱,他的《传播的偏向》(*The Bias of Communications*)和《帝国与传播》(*The Empire and Communications*)两本书被认为是媒介技术研究的奠基之作。英尼斯十分重视传播在人类生活中的关键作用,他认为传播媒介是"帝国兴衰的主要动力、文明兴衰的主要动力"[53]。因此,"一种新媒介的长处,将导致一种新文明的产生"[54]。如果说英尼斯夯实了"媒介决定论"这面帅旗的旗墩,那么麦克卢汉就是扛起这面帅旗的旗手。马歇尔·麦克卢汉(Marshall McLuhan)是 20 世纪 60、70 年代西方传播学界最重要的媒介决定论者。他关注传媒本身,强调媒介是人类文明发展史上的决定性动力。麦克卢汉提出的观点包括"媒介是人的延伸"、"媒介即讯息"、"地球村"、"冷媒介与热媒介"等。技术主义范式的研究核心是传媒的技术,而在人与技术的关系上,它更多强调的不是人对技术的能动作用,而是技术对个人和人类所施加的影响。技术决定论只强调技术对人和社会的决定性影响这一过程而较少关注人创造技术这一过程,究其本质,这是一种机械的认识论。

在《联系:人类传播及其历史》一文中,威廉斯发展了自己的以人体为基础的传播理论。他认为,在大众传媒的世界里,大多数传播行为都是从人体出发的,我们是通过身体来交流的。当然,这里所说的人体必须在文化和历史中形成并加以理解。我们说话、倾听:这些仍是人类交流的最重要的方式。我们通过手势和面部表情来交流,这也是文化塑造的结果。大众媒介只不过是人体的延伸和替代。媒介的延伸功能:要让声音传得更远,或让远处的人看得更清楚,发言者就要站在高台之上。一只简单的扩音器可以让声音传得更远。而高音喇叭可以让更远处的人听到你的声音。无线电广播的传播范围更广:听众不必亲临会场或音乐厅,在家中就能收听到通过电子设备传输过来的声音。媒介的储存功能:指的是对传播行为或交流信息可以加以储存。人类记忆交流信息的技术长达数千年,但最重要的发展是近几年的事。公开演讲的声音不仅得到放大以使更广大的人群收听到,而且能够保存下来供日后重听。演讲的声音通过电子设备被录音,演讲活动被用胶片拍摄下来或用数码技术录制下来。问题是如何获得这些录制材料。大多数录制材料都在媒介集团手中,大众无法获得,这些材料有时还被销毁了。媒介的替代功能:有些传播模式是对普通人体交流方式的补充或替代。大多数的这些传播模式是以人体为基础的,但已将其表现行为完全变形,成为一种不同的交流形式。仅以电影为例。电影无疑是根据演员的表演来交流的,但电影所蕴涵的技术、机构和传播形式却与人体有本质的不同。另一个更复杂的例子是悲剧或现代小说这一类成熟的文化形式。在威廉斯看来,这些文化形式不仅仅是作者意识的传达,也是这些文化形式在表达自身的历史和走向。威廉斯认为,人类是在文化和生物过程的交汇中形成的。生物和文化所表现出的共同作用在复杂的文化表象和对我们共同的状况的反应中得到最明晰的体现:"人类相对稳定的生物条件所具有的最深刻的文化意义也许就表现在艺术创作的基本物质过程中:在音乐、舞蹈和语言的节奏意义中,或在雕塑和绘画的形态和色彩的意义中。因为艺术永远是制作出来的,因此不能将它简约为仅仅是社会性和历史性事例。问题的关键在于——这也是对正统马克思主义有关艺术论述的重大修正——艺术本身首先是一种物质过程;尽管存在不尽相同之处,艺术的物质过程包括生物过程在内,尤其是与身体动作和声音相关的那些部分,这些部分不仅仅是基层,有时它们也是艺术作品最有力的要素。"[55]威廉斯曾对人类交流的一个最基本的方式"看"(seeing)进行过分析,以论证人是生物性与社会性的统一这一观点。根据神经病理学家对传播的基础所进行的论证,人类的看这一行为必须通过学习才能掌握:在我们的头脑中建立阐释规则之前,看这一简单的行为,即睁开眼睛,看到世界,是不可能发生的。眼睛不是照相机,即使眼睛是照相机,其拍照的结果也要经过处理。这一处理过程是通过人类的大脑进行的,人类的大脑已经历经无数代人的进化,同时,还要受到现行社会的规则和关系的影响。这些规则在很大程度上决定了我们所看到并描述的事物。作为个体的人,我们都生活在社会之中,而每个社会都有自己的规则,这些规则对人有深远的影响,包括看世界的某些方法,以及描述世界的某些方法。人们一降临到这个社会,就是被引导着去看,引导着去说。但是,在另一方面,同样重要的是,人们在成长过程中,也学会了对各种规则和结果进行比较。人们具有独立批判的能力。人们学会新的看世界的方法。人们学会如何以新的方式看事物,以新的方式描述事物,并将这些传达给别人。要确保这一过程的顺利进行,首先,我们必须接受社会的训练以建立主要的心理机制。但不可或缺的是作为个体的人用新的方法看待和描述世界的能力,这一学习和交流的过程同等重要。[56]在对布莱希特的历史剧进行分析时,威廉斯借用了布莱希特自己的一个术语"复杂的看"(complex seeing)来强调戏剧表演与现实社会之间的联系。"复杂的看"原本是布莱希特对演员提出的规定:"必须利用复杂的看……在戏剧流动之上的思考比在戏剧流动之中的思考更重要。"[57]威廉斯将这一概念延伸到了剧本创作和观众观赏过程,认为"复杂的看"不仅仅是对一个演员的规定;它必须在一部剧本中被认识,而观众自身各不相同的情感结构也会导致对戏剧作品的不同阐释,用威廉斯的话来说就是"戏剧不仅是观看社会万象的有效途径,而且是了解社会基本规范的途径"[58]。"复杂的看"实际上就是要求人们眼望两边:既要看见舞台和剧本,也要看到它们所表现的社会。正因为"戏剧"与"社会"之间不断发生变化,"观看"才成为一个复杂的过程。

在对英国资本主义发展各阶段的主要思想模式进行梳理时,"大众"(mass,masses)是威廉斯对 20 世纪后半期的思考的一个关键词。威廉斯以"历史语义学"的论述方式,不仅强调"大众"一词的词义的历史源头及演变,而且强调历史的"现在"的风貌与意涵,揭示了该词的意识形态功能和宰制的含义。"大众"是工业革命的产物。随着城市化、机器生产和工人阶级出现,人口日益集中,"大众"也逐渐变成贬义词,在很多理解中成了乌合之众的代名词,其词义中保留了乌合之众的传统特征:容易受骗、反复无常、群体偏见、趣味低下。在这一意义上,"大众"开始站在了"文化"的对立面,是对由精英所捍卫的高雅文化的威胁,而一切与"大众"相关的词语也相应地染上了贬义的色彩,如大众文化、大众思维、大众传播等。结果,"大众 = 暴徒 = 大多数人的统治 = (大众)民主 = 对文化的威胁"这一思考链就顺理成章地形成了。根据威廉斯的归纳,"大众"指"众多的数量(为数众多的群众或大部分的人);被采纳的模式(操纵的或流行的);被认定的品位(粗俗的或普通的);最后导致的关系(抽象异化的社会传播或一种新的社会传播)"[59]。威廉斯从根本上对"大众"这一概念的传统意涵提出了挑战:"事实上没有大众,有的只是把人看做大众的方式。""大众通常是他者,是我们不知道的人们,也是我们不能知道的人们……而对于他人来说,我们同样也是大众……大众是其他人。"[60]威廉斯对"大众"的各种辨析的重要理论意义表现为:首先,它消除了精英与大众的对立,体现了其文化观念的大众立场;其次,提出了作为"整体生活方式"的文化概念,为最终把自己的文化理论指向"共同文化"奠定了基础。为"大众"正名之后,威廉斯进而将注意力转向大众传播。在威廉斯看来,传播不仅是指道路、船舶、飞机、书刊、广播等物质形态,它也包括发送和接收信息的人之间的社会关系。因此,传播总是与群体紧密相连的,换句话说,人们看待传播的方式将影响人们对社会的看法:"任何真正有关传播的理论都是共同体的理论……要想对传播有一个清晰的看法是困难的,因为我们对共同体的思考模式通常都是主导性的。因此,我们即使不是被主导性技术所吸引,至少也会被它所困扰。传播成为深入大众思想并对其发挥影响的一门科学。要想摆脱这种想法并不容易。"[61]大众传播一向被看做是少数人对大多数人进行控制的渠道,威廉斯针锋相对地提出了民主性传播理论,在平等的基础上对信息的传输和接收、传播机构的所有权、渠道和教育的多样化等问题进行了再思考,这成为威廉斯的共同文化的重要组成部分。很显然,在威廉斯看来,大众指的是英国的劳动人民,因此,被讨论的问题不是大众—民主,而是民主本身。威廉斯为"大众"正名的真正动机是为以参与式民主取代阶级民主铺平道路[62],这也是威廉斯所倡导的文化革命的最终目标:"谈到文化革命,我们必须确保通过文化技能和先进的传播手段将主动的学习过程普及到全体民众之中,而不是仅限于少数群体,这与民主的成长和科技工业的兴起同等重要。"[63]

在威廉斯所描绘的民主化社会里,个人与社会之间的关系举足轻重,这从威廉斯对"个人"(individual)的作用的强调中可见一斑。在《长期革命》一书中,威廉斯辟出专章从历史角度、学科角度探讨了个人与社会的问题。根据威廉斯的分析,"个人"的意涵经历了时代的演变过程:从早期神学意义上的与上帝之间关系的"个人",到文艺复兴时期世俗社会里的对社会地位的指称,再到资本主义社会中所代表的经济活动。在对"个人"进行社会学分析时,威廉斯吸取了美国社会学家 G. H. 米德(G. H. Mead)的象征性交互理论的观点:自我(self)是社会的产物并与他人发生互动作用。社会经验和特征由此形成。自我创造性地塑造自身,同时也受到自身所处的环境的塑造。针对心理分析学派将个人与社会分裂的理论、"个人存在先于社会环境"的观点以及传统个人主义有关人性的表述,威廉斯提出了"个人化"(individuation)概念,即一方面承认自我受所处社会环境的影响,同时也强调个人在改造社会进程中所发挥的独特作用。在威廉斯看来,"个人化"是人性的总体过程,它突出了人的独一无二性(uniqueness),即人是被创造出来的(created),同时也具有巨大的创造能力（creative），个人的这种独特性和创造力正是民主的永恒基石。[64]在威廉斯看来，个人不仅是社会性的，也是解放性的，要想维持和鼓励个人以及与之相适应的社会的发展，就必须实现参与性民主。旧有的社会模式是建立在政治和经济维度之上的。为了打破这一框架，威廉斯提出，社会并不仅是政治和经济秩序的体现，它也是一种知识和传播的体系，只有厘清它们之间的复杂关系，才能把握建立人类新秩序的可能性。为此，威廉斯大力提倡扩张性文化，并突出它与传播发展之间的关系："只有从民主进程的角度才能充分理解工业革命和传播革命的意义，民主进程不应仅限于单纯的政治改革，它也是对开放社会和自由协作的个人等观念的坚持，因为这些观念本身就有能力释放出改变工作技能和传播的创造性潜能。"[65]威廉斯始终坚信，只有经过这场漫长的文化革命，人类才能获得参与性民主的最后胜利。

在当代文化理论的视野中，有关人类本质和需求的话题不再时髦了。后结构主义、解构主义和后现代主义等对人类主体进行了分解和重写，"人类本质"完全成为一定历史时期框架内的社会建构。因此，威廉斯有关人类本质和需求的论述对全球化背景下社会中的传播和交流方式的思考就显得尤其珍贵，给人带来深远的启示，并进而激发人们从文化角度对民主、身份认同和责任进行再思考。威廉斯相关论述的意义就在于将文化实践与政治和经济过程联系起来，同时又强调各自领域的独特性。对人类本质和需求的关注突出了理性的经济和技术中文化—伦理的局限，并揭示了文化中对话和交流的要求及对全球化媒介发展的意义。

人类的需求和本性是相关但不同的概念。两者有联系，但不是彼此盲目的体现。一方面，有关人类需求的理论本身是推定人性含义的先决条件，因此人类的需求和本性不能截然分离；另一方面，人类的需求和本性也不是浑然一体，两者之间存在着张力。这是一对矛盾的复合体。根据威廉斯对人性的分析论述，我们能够清晰地看出，分享和合作是人性的普遍特征，但大多数人都无法获得创造性参与对知识和情感的追求的机会，而且他们的努力在越来越私有化的商业性社会环境中得不到充分实现。因此我们首先要做的就是对造成这一现状的社会机制进行批判。人类的需求在当下无法得到满足，这一论点隐含了解放的潜台词。换句话说，如果一个社会组织不能更好地满足人类的需求，就应该对其进行改造或加以抛弃。

尼克·史蒂文森(Nick Stevenson)将威廉斯有关人性需求和大众传播的理论放在现实生活环境之中,总结出与文化和传播有密切关系的人类五种需求。[66](1)对专业知识的需求。随着社会现代化进程的加快,专业知识的分类越来越细。如果公民要对经济政策、生态问题等作出知情而明智的决断,就必须对相关知识和领域有所了解。在存在着巨大差异性的社会里,传播这些知识的责任就落在大众传媒的肩上。在一个先进的工业化社会里,理性化的科技和全球化进程不断产生风险和危害,因此现代社会化并没有变得更加可预测、有秩序、可控制。相反,依吉登斯之见,正是试图通过新技术来达到稳定和安全这一做法本身制造了一个危险的世界。诸如核威胁、全球变暖以及其他的生态问题都必须通过民主的方式加以传播,使人们认识到,对一个他们生活于其中的充满危险的世界的知情权是人类的基本需求。因此建立民主式的传播体系也就势在必行,这也应对了人类的基本需求的问题。换句话说,民主的传播体制是现代人类的需求之一。(2)对了解不在一个时空内的人们的愿望、要求和解释的需求。社会主义人道主义理论家很早就注意到,对共同体的需求在文化和心理呈碎片化的现代社会条件下尤其紧迫。如果我们不了解远离我们的其他人的想法,就不能为我们的长远利益作出决定。如果我们对造成难民危机、生态灾害和流散文化的社会和经济力量一无所知,就无法认清我们的职责所在。因此,建立一个改良后的公共空间将为他者提供发表意见的平台,也能利用我们的媒介为他们代言。媒介所具有的在空间传播信息的能力使其在提供信息、传播知识方面责无旁贷。(3)对了解我们身处其中的社会共同体的需求。我们也有以符号形式来界定我们自己的共同体和生活形式的需求。共同体的自我界定长期以来一直被看做是民族国家的基本责任。现在,民族国家不得不对其境内越来越多的少数裔族群作出反应。这一现象必将导致地区性身份认同的高涨,单一的爱国性认同的降低。但在目前日益强劲的全球化和地区化文化面前,民族国家仍然是维持身份认同的重要地域。重要的是,人类需要与别人结成共同的联系。认同是一个集体性的现象,绝非个人性的。人类对形成"我们"的身份认同的需求也在一定程度上限制了大众媒介的作用。人类有权要求他们自己的文化不被主导文化压制、忽视和歪曲。同样地,主导文化也对在其范围之内的少数族裔文化规定义务。双方建立对彼此文化、传统、价值观的对话性理解是通向正确面对他者的唯一途径。(4)对参与民主文化建设的需求。人类对参与建立更广泛的文化环境、组织

177

和模式的需求与威廉斯的人性观密切相关。我们从《长期革命》中可以看出,威廉斯一直为 20 世纪 60 年代英国顽固的等级区分感到失望,因为它阻止了更大范围的文化形式的介入。不管是以家长式方式来维护精英文化观,还是以阶级等级或公开的商业形式,国家文化机构需要地方化、多元化和民主化,以促进参与式社会的形成。随着"第二个媒介时代"来临,原本是单向度的大众传媒正在被双向度的去中心化的传播所取代,而新科技的运用更是开启了更易于参与而包容的文化。然而,在威廉斯看来,大多数的文化科技形式都与公众保持着不对称的关系,新科技压倒性的统一作用仍然掌控在少数"全球性的"生产中心和大都市中心的手中。[67]这种被"大"媒介压制的文化参与的历史既漫长又复杂。威廉斯在此强调的是,文化参与的机会取决于更大的环境和体系,不仅仅是科技的原因。总体上看,威廉斯认识到,新科技形式应该顺应社会关系变化,考虑到公共参与。因此,参与的问题与其说是技术问题,还不如说是社会和资源问题。(5)对美学和非工具性文化经历的需求。人类对审美的需求在全球化时代显得日益突出。自韦伯以来,许多文化批评家对工具理性侵蚀公共空间、将审美体验推到了日常生活的边缘这一现象进行过评论。法兰克福学派激烈批驳消费主义文化的空洞,力求保护审美体验。这些论点的基础是,审美与工具理性的规则和实践是截然不同的。伽达默尔对这一区分进行了明确的阐述:"美的事物其价值是不言自明的。你不能问它们的目的性。它们是因为其自身而受到欢迎,这与那些因为有用途的事物不同……因此,美的概念非常接近好的概念,人们是为了它而选择它,它是目的,其他的一切都从属于它而成为手段。美之所以为美是因为它不是其他事物的工具。"[68]随着高雅文化与大众文化之间的界限的消弭,出现了日常生活审美化的趋势。日常生活实践与美学领域之间关系的日益密切使美学与工具理性之间的区分变得不稳定了。风行于我们文化生活中的广告现象就是很好的例子。广告通过声音、视觉和色彩的结合,将美学转换成一件普通的日常生活体验。美学领域的商品化使早期的文化理论家的精英思考变得过时了。事实是,跨国资本的运作不断使美学领域商品化、碎片化和边缘化。从另一方面说,资本主义已经实现了商品生产和美学生产的一体化。但是,正如威廉斯告诫我们的那样,资本主义的生产规律不适合美学的创新试验。资本主义商品生产只对那些重复性的、已被验明能够赢利的产品感兴趣,因为商业化体系的运作规律就是为了广告商的利益尽可能快地吸引大批消费者,不可避免的结果是削弱了传播网络从事艰难、新颖而又富有挑战性的工作的能力。因此,对媒介来说,就要承担起艺术生产多元化的职责,不仅要考虑信息内容的成熟性,也要敢于承担创新艺术形式的风险。正如哈贝马斯和威廉斯所认为的那样,形式复杂的艺术与传播政治的艺术之间不一定是对立的。以上五个人类的需求表明,人类需要新的视角和框架来了解急剧变化的人类社会。在我们的现今生活里,传统正在变成另一种生活形式,因此,大众传播媒介所促进的反思性文化变得前所未有的重要。人类这些互相融合、相互关联的需求将会推动为了公众利益而不是为了资本或工具理性的编狭兴趣的国家和公民社会的重建。

在过去的十几年里,媒介和传播社会学、符号学和话语理论有了很大的发展,但这些发展不能忽略人类需求和本性的问题,因为它们是维持确保观念的民主性流动的大众传播媒介的基础。在当前的社会中,社区遭受腐蚀,共同义务被忽视,生态安全受到威胁,权力和影响的不公正现象普遍存在。这些问题在很大程度上都是以人类的需求和本性为先决条件的。威廉斯的媒介分析与他对人类的需求和本性的论述是相关联的。只要人类对民主和更广泛的文化参与形式抱有兴趣,这些问题仍将是核心问题。因此说,从人类普遍需求和本性的角度对媒介进行反思决不能被看做仅仅是一种学术策略,它实际上包含了发展更广泛的民主公共空间的可能性,是复兴和重建威廉斯倡导的长期革命的资源。

威廉斯的传播理论是一种批判性的文化理论,深受马克思主义文化理论中的唯物思想和人道主义的影响。威廉斯的整个研究都是以文化的各种形式为研究对象,在文化形式与社会历史的双重路径中思考以英国为主的资本主义社会的现代变迁,突出文化形式在西方现代社会的"长期革命"中的深层影响,反思作为"文化形式"的各种文化在其扩张历程中的各种探索及其存在的问题。无论是《文化与社会》中对"文化"的阐释,还是《长期革命》中对传播体系中人的潜能的强调,归根结底,都是威廉斯的唯物主义和社会主义人道主义传播观的反映,其核心是对社会与人性的认识,而这些都在威廉斯的"文化革命"理论中得到了集中体现。

(作者单位:东南大学外国语学院)

注 释

〔1〕 柯奈尔·韦斯特语,见 *Social Text*,No. 30(1992),pp. 6-8。

〔2〕 Raymond Williams,*The Sociology of Culture*,New York:Schocken Books,1982,p. 14.

〔3〕 Raymond Williams,*Communications*,Harmondsworth:Penguin,1962,p. 138.

〔4〕 Raymond Williams,*The Long Revolution*,London:Chatto and Windus,1961,p. xii.

〔5〕 Graeme Turner,*British Cultural Studies:An Introduction*,Boston:Unwin Hyman,1990,
p. 55.

〔6〕 Stuart Hall,"Cultural Studies and Its Theoretical Legacies",in Simon During(ed.),
The Cultural Studies Reader,London and New York:Routledge,1993. pp. 98-99.

〔7〕 Ibid.. p. 100.

〔8〕 佩里·安德森:《西方马克思主义探讨》,高銛等译,北京:人民出版社 1981 年
版,第 97 页。

〔9〕 Raymond Williams, *Marxism and Literature*,Oxford:Oxford University Press,1977,
p. 1.

〔10〕 《马克思恩格斯选集》第 2 卷,北京:人民出版社 1972 年版,第 82—83 页。

〔11〕 雷蒙德·威廉斯:《文化与社会》,吴松江、张文定译,北京:北京大学出版社
1991 年,第 359 页。

〔12〕 《马克思恩格斯全集》第 42 卷,北京:人民出版社 1979 年版,第 95 页。

〔13〕 《马克思恩格斯选集》第 1 卷,北京:人民出版社 1972 年版,第 255 页。

〔14〕 赵一凡:《从卢卡奇到萨义德:西方文论讲稿续编》,北京:三联书店 2009 年
版,第 419 页。

〔15〕 雷蒙德·威廉斯:《文化与社会》,第 374 页。

〔16〕 Raymond Williams,*The Long Revolution*,p. 55.

〔17〕 Raymond Williams,*The Sociology of Culture*,p. 13.

〔18〕 Raymond Williams,*The Long Revolution*,p. xi.

〔19〕 Raymond Williams,*Resources of Hope Robin Gable*,London:Verso,1989,p. 19.

〔20〕 Ibid.,p. 23.

〔21〕 雷蒙德·威廉斯:《文化与社会》,第 380 页。

〔22〕 同上书,第 392 页。

〔23〕 Raymond Williams,*Resources of Hope Robin Gable*,pp. 23-29.

〔24〕 Ibid. p. 29.

〔25〕 Raymond Williams,*Communications*,p. 134.

〔26〕 Raymond Williams,*The Politics of Modernism:Against the New Conformists*,Lon-
don:Verso,1989,pp. 192-193.

〔27〕 John Higgins,*The Raymond Williams Reader*,Oxford:Blackwell Publishers,2001,
p. 221.

〔28〕 Raymond Williams, *Marxism and Literature*, Oxford: Oxford University Press, 1977, p. 5.

〔29〕 Raymond Williams, *Problems in Materialism and Culture: Selected Essays*, London: Verso, 1980, p. 243.

〔30〕 Raymond Williams, *Marxism and Literature*, p. 43.

〔31〕 威廉斯:《文化与社会》,第 19 页。

〔32〕 Raymond Williams, *Resources of Hope Robin Gable*, p. 32.

〔33〕 E. P. Thompson, "*The Long Revolution*", *New Left Review* No. 9 and No. 10.

〔34〕 威廉斯:《文化与社会》,第 19 页。

〔35〕 Raymond Williams, *The Long Revolution*, p. 41.

〔36〕 Ibid. , pp. 41-42.

〔37〕 Raymond Williams, *Problems in Materialism and Culture: Selected Essays*, p. 20.

〔38〕 威廉斯《关键词》,刘建基译,北京:三联书店 2005 年版,第 203 页。

〔39〕 Raymond Williams, *Marxism and Literature*, p. 114.

〔40〕 Ibid. , p. 125.

〔41〕 John Eldridge and Lizzie Eldridge, *Raymond Williams: Making Connections*, London: Routledge, 1994, p. 98.

〔42〕 Raymond Williams, *Resources of Hope Robin Gable*, p. 19.

〔43〕 Ibid. , p. 29.

〔44〕 Raymond Williams, *Marxism and Literature*, p. 6.

〔45〕 Raymond Williams, *The Long Revolution*, p. 100.

〔46〕 Nick Stevenson, *Culture, Ideology and Socialism*, pp. 19-20.

〔47〕 N. Geras, *Marx on Human Nature: Refutation of a Legend*, London: Verso, 1983.

〔48〕 Raymond Williams, *Problems in Materialism and Culture: Selected Essays*, p. 115.

〔49〕 施拉姆、波特:《传播学概论》,北京:北京大学出版社 2007 年版,第 17 页。

〔50〕 E. M. 罗杰斯:《传播学史——一种传记式的方法》,殷晓蓉译,上海:上海译文出版社 2002 年版,第 303 页。

〔51〕 殷晓蓉:《战后美国传播学的理论发展——经验主义和批判学派的视域及其比较》,上海:复旦大学出版社 2000 年版,第 43 页。

〔52〕 李彬:《传播学引论(增补版)》,北京:新华出版社 2003 年版,第 338 页。

〔53〕 张咏华:《媒介分析:传播技术神话的解读》,上海:复旦大学出版社 2002 年版,第 55 页。

〔54〕 哈罗德·英尼斯:《传播的偏向》,何道宽译,北京:中国人民大学出版社 2003 年版,第 28 页。

〔55〕 Raymond Williams, *Problems in Materialism and Culture: Selected Essays*, p. 113.

〔56〕 Raymond Williams, *Resources of Hope Robin Gable*, pp. 21-22.

181

〔57〕 Raymond Williams, *Drama from Ibsen to Brecht*, London: Chatto and Windus, 1968, p. 320.

〔58〕 Raymond Williams, *Raymond Williams on Television*, ed. Alan O'Connor, London: Routledge, 1989, p. 11.

〔59〕 雷蒙德·威廉斯:《关键词》,第 287 页。

〔60〕 雷蒙德·威廉斯:《文化与社会》,第 378 页。

〔61〕 同上书,第 301 页。

〔62〕 John Higgins, *The Raymond Williams Reader*, p. 6.

〔63〕 Ibid., p. 7.

〔64〕 Raymond Williams, *The Long Revolution*, p. 99.

〔65〕 Ibid., p. 141.

〔66〕 Nick Stevenson, "Rethinking Human Nature and Human Needs", in Jeff Wallace, Rod Jones and Sophie Nield (eds.), *Raymond Williams Now*, Macmillan Press, 1997, p. 103.

〔67〕 Raymond Williams, *The Politics of Modernism: Against the New Conformists*, p. 132.

〔68〕 H. Gadamer, *Truth and Method*, New York: Seabury Press, 1975, pp. 477-478.

当代中国文论大家研究

从文艺美学到文化美学的历史转折

——胡经之的文艺理论和美学研究

李　健

内容摘要：胡经之是新中国培养成长起来的第一代文艺理论家和美学家。他全程体验并参与了新中国文艺理论和美学的建设。20世纪60年代，他就尝试从客体价值（真、善、美）和主体接受（审美感受）两方面统一的角度解释为何古典作品至今仍有艺术魅力。70年代末，针对文艺理论政治化、美学太抽象的现实，他另辟蹊径，开拓了文艺美学学科，构筑了比较完整的文艺美学的理论体系，极大地改变了中国文艺理论、美学的生态。90年代中期，随着文化的发展，文艺理论和美学研究发生了很大的变化，他又适时提出发展文化美学的构想，积极开展文化美学研究。从文艺美学到文化美学，是胡经之文艺理论、美学研究的路向，鲜明地昭示了中国现代文艺理论、美学研究的转向。胡经之为新中国文艺理论、美学研究的发展做出了杰出的贡献。

关键词：胡经之　文艺美学　文化美学　艺术生命意义　审美精神

Abstract：Hu Jingzhi is one of the first-generation theorists of literature and aesthetes educated in New China. He has been experiencing and partaking in the construction of New China's theories of literature and aesthetics. In the 1960s, he tried to explain why classical works still have artistic charm by examining the objective value (the true, the good and the beautiful) and the subjective reception (aesthetic feeling). In the end of the 1970s, he reclaimed the aesthetics of literature and art as the theory of literature and art had been politicized and aesthetics was too abstract, and constructed a well-founded system of aesthetics of literature and art, which brought about radical changes to the ecology of China's literary theory and aesthetics. In the middle of the 1990s, he conceived to develop cultural aesthetics, enabling literary theory and aesthetics to take new turns. The shifting from aesthetics of literature and art to cultural aesthetics marks a turn in modern Chinese literary theory and aesthetics, as well as the path of Hu's own scholarship. Hu jingzhi has certainly made remarkable contributions to the development of New Chinese literary theory and aesthetics.

Key words: Hu jingzhi; aesthetics of literature and art; cultural aesthetics; significance of art life; aesthetic spirit

新中国文艺理论和美学的发展经历了一个曲折的过程,在这一过程中,探索、构筑有自己民族特色的马克思主义文艺理论和美学体系成为文艺理论和美学研究的主要目标,成为每一个学者努力的方向。尽管在这一目标实施的过程中出现了不少问题,但是,中国当代文艺理论和美学的研究毕竟取得了很大的成绩,向着有民族特色的文艺理论和美学迈出了坚实的一步。作为新中国培养成长起来的第一代文艺理论家和美学家,胡经之全程体验并参与了这一过程,为新中国文艺理论和美学的发展做出了杰出的贡献。20 世纪 60 年代初,他参与蔡仪主编的高校教材《文学概论》的编写工作,这本《文学概论》和以群主编的《文学的基本原理》奠定了中国当代文艺理论的基本模式——马克思主义文艺理论的模式。胡经之并不满意这种单一的模式。正是出于这种不满意,70 年代末,他才另辟蹊径,开拓了文艺美学的新领域,极大地改变了中国当代文艺理论和美学的生态。文艺美学的观念深入人心,产生了极其广泛的影响。为此,他被誉为“文艺美学的教父”[1]。90 年代,他又提出发展文化美学的构想,较为敏锐地捕捉到了文艺理论、美学发展的新动向,提出了一些新锐的理论主张,不仅开中国文艺理论、美学研究的文化研究之先河,而且也为这一研究的开展指明了方向。在中国当代文艺理论家、美学家中,胡经之是特立独行的一位,他的学术思想充满光彩,值得我们认真思量。

一

　　胡经之与文艺理论结缘,是在北京大学读书期间。那时,杨晦给他们开设"文学概论"课程,胡经之是"文学概论"的课代表。1954 年,苏联文艺学家毕达可夫到北大开办"文学理论研究班",主讲"文艺学引论",胡经之曾经作为旁听生听课,比较完整地了解了苏联文学理论的基本状况。1956 年,国家仿效苏联试点副博士学位制度,胡经之便成为杨晦的第一届文艺学副博士研究生。攻读副博士研究生之后,他奉导师杨晦之命,先从中国古代文艺思想做起,集中阅读、研究中国古代的文艺理论,积累了大量的第一手资料。其间,他曾经帮助罗根泽核校了由郭绍虞与罗根泽联袂主编的《中国古典文学理论批评专著选辑》中的一些经典著作,查阅了大量的古籍版本。在这一过程中,胡经之对中国古典文艺理论有了比较深入的了解,为他后来的理论创造打下了坚实的基础。

187

　　那时,全国美学界正在开展关于美的本质的讨论,围绕着美的主观性、客观性等抽象问题,朱光潜、蔡仪、李泽厚等美学家唇枪舌剑,气氛相当热烈,也非常紧张。胡经之默默关注着这场争论,围绕争论的内容思索良多。但是,他思索的重点不是美的本质,而是文学艺术的魅力。在听过杨晦的"中国古代文艺思想"、钱学熙的"西方文论课"之后,胡经之将他的思考进一步深化,逐渐有了一个比较明确的想法。在他看来,文艺学太政治化,美学又太抽象,能不能将两者融合在一起呢? 他把自己的这一想法讲给杨晦听,与他讨论,得到了先生的支持。杨先生赞同他继续深入思考,并建议他多去找朱光潜、宗白华两位先生请教。从此以后,胡经之就成为朱光潜、宗白华两位先生家的常客。研究生的后一阶段,他到哲学系听朱光潜的西方美学史、宗白华的中国美学史,两位先生的课对他启发很大。随后,他便明确了自己的研究生毕业论文选题,探讨古典艺术为何至今还有艺术魅力。他想尝试从一个新的角度即客体价值(真、善、美)和主体接受(审美感受)两方面统一的角度来解释这种现象。

　　1958 年,全国上下开展了轰轰烈烈的"大跃进"运动。这场运动,打破了胡经之的平静生活。当时,周扬带领何其芳、张光年、邵荃麟、林默涵、袁水拍等来到北京大学,为全校开设"建设中国的马克思主义文艺理论"讲座,明确提出要建立中国自己的马克思主义文艺学和美学。胡经之受命担任这一讲座的助教,亲历了这一事件。当时,他正埋首于中国古典文艺理论的研读之中,为此,不得不放下古典,开始关注当下的文艺现实。1958 年秋天,全国文艺界开展了文艺创作方法的大讨论,讨论的核心是现实主义和浪漫主义两结合的问题。胡经之也加入讨论的行列。中国作家协会组织了一场规模盛大的研讨会,张光年、邵荃麟、田汉、阳翰生、曹禺、老舍、欧阳予倩等著名作家、批评家参加了会议。胡经之和老师杨晦也受邀参加了会议。在这次会议上,胡经之作了题为《关于现实主义和浪漫主义相结合》的发言。《文艺报》很快就刊登出他的大会发言稿,影响遍及全国。不久,他便被聘为《文艺报》特约评论员。

随后将近两年的时间,胡经之把自己的主要精力花费在文艺批评上。1959 年初,他发表了《理想与现实在文学中的辩证结合》(《文学评论》1959 年第 1 期),适应当时的形势,将此前对这一问题的思考进一步深化;为了配合全民读书运动,应上海文艺出版社之约,完成了一本文学评论《谈谈〈野火春风斗古城〉》。后来,他又陆续写过不少文艺评论。他曾经集中研究过王愿坚的短篇小说,撰写了《王愿坚的〈七根火柴〉》等欣赏文章,在中央人民广播电台的"阅读与欣赏"节目中播出。

然而,胡经之不愿意失去宁静的书斋生活而完全走向文艺界,他喜欢的还是理论思辨,一直留恋文艺学、美学。即使在他进入文艺批评界展示自己的才华并获得一定的成绩时,也保持着十二分的清醒,常常利用闲暇时间阅读文艺学、美学著作,与朱光潜、宗白华探讨美学问题,钻研宗白华关于欧洲文艺复兴时期的美学、英国经验主义美学、心理分析美学、德国理性主义美学的研究手稿。从 1960 年下半年开始,他又回到了书斋,开始寂寞清苦的生活,全身心投入副博士论文的写作。他原本想将自己的副博士论文写成一本书,由于四年中间经历了这么多事情,参与了这么多事情,耗费了他大量的时间与精力,耽误了论文写作的进度。他只好将自己原本的计划稍作变通,将一本书的主要观点浓缩在一篇论文之中,最终完成了一篇将近三万字的长文——《为何古典作品至今还有艺术魅力》。后来,这篇长文全文刊发在《北京大学学报》上。

《为何古典作品至今还有艺术魅力》集中表现了胡经之早年的文艺理论、美学思想。在这篇文章中,胡经之运用马克思主义的观点,试图从美学上揭示古典作品至今仍有艺术魅力的原因。在他看来,古典作品之所以至今仍有艺术魅力,一在于古典作品本身,二在于欣赏主体,这两个方面合力铸就了古典作品在当今的艺术魅力。古典作品表现真、善、美,也表现假、恶、丑,然而,古典作品所展示出来的真、善、美和假、恶、丑,不仅在理智上能引发人们思考,而且,还在情感上打动人们,激起人们今天相应的、一致的情感态度。为什么会是这样？胡经之从两个方面作了逻辑的、细致的分析。

首先,从古典作品本身来说。胡经之认为,古典作品创造出来的艺术形象凝结了古典作家对现实对象的审美认识和感受,这种认识和感受能打动人,使人们获得艺术享受。"当我们面对的艺术形象,假如是生活的审美反映,而我们从艺术形象得到的审美上的体验和感受,恰恰又是和古典作家的审美反映相应的、一致的,那么,我们就得到了艺术享受。"[2]问题是,古典作家距离我们今天已很遥远,我们的审美体验和感受如何才能与古典作家相应、一致？胡经之经过深入思考,作出了富有说服力的解答。他说:

> ……古典作家的思想情感也不会和我们相同,由于历史的局限和认识的局限,他们对现实的体验和感受,和我们比起来,当然会有很大的差别,从而,作为主、客观统一的古典作品也不可能与现代作品具有同一的性质。但是,优秀的古典作品和我们之间,在矛盾中却也有着统一的、一致的方面。在优秀古典作品中所体现的古人对生活的体验和感受,不但不与我们今天对现实的反映相矛盾,而且还是一致的、统一的。正是这样,马克思才在《政治经济学批判导言》中说,希腊人的艺术在我们面前所显示的魅力,是与它所由产生的未发展的社会阶段不相矛盾的。深刻的矛盾、惊人的一致,这就是古典作品对我们的双重关系。而那些传之不朽、真正富有艺术生命力的古典作品,却总是在这两重化的矛盾中闪耀出它的艺术光辉。[3]

189

也就是说,古典作家的思想情感无法脱离他们所生活的那个时代,同时也无法脱离他们所归属的社会阶层,他们身上的阶级性印记不可能清除。在胡经之看来,这种阶级性印记并不足以成为古典作品在今天仍然具有艺术魅力的天然阻隔。"文学艺术是现实生活的审美上的反映,它在反映现实时必定会有阶级的影响,但它的内容仍然是对生活的感受和体验,而不是阶级的思想体系。"[4]胡经之非常看重这生活的感受和体验,他强调,欣赏古典作家的作品,"我们大可不必去理会他们的政治观念,但他们对生活的真实体验,对人生的感悟,却对我们很有价值,能给我们美的享受"[5]。这就超越了当时评价古典作家把阶级性当做单一的评判标准的机械做法,把审美价值评判引入到对古典作品的评价之中。

其次,从欣赏主体来说。在胡经之看来,古典作品为什么至今仍有艺术魅力,是因为古典作品所表现出来的真、善、美。古典作品所表现出来的真、善、美虽然是旧的真、善、美,但在当今,这旧的真、善、美仍然具有价值,它是新的真、善、美进一步发展的起点。"当今人类需要'旧美'以及一切历史上有价值的东西,这不仅是因为当今人类不得不在前人遗产的基础上才能生存,而且,要发展新的东西,也必须吸收前人的经验、成就,作为'进一步发展的出发点'。"[6]我们在阅读古典作品的过程中之所以会被打动,是因为古典作品所表现的真、善、美能够引起我们的共鸣,对我们仍有道德教育的作用、认识生活的作用和审美享受的作用。胡经之认为,这些作用会随着新文化的建立、随着社会主义文学艺术的发展越来越明显。他强调:我们的审美水平是逐渐提高的,随着我们审美水平的提高,会对古典作品中所表现的真、善、美有更为深刻的感受和把握,充分利用古典作品所表现的真、善、美来认识、发展并完善我们现代的真、善、美。很显然,这种价值评判和阶级评判完全处于两个不同的层次。尽管胡经之处于那个阶级性至上的时代,他却保持一种清醒的头脑:文学艺术不完全是阶级思想的演绎,而更主要的是审美的呈现;惟其是审美的呈现,文学艺术才能保持恒久的艺术魅力。

从这里可以看出,胡经之对古典作品为何至今仍有艺术魅力的美学分析超越了他生活的那个时代,他已经自觉地将文学艺术引向审美评判的领域。今天看来,这篇文章在那个年代显得比较异端。由于当时人们思考的焦点是文艺的政治性、文艺的阶级性、现实主义与浪漫主义等问题,小视文艺的美学问题,没有对这篇文章所提出的理论观念投以足够的关注。然而,我们今天却不能不正视它的存在。这对理解中国当代文学理论、美学的发展会有一定的启发。如果我们忽略这一问题,必然难以理解胡经之文艺理论、美学思想发展的逻辑,同时,也妨碍我们准确地认识他开拓文艺美学的良苦用心。

1961 年 5 月,胡经之被抽调到中央高级党校(现中共中央党校),参加蔡仪主编的高等学校教材《文学概论》的编写工作,同时,以王朝闻为主编的《美学概论》编写组也住在党校。这是周扬主抓的高等学校教材中的两部,其目的是建立中国自己的马克思主义文艺学、美学。胡经之参与《文学概论》的编写,受王朝闻之邀,又参加了《美学概论》编写内容的讨论。他撰写的是《文学概论》的第一章,"文学是反映社会生活的非凡的意识形态"。按照胡经之原本的设想,这一章应开宗明义地阐述文学和生活的关系,突出文学是对生活的特殊反映,即对生活的真、善、美的反映,其特殊性就表现在真、善、美的结合上。这与他副博士毕业论文的主要观点是相联系的。但是,蔡仪要突出的是从认识论出发谈文学对生活的形象认识,周扬在参加讨论的过程中则明确要求突出文学的意识形态性质,强调文学要为政治服务。因此,胡经之只能按照他们的意图去做,认真完成了这一章内容的撰写,其实,在他内心深处,却有一种难言的无奈。

1966年,"文革"爆发,胡经之也被卷入运动的浪潮之中,几经沉浮。那时,全国上下都处于亢奋之中,大学都已停课,所有学术研究不得不停顿。胡经之虽然不能光明正大地研究文艺理论、美学,但并不表明他内心深处已不再思考这些问题。在当时的情形下,他只能将自己的兴趣暂时埋下,等待时机。1970年,他与北大的一些老师下放到江西鄱阳湖鲤鱼洲参加农业生产劳动,第二年冬天才回到北京。之后,依旧不能研究文艺理论、美学,能够研读的只有马列主义著作和《红楼梦》等,于是,他便潜心阅读马克思、恩格斯的著作和《红楼梦》。1973年,他与陈熙中、侯忠义合写了《〈红楼梦〉——形象的封建社会没落史》一文,把《红楼梦》中四大家族的沉沦上升到封建社会的没落层面来加以认识。这篇文章发表在《北京日报》(9月22日)上,全国各地多家报刊转载,并印成单行本,在当时产生了很大的影响。胡经之的《红楼梦》研究一直持续到80年代初,后来,他的《红楼梦》研究便自觉地和美学结合在一起,先后撰写了《"红学"与美学》、《枉入红尘若许年——谈〈红楼梦〉里的顽石故事》等论文。[7]这些论文,提倡从美学的角度研究《红楼梦》,探讨其艺术美及审美价值。这是他文艺理论、美学思想发展的风向标。实际上,在20世纪80年代初期,胡经之通过对《红楼梦》等问题的研究,已经开始构思他心中的文艺美学,试图打破当时文艺理论、美学研究沉闷的空气,构建一套完整的理论学说,开拓一个真正能够体现中国学术特色的新的学科。

二

"文化大革命"结束之后,中国迎来改革开放的新时代,中国人的精神终于获得了解放。精神的解放激发了胡经之的学术生产力和创造力,他积极投入到他所喜爱的学术研究之中。20世纪70年代末,北大鼓励教师拿出自己的学术品牌。受这种氛围的感染,胡经之的学术热情和学

191

术创造力也极大地喷发出来。他积极参加学术研究活动,多方面吸收古今中外的文艺学、美学研究成果,开始了新的学术探求。

1978年,胡经之读到台湾学者王梦鸥的《文艺美学》,受到启发。这本书讨论文学、美学和文学批评等问题,论述虽显简略,但是"文艺美学"这个名称却起得好,非常具有中国特色。可是,王梦鸥并未有意将"文艺美学"作为一个学科来对待,他的"文艺美学"仅仅是个书名,提法具有随意性。这却引起了胡经之的思考:能不能将"文艺美学"作为一个学科来发展,以区别于哲学美学或其他美学?

其实,"文艺美学"这一概念早在20世纪30、40年代就出现了。李长之早在《苦雾集》的一篇对话体文章《文艺史学与文艺科学》中就曾经这样说过:"但是文艺教育须以文艺批评为基础,而文艺批评却根于'文艺美学'。文艺美学的应用是文艺批评,文艺批评的应用才是文艺教育。"[9]这篇文章原本是李长之为他自己翻译的德国美学家和文艺理论家玛尔霍兹(Werner Mahrholz)的一本著作《文艺史学与文艺科学》所写的序言。在李长之看来,文艺美学就是德国人所说的诗学。[10]当时,由于种种原因,胡经之并没有读到李长之的文章,直到2004年,他才看到李长之的相关讨论。

1980年6月,中华全国美学学会成立大会在昆明召开,这是新中国建立以来的第一次美学盛会。朱光潜等很多老一代的学者都参加了这次大会。胡经之在大会上作了"中国美学史的方法论问题"的发言。[8]这次大会还成立了全国高校美学分会。在全国高校美学分会成立的会议上,胡经之建议,高校应改进美学教学,高校文学、艺术系科的美学教学不应该停留在讲授哲学美学原理上,而应开拓和发展"文艺美学"。接着,他就"文艺美学"的学科构想简单地陈述了自己的想法。这一建议引发了热烈的讨论,得到了朱光潜、伍蠡甫、蒋孔阳等美学家的热忱鼓励。

回到北京大学之后,胡经之在讲授文学概论之外,积极准备文艺美学讲稿,开设文艺美学课程。1980年秋天,新学期开始,在北京大学的课程表上,增加了一门新的课程——文艺美学。这是新中国大学的教育史上第一次开设这门课程。胡经之成为主讲文艺美学的第一人。这一年,胡经之已有资格招收硕士研究生,他专门写了个报告,要求在文艺理论专业下面开辟一个新的专业方向"文艺美学"。北大正鼓励学科创新,当即同意,并得到了教育部的批准。于是,在北大的硕士研究生招生专业目录中,第一次出现了"文艺美学"。

1981年,胡经之的文艺美学研究正式登场,他从对艺术形象的美学思考切入,探讨了文艺美学学科存在的依据,继而,构筑了比较完整的文艺美学的体系,注重对艺术生命意义的发掘。我们拟从切入、开拓、创造、价值等几个方面来讨论他的文艺美学贡献。

1. 切入:关于艺术形象的美学思考

艺术形象是胡经之最早深入论述的文艺美学内容。由于这一问题是他文艺美学研究的切入点,故而,我们单独把它拿出来讨论,借以说明他对新时期文艺理论、美学新观念的开拓与贡献。

胡经之的文艺美学研究是从反思艺术形象开始的,这是他的副博士毕业论文引而未发的问题。1981年,他发表了长文《论艺术形象——兼论艺术的审美本质》,比较深入地论述了艺术形象问题。在这篇文章中,胡经之并没有完全受20世纪80年代以前关于文学形象研究的左右,而是从艺术形象和非艺术形象切入,思考艺术形象的审美特性,进而揭示文学艺术的审美本质。在胡经之看来,艺术形象是一个审美物象,但艺术形象并非仅仅是个审美物象,它以审美物象作为自己的构成形式,借助于审美物象来表达特定的精神内容,这一精神内容就是审美意象。因此,审美意象成为胡经之关注的焦点。胡经之认为,审美意象隐藏于作家、艺术家的内心深处,要想使审美意象成为艺术形象,必须要经过符号化。他说:"审美意象,乃是包含着审美认识和审美感情的心理复合体。"[11]也就是说,在审美意象中,既包含着审美认识又包含着审美感情。审美认识是对现实对象的审美价值和审美属性的认识,这种认识并非单纯的理解、思维,还有感知、直觉等。而审美感情是与审美认识纠结在一起的,它是人对现实对象的审美属性能否满足人的审美需要作出的反应。审美认识和审美感情的融合完善了审美意象。审美意象对审美认识和审美感情的偏重和选择形成了不同的艺术类型。突出审美感情的艺术以抒情为主,形成抒情性艺术;突出审美认识的艺术以造型为主,形成造型艺术。造型艺术的审美意象以形寓情,表情艺术的审美意象使情具形。胡经之以大量的诗歌、音乐作品为例加以论证,凸显了他对这一问题的认识与众不同。胡经之对审美意象的特征、结构方式和符号化的探讨,在一定程度上深化了艺术形象的理论内涵,在学术界产生了震动。这篇文章发表之后很快被收入中国社会科学院文学研究所编的《中国新文艺大系·理论卷》(1976—1982),后又收入美国著名美学家布洛克与朱立元共同编选的《中国当代美学》一书,被译介到西方。

193

事隔二十多年,中国社会科学院文学所研究员汤学智依旧称这篇文章是一篇"雄文":"这篇 35000 字的长文,我是一口气读完的,不仅没有厌倦之感,反而越读越兴奋。由于广博的知识学养和深入精细的研究,经之师很善于抓取富有典型意义的原生话题,首先阐明其自身的价值,然后由此及彼,层层深入,步步推进,揭示一连串相关的理论命题,建构起自成一体、富有内在生命的理论环链,让你不能不信服。"[12]

2. 开拓:阐发了文艺美学学科存在的依据

文艺美学是什么? 这是胡经之提出将之作为学科发展时人们纷纷质疑的问题,也是他在开拓这一学科之初一直在思考的问题。在中西方规范的学科中,有文艺学、诗学、美学,这些学科虽然互有交叉,但基本独立。那么,文艺美学又是一个什么学科? 1982 年初,胡经之发表了《文艺美学及其他》、《"文艺美学"是什么》等论文,对这一问题作出解答。

胡经之说:"文艺美学,顾名思义,当是关于文学艺术的美学。它的研究对象,自然是文学艺术。"[13] 既然文艺美学研究的是文学艺术的美学问题,那么,它与文艺学、美学之间到底有怎样的联系与区别呢? 胡经之特别强调,他所说的文艺学,不是西方所谓狭义的文学学,而是包括文学学和艺术学在内的广义的文艺学。中国古代向来就有把文学和艺术放在一起考察的传统。胡经之很看重这种传统。文艺学以文学艺术为研究对象,文艺美学也以文学艺术为研究对象,那么,它们的区别又在什么地方呢? 在胡经之看来,文艺学是对文学艺术做全面、综合、系统的研究,它主要由文艺理论、文艺历史、文艺批评三个部门组成。文艺批评不是一般意义上的认识活动,而是一种评价活动,它是作者和读者之间的桥梁,是作者和欣赏者反馈关系的中介。文艺历史属于历史学科,研究的是文学艺术的历史发展,探讨文学艺术的发展规律。文艺理论运用的是逻辑的方法研究文学艺术,把所有的文学艺术门类作为一个整体来对待,探索文学艺术共有的性质、功能、规律。这三个部门实际形成了三个学科,它们之间相互联系且相互影响。文艺理论与哲学、社会学、心理学、美学等学科的关系非常密切。文艺理论的研究侧重于不同的学科联系,便形成了文艺理论的不同学科,产生了文艺哲学、文艺社会学、文艺心理学、文艺美学等。因此,胡经之认为,文艺美学属于文艺学,是文艺学的一个组成部分。"文艺美学从美学上来研究文学艺术,深入到文学艺术的审美方面,揭示文学艺术的特殊审美性质和特殊的审美规律。"[14] 然而,胡经之又说,文艺美学又可归入美学。既然这样,那么,文艺美学和美学的联系与区别又在什么地方呢？为了解答这一问题，他考察了中西方美学思想的发展历史。他发现，在中西方美学思想的发展历程中，美学虽然是属于哲学的一个部门，但却始终与文艺理论纠缠在一起，这是因为，美学的研究对象包括文学艺术。直到 18 世纪，美学才成为哲学中的一个独立部门，一个独立学科。在胡经之看来，西方的所谓美学，其实又是审美学，"它不只研究美，而是研究整个审美"[15]。西方美学尤其是德国古典美学是从哲学上来研究审美的，这种研究，可以称之为哲学美学。当然，哲学美学也关注文学艺术，有的甚至把美学归结为艺术哲学。黑格尔就把自己的美学称为"美的艺术之哲学"，这就把美学狭隘化了。胡经之认为，美学应研究的，不只是艺术审美，还应广及人文审美（包括生活审美）和自然审美等人类全部的审美活动。文艺美学则集中研究文学艺术的创造及审美，它要揭示的是文学艺术自身与其他审美活动相区别的特殊规律。[16]这就基本上把文艺美学的独特性发掘出来了，给它确定了一个比较明确的研究对象，那就是：文学艺术特殊的审美性质和审美规律。

195

文艺美学研究的是文学艺术特殊的审美性质和审美规律，并不意味着它要分解文学艺术各个门类，而是把文学艺术作为一个整体来对待，对之进行系统研究。文学艺术本身就是一个系统，这个系统由三方面构成，即文学艺术创造、文学艺术作品、文学艺术享受（消费）。这三个方面都有自己的审美规律。文艺美学就是要系统地研究文学艺术的作品、创造和享受这三方面的审美规律。这就是文艺美学的研究对象和内容。

胡经之关于文艺美学是对文学艺术的系统研究的认识，在一定程度上回应了德国美学家和文艺理论家玛尔霍兹的"文艺体系学"之说。玛尔霍兹将文艺科学分为两大支，一是文艺体系学（Literarsgstematik），一是文艺史学。他说："文艺体系学的任务，是创造出一种文学之美学（Aesthetik der Literatur），也就是诗学与诗的成分论，这为的是文学批评作地步的，再把这种知识普遍化了，便是文艺教育（Literarpadagogik）。"[17]胡经之对这一问题的考虑虽然处于初期，但是，文艺美学是什么的问题基本明朗，文艺美学的研究对象也大致清晰。文艺美学研究文学艺术审美的"自律"，也不能离开整个社会发展的"他律"。胡经之特别强调，文艺美学是开放的，它必须吸收哲学、社会学、伦理学、经济学、语言学、符号学等学科的研究成果。文艺理论是对文学艺术社会的、政治的、道德的、心理的、美学的种种因素进行全面、综合的研究，因此，文艺美学只能属于文艺理论的一个门类，不能取代文艺理论。同样，文艺美学也不能取代美学以及美学的其他门类。它既需要采取"自上而下"的方法,又需要运用"自下而上"的方法;既需要"一般"来指导"个别",也需要从"个别"到"一般",依靠与个别美学门类的共同努力,揭示文学艺术的普遍、特殊、个别的审美规律。因此,文艺美学只能是美学的一个门类。

1989 年,胡经之出版了《文艺美学》,1999 年修订再版。在修订再版的绪论中,胡经之对文艺美学是什么问题的思考又深入一步。他强调,文艺美学是诗学和美学的融合,它与人的现实处境和灵魂归宿联系在一起。这显然是受当下文学艺术发展和观念更新的启发。胡经之说:"以追问艺术意义和艺术存在本体为己任的文艺美学,力求将被遮蔽的艺术本体重新推出场,从而去肯定人的活生生的感性生命,去解答人自身灵与肉的焦虑。"[18]文艺美学要解决的核心问题是艺术的意义和艺术本体之真,揭示艺术活动系统的奥秘,把握多层次的审美规律,深拓艺术生命的底蕴。这适应了文艺美学现代化的需求,研究目标更加明确。

胡经之将"文艺美学"从一个新鲜的名词提升到学科的高度,这就意味着"文艺美学"的背后存在着一个完整的理论系统,这是一个等待人们去开拓的学术领域,其研究前景是非常广阔的。

3. 创造:构筑比较完整的"文艺美学"的理论系统

既然文艺美学不同于文艺学、美学,那么,文艺美学应该有怎样的理论构成? 对此,胡经之进行了非常艰苦的斟酌与思考。这一思考的成果,一直到 1989 年《文艺美学》出版才得到完整的揭示。从这一思考的最终成果来看,它确实不是文艺学和美学的原理,也不是两者的简单相加,而是一个独特的理论系统。对此,胡经之自己有一个表白:

> 在我的思考中,曾想以艺术形象作为我分析的出发点,由艺术形象的特性引出艺术的内容、形式、构成、形态等等,然后再转入创作活动和欣赏活动。这是从静态分析走向动态考察的行程,常见的教科书就是采用这种方法。但我经过几番思考,还是放弃了这条路程,而顺着另一脉络展开去。我想,与其面面俱到,四平八稳,还不如有感即发,无感不发,有话即长,无话既短。审美活动、艺术本体、审美体验等问题,别人说得不多,而我有话要说,为何不由此入手展开? 而别人在过去已谈得不少的批评、鉴赏等问题,我又何必多说! 于是,我先从分析审美活动着手,剖析艺术把握世界的方式,进而探究审美体验的特点,寻求艺术的奥秘,然后才转入艺术美、艺术意境等的论

述。这是从动态分析走向静态考察的路程。也许,这不是最好的方法,但既然我已沿着这条脉络展开我的思路,那就让它去罢![19]

确实,胡经之在思考文艺美学的理论构成时,最早考虑的是艺术形象问题。1981年,他先期发表了《论艺术形象——兼论艺术的审美本质》一文,就表明了他思考的切入点是文学形象。后来,《文艺美学》成书,艺术形象却被安排在整个内容结构的后面。这是胡经之文艺美学理论构架逻辑的改变。这一改变非常关键,基本摆脱了当时文艺学和美学原理逻辑的阴影,进入实质性的创造阶段。

考察胡经之文艺美学的理论系统,当然要以《文艺美学》为主。他对文艺美学理论问题的逻辑思考,基本都体现在这本书的逻辑结构之中。从中,我们能够清晰地看出他对文艺美学独特的理解与创造。

《文艺美学》由十一个重要问题组成,依次是:审美活动、审美体验、审美超越、艺术掌握、艺术本体之真、艺术的审美构成、艺术形象、艺术意境、艺术形态、艺术阐释接受、艺术审美教育。对每一个问题的探讨,都倾注了胡经之创造的心血。这些问题,与文艺学的作品、创造、接受的三维构成和美学对审美活动、审美意识、审美本质等问题的形而上思辨存在巨大的差异。这基本印证了胡经之对文艺美学的看法,即:文艺美学以文学艺术为研究对象,既可归入文艺学,又可归入美学。

然而,胡经之的这个文艺美学的理论构成有什么独特之处? 又具有怎样的价值呢?

首先,它是一个逆向思维的产物。就像胡经之所说,一般的教科书对理论问题的分析往往采用的是从静态走向动态的考察方法,而《文艺美学》却反其道而行之,先从动态分析着手,然后进入静态的研究。在这一行程中,对文艺学、美学原理中所涉及的一些共性的、别人说得比较多的问题,胡经之说得比较少,而对文艺学、美学原理中所涉及的一些带有个性色彩的、独特的、别人说得比较少的问题,胡经之则说得较多。这种逆向思维是一种创新。在胡经之看来,审美活动、审美体验、审美超越、艺术掌握是动态的,艺术本体之真、艺术的审美构成、艺术形象、艺术意境、艺术形态是静态的,而艺术阐释接受、艺术审美教育是动态还是静态的呢?在我们看来,仍然是动态的。实际上,胡经之的文艺美学的理论体系是一种"动态——静态——动态"的结构。这就使得这一理论的构成充满灵性,具有鲜活的生命之动,表现出一种可贵的创新精神。

其次,它对艺术本体和艺术意义非常重视。这是当时的文艺学、美学

197

原理严重忽略的问题。胡经之曾经说过："以追问艺术意义和艺术本体为己任的文艺美学,力求将被遮蔽的艺术本体重新推出场,从而去肯定人的活生生的感性生命,去解答人自身灵肉的焦虑。因此,文艺美学将从本体论高度,将艺术看做人把握现实的方式、人的生存方式和灵魂栖息方式。"[20]这就是说,文艺美学的研究应该以人为中心,追问人的生命意义。而人的生命意义是蕴涵在艺术本体之中的。要想完整发掘人的生命意义,必须追问艺术本体,探讨艺术意义。

艺术本体是什么？艺术意义又是什么？艺术本体是艺术的存在之根,是艺术的生命价值之所在,而艺术意义就是艺术本体价值的体现,是艺术生命力存在的依据。当然,这些都与人的感性生命联接在一起。因此,文艺美学不仅注意对文学艺术的艺术形象、艺术意境、艺术形态等问题的研究,更注重对审美体验、审美超越、艺术掌握的研究,这是文学艺术魅力产生之源。离开了人的审美体验、审美超越、艺术掌握,很难想象文学艺术还能成为文学艺术。在这个意义上,我们可以称文艺美学是艺术生命之学。它关注的是艺术生命,其实关注的是人的存在价值和意义,呵护的是人的心灵。

再次,它将文艺学和美学融为一炉。胡经之文艺美学的理论体系把审美活动作为自己立论的逻辑起点,论述了审美体验、审美超越、艺术掌握、艺术本体等问题,这些都是既关乎文艺学又关乎美学的问题。然而,文艺美学既不是文艺学,也不是美学,同时,既可属于文艺学,又可归为美学,处于文艺学和美学中间。胡经之将之融为一炉,使之相互融化渗透,在融化渗透中彰显了自己的个性,寻求文学艺术的独特规律。

这样看来,胡经之文艺美学的理论系统确实有它的长处,总体上富有逻辑性和层次性。胡经之对具体理论问题的言说,都是中西融通、相互参照的。在这个理论体系中,我们能够明显看出他融合古今、贯通中西的气派。因此,胡经之文艺美学的理论构架,不是西方的文艺学(诗学)或美学的构架,而是具有中国特色的。这就说明,文艺美学是中国的,是中国人自己的创造。

4. 价值:注重对艺术生命意义的发掘

文艺美学最重要的价值是对艺术生命意义的发掘,这是贯穿胡经之文艺美学研究中的一根耀眼的红线,也是时下文艺理论、美学研究中最为缺乏的。胡经之对文艺美学各问题的讨论都交织着这么一个主题。艺术生命关系着艺术本体问题,它凝视的是文学艺术的终极存在,探求的是文学艺术的根本属性。由于它紧密关联着人的生存价值与生命意义,又与认识论相互交织、密不可分,对矫正机械的认识论有一定的作用。在机械认识论没有完全消退的 20 世纪 80 年代的中国,胡经之提出并探讨这一问题,是需要一定的学术胆识和学术眼光的。

在对艺术生命意义的追问中,德国哲学家、美学家海德格尔对胡经之有很大启发。海德格尔把诗(艺术)与思高度哲理化,认为一切思都是诗,而一切文学艺术的创造都是思,把诗看做思的存在方式。胡经之正是从这里切入进入艺术生命意义的思考的。他说:"人类正是通过真正意义上的创造,通过'思着的诗'或'诗化的思'使自己的本真存在在语言之中进入敞亮,获得生命的价值和意义。因此,艺术的根本目的是通过审美之途,通过赋诗运思,感悟人生生命意蕴所在,并在唤醒他人之时也唤醒自己,走向'诗意的人生'。"[21]

艺术的本真存在是感悟人的生命意蕴,走向诗意人生,这就是艺术的生命意义之所在。把握艺术的生命意义,只有依靠审美。因此,胡经之一开始就把自己的目光聚焦于审美活动。他着意强调审美活动的主客体交流与契合是人类自由的实践活动,认为只有当人类的活动转化为自由的实践活动时,人类才有审美需要,人类的活动才有审美的意义。审美活动中的主客体交流是一个非常复杂的心理流程,从这一过程的实质看,主客体的交流是交互的。在胡经之看来,这种交流有两个特殊的过程:一是来自于艺术家自身,二是来自于客观的材料。这些材料本身有自己的运动秩序,有自己的规定性和发展规律,在交流的过程中被社会化,获得审美的定性,从而,使得主客体在交流的过程中相互制约而又能相互创造。审美活动使人的内心世界本身达到了平衡。然而,平衡是相对的,不平衡是绝对的,无论平衡还是不平衡都会促使人去改变世界,最终获得审美的感悟。

胡经之的这一思考虽然没有绕开中西美学史上关于主体与客体的二元论认识,却有超越的地方。这超越之处就是还原审美活动中的主客体的交互性,认定这种交互性是一种平衡。这一思想还贯穿在他对其他问题的讨论中。在研究审美超越时,胡经之把自己的视角放在对文艺的审美特征、文艺与审美的关系以及艺术的审美价值等问题的思考上。尤其是对艺术价值的讨论,他一反传统将美仅仅看做形式或者将美确定为机械的伦理道德内容的做法,认为艺术价值不仅在于完成作品,而且更在于完成人的灵魂塑造。在思考审美掌握时,胡经之关注的不仅是人与世界的审美掌握方式,更把这种审美掌握与艺术家的意象思维联系在一起。而最为精彩的莫过于他对审美体验的认识,从中,我们能够完整看出他对艺术生命意义的理解。

审美体验貌似西方文艺学、美学的命题,但实质却是中西方文艺学、美学共同的命题。早在宋代,理学家就曾经提出"体验"这一概念,并将它运用到对学问的研究之中。朱熹《答许顺之》有言:"幸秋来,老人粗健,心间无事,得一意体验。"[22]就是说,只有"心间无事",才能体验。所谓"心间无事",就是没有过多的功利考虑,是一种自由、自然的心境。胡经之所使用的这一概念,就是融合中西理念的。

首先,胡经之探讨了审美体验的心理动力。他认为,审美体验是属于审美心理深层结构的动力过程问题。他将审美体验和审美经验进行区分,认为审美经验是审美主体从无数次审美活动中所获得的各种审美感受和内心印象的总汇,它包含着审美感知、审美情感、审美想象、审美理想、审美感受等等。审美经验具有积淀性、被动性、接受性等特点,是相对静态的、一般的。而审美体验是审美主体的张力场,它能够随着情感、想象、理解、灵感等多种心理因素交融、重叠、震荡、回流,呈现出不同的形态,是主动的、富有创造性的、导向活动的。胡经之运用大量的中外文学艺术作品的实例对审美体验的特殊性进行了分析,他认为,人类的许多体验如日常生活体验、道德体验、宗教体验等等非审美体验,都可以转化为审美体验,但是,必须具备转化的条件。他说:"在一定的条件下,非审美体验可以导向审美体验,或转化为审美体验。而且,一般地说,丰富的人生经验的积淀,将有助于审美体验的深化,换言之,审美的深层体验,是以深度体验和广泛的日常生活体验为杠杆的。"[23]

其次,胡经之从审美主体与客体的审美状态入手,试图揭示审美体验的心理奥秘。他认为,在审美体验中,审美主体和客体本身的关系是静态的,而只有当它们相互感发相生相合时才能进入动态过程。胡经之对动态和静态这两种状态进行了分析。在静态分析中,他认为,审美主体必须具备两个主观条件才会产生审美体验,一是审美能力,其中包括审美感受力、审美想象力、审美理解力、审美情感等;二是丰富的经验,其中包括审美经验和非审美经验。而对审美客体来说,必须具备审美特征以及审美信息刺激丛,具有美的魅力以及兴发感动的力量,这样,才能产生审美体验。在动态的分析中,胡经之运用中国古典文艺理论和美学的观念来解释审美体验,归纳出了审美体验所表现出来的起兴、神思、兴会几个不同的心理层面。通过对这些不同层次的分析,胡经之得出了结论:艺术创作的审美体验过程表现为相对独立三个环节:一是艺术家虚静所表现出来的一种极端的聚精会神的心理状态,二是艺术家兴发感动勃然而起时所表现出来的迅速突破外形式而体味内形式的动感状态,三是艺术家进入最高的体验层次之后所表现出来的灵感勃发从而实现物化的境界。然而,审美体验不仅仅是艺术家进行艺术创造的专利,审美接受者在进行审美阅读与欣赏时也同样具备这种心理。它们共同构成了审美体验的系统。艺术的接受是一种再度体验,而艺术的价值就体现在这再度体验之中。胡经之比较深入地讨论了这种再度体验的特点。在他看来,再度体验首先是对艺术作品符号的破译,它能把读者的审美注意力凝聚在审美对象上;其次是文学艺术作品的情节、意境、气韵等与主体心灵交融,达到会心的中级体验状态,从而产生强烈的情感共鸣;再者是作品所释放出来的审美信息丛使主体能够充分发挥审美体验的能动性,达到"超以象外,得其环中"的境界。

其三,胡经之比较深入地发掘了审美体验的特性、层次性和拓展性。他认为,审美体验的特性表现在五个方面:模糊性和直觉超越性、激情性和随机性、流动深化性、双向建构性、二象性特征。而审美体验的层次性和拓展性系列表现得比较复杂。在对这一问题的分析的过程中,胡经之虽然把自己的目光凝定在中西宽广的理论视域,但却对中国传统的审美体验理论情有独钟。他说:"中国以中和为本,在审美体验'心物'两极之间获得辨证统一,这是一种'镜'(再现)与'灯'(表现)的统一。中国美学对文艺审美特性的认识是一以贯之而富有变化的。但这变化是一种深化,不是一种断然的否定,而是中和、节制、自律的进程,围绕'心物'一轴上下波动。"[24]由此,他分析、比较了兴与移情、神思与想象、兴会与灵感等中西美学范畴,一方面承认它们内涵的差异性巨大,可比性比较薄弱,另一方面又尽可能发掘出它们的相似点,探讨这些理论范畴的独特性以及审美创造的价值。这些,其实关注的仍然是艺术的生命意义。

胡经之对艺术生命意义的追问还表现在他对艺术意境的思考上。艺术意境是中国古典文艺学和美学的一个重要范畴,它的理论内涵非常复杂。胡经之并没有将这一理论静态化,而是将它放置到一个动态的背景中进行分析。他指出,中国古代的"言志"说、感物说、比兴说、言不尽意说等等,都与意境的发生有着千丝万缕的联系。在胡经之看来,审美意境的构成有三个层面,那就是:境、境中之意、境外之意。境是象内之象,它是"审美对象的外部物象或艺术作品中的笔墨形式和语言构成的可见之象"。境中之象是"审美创造主体和审美欣赏主体情感表现性与客体对象现实之景与作品形象的融合(包括创造审美体验和欣赏的二度体验)"。[25] 境外之象是无形之象,它不是一种能够独立存在的境,而存在于前两种境之中,但却是审美意境的极至。它秉承了宇宙之气的生命心灵,具体表现为天、地、人之间的和谐关系,达到了"天人合一"的妙境。这种对意境的思考视角是非常独特的。

胡经之的文艺美学研究,是在左倾思想并没有完全消退的背景下开始的,它是对文艺理论、美学研究本位的回归,极大地改变了中国当代文艺理论、美学的生态。正像杜书瀛所说:"文艺美学这一学科的提出和理论建构,是具有原创意义的。虽然它还很不完备,但毕竟是由中国学者首先提出来的,首先命名的,首先进行理论论述的。这可以算得上中国当代学者对世界学术的贡献吧?"[26]

三

20 世纪 90 年代中后期,文艺美学研究完全进入了常态。很多学者已经在思索文艺美学研究的转向与突围问题。胡经之也在思考这一问题。他从来没有把文艺美学看做是僵死的,在他看来,文艺美学要发展、深化,就要不断地接近现实,在现实中寻求发展与深化的契机。由此,胡经之密切关注着中国和世界文学艺术发展以及文艺学、美学研究的新动向,努力探寻文艺美学深化的途径。从北京南下深圳之后,他与香港、海外的学术交往比较频繁,有条件深入接触香港和西方文化,了解海外的学术研究现状。他发现,在西方和香港,通俗文化盛行,逐渐取代了高雅文化,占据主流地位,因此,西方和香港的学者都非常关心现代文化问题,把目光转移到通俗文化上。文化研究关注通俗文化并不值得大惊小怪,问题是,通俗文化究竟有没有审美价值?胡经之大量地接触了港、台地区的文学艺术,从中获得一些启发。金庸的武侠小说、琼瑶的言情小说、亦舒的激情小说、梁凤仪的财经小说,向人们展示了一个新的文学世界;邓丽君、梅艳芳、蔡琴等人的歌唱,给人们带来新的听觉冲击。这些现象都具有审美价值,同时也超出了当下文艺美学的研究视阈,是传统文艺理论、美学无法解释的。不久,那些在西方涌现出来的现代和后现代的文化现象,经香港等地传入了中国内地,大有流行的趋势。在这种情形下,胡经之明确地感到,再也不能漠视当下文化发展的现实,不能漠视当今世界学术的发展趋势,应该以积极的姿态作出回应。因此,他提出走向文化美学,开始了对文化美学的探索。

1. 文化美学何以可能

文化美学何以可能? 这是胡经之首先思考的问题。多年来,他一直关注文艺学、美学的发展动向。他敏锐地感觉到,近来,文艺学、艺术学在向两个方向发展:一是对音乐、舞蹈、戏剧、美术、影视等的研究趋于专门化,相应地,对音乐美学、舞蹈美学、戏剧美学、影视美学等的研究越来越注重对不同艺术奥秘的揭示,发掘各种艺术应该遵循的"自律";二是对文学的研究越来越趋同于文化的普适化,把文学的研究和文化的研究融合在一起,重心向文化研究转移。文化的形态是异常复杂的,包罗非常广泛。传统的、民族的、地域的、风俗的、语言的研究内容都属于文化的范畴,其中也包括文学、艺术,因此,文化中包含着美的内容是不容置疑的。那么,文学的研究和文化研究融合怎么就能够成为当下文艺学、美学研究发展的一个新的动向呢? 这里所说的文化有特殊所指,主要是指大众文化,即当下流行的文化,这种文化的复杂性不是一般意义上的文化如传统的、民族的、地域的、风俗的、语言的研究内容所能囊括的。在大众文化中,尤其是发源于西方的现代与后现代文化在现实生活中的表现更加复杂,它融合了现代化进程中的许多观念和技术的因素,有许多超越了中西传统的伦理。这些,胡经之在自己的观察与阅读体验中已有了比较深刻的体会。

胡经之一直喜爱艺术,对各种各样的艺术形式都乐于接触。20 世纪80 年代,他听到台湾歌星奚秀兰演唱的民歌《阿里山的姑娘》,随即产生了一种审美的惊异。他真的想象不到,歌曲还可以这样演唱。实事求是地说,奚秀兰音质一般,说不上圆润、优美,但是,她的唱法新颖,加之演唱时带有一定的表演性,气息流畅,质朴自然,充满青春的动感,给人以无比丰富的审美感受,与一般经典的演唱节奏沉闷、拖沓形成了鲜明的对比。后来,他又听到了克莱德曼的古典名曲演奏,更加深了他的这种审美的惊异感。克莱德曼演奏的古典名曲,都是经过精心改编的。在改编的过程中赋予它们以现代的气息,加快了原曲的节奏,增加了现代元素,适应了现代人的审美需要。因此,他别具一格的演奏很快得到了人们的认可,在世界范围广受欢迎。由此看来,无论是传统民间的还是经典的,要想在当下获得审美的认同,不能一成不变。此外,胡经之还尝试着阅读了不少港

203

台的文学作品，他承认，这些作品能很快抓住人们的注意力，有一定的审美价值，但是，属于快餐形式。由于它们注重的是感官刺激，没有厚重的审美意蕴，缺乏长久的审美感染力，而在一定的情形下又满足了人们的审美需求，因此，也有一定的价值。这就说明，文化美学的研究是可行的，它关注的是文化现象中的美学问题，选取的美学研究的角度。

然而，当今社会涌现的大众文化与主流文化、精英文化密不可分，在具体对待的过程之中难以界定。比如，有些大众文化表现了主流的意识形态，那么，这种文化到底是大众的还是主流的？恐怕两个因素都有。这些文化，有些具有审美的素质，有些不具有审美的素质，更有甚者，有些完全是为了迎合人们的享乐和低级趣味。对这些，胡经之的态度非常鲜明。他认为，对那些不具有审美素质的文化现象，研究者应该以研究社会和批判现实的态度来对待，这也是一种学术行为。这种行为虽然表面上与审美无关，其实并非毫无关联。它与审美的关联是隐性的、内在的。胡经之着重强调的是文化的美学问题，他要求文化美学的研究要着重研究文化中的美学现象。这是文化研究的核心。

在胡经之看来，任何文化现象都可能具有美的成分，即便是大众文化也不例外。大众文化和主流文化、高雅文化相比，具有世俗性、娱乐性和流行性的特点。"大众文化可以有许多价值、功能，但它的最突出的目的和功能，就是给大众即时的快乐。"[27]大众文化是从日常生活而来的，"它从日常生活的审美中提炼出新的形式，从而又回归日常生活，引发大众体验生活的乐趣，享受生命的欢乐"[28]。因此，大众文化中包含着美的成分，能够成为文化美学的研究对象。在中国当下文化的发展中，有一个非常显著的特点：当港台和欧美的大众时尚之风吹进中国内地，一些经受审美精神感召的文人开始把目光转向大众文化实践，逐渐从对港台、欧美的大众文化仿制中走向了自己的创造，乃至20世纪90年代中期，大众文化和通俗艺术成为一道亮丽的风景。这就更加坚定了胡经之的信心，文化美学是可能的，文艺美学必须走向文化美学。

胡经之提倡文化美学研究的第一个实践行为就是主编"文化美学丛书"，并为该丛书撰写了序言《走向文化美学》。《走向文化美学》可以看做是胡经之文化美学研究的宣言和纲领。在这篇文章中，胡经之这样宣称："我们急需对现代化过程中涌现出来的错综复杂的具体的文化现象作文化的研究，也需要及早对文化发展作宏观的审视，从整体上关注文化发展的美学方向。""无疑，文化美学首先应该关注当代审美文化。但当代审美文化并不只限于大众文化,高雅文化当亦在其列。文化美学可以通过对高雅文化和通俗文化的研究,探索当代文化如何走雅俗共赏之路。不只是当代审美文化,就是非审美文化也应列入文化美学的视野。""文化美学也重视具体的文化现象,并从文化研究中吸收养料;但更应重视归纳,从众多的文化现象作出的分析中,从美学高度进行思考,作出理论概括,走向文化美学。"〔29〕

2. 文化美学研究:焕发新审美精神

既然文化美学的研究是适应当下社会发展所作出的学术回应,那么,文化美学研究的目的是什么? 对于这一问题,胡经之回答得非常明确:焕发新审美精神。

> 在走向现代化的进程中,审美现代性也悄然而生。改革开放之初的那股文化启蒙思潮,本身尚充盈着现代审美精神,推动着文学艺术的与时俱进。大众文化、通俗艺术的兴起,推进了审美现代性的新变,成为我国审美文化的新维度,从而改变了审美文化的格局。如今,主流文化、大众文化、高雅文化已三足鼎立,各显神通,三分天下,各领风骚。在审美文化的发展过程中,三者既分立,又互动,相互作用,彼此影响。随着新世纪的到来,国际文化交流的扩大和深入,我们要自觉把握这个契机,在促进文化的互动和沟通中提升,向着先进文化方向发展,唤起和焕发新审美精神。〔30〕

所谓审美精神是指一个时代的自由、理想、积极、昂扬的美学气质和精神面貌。任何一个时代都有自己的审美精神,时代在变,审美精神也在不断地改变。改革开放之初,中国社会的审美精神是崇高的、理想的、英雄主义的。后来,大众文化、通俗文艺兴起,对文学艺术创作形成了强势冲击,影响着时代的审美观念。20 世纪 90 年代前后的小说与诗歌创作,明显地受大众文化观念的影响,一反典型化和宏大叙事的创作理念,开始表现日常生活、平凡形象,解构崇高、典雅、神圣。这些创作行为都为审美开辟了一个新的领域,有其存在的合理性。然而,到了新生代的文艺创作,这些优良的审美品质却遭到了抛弃,文艺审美走向极端。许多作品关注自我,厌恶社会,描写的对象主要是酒吧、舞厅、夜总会,渲染的内容主要是暴力、色情、吸毒、黑社会等。这些创作行为,仅仅是为了满足感官的刺激,缺乏人文关怀精神,在一定程度上背离了时代的审美精神,完全消解了文学艺术的审美判断,颠倒了价值关系。这是对大众文化的负面承载,这种承载不符合审美的发展规律,理应遭到社会的抛弃。

虽然大众文化、通俗艺术具有娱乐的作用,但是,不能仅仅停留在生理感官的娱乐层面,而应提升到精神体验的层面。这是焕发新审美精神的关键。怎样才能将大众文化、通俗艺术提升到精神体验的层面?胡经之悉心考察了当下的文学艺术实践,他发现,很多作家、艺术家已经在作这方面的探索,并且取得了一些成绩。他们尝试的方法主要有两种:一是向经典索取,二是向民俗索取。他以歌曲创作为例加以说明:《涛声依旧》借用的是唐诗经典《枫桥夜泊》的审美意象,《霸王别姬》引进的是京剧的曲牌,《中华民谣》则融会了民歌的说唱精华。这些尝试都是有意义的。然而,大众文化和通俗艺术不应该仅仅停留于此,还应该在提炼生活经验上下工夫。大众文化、通俗艺术应该面向当下,关注大众生活,与大众的日常生活更贴近一些,通过对大众日常生活的领悟、反思、体验,超越日常生活,在新的体验、领悟、反思中焕发出新的审美精神。

既然文化美学的研究对象是整个文化,那么,就不可能是单一的大众文化、通俗文化,还应该包括主流文化、高雅文化。一个时代不可能没有主流文化。所谓的主流文化,是指在主流意识形态主导下生成的文化。这种文化承载着国家的公共利益,担负着对国民思想进行引导与教育的使命。应该强调的是,主流文化并不一定是审美文化,其中有审美的,而更多的是非审美的。无论是审美的还是非审美的,都会引起人们的兴趣。这是因为,主流文化传播的信息非常丰富、真实,从主流文化中,人们能够了解国家的政策动向,了解世界各地人民的生活变化,学会应付现实生活的方法,等等。审美地表现主流文化的文学艺术能够满足人们的审美需求,而没有审美意味的文本所表现的主流文化则可以满足人们的认识需求。因此,无论是审美的主流文化还是非审美的主流文化,都是人们需要的,都应该纳入文化美学的研究系列。而胡经之对主流文化的态度是:它应该比大众文化的审美要求更高,能够对日常生活作审美超越,应该重视发展自己的审美维度,教育人们如何从审美上去体验和评价这个世界,教给公众如何以审美的态度来对待这个世界。胡经之尤其强调主流文艺的审美价值,要提升主流文艺的审美品位,必须超越现实,直面人生,增强文艺作品的批判性。

高雅文化是文化中的精品,它应该建立在大众文化和主流文化的基础上,是对大众文化的吸收和超越,同时也是对主流文化的吸收和超越,审美品位和审美价值应该最高。当今社会,虽然这三种文化同时存在,但是,三者的分量却有所不同,大众文化和主流文化占据主要地位,而高雅文化退居次要地位,这也是文化发展的必然。这是因为,整个社会,不可能人人都具有很高的欣赏水平,高雅文化毕竟是少数人的事情。当今社会是一个商品经济社会,文化的发展也与人的需求有密切关系。大众文化、通俗艺术需求的人多,相对发达,而高雅文化、高雅艺术需求的人少,相对滞后。当今的高雅文化、高雅艺术创作存在着问题。胡经之敏锐地发现了这一问题:文化精英在进行高雅文化、高雅艺术的创作时,受西方形式主义美学的影响较大,很多人只是致力于形式之美的建构,不愿意在体验生活上下工夫,忽视了对人生价值和意义的领略,导致某些高雅的文学艺术失去审美的意蕴,受到时代和人民的冷落。高雅文化、高雅艺术创作出现的这些问题,应该是我们今天的文化美学认真反思的。文化美学要发展,要站稳脚跟,必须在大众文化、主流文化、高雅文化中取得平衡,在不同的文化之间进行审美的取舍,吸收各种文化的精华,完善文化美学。

207

大众文化、主流文化、高雅文化具有不同的审美特点,表现出不同的审美精神。大众文化、通俗艺术发展了一种以感性享乐为特征的审美精神,主流文化发扬了面对现实、关注人生的审美精神,而高雅文化则形成了以追求形式为特征的审美精神。然而,当今社会的审美应该朝着怎样的方向发展?文化美学所呼唤的新审美精神应该具有怎样的品格?胡经之说:"新的时代需要唤起和焕发新的审美精神。不是要重归当初那种审美的情景,不可能也无必要再兴美学热潮。我们应在汲取、反思这些浪漫审美、感性审美、形式审美、现实审美的审美经验的基础上,继承和发扬中华文化的古典审美精神,按照我们这个新时代的实践需要,着眼未来而又面向现实,实现新的超越。"〔31〕这种新审美精神,具有时代感、人性化和超越性的审美品格。所谓时代感,是审美追求的新理性和新感性的融合,既蕴涵着理性思考的科学精神,又富有当代的人文精神。所谓人性化是关注人的命运,重视人文关怀,提升人类本性。所谓超越性有两个方面的内涵:一是超越自身,使自我的人格获得提升;二是超越日常生活,实现由日常生活向审美生活的飞跃。在胡经之看来,在这两种超越中,超越自我在焕发新审美精神中尤其关键,它是对客我意识和主我意识的调整,将自我意识和对象意识有机地融合起来,在审美体验的过程中实现主客统一、物我同一,达到审美的最高境界。

胡经之文化美学研究的构想,目的是要唤起和焕发新审美精神。时代在变,审美精神不能不变。新的时代对新的审美精神有更高的要求,而审美精神的变化就隐含在文化的发展与变化之中,只有捕捉到这种变化,才能洞悉审美精神的变化。由此可见,胡经之的文艺美学思想在这里已经开始深化。他从文化美学中寻求到文艺美学的一个新的生长点。从他的这些构想中,我们深深地领悟到其思想的逻辑发展,同时,也看到了文艺美学进一步深化与完善的曙光。

3. 文化美学研究的意义

胡经之提出走向文化美学、倡导对文化进行美学的研究之日,正是中国学术界刚刚兴起文化研究之时。当时,学术界对文化的关注点并不多,后来,由于引进了西方的文化批评观念,关注的内容越来越广泛。从现代到后现代,从文学艺术到日常生活,都成为文化研究的对象。在文化研究的热潮中,文化被抬到了至高无上的地位,仿佛文化就是一切。文化研究可以代替文学艺术研究,更有甚者,认为文学艺术的本质已经丧失,乃至后来,围绕着"日常生活的审美化"等问题,展开了一场激烈的争论。

应该说,"日常生活的审美化"命题本身非常有意义。审美确实不只存在于高雅艺术中,也存在于日常生活中。如果从美学的角度对人类的日常生活进行研究,将人类的日常生活与审美结合起来,对培养人类的审美情操、提高人类的生存质量和精神境界都是有意义的。然而,对日常生活的审美研究应该与对文学艺术的审美研究并行不悖,这是两条审美的路径。可是,"日常生活的审美化"论者在论证这一问题时却出现了偏颇,过分地渲染流行文化、消费文化、商业文化的美学价值,渲染科学理性与技术理性的价值,企图以日常生活的研究代替文学艺术的研究,消解文学艺术的本质。科学技术的进步是为了提高人类的生存质量,其中包括审美,事实是,科学技术在给人类带来丰厚的物质利益的同时,也极大地伤害了人类,改变、扭曲了人类的某些道德和品行。这就与审美相悖了。西方的文化批评充分注意到这一事实,以法兰克福学派为代表的新马克思主义对资本主义的工具理性提出了批评,认为它在一定程度上异化了人性,使人成为"单面的人"。美国学者马泰·卡林内斯库也认真剖析了现代性的五副面孔——现代主义、先锋派、颓废、媚俗艺术、后现代主义,审视了其利弊。可见,西方学者对文化的研究虽然关注流行文化,但主流的倾向并不媚俗,更没有偏于一隅,他们已经明确认识到了日常生活与审美之间所形成的悖论。

文化研究应该研究流行文化、消费文化、商业文化,但是,不能把流行文化、消费文化、商业文化作为文化研究的唯一目标,不加分析地给予无条件的肯定与赞美,更不能以此代替文学艺术的研究。这一点,胡经之非常清醒。通过对西方文化研究现状的考察,他发现,西方的文化研究在刚刚兴起的 20 世纪 60 年代,研究对象就已经非常广泛了,其中包括人类学、艺术史、哲学、政治学、心理学、语言学、电影、性、社会思想史等,进入90 年代,已经扩展到整个文化领域,以至于没有人能说清楚它究竟跨越了多少学科。文化研究是从文学研究发展而来的,文化研究并不能代替或者取消文学研究,相反,应该有利于文学研究。这就与当下的"日常生活的审美化"研究呈现出明显的差异。为此,王元骧曾经这样评价胡经之对文化美学的思考:"胡老师在倡导'文化美学'时坚持和强调'人间的文化创造,怎样才能符合美的规律,这是文化美学必须回答的问题'。并明确表示他是反对思辨美学对美的本质作抽象的哲学思考的,但不能以反本质主义为名把对事物的本质的研究也给否定了,因为这样一来,我们对问题的思考就失去了理论依据和理论前提,就会丧失科学性而陷入到主观随意性。所以胡老师说'如果把"反本质"膨胀为一种主义,成为反本质主义,我也不能苟同'。这样就与我国当今流传的所谓'文化批评'明确而彻底地划清了界限。"〔32〕

　　胡经之文化美学构想的突出意义在于关注当下的社会现实,试图通过对社会诸种文化现象的考察唤起新的审美精神,推动当代审美文化的发展。当代文化本身是多元的,在胡经之看来,它们都应该成为文化美学研究的对象。文化美学研究美的日常生活和文化现象,目的在于总结美的规律,进而把握美的规律;而研究那些不美的日常生活和文化现象,目的是从美学上去审视、评析这些现象,以便给社会发展提供一种参照。因此,审美文化和非审美文化都具有研究的价值。这就把美学的研究范围扩大了,扩大到所有领域,同时,也在一定程度上激活了美学的应用价值。文化有高雅、通俗之分,对这些不同的文化现象,不同的人由于自己的个性、气质、文化修养与审美趣味的不同可能会有不同的偏好,这就决定无论是雅还是俗都有价值。实际上,通俗和高雅人人都不能回避,再"俗"的人也需要一点高雅艺术,而再"雅"的人也需要一点通俗的艺术。这就给文化美学的发展提出了一个问题:应该如何对待现代文化中的通俗和高雅? 胡经之经过认真思索,回答了这一问题:"文化美学可以通过对高雅文化和通俗文化的研究,探索当代文化如何走雅俗共赏之路。"〔33〕这里的雅俗共赏并不是折中,而是适应当下社会发展对文学艺术创造提出的新的要求,同时,也是为造就和培养一种新的审美品格而提出的要求。

文化美学作为胡经之提出的一种新的学术构想,也仅仅是一些构想而已,并没有像文艺美学那样形成比较完整的学术研究体系。然而,正是这种构想凸显了胡经之学术研究的深入。正像王元骧所说:"胡经之老师这几年继'文艺美学'之后又提出了'文化美学'的构想,它的基本精神按我的理解就是认为美学既要坚守美的规律,又不能像思辨美学那样只停留在对美的本质作抽象探讨的层面上,而还应关注当今的现实,与当今文化现象的研究相结合。我认为这是对文艺美学研究领域的进一步拓展,是一种既坚持美学本性又与时俱进的学术倡导,是很有理论意义和现实意义的。"〔34〕

从文艺美学到文化美学,是胡经之文艺理论、美学研究的路向。这一过程中的每一关节点都伴随着文艺理论、美学研究的重要转向。文艺美学是为还原文艺理论、美学研究本身,以期建设有中国特色的文艺理论、美学;文化美学是为迎接中国现代性文化发展阶段的到来,以便中国的文艺理论、美学研究能及时适应文化和文学艺术的变化。胡经之的文艺理论、美学研究意义也呈现在这里。他为中国当代文艺理论、美学研究的发展做出了杰出贡献。

(作者单位:深圳大学文学院)

注 释

〔1〕 参见杜书瀛:《文艺美学的教父》,《南方文坛》2002 年第 5 期。

〔2〕 同上。

〔3〕 同上。

〔4〕 同上。

〔5〕 同上。

〔6〕 胡经之:《为何古典作品至今还有艺术魅力》,《北京大学学报》1961 年第 6 期。

〔7〕 《"红学"与美学》刊发于《光明日报》1981 年 11 月 30 日。《枉入红尘若许年——谈〈红楼梦〉里的顽石故事》刊发于《红楼梦研究集刊》1981 年第 6 辑(上海:上海古籍出版社)。这两篇文章后来被收入胡经之的《文艺美学论》(武汉:华中师范大学出版社 2000 年版)一书中,题目作了改动,《"红学"与美学》改为《美学亦应解"红学"》,《枉入红尘若许年——谈〈红楼梦〉里的顽石故事》改为《意象经营石头记》。

〔8〕 该发言后来撰写成完整的论文发表,题为《中国美学史方法论略谈》,参见《北京大学学报》1980 年第 6 期。

〔9〕 李长之:《李长之文集》第三卷,石家庄:河北教育出版社 2006 年版,第 140 页。

〔10〕 李长之在《我对于"美学和文艺批评的关系"的看法》一文中说:"……但是,到了创作的时候,态度却只有一个,就是'为艺术而艺术'。这种态度,不止是文艺创作,所有一切艺术创作,都不可缺,不能缺。何以这种态度关系作品非常之大,道理在什么地方? 这是美学所要解答的。特别是文艺美学,也就是德人所谓'诗学'里所要解答的。"《李长之文集》第三卷,第 6 页。

〔11〕 胡经之:《论艺术形象——兼论艺术的审美本质》,《文艺论丛》第 12 辑,上海:上海文艺出版社 1981 年版,第 14 页。

〔12〕 汤学智:《醉心艺术探秘》,深圳大学文学院编《美的追寻——胡经之学术生涯》,北京:北京大学出版社 2002 年版,第 130 页。

〔13〕 胡经之:《文艺美学及其他》,《美学向导》,北京:北京大学出版社 1982 年版,第 26 页。

〔14〕 同上书,第 32 页。

〔15〕 同上书,第 34 页。

〔16〕 同上书,第 37 页。

211

〔17〕 玛尔霍兹:《文艺史学与文艺科学》,李长之译,《李长之文集》第九卷,第 196 页。

〔18〕 胡经之:《文艺美学》,北京:北京大学出版社 2003 年版,第 1 页。

〔19〕 参见胡经之:《文艺美学·序》。

〔20〕 胡经之:《文艺美学》,第 1 页。

〔21〕 同上书,第 17 页。

〔22〕 朱熹:《晦庵先生朱文公文集》卷第三十九,四部丛刊本。

〔23〕 胡经之:《文艺美学》,第 57 页。

〔24〕 同上书,第 81 页。

〔25〕 同上书,第 260—261 页。

〔26〕 杜书瀛:《文艺美学的教父》,《南方文坛》2002 年第 5 期。

〔27〕 胡经之:《焕发新审美精神》,《马克思主义美学研究》(第六辑),桂林:广西师范大学出版社 2003 年版。

〔28〕 同上。

〔29〕 胡经之:《走向文化美学》,《胡经之文丛》,北京:作家出版社 2001 年版,第 70 页。

〔30〕 胡经之:《焕发新审美精神》,《马克思主义美学研究》(第六辑)。

〔31〕 同上。

〔32〕 王元骧:《"文化美学"随想》,《深圳大学学报》2004 年第 1 期。

〔33〕 胡经之:《走向文化美学》,《胡经之文丛》,北京:作家出版社 2001 年版,第 70 页。

〔34〕 王元骧:《"文化美学"随想》,《深圳大学学报》2004 年第 1 期。

超越实践美学

——曾繁仁的生态美学研究

李庆本

内容提要：生态美学是运用生态学的理论与方法来研究美学从而形成的一种崭新的美学理论形态，是对实践美学的超越。从哲学基础上看，生态美学不同于实践美学的认识论基础，它所提出的生态整体论（存在论）哲学观，突破了主客二元论的局限。在美学的研究对象上，生态美学突破了实践美学以艺术为中心的窠臼，强调人与自然、社会及人自身动态平衡的生态系统。在自然美问题上，生态美学突破了实践美学无视自然特有的价值以及"自然"在审美中的独有地位的片面认识，而强调自然本身特有的审美潜质。在美学比较研究方面，生态美学突破欧洲中心主义的影响，而对中国传统美学的价值进行了重新定位。曾繁仁作为这一研究领域的领军人物，所做出的贡献是不可忽视的。

关键词：曾繁仁　生态美学　实践美学　生态整体论

Abstract：Eco-aesthetics characterized by applying the ecological theory and method to the research of aesthetics has become a newly emergent aesthetic theory. It surpasses traditional practical aesthetics in many aspects. Different from the epistemology of practical aesthetics, the philosophical basis of eco-aesthetics is ecological macrocosm, or ecological ontology, which breaks through the limitations of dualism of subject/object. Different from practical aesthetics with art as its main research object, eco-aesthetics stresses the ecological system of dynamic relations between human beings, nature and society; On the issue of natural beauty, it is also different from practical aesthetics which disregards the special value and position of nature in aesthetics, but instead, eco-aesthetics lays particular emphasis on the aesthetic energy underlying in the nature. From the perspectives of comparative aesthetics, eco-aesthetics breaks through the thinking mode of Eurocentrism, attaching importance to traditional Chinese aesthetics. In all above, Zeng Fanren as a leading scholar in this field, has made important contributions which cannot be neglected.

Key words: Zeng Fanren; eco-aesthetics; practical aesthetics; ecological macrocosm

实践美学是中国当代美学发展的一个重要里程碑,其历史意义当然不容完全抹杀。但随着时间的推移,实践美学的理论困境也日益显示出来,并且受到越来越多的质疑。目前学界出现的所谓"新实践美学"、"后实践美学"、"生命美学"、"日常生活美学"等不同的声音,均从不同的方面和角度对实践美学提出了批评。在对实践美学的反思与质疑中,我们发现,有一种声音特别的响亮,而且也正在被越来越多的研究者所认同,这就是以曾繁仁先生为代表的生态美学理论。

生态美学在中国当代美学中的出现,绝非空穴来风,而是有着坚实的现实基础和深厚的理论依据。应该说,从实践美学到生态美学的发展历程,折射出当代中国学人鲜明的历史责任感和现实批判意识。生态美学绝不是对实践美学的修修补补,而是在一个与实践美学全然不同的哲学基础上对中国美学的有力推进,是一种全新的美学理论形态。正像曾繁仁所说,生态美学"就是生态学与美学的一种有机结合,是运用生态学的理论和方法研究美学,将生态学的重要观点吸收到美学之中,从而形成一种崭新的美学理论形态","是一种人与自然和社会达到动态平衡、和谐一致的处于生态审美状态的崭新的生态存在论美学观"[1],"生态美学的提出就是对实践美学的一种改造和超越,是美学学科自身发展的时代需要"[2]。从生态美学看实践美学,曾繁仁认为其局限性主要表现在以下几点:第一,从哲学基础上看,实践美学是一种机械的认识论,较多关注审美的认识功能,而忽视了人的生存状况与价值;第二,在美学理论自身,过分地强调审美是一种"自然的人化",相对忽视了对象、特别是自然本身的价值,表现出明显的人类中心主义倾向;第三,在美学研究的对象上,固守西方古典美学的"美学是艺术哲学"的传统命题,而将非常重要的"自然"排除在审美之外;第四,在自然审美问题上,受黑格尔轻视自然审美的观点和马克思·韦伯"祛魅"论的影响,在一定程度上无视自然特有的价值以及"自然"在审美中的独有地位;第五,在思维方式上,总体上没有完全摆脱启蒙主义以来主客和身心二分思维模式的影响。"总之,实践美学总体上是一种以人化为核心概念的、忽视生态维度并包含着浓郁的人类中心主义的美学形态。在当前的形势下,应该说在一定程度上已经落后于时代。对这种美学形态的改造与超越成为历史的必然。"[3]在这里,曾繁仁集中而全面地指出了实践美学的理论局限,是非常有见地的。

而曾繁仁所提出的生态美学思想就是在认真吸取和总结中、西、马的理论资源的基础上,从上述诸方面全面系统地阐述了生态美学的理论主张,从而完成了对实践美学的超越。

一、从哲学基础上看,生态美学不同于实践美学的认识论基础,而提出生态整体论(存在论)哲学观,从而突破了主客二元论的局限。

曾繁仁认为:"实践美学过于强调审美的认识层面,而相对忽视了审美归根结底是人的一种重要的生存方式与审美所必须包含的生态层面。而生态美学观却将审美从单纯的认识层面带到崭新的存在领域,并将不可或缺的自然的生态维度带入审美领域,这不能不说是一个重要的超越。"[4]对于生态美学的哲学基础,他明确地指出:"生态美学的基本原则就是不同于传统的人类中心的生态整体哲学观。"[5]由此可见,曾繁仁也把自己的生态美学称为生态存在论美学。

曾繁仁认为,海德格尔关于此在与存在关系的探讨,他所提出的"此在与世界"存在论的在世模式,显示了人与自然和谐共生、共在的生态整体观,为克服"人类中心主义"奠定了哲学基础。在世作为此在生存的基本结构是此在的先验规定,它所表示的此在与世界的关系不是空间关系,而是比空间关系更为原始的此在与世界浑然一体的关系。因此,此在与世界的在世模式就绝不是主体与客体的二分模式,海德格尔说:"主体与客体同此在和世界不是一而二二而一的。"[6]在此在与世界的在世模式中,此在是在与周围事物构成的关系性状态中生存与展开的,"某个'在世界之内'存在者在世界之中,或说这个存在者在世",就是说,"它能够领会到自己在它的'天命'中已经同那些在它自己的世界之内向它照面的存在者的存在缚在一起了"。[7]海德格尔称这种"此在"在世之中与同它照面并缚在一起的存在者是一种"上手的东西",以区别于"在手的东西"。人们在生活中面对无数的东西，但只有真正使用并关注的东西才是"上手的东西"，其他尽管在手但没有使用与关注因而并没有与其建立起真正的关系的东西则只能是"在手的东西"。上手的东西是一种"因缘"，就是说人与自然在人的实际生存中结缘，自然是人的实际生存不可或缺的组成部分，包含在"此在"之中，而不是在"此在"之外。曾繁仁认为，"这就是当代存在论提出的人与自然两者统一协调的哲学依据，标志着由'主客二分'到'此在与世界'以及由认识论到当代存在论的过渡"[8]。

曾繁仁指出："长期以来，人们在审美中只讲愉悦、赏心悦目，最多讲到陶冶，但却极少有人从审美地生存、特别是'诗意地栖居'的角度来论述审美。而'栖居'本身则必然涉及到人与自然的亲和友好关系而成为生态美学观的重要范畴。"[9]在他看来，海德格尔所提出的"诗意地栖居"，就是当代存在论在生态美学的审美理想方面的具体体现和必然内涵。这是因为海德格尔的"此在与世界"的在世结构中包含着在世界之中居住与栖居之义。海德格尔说："栖居，即被带向和平，意味着：始终处于自由之中，这种自由把一切都保护在其本质之中。栖居的基本特征就是一种保护。"[10]也就是说，栖居的本质就是自由、保护，就是从此在的生存建构（人的本质）引向"使某物自由"、"保留某物的本质"。此在在生存建构中，一方面依赖世界而居，成为真正的人，一方面还担负着守护、照料的责任。而守护世界，就是守护此在的生存自身。而"人是存在的看护者"这一命题正是当代生态美学的重要旨归。

曾繁仁认为，"诗意地栖居"、"人是存在的看护者"还只是解决了传统认识论中的主客二分的问题，而海德格尔的"天地人神四方游戏说"才彻底突破了"人类中心主义"，从而达到了"生态整体主义"的高度。人在世界中栖居之世界，是天、地、神、人共同栖居的世界，"当人返乡归本、真正栖居之际，大地的拯救、天空的接受、诸神的期待和终有一死的护送，这一四重整体的本质才可以得到保护"，"四方中的任何一方都不是片面地自为地持立和运行的。在这个意义上，就没有任何一方是有限的。或没有其他三方，任何一方都不存在。它们无限地相互保持，成为它们之所是，根据无限的关系而成为这个整体本身"[11]。

与此同时，我们也发现，生态存在论这一理论基础也是源于对马克思、恩格斯理论著作的重新解读获得的，因此也是当代中国马克思主义美学的有机组成部分。曾繁仁认为："马克思、恩格斯创立的唯物实践论就包含着浓郁的生态审美意识,完全可以成为我们今天建设生态审美观的理论指导与重要资源。"[12]他这里所讲的唯物实践论,强调这种实践论首先是唯物的,从而与所谓的"实践本体论"区别开来。

在这里,我们也许需要对本体论与存在论在汉语语境中的演变作一点说明,从而看出曾繁仁之所以采用存在论这一概念之真正意图。其实本体论与存在论都是来源于西文的 Ontology,但是,在汉语语境下,我们在使用的时候,本体往往被看成是与现象相对的,因此就有了本体与现象的二元对立。为了破除这种二元对立,海德格尔《存在与时间》的中译者们有意将其翻译为存在论。[13]对于这一译名的改变所带来的哲学转向意义,朱立元曾明确地指出:其一,破除了"本体论"(本质论)"现象、本体"之分,"将哲学之思落足于'存在'之维度;其二,破除了认识论'主客二分',强调'在世界之中存在',将认识论框架下主体对客体的认识转折为将'认识'本身视作此在之在世的一种存在方式,从而恢复了世界的完整性,弥合了'主体'与'客体'之间的割裂"。[14]这种弥合,也正是曾繁仁采用存在论这一概念的真实意图。在他看来,海德格尔存在论哲学的提出,标志着西方当代哲学实现了由传统认识论到当代存在论以及由"人类中心"到"生态整体"的转型;而马克思"批判了以费尔巴哈为代表的旧唯物主义只从被动的机械唯物论的认识论去理解事物,仅仅将其看做是一种与主体相对立的认识对象,而不是从人的主体活动的角度,将其看作是只有在人的感性的实践活动中,才能与人发生关系,才能成为被人所理解的对象。这种对事物由客体的直观的把握到主体的实践的把握的转变就是由认识论到存在论的转变。在马克思主义哲学中,实践与存在是同格的,而且物质生产实践是人的存在的第一前提,是最基本的存在方式"[15]。基于这样的认识,曾繁仁又将马克思主义的唯物实践论称为"唯物实践存在论"。

由此可见,"存在"这个概念虽然来源于海德格尔,但在实际的运用中,我们发现,曾繁仁又赋予了"存在"以新的含义。"存在",一方面包含着人的存在和生存之义,包含着"诗意地栖居"、"人是存在的看护者"这样的含义,从而将生态美学推进到人的生存状态这样的层面上来;另一方面也包含着世界物质存在第一性的含义,人的存在首先是自然存在物,是物质生产实践存在。这两个方面形成一个整体,构成了生态美学的生态整体论哲学基础。而对于"存在论"的界定,则需要从古代本体论到近代认识论再到当代存在论这一人类哲学的发展历程中去寻找其规定性。当代存在论这一概念的提出,强调的其实就是生态整体论,从而突破了将以往哲学问题都割裂为现象与本质、主体与客体、自然与社会的二分法。所以,我认为曾繁仁的生态存在论与生态整体论只是同一问题的不同表述而已,其目的都是为生态美学找到一个坚实的理论基础。

对马克思的《1844 年经济学—哲学手稿》,曾繁仁特别强调马克思所说的"人靠自然界生活"、"人直接地是自然存在物"对于当代生态美学建构的理论价值。他认为,资本主义制度盲目追求经济利益而对自然滥伐与破坏造成了人与自然的严重对立,"马克思将这种对立现象归之于异化,并对其内涵与解决的途径进行了深刻的论述,给当代的生态审美观建设以深刻的启示"[16]。马克思在《手稿》中批判了异化劳动使自然界成为同劳动者异己的、对立的状态,劳动者在改造自然的劳动中创造了财富和美,但自己却过着贫穷、丑陋、非自然与非美的生活。另一方面,异化劳动也造成对自然的严重破坏与污染。这种异化,本质上就是人与自然的对立。而要解决这种异化现象,则只能通过"人的自我异化的积极的扬弃,因而是通过人并且为了人而对人的本质的真正占有",并由此重新建立起人与自然的和谐关系。

对恩格斯的《自然辩证法》,与以往人们从人与自然的对立、人对自然的支配来解读不同,曾繁仁是从人与自然的联系、人与自然的统一这一角度来重新解读的。由此,他发现,恩格斯是将自然界看成"各种物体互相联系的整体",在这个整体中,由于人类与动植物一样,都是由细胞构成的,"人体的结构同其他哺乳动物完全一致,而在基本特征方面,这种一致性也在一切脊椎动物身上出现,甚至在昆虫、甲壳动物和蠕虫等身上出现(比较模糊一些)"[17],因此人类并不高于其他动物。这就为生态美学批判人类中心主义从《自然辩证法》中找到了有力的依据。

对于"生态整体主义",曾繁仁是从以下三个方面予以明确的界定的。(1)生态整体主义是对人类中心主义的突破,是从人类可持续发展的崭新角度对人类的前途命运进行一种终极关怀,是从人类的长久生存的角度对人与自然和谐的生态审美状态的揭示。人的最终生存一定依托于自然生态,离开了自然生态,人是无法生存的。从这个意义上讲,保护自然环境,其实就是保护人类自身。(2)生态整体主义是对人的生态本性的一种回归。他指出:"长期以来,人们在思考人的本性时,涉及人的生物性、社会性、理性与创造语言符号的特性等,但从未有人从生态的角度来考察人的本性。生态哲学与美学则从生态的独特视角,揭示出人所

217

具有的生态本性。包含人的生态本源性、生态环链性和生态自觉性,其中主要是人的生态环链性。人类只有自觉地遵循生态本性,保持生态与生物环链之平衡,才能获得美好的生存。而且,人的生态本性决定了人具有一种回归与亲近自然的本性,人类来自自然、最后回归自然,自然是人类的母亲。因此,回归与亲近自然是人的本性。近代资本主义工业化过程中出现的人对自然的掠夺破坏是人的回归与亲近自然本性的异化。而以生态整体主义哲学为其支撑点的生态美学恰是对人的亲近自然本性的一种回归,其本身就是符合人性的。"[18](3)生态整体主义是对环境权这一基本人权的尊重。"在良好的环境中享有自由、平等和充足的生活条件,过一种有尊严和福利的生活是基本人权所在。而以生态整体主义哲学为支撑点的生态美学就是力倡在良好的环境中人类'诗意地栖居'。同时,以生态整体主义哲学为支撑点的生态美学观还倡导人类对其他物种的关爱与保护,反对破坏自然和虐待其他动物的行为,这其实是人的仁爱精神与悲悯情怀的一种扩大,也是人文精神的一种延伸,是人类的生存进入更加美好文明的境界。"[19]由此可见,曾繁仁的生态整体主义虽然突破了主客二元对立的人类中心主义,却没有完全走向"生态中心主义",它实际上是生态文明时代的一种新的人文精神,是一种包含了"生态维度"的更彻底、更全面、更具有时代精神的新的人文主义精神。曾繁仁也将此称作"生态人文主义精神"。我认为这种生态整体主义或"生态人文主义"其实就是马克思在《巴黎手稿》中所说的"完成了的自然主义"和"完成了的人道主义"的统一。也就是说只有彻底的、完成了的自然主义才能使人的生存得到最终的保护,也只有彻底的、完成了的人道主义才能保护自然环境。

生态整体主义的思维方式也必然会在美学范式的转变上有所体现。曾繁仁认为,传统美学的范式偏重于形式美的优美、对称、和谐与比例等等,而生态美学范式则"进入到人的诗意栖居与美好生存的层面","它以审美的生存、诗意的栖居、四方游戏、家园意识、场所意识、参与美学、生态崇高、生态批评、生态诗学、绿色阅读、环境想象与生态美育等作为自己的特有的美学范式"。[20]

这种美学范式的转变也必然会带来人们对审美属性的全新认识。实践美学受康德美学的影响,认为审美属性是一种超功利、无利害的静观,从而提出"审美就是这种超生物的需要和享受"、真善美的统一"表现为主体心理的自由感受(视、听与想象)是审美"。[21]生态美学不反对艺术审美具有静观的特点,但却力主自然审美中眼耳鼻舌身的全部感官的介入,因此这也为生态整体主义在审美上提供了一个佐证。

二、在美学的研究对象上,生态美学突破实践美学以艺术为中心的窠臼,而强调人与自然、社会及人自身动态平衡的生态系统。

由于实践美学强调以"自然的人化"为美学研究中心,自然就会导致特别强调艺术美,而排斥自然美。因为只有在艺术中,"自然的人化"才得以充分地体现出来。李泽厚明确指出:"美学基本上应该研究客观现实的美、人类的审美感知和艺术美的一般规律。其中,艺术美更应该是研究的主要对象和目的,因为人类主要是通过艺术来反映和把握美而使之服务于改造世界的伟大事业的。"[22]与实践美学过分强调"自然的人化"不同,生态美学更加追求人与对象处于中和协调的审美的存在状态。曾繁仁认为,实践美学历来难以准确解释自然美的问题,特别是对于原始的未经人类实践改造的自然,更是难以用"人化自然"的观点解释。他还特别强调指出:"从艺术的起源来看,无数考古资料已经证明,艺术并不完全起源于生产劳动,而常常同巫术祭祀等活动直接相关。例如甲骨文中的'舞'字,就表现出一个向天祭祀的人手拿两个牛尾在舞蹈朝拜。因此,归根结底,艺术起源于人类对自身与自然(天)中和协调的一种追求。从审美本身来看,也不是一切'人化的自然'都美,更不是所有非人化的自然就一定不美。""美与不美,同人在当时是否与对象处于中和协调的存在状态密切相关,美学追求的也恰是人与对象处于一种中和协调的审美存在状态。这就是诗意的人生、诗意的存在,也就是人与自然平衡的'绿色的人生'。"[23]由此可见,生态美学克服了"美学是艺术哲学"的传统观念,而将"生态系统"作为美学的研究对象。这就大大拓宽了美学研究的内容,丰富了美学研究的问题视域。

曾繁仁指出:"这里的'生态系统'不是孤立的与人对立的'自然',而是充满生命的包括人在内的'生态系统'。这样的研究对象既不同于以艺术为研究对象的美学,也与传统的'自然美'不同。同时,又与西方环境美学中有可能外在于人的'环境'有着明显的区别。"[24]生态美学反对将艺术作为美学的主要研究对象,纠正了当代美学对自然美的遗忘,但这并不意味着生态美学是以自然作为自己的唯一研究对象,这是因为,在生态美学看来,"人与自然不是主客二分、相互对立的,而是与自然万物共同构成一个统一的整体、一个世界;而且,自然也不具有实体性的属性,不存在一种独立于人的'自然美'。所谓'美'都是存在于人与万物的统一整体中,存在于人类活动的时间长河中,存在于存在与真理逐步显现与敞开的过程中。所以我们不是简单地将生态美学的研究对象看做是自然,而是将其看做既包括自然万物,同时也包括人的整个生态系统"[25]。

基于这样一种理念,对人的生态审美本性的研究也构成了曾繁仁生态美学研究的一大重要内容。在他看来,生态美学之所以能够成立,在很大程度上也是由于它揭示了人的生态审美本性。这种生态审美本性,被他明确地界定为"人对自然生态的亲和与审美"[26]。他认为,人的这种生态审美本性在马克思的《1844 年经济学—哲学手稿》中就曾论述过。马克思说:"说人是肉体的、有自然力的、有生命力的、现实的、感性的、对象性的存在物,这就等于说,人是有现实的、感性的对象作为自己的本质即自己生命表现的对象;或者说,人只有凭借现实的、感性的对象才能表现自己的生命。"[27]

那么究竟什么是人的生态本性呢? 曾繁仁认为,从生态存在论哲学观的独特视角,可以把当代人的生态本性概括为三个方面:第一是人的生态本源性,即人类来源于自然,自然是人类的生命之源,也是人类永享幸福生活最重要的保障之一;第二是人的生态环链性,是指人是整个生态环链中不可或缺的一环,人人都具有生态环链性,个体一旦离开生态环链,就会失去他/她作为生命的基本条件,从而走向死亡,因此,生态环链性就成为人的本性之一;第三是人的生态自觉性,意思是说人类作为生态环链中唯一有理性的动物,不能像动物那样只顾自己的生存,而对自然万物不管不顾,人类不仅要维护好自己的生存,而且更应该凭借自己的理性自觉维护生态环链的良好循环,维护其他生命的正常存在,只有这样,才能最终维护好自己的美好生存。[28]

需要在此特别加以说明的是,生态美学虽然反对将艺术作为美学研究的主要对象,但也并不意味着完全排斥对艺术的研究。从曾繁仁的生态美学研究的整体来看,他的研究对象也确实包括了对文学艺术的研究。例如他对中国传统绘画艺术和传统文学《诗经》的研究,他对国外文学作品像《查特来夫人的情人》、《白鲸》等的解读都是非常深入而细致的。这说明,文学艺术作为人类审美意识的一种表达,并不缺席于当代生态美学的研究对象。要之,这种研究和解读也无不是置于生态系统的大背景之下的研究和解读,因此是生态美学的研究和解读。

例如他在对中国传统绘画艺术的解读中,着重发掘的是其中所蕴含的生态审美智慧。他认为"国画"是一种中国特有的"自然生态艺术":

"国画"在绘画的透视上运用一种特有的异于西方"人类中心主义焦点透视"的"散点透视";"国画""气韵生动"的重要美学原则是将大自然作为有生命的灵性之物加以描绘;"国画"特有的"外师造化,中得心源"的创作原则来源于中国古代生态智慧"天人合一"的思想;"国画"所追求的"可行、可望、可游、可居"的艺术目标符合人与自然和谐的精神;"国画"的"意在笔先,寄兴于景"充分展示了人与自然的友好关系。

再如他对美国著名小说家梅尔维尔的代表作《白鲸》的解读,也是着重从生态美学的维度来发掘其中所蕴含的生态意义。曾繁仁认为这部作品"以其特有的审美意象不仅给我们提供了人类残酷掠杀自然的恐怖图景,而且也给人类如何正确对待自然以有力的警示"[29]。这是由于《白鲸》这部作品真实地再现了资本主义前期捕鲸业畸形发展所造成的对鲸鱼等自然资源的残酷掠夺,真实地再现了捕鲸船具体掠杀鲸鱼的过程,真实地再现了特定时代捕鲸人疯狂与鲸鱼为敌的行动与心理,真实地再现了导致捕鲸业疯狂发展的西方特别是美国的捕鲸文化,并通过现实主义与象征主义相结合的艺术手法所营造的悲剧气氛向人类发出强烈的警示。

关于生态美学的研究对象,我个人是非常赞成曾繁仁的生态系统论的。生态美学必须研究生态系统的审美现象,或者说,必须将审美现象置于生态系统中加以研究,否则就不能称其为生态美学。而生态系统本身所涵盖的范围是非常广泛的。我们大体上可以分为自然生态、社会生态和精神生态三大层次系统。由此生态美也就可以分为自然生态美、社会生态美和精神生态美三种类型。对自然生态美的研究侧重于人与自然的审美关系,既包括对非人化的自然即原生态的自然美的研究,也包括人化自然即人的自然环境美的研究;对社会生态美的研究侧重于对人与人、人与社会审美关系的研究,包括对乡村生态环境、城市生态环境的美学研究,包括经济价值与生态价值关系的研究,包括生态环境管理与评估的研究,也包括对生态审美教育的研究,等等;对精神生态美的研究则侧重于人类自身心与身、灵与肉的审美关系的研究,既包括对人的生态审美本性的研究,也包括身体美学、审美心理学、休闲美学、文艺美学的研究,涉及心理保健、人体健美、休闲娱乐、文学艺术活动等内容。可见,生态美学的研究对象绝非仅仅是自然,而是以生态系统为中心,研究人与自然、人与社会以及人自身的动态平衡系统。其中并不排斥对文学艺术的研究,而是以生态平衡为最高价值的美。

表面上看起来,生态美学的研究对象似乎是无所不包的,但仍有其独特的价值追求和理论旨趣。曾繁仁在将生态美学的研究对象界定为生态系统的审美的同时,又特别指出这种生态系统的美包括自然但不是"自然全美",从而与"生态中心主义"划清了界限;生态系统的美包含人的因素,但又不同于"移情论"、"人化的自然论"与"风景如画论",从而将自己与"人类中心主义"划清了界限。总之,生态美学的研究对象既是广泛的,又是独特的,是一种不同于传统美学尤其是实践美学的崭新的美学理论形态。

三、在自然美问题上,生态美学突破实践美学无视自然特有的价值以及"自然"在审美中独有地位的片面认识,强调自然本身特有的审美潜质。

对于自然美问题,实践美学认为,自然是否美完全取决于人的实践,"自然美的崇高则是由于人类社会实践将它们历史地征服之后,对观赏(静观)来说成为唤起激情的对象。所以实质上不是自然对象本身,也不是人的主观心灵,而是社会实践的力量和成果展现出崇高"[30]。这就完全抹煞了自然对象本身所特有的包括其潜在审美价值在内的魅力。而生态美学观则在承认自然对象特有的神圣性、部分的神秘性和潜在的审美价值的基础上,从人与自然平等共生的亲和关系中来探索自然美问题,从而完成了对实践美学从"人化的自然"(即"自然的祛魅")到人与自然平等共生亲和关系(即部分的"自然的复魅")的超越。[31]2010 年 8 月 12日,在第十八届世界美学大会上,曾繁仁作了《生态存在论美学视野中的自然之美》的专题发言,集中阐述了他关于自然美的看法。他认为:

(1)自然之美不是实体之美,而是自然系统之美。自然之美不是主客二分的客观的典型之美,也不是主观的"观念之美",而是生态系统中的关系之美。事实告诉我们,自然界根本不存在孤立抽象的实体的客观"自然美"与主观"自然美"。西文中的"自然"(nature)有"独立于人之外的物质世界"之意,但这种独立于人之外的物质世界实际上在现实中是不存在的,在现实中只存在人与自然世界融为一体的生态系统之美。那就是利奥波德在《沙乡年鉴》中所说的"生物共同体的和谐、稳定和美丽"。"生态"有家园、生命与环链之意,所以生态系统之美有家园与生命之美的内涵。那么,在自然之美中对象与主体到底是一个什么样的关系呢?如果从生态系统来看,他们各有其作用。荒野哲学的提出者罗尔斯顿认为在自然之美中,自然对象的审美素质与主体的审美能力共同在自然生态审美中发挥着自己的作用。而从生态存在论哲学的角度来看,自然对象与主体构成"此在与世界"机缘性关系;如果自然对象对于主体(人)是一种"称手"的关系,形成肯定性的情感评价,构成审美生存的关系,那人与自然对象就是一种审美的关系。

（2）自然之美不是认识论的"人化的自然"之美,也不是生态论的"自然全美",而是生态存在论的"诗意地栖居"之美。自然之美不是认识论的"人化的自然"（李泽厚）。其原因是:第一,人化的自然并不都是美的,太湖周围"人化"的结果是严重污染了太湖,造成生态灾难。第二,这一理论误读了马克思的哲学与美学观,马克思并不是在美学的意义上讲人化自然与劳动创造美的。他不仅讲了"彻底的自然主义与彻底的人道主义的统一",而且也讲了"按照物种的尺度与内在的尺度建造"的"美的规律",包含浓厚的生态维度。李泽厚与普列汉诺夫讲狩猎时代没有对植物的欣赏是不符合实际的,生产方式是审美意识的终极根源但不是唯一根源。事实证明,审美与艺术不仅起源于劳动而且起源于巫术,弗雷泽在《金枝》中详细记述了原始人对树神的崇拜。中国甲骨文中的"藝"就有植树之意,而《诗经》中桑间濮上的记述也说明植物在古代人生活中的重要作用。第三,这一依据康德的"合规律性与合目的性统一"的理论是以形式符合人的需要为标准,是人类中心主义的,而且康德所说的"形式的合目的性"也是现实中不存在的。

在曾繁仁看来,自然之美也不是生态论的"自然全美"（卡尔松）,这一理论完全从自然的角度出发而不考虑人的需要,按照这一理论罂粟花也是美的,违背了生态整体的原则,不利于人类的生存,也是行不通的。自然之美应该是生态存在论的"诗意的栖居"与"家园意识",就是海德格尔后期所论述的人在"天地神人四方游戏"中获得"诗意的栖居"与"在家之感"。在这里,曾繁仁明确地将"诗意的栖居"与"家园意识"作为生态美学视野中的自然之美提了出来,以区别于传统美学从反映与认识的角度对于自然之美的概括。

（3）自然之美不是传统的凭借视听的静观的无功利之美,而是以人的所有感官介入的"结合美学"。自然之美面对着活生生的自然世界,所以不是康德讲的静观的只凭借视听欣赏的无功利之美,而是在人面对自然世界时以全部感官融入的"结合之美"（伯林特）。

（4）自然之美不是依附于人的低级之美,而是体现人的回归自然本性的本体之美。当代生态批评家弗洛姆认为,生态问题是一个关系到

"当代人类自我定义的核心和哲学的本体论问题"。所以,自然生态之美不是黑格尔所说的低于艺术美、依附于人的"朦胧预感"的低级之美,而是体现了人的回归自然本性的本体之美,一种"回家之感"。所以以"家园意识"体现了人类来自自然、自然是人类的母亲与人类一刻也离不开自然生态的本性特征。

(5)自然之美与中国古代"天人合一"、"天地大德曰生"的"中和之美"与"生命之美"恰相契合。海德格尔的"天地神人四方游戏"受到道家"域中有四大人为其一"的天人思想的影响,而"诗意地栖居"又与《周易》之中的"天地大德曰生"、"元亨利贞四德"、安吉之象、择地而居等等思想契合。中国古代美学是在宏观的"天人之和"这个安康的"大家"即"环宇"中,人与万物生生不息,充满生命的活力,如民间年画所表现的瑞雪丰年、人畜兴旺。

此外,自然之美不是体现人优越于自然的"主体性"之美,而是体现自然与人平等共生的"主体间性"之美。曾繁仁指出:"生态美学观在自然美的观念上,力主自然与人的'平等共生'的'间性'关系,而不是传统的认识论美学的'人化自然'的关系。"[32]他认为中国古代有大量的符合这种"间性"关系的生态自然美的作品。如李白的《独坐敬亭山》:"众鸟高飞尽,孤云独去闲。相看两不厌,惟有敬亭山。"这首诗以明白晓畅的语言抒写了主人公与敬亭山在静谧中"相看两不厌"的朋友般的情感交流,是一种真正的人与山"平等共生"的自然生态之美。

总之,当今的时代已经从工业文明发展到生态文明,经济发展模式、生活方式与思想观念都发生了根本的变革,"人类中心主义"以及与此相关的"人定胜天"等等观念也随之发生变化,审美观念也应发生相应的变革。从生态存在论美学的视角来看,根本不存在孤立抽象的实体性的"自然美",也没有"人化自然"之美与"自然全美",只有生态系统中的自然之美,也只有生态系统之中的人的生存之美、诗意栖居与家园之美。

在这里,曾繁仁既不赞成实践美学对自然的人类中心主义观点,也没有完全走向"生态中心主义"。许多生态学家认为,既然自然具有独立于人类的"内在价值"、"内在精神",那么就有独立于人类的美与美感。有的论者将我们过去看做动物本能的动物偶尔进行的啼鸣与展翅等都看做动物独有的美与美感。对于这样的观点,曾繁仁表示也难以接受。他说:"我个人一方面不同意'实践美学'完全以'人化的自然'来解释自然美的理论,同时也难以接受从自然的'内在价值'、'内在精神'的角度来理解

'自然美'。我认为,还是从生态存在论美学观的角度来理解自然美。也就是说,凡是符合系统整体性,有利于改善人的生态存在状态的事物就是美的,反之,则是丑的。"[33]

众所周知,自然美问题一直是美学研究的一大难题,许多美学研究者都试图从各自的角度对此加以解说,但由于受到各自研究视角的限定,要么在这一问题上走向人类中心主义,要么走向生态中心主义,都无法作出全面而准确的把握。其根源就是由于很少有人愿意将人与自然置于同一个生态系统中来看待自然美问题。人们不愿意承认,人对自然的审美无法脱离当时的自然环境,并受到自然环境的影响与制约。而曾繁仁从生态整体论(存在论)美学的角度对自然美的解释,则较好地解决了这一历史难题,显示出生态美学在解决自然美问题上特有的理论优势。他把自然美看成是自然系统之美、"诗意栖居"之美,非常准确而全面地解答了自然美的本质属性;他认为自然美是靠人的全部感官介入的"结合之美",非常全面而准确地解答了自然美的欣赏问题;他认为自然美不是依附于人的低级之美,而是体现人回归自然本性的本体之美,在美学史上将自然美的价值提到了一个前所未有的高度;他认为人与自然的关系是一种间性关系,这种界定非常恰当地表达了人与自然所应该具有的正确关系。应该说,曾繁仁对于自然美的这种解释与界定既是崭新的,同时又是非常深刻、辩证和全面的。而他之所以能够做到这一点,显然要归功于他对中西美学理论的会通与娴熟。尤为可贵的是,曾繁仁首先是在认真吸收中国古代美学资源的基础上来对自然美问题作出解释和解答的,显示出一名中国理论工作者对自己民族文化传统所特有的历史使命感和荣誉感。这跟我们当前某些学者动辄以西方理论为炫耀、惟洋人马首是瞻的作风是很不一样的。

四、在美学比较研究方面,生态美学突破欧洲中心主义的影响,对中国传统美学的价值进行了重新定位。

我们知道,西方传统美学历来对包括中国在内的东方美学与艺术持一种否定态度。例如鲍桑奎就认为中国和日本等东方艺术与美学的"审美意识还没有达到上升为思辨理论的地步"[34]。实践美学虽然并没有彻底否定中国传统美学的价值,但由于受到"西体中用"思想的影响,对于中国美学的地位也就难以给予恰当的评价。而生态美学则致力于发掘中国古代美学的生态智慧,并使之与西方当代生态美学与环境美学以及生态文学进行对话、比较研究,从而使中国传统美学的价值得到极大的发扬

225

和光大。

曾繁仁对中国古典美学的解读已经取得了丰硕的成果,像他对《周易》的解读,对儒家美学、道家美学乃至佛教美学的解读,皆可谓发前人之所未发。下面我们仅以《周易》为例,来看一下曾繁仁是如何从生态美学的角度来解读这部中国元典的。

在《试论〈周易〉的“生生为易”之生态审美智慧》中,曾繁仁从两个层面对《周易》的生态美学思想进行了解读。首先,他论述了作为《周易》核心内容的“生生为易”的生态智慧,也就是《周易》与生态学的关系;其次论述了由这一生态智慧所引发出的生态审美智慧,也就是《周易》与生态美学的关系。

对于《周易》的生态智慧,曾繁仁谈到了以下几方面的问题:1.“生生为易”之古代生态存在论哲思;2.“乾坤”、“阴阳”与“太极”是万物生命之源的理论观念;3.万物生命产生于乾坤、阴阳与天地之相交的理念;4.宇宙万物是一个有生命环链的理论;5.“坤厚载物”之古代大地伦理学。他认为,《周易》至少表达了这样的生态智慧与观念:人与自然万物是一体的,均来源于太极,均产生于阴阳之相交,并由此构建了一个天人、乾坤、阴阳、刚柔、仁义循环往复的宇宙环链。《周易》还特别对大地母亲的伟大贡献与高尚道德进行了热烈而高度的歌颂,首先歌颂了大地养育万物的巨大贡献,所谓“万物资生”;其次歌颂了大地安于“天”之辅位、恪尽妻道臣道的高贵品德,所谓“乃顺承天”;再次歌颂了大地自敛含蓄的修养,所谓“含弘广大,品物咸亨”;最后歌颂了大地无私奉献的高贵品德,所谓“地势坤,君子以厚德载物”。所有这一切,都证明《周易》这部元典中的确包含着非常丰富的生态智慧,完全可以从生态学的角度来加以解读。

与此同时,《周易》的生态智慧又是一种美学的哲思,是一种生态美学智慧,因而又可以从生态美学的角度来作进一步的解读。在曾繁仁看来,《周易》的生态美学内涵包括以下几个方面:

第一,描述了艺术与审美作为中国古代先民的生存方式之一。《周易·系辞》中说:“圣人立象以尽意,设卦以尽情伪,系辞焉以尽言,变而通之以尽利,鼓之舞之以尽神。”这段话描述了中国古代先民立象、设卦、系辞、变通以及鼓、舞、神等占卜活动的全过程,在这一过程中,包含着艺术和审美活动,或者说,艺术和审美活动渗透在整个占卜过程之中,占卜活动由此也变成了一种审美活动。这种包含着审美活动或具有审美活动性质的占卜活动是古代先民寻求美好生活的一种基本方式,是生态美学整体论思想的体现。

第二,表述了中国古典的"保合大和"、"阴柔之美"的基本美学形态。《周易·乾·彖》:"保合大和,乃利贞。"曾繁仁认为,所谓"大和",是一种乾坤、阴阳、仁义各得其位的"天人之和"、"致中和"的状态。[35]这不仅是中国古代最基本的美学形态,而且可以说是中国古代最高的审美追求。中国古代的阳刚之美和阴柔之美,都无疑是从这种最基本的美学形态和最高的审美理想中具体生发出来的。所谓大和,其实就是阴阳、乾坤、天地的和谐统一。这种和谐统一,又因为阴阳两仪的各自变化,分化为阳刚之美和阴柔之美。在《周易》中,阳刚之美的集中体现就是"乾",而阴柔之美的集中体现就是"坤"。相比较来说,《周易》虽也强调阳刚之美,但似乎对阴柔之美更加注重。

第三,阐述了中国古代特有的"立象以尽意"的"诗性思维"。《周易·系辞下》云:"是故《易》者,象也。象也者,像也。"曾先生解释说:《易》的根本是卦象,而卦象也就是呈现出的图像,借以寄寓"易"之理。如"观"卦为坤下巽上,坤为地为顺,巽为风为入,表现风在地上对万物吹拂,既吹去尘埃使之干净可观,又在吹拂中遍观万物使之无一物可隐。其卦象为两阳爻高高在上被下面的四阴爻所仰视。《周易》"观"卦就以这样的卦象来寄寓深邃敏锐观察之易理。曾繁仁指出:"《周易》所有的卦象都是以天地之文而喻人之文,也就是以自然之象而喻人文之象。这与中国古代文艺创作中的比兴手法是相通的。"[36]因此说《周易》阐述了中国古代特有的"立象以尽意"的"诗性思维"。这种"诗性思维"也是一种生态整体论思维。

227

第四,歌颂了"泰"、"大壮"等生命健康之美。曾繁仁认为,《周易》所代表的中国古代以生命为基本内涵的生态审美观还歌颂了生命健康之美。如《周易》"泰"卦为乾下而坤上,乾阳在下而上升,坤阴在上而下行,表示阴阳交合,天地万物畅达、顺遂,生命旺盛。再如"大壮"卦,乾下震上,乾为刚,震为动,所以《周易·大壮·彖》说:"大壮,大者壮也。刚以动,故壮。"这些都是对宇宙万物所具有的生态健康阳刚之美的歌颂。

第五,阐释了中国古代先民素朴的对于美好生存与家园的期许与追求。《周易·乾·文言》曰:"'元'者善之长也,'亨'者嘉之会也,'利'者义之合也,'贞'者事之干也。"曾繁仁认为,善、嘉、合与干都是对于事情的成功与人的美好生存的表述,是一种人与自然、社会和谐相处的生态审美状态的诉求。

应该说,上述曾繁仁对《周易》生态美学内涵的揭示是非常独到的、确切的。这证明,从生态美学的角度来解读《周易》,的确可以发现许多我们过去难以发现的新内涵。更为重要的是,他对中国元典的解读是为了揭示中国特有的一种美学智慧,以求对当今世界生态问题的解决提供一种参照和借鉴。在曾繁仁看来,《周易》所表现出的思维方式是一种"诗性思维",是跟西方古典美学(尤其是黑格尔的美学)所表现出的逻辑思辨美学相对的;他认为这是一种生态存在论美学,是跟西方以主客二分为主要运思方式的认识论美学相对的。"诗性思维"也好,"生态存在论"也罢,其实都是为了彰显中国古代美学所特有的理论形态和精神实质,都是为了揭示《周易》美学中所蕴含的生态整体论的独特内涵。事实已经证明,这种生态智慧对于今天解决生态问题无疑都是有益的,而且也为西方当代生态美学、环境美学、生态批评所借鉴,对于我们今天通过中西会通建设当代生态美学也可以成为一笔重要的资源。

除了对《周易》的解读之外,曾繁仁还对儒家美学、道家美学、佛教美学进行了深入的生态美学的解读,他认为儒家的"天人合一"思想、道家的"道法自然"、"万物齐一"的思想、佛教的"众生平等"的思想,都是我国古代人民总结出的非常丰富的生态智慧,而这样的一种生态智慧完全可以与当代西方生态美学相会通。他说:"我们可以以'天人合一'与生态存在论审美观相会通;以'中和之美'与'诗意地栖居'相会通;以'域中有四大人居其一'与'四方游戏'相会通;以怀乡之思、安吉之象与'家园意识'相会通;以择地而居与'场所意识'相会通;以比性、比德、造化、气韵等古代诗学智慧与生态诗学相会通等等,建设一种包括中国古代生态智慧、资源与话语并符合中国国情的具有中国气派与中国作风的生态美学体系。"[37]

总之,曾繁仁的生态美学思想内容是极其丰富、极其深刻的,具有鲜明的批判意识、创新意识和现实责任感。作为当代中国生态美学的积极倡导者与身体力行者,我们觉得,曾繁仁的生态美学研究的确达到了一个相当的高度,并代表了当今中国生态美学研究的最高水平。本文只是从实践美学的超越这一点管见去理解曾繁仁的生态美学思想,这显然是很不够的,显然无法全面准确地理解曾繁仁的美学思想之万一。即使这一点管见,我觉得也不一定说得准确到位。不当和错误之处,望各位先进贤

达批评指正。最后,我想以朱立元和栗永清的一句话作为本文的结语:
"曾繁仁先生这种打通古今、中外多元理论来源并加以融合的努力,不仅
为生态存在论美学观之建立提供了丰厚的理论资源,而且也为生态美学
从一种理论形态走向成熟、走向真正的学科形态作出了重要贡献。"[38]

(作者单位:北京语言大学人文学院世界文学与文化研究所)

注 释

〔1〕 曾繁仁:《生态美学:后现代语境下崭新的生态存在论美学观》,《陕西师大学报》2002 年第 3 期。

〔2〕 曾繁仁:《生态存在论美学论稿》,长春:吉林人民出版社 2009 年版,第 5 页。

〔3〕 同上书,第 4—5 页。

〔4〕 同上书,第 103 页。

〔5〕 同上书,第 34 页。

〔6〕 海德格尔:《存在与时间》,陈嘉映、王庆节合译,北京:三联书店 2006 年版,第 70 页。

〔7〕 同上书,第 65—66 页。

〔8〕 曾繁仁:《生态美学导论》,北京:商务印书馆 2010 年版,第 67 页。

〔9〕 同上书,第 317 页。

〔10〕 海德格尔:《演讲与论文集》,孙周兴译,北京:三联书店 2005 年版,第 156 页。

〔11〕 曾繁仁:《生态美学导论》,第 71 页。

〔12〕 曾繁仁:《生态存在论美学论稿》,第 313 页。

〔13〕 参见《一些重要译名的讨论》,《存在与时间·附录一》,北京:三联书店 1999 年版,第 496 页。

〔14〕 朱立元、栗永清:《从"生态美学"到"生态存在论美学观"》,王德胜主编《问题与转型》,济南:山东美术出版社 2009 年版,第 400—401 页。

〔15〕 曾繁仁:《生态美学导论》,第 280 页。

〔16〕 同上书,第 124 页。

〔17〕 《马克思恩格斯选集》第 4 卷,北京:人民出版社 1972 年版,第 337 页。

〔18〕 曾繁仁:《生态存在论美学论稿》,第 107 页。

〔19〕 同上书,第 107 页。

〔20〕 曾繁仁:《生态美学导论》,第 4 页。

〔21〕 李泽厚:《批判哲学的批判》,北京:人民出版社 1979 年版,第 401、403 页。

〔22〕 李泽厚:《美学论集》,上海:上海文艺出版社 1980 年版,第 2 页。

〔23〕 曾繁仁:《生态存在论美学论稿》,第 132 页。

〔24〕 同上书,第 69 页。

〔25〕 曾繁仁:《生态美学导论》,第 292 页。

〔26〕 同上书,第 303 页。

〔27〕 《马克思恩格斯全集》第 42 卷,北京:人民出版社 1979 年版,第 168 页。

〔28〕 曾繁仁:《生态美学导论》,第 307—308 页。

〔29〕 同上书,第 428 页。

〔30〕 李泽厚:《批判哲学的批判》,第 404 页。

〔31〕 曾繁仁:《生态存在论美学论稿》,第 102 页。

〔32〕 同上书,第 108 页。

〔33〕 同上书,第 95 页。

〔34〕 鲍桑葵:《美学史》,张今译,北京:商务印书馆 1985 年版,前言。

〔35〕 曾繁仁:《生态存在论美学论稿》,第 190 页。

〔36〕 同上书,第 191 页。

〔37〕 曾繁仁:《生态美学导论》,第 4—5 页。

〔38〕 朱立元、栗永清:《从"生态美学"到"生态存在论美学观"》,王德胜主编《问题
     与转型》,第 403 页。

对话与访谈

什么是世界文学？

——对话戴维·戴姆拉什

王 宁

编者按：由上海交通大学和哈佛大学共同主办的第五届中美比较文学双边讨论会于 2010 年 8 月 11—15 日在上海举行。会议期间,大会主办者、中方代表团团长、上海交通大学致远讲席教授和清华大学比较文学与文化研究中心主任王宁与美方代表团团长、哈佛大学比较文学系主任戴维·戴姆拉什(David Damrosch) 就世界文学与比较文学、世界文学选的编选以及中国文学在全球文化和世界文学语境下的地位等问题进行了范围广泛的对话。对话的要点曾发表于《中华读书报》2010 年 9 月 8 日,后经两位作者修改和增删,整理成现在这个版本,本刊特发表全文,以飨读者。

王:戴维,欢迎您在如此炎热的季节来到上海出席第五届中美比较文学双边讨论会。

戴:也十分感谢您的邀请!

王:我想我们开会本身并非唯一的目的,我们可以利用这个双边交流的场合认识一些新的中国朋友、读者、批评家以及大学生。由于您的大著《什么是世界文学?》(*What Is World Literature?*,2003) 和《如何阅读世界文学》(*How to Read World Literature*,2009) 在中国的语境下不断地为人们所引证,您本人也成了中国的比较文学和世界文学研究界一个炙手可热的人物了。据说这两本书很快就要出版中文译本,因此您也将在中国成为整个文学界瞩目的一个人物。我想首先请您说一说,在这样一个全球化的时代,人们经常报告说"文学已经死亡",文学研究也在这一打上了鲜明的后现代消费文化印记的时代受到严峻的挑战,世界文学对我们有何特殊的意义呢?

戴:在我看来,似乎我们这个全球化的世界比以往更加需要文学,尤其是世界文学,因为在这个世界上,许多人的视野已变得越来越具有国际性和全球性了,而且人们不断地跨越国界旅行,学术机构也愈加对全世界的学生开放。这一点在中国也确实如此。中国学生们大规模地到世界各地求学,我认为,在这方面文学提供给他们一个独特的机会来思考全球的问题以及文化的内在生命。文学作品虽然从未直接地反映周围的现实,但这些作品却折射了这些生活现实,并在另一个与之密切关联的世界创造了它们,同时也给我们提供了思考一个世界中的内在张力和各种可能性的真正的方式。当然,与世界文学相关的问题确实在三个方向面临着严峻的挑战。

首先我们碰到的一个问题就是,精英文学作品与有着更为广大的读者大众的通俗文学作品之间的张力。华兹华斯早在1800年《抒情歌谣集序》中就说过,"莎士比亚的作品正在被进口的通俗文学的泛滥所淹没"。他所生活的是二百多年前的世界。当时伟大的英国文学经典作品之所以不被人诵读,其原因恰在于人们大多沉溺于阅读那些"病态的缺乏才气的德国悲剧作品,以及泛滥成灾的拙劣小说"。所以我们今天面临的问题就是,我们有了大量的通俗文学以及阅读标准和阅读兴趣的问题。但是我认为这正是一个机会,另一个机会就是人们把阅读文学的方式转向了网络,他们此时正热衷于手机的活动和电脑的游戏,而无暇去静下心来阅读。但是尽管如此,在我看来,对于作家来说这仍是一个很有希望的时刻,因为文学的流通发行有好几个原因。其原因之一是,文学正在整个地进入一个多媒体的空间,而这正是传统意义上的文学一直得以生存的地方。大多数文学在一开始并不是写出来供单个读者阅读的。文学始终是社会世界的一部分,不管是那些聚在一起饮酒诵诗的唐朝诗人,还是将诗歌作为临别礼物或祝贺礼物的人都是如此,因为诗歌几乎就是一种社会交往的媒介,同时也是私人的审美乐趣。因此我认为,我们也许正在通过社会接触走出那个把高雅艺术当做日常生活的牺牲品来看待的简单的、人为造成的时期。任何伟大的变革总是使一些作家受益,使另一些作家受挫,也许一些重要的作家会退却,而另一些作家的重要性则会通过这些变化而凸显出来。尽管华兹华斯曾担心无人阅读莎士比亚,但他实际上还是错了。结果莎士比亚并没有因为华兹华斯时代的通俗小说的崛起而相形见绌,倒是为更多的人阅读和翻译,而且他的剧作在全世界上演得也更多了。因此我认为假如莎士比亚今天还活着的话,他或许也会为电视连续剧撰写脚本,他也会改变自己的剧作,而且他的电视剧也会以字幕或配音的形式在全世界上映,他在今天的观众会比任何时候的都要多。

王:对,我也是这样认为。但另一方面,我却看到,在当今时代,尤其是这个全球化的时代,人们总认为文学已经死亡,文学再也不像以往那样受到欢迎,因此很多人便把关注的重点转向通俗文化、互联网文化或电视、足球比赛等等。但是尽管如此,在我看来,物质生活越是丰富多彩,人们就越是试图从精神生活中获取营养。所以这样一来,文学自然应当向我们提供一些有益的精神食粮,我们也可以据此培育一种新的人文精神和道德准则。另一方面,既然我们阅读世界文学,我们就应当推出一些优秀的作品,这些作品不仅仅在某个国家流通发行,而且应该在全世界不同的地方都流通和发行。因此我认为,我们实际上也在以一种批评的方式挑选并欣赏不同的作品。这样我们肯定能从这一文学世界获益匪浅,同时也能从这些作品中得到远比从那些浅薄的通俗文化和消费文化中得到的更多的东西。我不知道您是否也有同感?

235

戴:我完全同意您的见解。我向您提一个问题,我听说在过去的十年里,不少中国作家受到利益的诱惑转而去写通俗小说,而且当下大多数中国小说都不是严肃的文学作品,而是通俗文学。您认为这是公正的理解吗? 或者说您能很快地告诉我当今一些真正具有中国特色的作家吗?

王:确实西方某些汉学家对中国当代文学抱有这样的看法,但我认为这种理解至少是不全面的,实际上在当今中国有三类作家。第一类如同您刚才所说的,专门写一些通俗的主题,试图通过写这种作品来谋取利益。他们大概占全体作家的三分之二。许多作家不去努力写出优秀的传世佳作,而是试图通过写作来赚钱。这也就是为什么他们总想从日常生活中获取一些耸人听闻的事件来大加渲染,或刻意对经典作品进行戏仿,对古典文学作品进行戏拟式的改写,这样他们一方面解构了既定的文学经典,另一方面则可以吸引一般读者大众的眼球。由于这部分作家的作品十分畅销,因此占据了图书市场的很大份额和大部分赛博空间。第二类作家则是严肃的作家,他们虽然为数不太多,却仍然潜心写作,诸如王蒙、韩少功、余华、莫言、王安忆、铁凝、徐小斌、阎连科、贾平凹、刘震云、格非、苏童等。他们也许并不像以前那么拥有读者大众,但他们确实在努力写作。他们试图发表最佳作品以便使其为热爱文学的读者所欣赏,当然,他们也受到那些文学专业的大学教师和学生以及批评家的阅读和研究。第三类作家则不仅为艺术而创作,同时也为市场而写作,尤其是媒体对人的诱惑是难以阻挡的。也许您知道,有些中国作家并没有政府部门或大学的职位,他们只是自由撰稿人。他们得生存,因此他们一方面写作一些严肃的文学作品,另一方面也撰写影视脚本,这样就能挣些钱来解决日常生活所需,同时也能专心致志地从事严肃文学创作。所有这三类作家共同构成了中国当代文学创作的全貌。我想在西方大概也有这种类似的情况吧?

戴:这种情况和美国也差不多。在美国,许多畅销书都是侦探小说和间谍小说,以及历史传奇。我查阅了上世纪 50 年代美国的畅销书目,竟发现不少有着较高艺术品位的小说居然也在畅销书目中,这些作家包括弗拉基米尔·纳博科夫、菲利浦·罗斯、J. D. 塞林格和诺曼·梅勒,他们的作品已被公认为经典,而且十分受欢迎,他们的作品既是畅销书,同时也被当做重要的虚构作品来接受。但当下的畅销书榜却没有那种高品位的作家。

但在我和一位朋友交谈时,她指出,实际上,绝大多数差别体现于这样一个事实,即现在有更多的普通人在从事阅读。他们总是喜欢侦探小说,因而有那么多的侦探小说充斥市场。并不一定是文学作品的市场销量变得更少了,倒是像您所说的一种情形,也即高雅的文学作品不像以前那么有市场了。但是在美国,基本的读者大众也在扩大,然而还是那些畅销书更受欢迎。我认为,我们将看到在那些具有艺术性的小说中,某些作品确实也起到了真正带给人们精神价值的作用,同时也促使人们对当前的世界进行心灵和智性的思考和理解。在维多利亚时代,大多数人都阅读查尔斯·狄更斯的小说,他们也像今天人们阅读那些侦探小说那样读他的书,也像观看电视连续剧那样专心致志地阅读,因为他们那时还没有电视剧,不得不阅读狄更斯的作品。实际上,如果人们真的想看电视剧的话,也不一定是坏事,毕竟现在有电视剧了。阅读狄更斯的读者从他那里得到的东西是无法从电视剧那里获得的,因为他是一位可以利用流行媒体的伟大艺术家,因而他使自己的作品变得更为人所需。

王:确实如此,中国当代的情形几乎与此十分相像。有些古典文学作品通过影视的手段而变得更为流行,有些被边缘化的现代经典,尤其是那些"红色经典",通过影视的中介也再度十分流行。但有时电视剧的作者,还有那些翻译过来的文学作者,如您上面提到的塞林格、纳博科夫和菲利普·罗斯等照样在普通大众中深受欢迎,我的几位博士生就曾经以上述美国作家作为研究的对象撰写过博士论文。尤其应该提到塞林格的《麦田的守望者》,它的发行量已经超过了 20 万,而且还有不同的版本。记得塞林格去年去世时,北京电视台的一个栏目主持人急着要采访我,我当时正好要外出,无法赶到电视台接受采访。后来还有刊物约请我撰写书评,评论《麦田的守望者》的几个不同译本。可是我那时忙于别的事就耽搁了。总之,媒体想借机炒作这部小说使其更为畅销。应该承认,在当今中国,翻译过来的文学作品确实占据了图书市场的一个相当大的部分。一些崇尚西方文化的青年读者宁可阅读翻译过来的西方文学作品,而不去问津中国现当代的文学名著。甚至一些著名作家也是如此。因此翻译文学在中国现代文学史上的作用是举足轻重的,它在很大程度上构成了中国现代文学的一部分。

237

戴:这倒很有意思。作家的去世倒成了他的作品销售的一个新动力。

王:这当然取决于什么样的作家了。但无论如何,与翻译过来的美国小说相比,一些中国的文学作品却销路一般,尤其是除了鲁迅等少数作家以外的那些现代作家的作品。因此我认为我们现在倒是可以讨论第二个问题了:世界文学的内涵究竟是什么? 这个概念在过去的一百多年里是如何发展演变的? 您认为仅仅为世界上不同民族和国家的读者阅读的作品就可以称为世界文学吗? 或者说正如您在《什么是世界文学?》一书中所指出的那样,文学必须是虚构的,有价值的同时也是优美的? 这其中自然隐含着某种价值判断的意味。

戴:对,正是这样。

王:您能否就此进一步阐发一下呢?

戴:好。"世界文学"这一术语可以追溯到伟大的德国诗人歌德,他在 19 世纪 20 年代发展了"Weltliteratur"这一术语,这多少是一个新颖的现象,在很大程度上指文学流通的国际性,同时也指不同的作家在国外的反应。因此对歌德而言,一个作家要想成为世界性的作家,他的作品必须为国外的读者所阅读。他欣喜地发现,作为一个世界性的作家,读到自己作品的不同译本是令人兴奋和有意义的,尤其在法国和英国更是如此。他自然也喜欢自己的作品在国外著名的刊物上得到评论。就像歌德那样,他是 19 世纪第一位在现代世界文学中流通并受益的作家,因为在他年迈时,他已经开始逐渐在保守的德国失宠了,被评论界认为过时了。这就是为什么在他去世后他的作品在国外具有那么大的世界性声誉,随后又在德国备受欢迎的原因所在,这在很大程度上得益于他的作品在国外的流通。所以我认为,世界文学在很大程度上就是文学走出自己的国家在全世界流通的问题,通常是通过翻译来达到这一目的。世界文学的一个决定性特征就在于它必须得到很好的翻译。有些优秀的作品未得到很好的翻译,这就意味着它不可能在国外市场打响。所以有时具有反讽意味的是,一部作品的翻译几乎超过了原著因而在另一种语言和文化中得到人们新的兴趣,其国外的名声甚至超过了国内。我们今天的一位发言者就提到了安徒生的例子,他虽然是世界文学界的一位畅销作者,但他在丹麦的声誉却远没有在其他国家那样高,尤其是在中国。因此对于一位作家来说,在一个新的读者群中获得新的市场应该是一件好事,这也能使他的作品拥有一种新的生命形式。

王:确实如此。就这一点而言,您也隐隐约约地指出,世界文学不仅仅是流通顺畅,而且还要有好的翻译并得到好的评价。我也有类似的看法,并可以举出西方作家在中国的接受的几个例子:巴尔扎克的小说如果没有傅雷的"传神式"或"创造性"的翻译,是很难在中国畅销不衰的;易卜生的剧作如果没有潘家洵等人的翻译恐怕也难以占据中国的图书和戏剧市场。最明显的一个例子就是乔伊斯的《尤利西斯》,这部即使在英语世界也被人们认为是"天书"的意识流小说却在 90 年代的中国同时出现了两个译本,而且总的销路也很好,几乎达到了 20 万册。由此可见,翻译的推介作用是不可忽视的。不经过翻译的作品显然是不可能成为世界文学的。但另一方面,根据我对世界文学的理解,判断一部文学作品是否属于世界文学还必须依循一些客观的标准,也即应同时兼顾其普世性和相对性(universality and relativity)。我这里不妨提出我本人的不成熟的评判标准。

首先,正如您所言,它必须通过翻译的中介而超越自己的民族/国家以及语言的疆界。其次,它必须被收入那些具有权威性的世界文学选集,因为更多的人并没有很多时间去一本一本地阅读小说,他们宁愿花时间去读已经编选好的文学选集。这样,文选就同时含有经典性和可读性两种因素。再者,即使它被收入文学选集,也并不一定在普通读者中深受欢迎或为后代作家所继承。如果它能被用作大学教科书或主要参考文献,将得到大批受过教育的读者的欣赏。第四点就是,这位作家必须在另一语境中得到批评性的反应甚至引发争议,因为即使是一部有很大争议的作品也意味着这部作品具有一定的批评价值,否则人们是不会花很多时间去讨论一部毫无价值的作品的。因此我认为,另一方面,在编选世界文学选时,我们也应该考虑到不同的国家之分布,而不能像杜威·佛克马所描绘的那样,在一部由法国学者编写的文学史中,中国文学只占 130 页,而法国文学所占的篇幅却是其 12 倍。更有甚者,一部以"世界文学"冠名的德国文学史家的著作压根儿就没有提及西方以外的文学。这显然是有失公允的。由此可见,在编选世界文学选的过程中也隐含着某种权力关系和意识形态的倾向。我想知道您是否同意我的这一看法。

239

戴:当然同意。我一直在花很多时间从事文选编辑的工作,一开始是庞大的英国文学选,接下来就是那部六卷本《朗文世界文学选》(*Longman Anthology of World Literature*),我为此真是颇费脑筋。我想我们在这方面肯定会有分歧的,因为您更强调的是接受和对话中的某种权威性,而我则在很大程度上旨在描述世界文学的杰作。在我看来,另一些形式也可以被看做是世界文学。在我的《什么是世界文学?》一书中,我描述了世界文学的三种基本模式,也即一部文学作品可以是经典的或杰出的作品,或作为观察世界的窗口。而那种老的经典的看法,也即歌德时代的看法正在逐渐淡出人们的视野,因为那时人们指的是世界文学的老的形式,也即经典文学往往指古代具有权威性的作品,如儒学经典就是如此,维吉尔和荷马也是如此,这些作家的作品是真正意义上的世界文学作品。然后就是那些现代的但并未有定论的作品。杰作确实是歌德定义世界文学的基本观点,因为那些作品确实艺术上是优秀的,即使在今天这些作品也在流通并得到读者的认可。但也有一类作品,即使没有伟大的文化传统,没有宏大的批评语境,甚至没有一篇书评能够认可它,但它毕竟被译成了多种语言,那也可以被看做是世界文学。这在很大程度上就是现代文学市场的作用,也许您不得不承认,伏尔泰的《老实人》在出版的第一年就被译成十种语言,甚至在当时并未被收入任何文选,也没有受到任何批评性反应,但它也成了世界文学,其原因就在于它的流通,在于它的意义和品质得到了人们的认可,因此在歌德看来这就是杰作,杰作可以迅速成为世界文学。

我认为文学作品作为观察世界的窗口的观点在今天仍十分有意义。世界文学的读者可以得知世界上正在发生的事情，另一种文化是何种模样。在我看来，能够产生世界文学作用的作品是基于个体经验的，因为它在读者面前展现出另一个世界。这也许是他们偶然能经历的事，但是在更为宽泛的意义上，这些作品也就不得不成了经典，我作为一位文学编辑者，扮演的作用是双重的，因为在我的文选中占据大部分篇幅的作品几乎完全符合您的标准，也即它们是经过时间考验的名著，得到大量的批评性反应，并且得到诸如但丁或《红楼梦》等杰作那样的评论。应该说这些作品占据了最多的篇幅。但是我也收入了一些我十分感兴趣的阿兹台克诗歌（Aztec poetry），我希望通过我的编选有人去读它。因此我收入了一些从未被收入任何文选的阿兹台克诗歌，我认为这也应是世界文学，你们应该去读它们，即使在某种程度上您可以说我希望它们受人欢迎，这最终改变了您的标准，但我希望阿兹台克诗歌能够激活我们的批评话语，希望人们对之作出批评性反应并更多地翻译它们。我认为这就是现在的世界文学，读这些作品是有价值的。

因此我认为对于我们从事世界文学教学和研究的教师和学生来说，重要的是扩大读者的视野和疆域，我们需要作些翻译，因此我们既介入其中，同时也把那些没有得到很好翻译的作品翻译出版或重新翻译，因为翻译的努力是至关重要的，我们可以使我们的读者和同事们的阅读更加广泛，因为我们都发现，我们的许多同事仅仅满足于阅读有限的几部经典作品，但是他们并没有超越老师教给他们的方法去带有好奇心地阅读它们，因此我认为正是世界文学这一令人兴奋的时刻给了我们新的语境、新的方式去考察这些作品——也许是民族传统的副业，但现在若将其与跨越疆界的别的作品相关联，就显得十分有意义了。

王：我想您的侧重点是作品的可读性，而我则同时注重作品的可读性和经典性。这样，我想我们对于世界文学的看法几乎很接近了。

戴：只是在共同的框架中具体侧重点上的差别而已。

王：确实如此。另外，我们还可以发现，文选编辑者也能够帮助一部文学作品成为经典，就好像诺贝尔文学奖评奖委员会所声称的那样，有时他们将诺奖授予某一位不知名的作家从而使他成名并成为经典作家。尽管他们试图论辩，经典性并非他们的目的，但将诺贝尔文学奖授予某一位作家，这一行为本身至少有助于那位作家更加倍受读者和批评家的关注。

正如去年刚卸任的瑞典文学院终身秘书贺拉斯·恩格达尔(Horace Eng-dahl)所坦然承认的那样,尽管人们总认为诺贝尔文学奖掌握着文学经典化的权力,但实际上,"诺贝尔文学奖基本上依赖于由施莱格尔兄弟形成的西方文学的概念"。至于说它是否拥有经典化的权力,他认为,"这一百多年来诺贝尔奖金所积累下来的象征性权力显然还不足以使一位作者成为经典作家,但却足以唤起后代人对他的兴趣"。我想他的最后一句话也许是千真万确的:获得诺贝尔文学奖将至少能使这位作者获得很大的世界性声誉,同时他的作品也随之畅销并有可能成为世界文学的一部分。而他本人及其作品也将得到后代的批评家和学者的研究。这一点完全可以从中国的文学界和出版界见出。

戴:但我们作出这一经典意义的判断则是出于文学教学的需要,因为我们需要写出每门课的教学大纲,因此教师们就选择一组应该去阅读的这一时期的重要作品,这虽然有争议,但无论如何,我们不会包括那些微观经典(micro-canon)、暂时经典(temporary canon)作品,因为这也许会影响我们下一次再上这门课。每一位文选编者都应该意识到我们得为那些值得人们去阅读的作品争得权利,我们都懂得,为了我们自己和我们的读者,我们应该为特定的作品争得自然的权利。

王:这么说,质量也就成为编辑文选的首要标准了?

戴:要我说,质量肯定是绝对重要的,但也并非单方面的。我可以设想,一部作品可以伴随我的成长,在我作为一个儿童开始阅读生涯时,我所理解的伟大作品就是"企鹅经典"。确实有许多企鹅经典作品,诸如但丁、塞万提斯、伟大的悲剧,还有陀思妥耶夫斯基、托尔斯泰等。他们的作品就质量而言确实是伟大的作品。但是在我看来,要使世界文学值得人们拥有,它们必须是引人注目的作品,而引人注目的品质必定包括不同的方面,也就是说,它们必须向我们提供重要的审美体验。

王:当然了,我对此也抱有同感。我们现在来讨论第三个问题。人们现在总是将比较文学与世界文学相关联。实际上在中国,早在 1998 年,教育部在调整学科专业目录时就已经将比较文学与世界文学这两个二级学科合二为一了,这个学科的名称就叫做"比较文学与世界文学"。开始,国内一些比较文学学者还为此争论过,他们认为,比较文学在西方早已成为一个单一的学科,为什么在中国却要把世界文学合并进来呢?但现在我们发现,比较文学的最早阶段就是世界文学,而当比较文学经历了

241

一百多年的历史演变后,它的最高阶段自然也应该是世界文学。这也许可以说明,为什么在当今这个全球化的时代,虽然文学经常被人们认为已经"死亡",比较文学学科也被人认为已经"死亡",但是新的比较文学却在这时诞生。因此我认为这个所谓的新的比较文学应该被称作"世界文学",或者说"比较的世界文学"(comparative world literatures)。这也是我精心设计了我们这个"走向世界文学阶段的比较文学"双边讨论会议题的原因所在。我们在会前已经在《当代外语研究》选发了几篇中文论文,会后,我们还要精选一些优秀的论文编成专辑发表在 *Neohelicon* 杂志上,从而使得我们的研讨会在欧美国家也产生广泛的影响。因为在我看来,这正是比较文学步入的一个新的阶段,它实际上帮助被人们认为处于危机阶段的比较文学走出危机的境地。再者,这也是为什么不仅在中国而且在美国越来越多的学者参加比较文学会议的原因所在。您说是这样的情况吗?

戴:是的。在过去的十年里,参加美国比较文学学会年会的人数已多了十倍,而且我们的年会越来越具有广泛的国际性。十五年前,提交年会的论文是 150 篇,其中只有三位学者来自美国以外的地方。而去年在哈佛大学,我们主办了一届年会,共有 2100 名学者提交了论文,与会者来自韩国、日本、马来西亚、新加坡、印度尼西亚、印度以及中国大陆和台湾等五十多个国家和地区。我认为,强调世界文学的比较文学有这样几个特点:经典意义上的比较文学研究应当还在做,例如传统意义上的比较文学研究依然注重两国之间的文学关系,并对它们的传统进行比较研究,这主要是法国和德国的状况,例如考察一国的形象在另一国的再现。这种研究仍然在世界文学的大背景下进行。但我认为,现在对世界文学的强调则有着不同的计划。我们在和你们的同事进行交谈时已经看到中国许多有意思的现象。在"文革"前的一段时间里中国与西欧交往很少,而与俄苏则有着更多的联系,之后到了"文革"期间,这种交往就中断了,中国又陷入了封闭的状态。这一点就文学而言倒不一样,大多数民族的传统都来自更加广阔的区域环境,并受到与国际交往的滋养。鲁迅就是一个杰出的范例。他通过阅读日语和德语学到很多东西,也作了不少翻译,据说他翻译了上百部作品,还通过日文翻译了果戈里的同名作品并写出了自己最有名的小说《狂人日记》。这实际上是一种重新翻译,果戈里的小说是用俄文写作,后被译成日文,鲁迅又从日文将其译成中文,你可以看出这是一个例子,作为中国现代文学最有名的奠基人之一完全就是这样一个世界文学人物。

王:当然了,鲁迅也因此被认为是中国比较文学的奠基人之一。

戴:确实如此,还有胡适,他也对比较文学很感兴趣,他曾经就读于哥伦比亚大学,在那里获得了博士学位然后回到中国。他们的著作在不同的学术机构之间流通得很好,使大家共同受益。

王:对,这就是为什么中国比较文学学会三年一度的年会始终对外国学者开放的原因所在。这也说明为什么在全国所有文学研究方面的学会、也许整个人文学科的学会中,中国比较文学学会一直都是最为开放和最有活力的一个文学研究学会。在每次的年会上,我们都邀请到不少外国学者,尤其是来自西方和日本、印度及周边国家的学者,但我们的国外与会者还未达到五十多个国家,最多时有来自二十多个国家的学者与会。所以当许多美国比较文学学者抱怨美国的比较文学曾一度处于危机的状态甚至死亡时,中国的比较文学研究却从未陷入这样的危机境地,它始终处于繁荣的状态。这也许就是差别所在。因此我们总是鼓励我们的同事去从事超越本国和本语言环境之外的文学研究。但对于中国的比较文学学者而言,我们不可能超越自己的文化土壤,去不切实际地比较法英之间的文学关系及其相互影响。我们的出发点往往是中国文学,也即中国文学与西方以及周边国家文学的关系和相互影响,同时也跨越文学的疆界,探讨文学与其他相关学科的关系,但最后的落脚点仍然是文学。和美国的比较文学研究比较相像的一点在于,我们也十分重视新的理论方法并自觉地将其用于具体文学现象的阐释和批评中。实际上,如果说比较文学确实存在这样一种危机的话,那么世界文学已经帮助比较文学走出了危机的境地。同时,我在我所参加过的一次美国比较文学学会年会上发现,世界文学也是一个讨论得十分热烈的话题,尤其是在苏源溪的那个题为《全球化时代的比较文学》的十年报告中,世界文学被不断地提及。您认为是这样吗?

戴:对。世界文学确实已经成为全世界的比较文学学者日益关注的一个课题。

王:好,我们下一个要讨论的议题是:世界文学选或国别文学选的作用是什么?是否应同时兼顾经典性和可读性?它将有助于我们建构一种世界文学经典呢,还是仅仅促使各国的文学作品在市场上流通?

戴：我想也许中国是伟大的文学作品选的始作俑者，中国也许是世界上第一个十分重视编辑文选以便使文学在全国流通的国家，大概可以追溯到唐朝之前吧？我想重要的文选大概可以追溯到 3 世纪左右吧。那么早中国就已经有了那么多的诗歌创作，其数量已经大大超过了个人可以阅读的极限。因此我的理解是，人们得依靠现成的文选来知道自古以来该读哪些东西。这样，也许中国为什么如此欢迎世界文学就不难解释了，要知道，两千年前，美国根本就没有文学，英国也没有文学，而你们却已经创作了那么多的文学。因此文选编辑者便有重要的影响，可以指导读者、教师和学生的阅读，对于一般读者发现周围的世界也很有意义。

王：现在我想请您说一说您在编选《朗文世界文学选》时所依循的选文标准。您是否认为质量应该始终居首位，还是仅仅考虑到民族/国别文学的分布？

戴：在《朗文世界文学选》的编选过程中，当我们确立选目时我们的确有一些主要的目的。其中一个便是力图超越以往在美国出版的世界文学选的欧洲中心主义既定模式，那些文选一般只收入西欧文学，或加上一些美国文学。日本比较文学学者平川祐弘曾颇具讽刺意味地指出，上世纪 60 年代在东京大学建立比较文学学科时，就好像是西欧版图的扩大本。因此当世界文学被用作一个术语时，其意义十分狭窄，于是便有了《诺顿世界文学名著选》(*Norton Anthology of World Masterpieces*)，最初出版于 1956 年，仅局限于西欧文学，尽管后来逐步开放，但范围也有限。因此我和朗文文选的合作编者们便试图编选一个真正全球性的文学选。

朗文文选的诞生是为了满足美国大学教学的需要，因此我们在很大程度上得依赖与不同学校的授课老师的沟通和对话。也就是说，在很大程度上并不是学生们要读什么作品，而是老师要他们读什么作品。而老师们通常更喜欢他们已经教得比较熟的作品，不一定去追求新的东西。因此朗文文选以及最新一版的诺顿文选就选了三分之二的西方作品、三分之一的非西方作品，全书共 6000 页，其中 4000 页为西方文学，另 2000 页为非西方文学。我知道这仍然是不平衡的，但这并不是我们想怎样就怎样的问题，而是我们得在一系列限制中工作，例如当前教师的训练程度以及他们希望教什么样的作品，等等。此外他们还试图提供一些文化接触，这对一部专注于不同文学经验的文选是一个挑战。我们得请专家合作，以帮助学生和老师们能够想到一处。我们有一些部分专门讨论何谓文学,在关于中国的部分,我们有一些部分是关于什么是文学,在古典文学部分,我们努力辟出一节讨论文学批评,讨论美学和文赋、中国传统意义上的文学之概念,等等。在希腊部分,自然包括亚里士多德和柏拉图。在不同的地方,我们总是要包括关于什么是文学之类的内容,我们围绕一个问题把不同的文本放在一起,以便起到不同文化之间的沟通作用。我们自然始终是重视翻译的质量并力图得到好的译文。

王:我从马丁·普契纳(Martin Puchner)那里获悉,《诺顿世界文学选》主要在英语国家销售,《朗文世界文学选》是否也仅行销于英语世界呢?

戴:对,也是这样。确实主要是为了满足北美市场的需要。我想指出的是,这些文选在很大程度上受制于市场因素而非学术因素,因此这在美国是一个很大的问题。我想主要有这几方面的问题:如果我们选古典作家,就要花很多钱支付翻译费,比如说要想得到但丁作品的最近的译本,我们就得付很多译本的使用费。而要想得到免费的译文,那就要回到七十五年以前的译文中去找,但老的译文很少有令人满意的。而选择现当代作家的作品,还有一个版权的问题,购买美国版权是购买全世界版权的二分之一的花费。因此诺顿和朗文这两个文选主要的市场在美国和加拿大,当然国外的一些学校可以进口我们的文选,但北美仍是我们的主要市场。我认为,世界文学选应在不同的地方出版不同的版本和用不同的语言出版,而不只是将一种文选的内容译成不同的语言,实际上在中国也会面临着一个中国的市场问题,也即教授这门课的教师对哪些作品感兴趣,如果一位教师不喜欢读这些作品怎么办? 所以在朗文和诺顿这两本文选中,尽管有很多不同的选文,但也有相当一部分选文是重叠的。可以设想出版一个中国的文选版本,然后出版一个美国的文选版本,这也许是比较恰当的。

王:这样看来,编选一部世界文学选在很大程度上得取决于市场所需了。在中国,情况也大致相同,但在某些方面又不同。中国的大学老师和学生也有自己的世界文学选集,名称为"外国文学作品选",也即在除了中国以外的所有外国文学作品中进行挑选。往往也是西方的作品大大多于东方的作品。由于入选的作家都是外国人,所以我们称之为"外国文学作品选"。在众多的文选中,最有名的是已故周熙良主编的《外国文学作品选》(四卷本),它广为中国各大学的中文系外国文学专业使用,尽管

245

周熙良早已于 1985 年去世,但是这部文选的经典和权威地位仍是不可动摇的。当然,市场上也有一些不同版本的外国文学选本,但其影响远远不如周熙良的选本。我想他们的目的与您的目的是不相同的:他们所侧重的是入选作品的经典性和文学质量。中国有很大的市场,我们有更多的大学生,而且有些课程是必修课,例如中文系的外国文学课在很多大学就是一门必修课。因此老师和学生必须用这些书,销路自然就好了。此外还有许多文学爱好者,他们也会通过阅读文选来了解世界文学的全貌。我本人最近也开始介入了文选的编选。但我编选的是中国文学选。我去年年底开始承担中国国家新闻出版总署的重点项目"经典中国出版工程"系列的《20 世纪中国文学选集》英文版的编选工作,我们的设想是收入 20 世纪中国最优秀和最经典的文学作品,但同时也兼顾其可读性。我们初步决定这个大项目由六卷本组成:长篇小说一卷,中短篇小说一卷,诗歌一卷,散文一卷,戏剧一卷,还有一卷为理论与批评。国家新闻出版总署知道这部文选主要是针对英语世界和国际市场,不可能获得市场收益,于是便向我们提供了资助,以鼓励中国文学走向世界。此外,在我们接近完成整个项目时,我们还可以申请国家出版基金,但条件是必须有一个国外合作出版者。即使如此,我仍然担心,为了更为有效地进入英语国家的市场,我们必须与一家知名的英美出版商洽谈合作出版的事宜,您认为这是一个可行的策略吗?

戴:这当然很好,可问题是您是否可以作一个节选本,我想美国的出版商也许更愿意出版两卷本而非六卷本的文选,您还得考虑如何适应美国的图书市场。

王:您的意见很好。我们现在讨论最后一个问题:作为在美国大学任教的英文和比较文学学者,同时您也对世界文学和中国文学十分感兴趣,那么能否请您告诉我们,目前中国文学在全球文化和世界文学语境下的地位究竟如何? 如果这一现状并不令人满意的话,我们应该采取怎样的措施呢? 您作为《朗文世界文学选》的创始主编,在您主编的文选中收入了多少位中国作家及其作品? 您的同事和另一家名气很大的《诺顿世界文学选》的主编马丁·普契纳昨天告诉我,在他主编的诺顿文选中,共收入了二十多位中国作家。我想这应该是一个很大的进步了,因为据我所知,在最早的《诺顿世界文学名著选》中,大概只有一位中国作家入选吧?

戴:我想最早的版本根本就没有中国作家入选。

王：那也许是到了第二版才开始收入一位中国作家的作品。

戴：对，也许是孔子的《论语》吧。我是不会那样做的。我们在朗文文选中收入了大约三十二位中国作家的作品。入选的古典作品包括孔子的经典文本，老子、庄子、唐诗，以及《西游记》和《红楼梦》的精彩章节，这两部小说每部都选了大约 75 页。在同一历史时期我们就选了两部中国的主要小说，我们还选了一些晚近一些的作品，包括 20 世纪早期和中期的鲁迅和张爱玲作品的优秀选本。但是我们目前没有选中国当代文学作品，但我认为这是我们今后出新的版本时需要做的工作，我们要发现哪些是当代最有意义的短篇小说家和诗人。我应该承认，日本现代小说比中国现代小说在美国更广为人知，我也不知道为什么市场更早地选择接受日本，我想这里面肯定有很重要的原因，例如日本的讲谈社就为在美国翻译和出版日本的作品起到了极大的推动作用。或者也许几十年前日美之间就有了很多接触，或者说是由于日本与美国以及美国与中国之间文化和政治上的原因吧。现在正是大力加强文化交流以及中国文学在美国的流通的大好时机。我想您知道现在的读者有一部分乐趣是想发现世界上的不同地方，美国学生对此也颇有兴趣。土耳其的诺贝尔文学奖获得者奥尔汉·帕穆克的作品居然被译成了 56 种语言，他来自一个小国，其语言也不甚流行，而他却成了最年轻的诺贝尔文学奖获得者，获得了广大的国际读者，远远超过了他在土耳其的影响。我想当年他出版《我的名字叫红》时不过四十多岁，获得诺贝尔文学奖那年也不过 53 岁，他的成功在很大程度上得助于翻译，我期待着他拥有更为广大的国际读者。

王：确实，帕穆克在中国也有着众多的读者，他的主要作品都已经有或者即将有中译本，这样看来，翻译确实成了一个十分重要的媒介，尤其在把中国文学推介到世界时就更是如此。

戴：当然了。

王：作为一位文选编选者，您肯定为使中国文学在英语世界更有影响做出了很大的努力。我的一些同事始终认为，中国文学之所以在全球文化和世界文学的语境下被边缘化，在很大程度上是因为翻译的缺失，您认为翻译是唯一的原因吗？或者说还有其他什么原因呢？

戴：这一点您已经在发言中作了概括，翻译的缺失当然不是唯一的原因了，还有东方主义的思维模式也导致人们对中国的忽视。令人奇怪的是,古典文学也是按照这种东方主义的情绪得到理解的,它却被当做是古代智慧的宝库,应当具有多方面的意义。当然在西方,人们对《诗经》的接受是很重要的,同时人们对唐诗也颇感兴趣,而相比之下对现代的东西就兴趣少多了,我希望东方主义这一令人不愉快的遗产将很快消失,现在人们对当代的事情有很多的兴趣。作为一位文选编辑者,我主要关注另一个方面。美国人往往只有很短的历史记忆,因此所有的倾向都是试图知道什么是新的东西,因此我必须让他们也去阅读杜甫和老子,而不仅仅是追求那些在市场上畅销的东西。

王:您认为随着中国经济的增长和综合国力的提高,中国语言和文学将会越来越受欢迎吗?

戴:我对此确信无疑,正如汉语目前很流行一样。现在美国的许多中学都教授汉语,当年我读中学时简直闻所未闻。而它现在在很大程度上取代了德语的地位,当然,在美国的中学学习德语也是可能的,但现在我的子女所在的中学已经可以学习汉语和日语了。

王:因此我认为如果一部世界文学史把中国和印度等主要国家的文学包括进来的话,那就可以说是真正意义上的世界文学史了。

戴:对。

王:让我们共同欢呼真正的世界文学时代的到来!

戴:好。

王:作为一位文学编辑者,您确实为中国文学在英语世界的普及和推广做了很大的努力。我们衷心地感谢您!

(作者单位:上海交通大学人文艺术研究院;清华大学外文系)

文化研究的缘起、方法和政治

——劳伦斯·格罗斯伯格访谈录

何卫华

编者按:劳伦斯·格罗斯伯格(Lawrence Grossberg),1947 年出生于美国纽约,是享有国际盛誉的文化研究学者,他著述等身,在青年亚文化、文化理论和政治斗争理论等领域有很深的造诣。格罗斯伯格的代表性学术著作有《我们必须逃离此地》(*We Gotta Get Out of This Place*)和《深陷重围》(*Caught in the Crossfire*)等,由他担任主编的《文化研究》(*Cultural Studies*)杂志在文化研究等相关领域有着广泛的影响力。他现任职于美国北卡州立大学教堂山分校(UNC at Chapel Hill),为该校莫里斯·戴维斯(Morris Davis)传媒研究讲座教授。受本刊主编委托,本文作者何卫华在美国访学期间对格罗斯伯格作了深度访谈,后者就文化研究的缘起及其在当今时代的现状一一回答了访者的问题。

何:在美国和英国,文化研究(Cultural Studies)有着不同的谱系,而且各自的发展路径也有很大差异。但有趣的是,在美国的文化研究领域,您是众所周知的最为杰出的学者之一,而您的学术背景却可以追溯到英国伯明翰学派,这一点您自己也经常在不同场合作强调。对于理解英美这两种不同的文化研究传统的差异以及各自的独特性,也许您这种独特的经历赋予您特别的优势,能否就此谈谈您的理解?

格:文化研究这个术语,在我看来,在英语世界有着两种完全不同的含义。文化研究的这一用法有点像在 20 世纪 70、80 年代,批判理论

(critical theory)不仅被用来指所有从马克思主义视角来研究文化的作品,同时也可以用来特指法兰克福学派的文化研究著述。这也是为何当一些学者说他们在从事批判理论研究时,实际上是说自己在研究霍克海默、阿多诺、洛文塔尔和哈贝马斯等。也就是说,文化研究既可以是广义的,也可以是一个狭义的范畴。但在运用过程中,这两种含义经常被混淆。然而,我想要坚守的是一种狭义的文化研究定义。这种意义上的文化研究起源于英国,其奠基人包括雷蒙·威廉斯、斯图亚特·霍尔、理查德·霍加特和汤普森等学者。当然,在拉丁美洲、亚洲等地也出现过这一意义上的文化研究,在二战之后,这些地区有一批学者也在从事着同样的工作,从而在这些地区形成了本土的文化研究传统。因此,广义的文化研究有着多重含义:有时它被用来指通俗文化研究;有时指文化政治研究;有时指文化理论研究;有时指包括多元文化、批判性种族研究、女性主义研究等在内的身份理论研究。著名学者弗雷德里克·詹姆逊曾经将文化研究定义为大众文化和身份政治的汇合点,这也许是对这一广义文化研究的一种极精彩的描述。当然这里也许还得加上"大写的理论"(high theory),因为这一点在很多美国学者身上体现得相当明显。但以上说法,在我看来,都不是伯明翰学派、霍尔以及世界上其他地区诸多学者所从事的工作,他们更多的是从事着一种狭义上的文化研究。雷蒙·威廉斯在一篇名为《文化研究的未来》("The Future of Cultural Studies")的重要文章中对此进行过区分,他区分了文化研究的筹划(project)和其现实中的"构型"(formation)间的差异,指出当"构型"试图将自身合法化并体制化的时候,其结果往往就是它们开始忘记自身的筹划。

在我看来,英美文化研究的确存在差异。首先,在英国文化研究传统中,存在着一种更直接、同时也更有自我意识的筹划。在美国的文化研究中,很难找到同样具有奠基性意义的代表人物,但肯定存在着一个美国的文化研究传统。我曾受教于伯明翰,但在攻读博士学位时,我师从詹姆斯·卡利(James W. Carey),卡利是约翰·杜威(John Dewey)和加拿大学者哈罗德·伊尼斯(Harold Innis)的学生,在这些人的努力下,形成了一种美国式的文化研究,这一传统和英国的文化研究非常不同。但尽管如此,这一传统有着同样的筹划。那么这一筹划到底是什么?在我看来,这一筹划的第一要务是要严肃地去对待文化。这不仅仅是要关注以大众文化或者大众媒体形式呈现出的文化形态,而是必须认识到文化是所有人类实践的一个维度;第二点同样重要,这一点可以用多种方式来描述,用我的话讲,这就是要去探寻一种新的研究方法,在我看来,这就是激进语境主义。雷蒙·威廉斯说文化研究就是要研究一整套生活方式中所有因素之间的所有关系,说的实质上也是这个道理。当然,威廉斯的这一说法也争议颇多。不仅汤普森,还有保尔·吉洛里(Paul Gilroy)和霍尔也都驳斥过"一整套生活方式"的提法,因为要想研究所有因素间的所有关系毫无可能,但关键问题在于威廉斯认识到语境才是文化研究所要研究的对象,而语境是由整个网络系统中所有的关系所构成的。因此,关系才是应该研究的对象,要去研究构成文化的所有关系,甚至于整个社会构形,而不是单纯地去研究某种大众文化产品。例如,美国的一些自认为搞文化研究的学者经常会阅读和援引斯图亚特·霍尔,在他们看来,霍尔提供了一种文化研究路径或者说是种族理论。但霍尔曾清楚明白地描述过自己的工作,他说他从来就不曾提供过一套关于种族的理论,也从没有要就种族本身就事论事,英国整个社会才是他一直要关注的对象。如果不将种族看做这一宏观语境中的关键要素之一,你永远也无法真正理解这一语境,但是研究的目的却从来都并非种族本身。在社会的特定时期,如果透过形形色色的复杂的斗争和矛盾的镜片来观察,这也就是霍尔所说的关键时刻(conjuncture),这一语境和种族息息相关。也就是说,他研究的目的从来就不是要去提出一套种族理论,而是要在 1976 年以及 80 年代这一特定时期的英国文化和社会语境中对种族进行理论化。在 20 世纪 90 年代,他又发表过系列文章,在这些论文中他说自己在 80 年代所写的东西现在已经不再真实,因为那时对英国种族和种族政治的描述在 90 年代已经失效。所以这是一种激进的关于语境的描述和理论。对语境进行描述——并且采用语境主义的方法——在我看来这就是文化研究的筹划。

在我所有著作中,如何理解自 20 世纪 50 年代以来美国政治、文化、社会和经济斗争的语境,这是一以贯之的根本意图。我写过一本名为《我们必须逃离此地》的书,这本书貌似写流行音乐,但事实却非如此,它只是试图通过流行乐来理解在美国所发生的一切。还有一本名为《深陷重围》的书,这本书貌似关于孩子,但实际上也另有他图,它只是通过孩子进入当时的语境。我的假设是如果仔细观察围绕孩子而建构起来的所有关系,以及对对待和表征孩子们方式的种种变化,你就会明白如果通过别的方式,这一语境中有的层面就不可能得到如此清晰的显影。在美国,很多人认为,如果你是在研究"大写的理论",那么你做的也就是文化研究。

我也酷爱那些"时髦的"理论,很有趣也非常重要。但雷蒙·威廉斯和斯图亚特·霍尔等人所开创的文化研究模式都是语境主义的,这是一种更狭义的文化研究。当然,文化研究也可以是一个广义的概念。我很乐意说奈格里和哈特的著述可以被看做是试图以全世界、全球为对象的文化研究,他们对语境也颇有兴趣,但遗憾的是,他们的驱动力更多的是理论本身,而不是理论和实证研究间的辩证关系。理论必须被理解为理解语境的工具,而非一种理所当然的描述。对我而言,这才是文化研究之真谛。在英国,当我和其他学者就此进行交流时,大部分人会对此表示赞同。他们也许没有使用"激进语境主义"的术语,而是在谈论接合(articulation)或关系主义(relationality),但他们懂得这一点才是文化研究的筹划。然而当我在美国阐述这种观点时,大部分人愕然。在他们看来,文化研究就是文化多元主义、流行文化、大众媒体和大写的理论。文化研究要么就是这些事物中的某一种,要么就是说这些在文化研究之中都有一席之地。你应当对这些事物进行理论化,但你不必对媒体或者流行文化本身进行研究。霍尔早期有一篇论文,这实际上是对伯明翰中心早期的回顾,他在这篇报告中写道:"人们经常读我们的作品,他们似乎认为我们是致力于研究媒体和大众文化的中心。其实事实并非如此。我们现在之所以这么做是因为在这种语境下,这些领域有很多工作亟待我们去完成,因此必须在这一领域展开一场智力上的战斗。但这并不是我们的旨归,我们实质上是要去理解语境这样更为广阔的因素,是要对关键时刻进行分析。"我关于孩子的著作涉及大众媒体或者说流行文化,但现在我在研究经济,尽管这和流行文化或大众媒体相去甚远,但我仍认为这是文化研究。我从来没有研究过身份问题,我没有就种族、性别和殖民等问题发表过见解。即使在我对理论进行研究时,我的作品也并非"为理论而理论",而是关于为什么特定理论能或不能帮助我们理解语境。文化研究也并非仅仅关于文本、关于对文本的阅读(或观众),或仅仅是关于文本的政治(有时被看做意识形态),认为这些可以从复杂的社会、政治、日常的和经济权力与斗争中分离开来。

对于詹姆逊等诸多学者,我崇敬有加,我的学生都在阅读他们的著述。但我并不认为包括詹姆逊在内的这所有人都在从事我所说的那种意义上的文化研究。当然,我并不认为只有文化研究才是好的,我也并不指望世界上所有人都来加入文化研究的阵营。在我看来,文化研究只是从事学术研究的方式之一。关键时刻主义(conjuncturalism)就是力图理解特定时期的语境和历史特质。它操作的层面是分析具体和理论间的特定关系。当然还有很多其他模式,霍米·巴巴、阿甘本和詹姆逊等都有自己的模式。在我看来,他们的作品都很精彩,但我并不认为他们的作品是威廉斯、霍尔、巴韦罗(Barbero)、古哈、陈光兴和王晓明等所开创的那种意义上的文化研究。

英美文化研究的部分差异还表现在其被体制化的方式和地点的不同。可能是因为美国的大学更大也更为专业,也可能是因为两国大学中各个学科间权力分布的不平衡,文化研究在这两个国家的发展进程并不一致。浏览一下美国大学的官方网站,你会发现它们根本不怎么提到文化研究。同时另一方面,实践真正意义上的跨学科性——以及严肃意义上的政治工作——在我看来,更加困难重重。而且在美国大学中,我们的历史现实之一就是早期引入英国文化研究的学科并不是最强势的学科。当像我这种背景的学者从英国负笈归来,文学系对我兴趣寡然,唯一对这种研究感兴趣的是传播系。然而,在大学中,真正的权力掌控者并非传播系,而是英语系或文学系,倒是它们经常在声称代表着文化研究的正宗。结果就是,文化研究被体制化的方式和地点是不一样的——在美国,主要地点通常是文学系,有时是人类学系或者族裔、多元文化研究,尽管这两种传统还有另一个层面上的差异——从历史的角度而言,女性主义或种族主义研究同文化研究间的关系在这两个国家中也表现出差异。这两种研究有时有很多重叠之处,但相较于美国,在英国它们之间的联系更为紧密。

何:在美国的语境中,很多学者都认为您是美国文化研究最重要的发起、倡导和推动人。但是文化研究的现状却引起了很多学者的不满,抱怨之声也是人声鼎沸。结合您刚才提到的现象,是否可以说现在文化研究的发展偏离了您当时所预想的轨道,您和其他早期的发起人对文化研究的前进方向已经失去了控制?很多人对当下文化研究进行批评,是因为在他们看来,文化研究偏离了原初的左派立场。关于您自身的政治立场,您能否为我们作一个简单的描述?

格:的确,我是这一领域的开拓者之一,但始终只是其中一员。当我刚从英国回到美国时,鲜有美国学者关注伯明翰学派。我组织过很多相关的学术会议,撰写过很多相关的论文,因此,就英国文化研究模式进入美国而言,我的确做了不少工作。因此,对于让大家对文化研究更为熟

253

悉,我是有所贡献,但我只是这一群体中的一员,这里还有詹姆斯·卡利、汉诺·哈特(Hanno Hardt)、安德鲁·罗斯(Andrew Ross)和佳亚特里·斯皮瓦克(Gayatri Spivak)等。至于说我对其失去了控制,这种说法欠妥,我从来就没有试图控制它。有学者认为我经常想要控制它,但事实上我并没有这种意图。你不可能控制它,但同样重要的是,我们必须铭记当初雷蒙·威廉斯等心目中的筹划,这一筹划是伯明翰学派和其他很多学者的文化研究的精髓。让这一筹划薪火相传并为大家谨记,至关重要。很容易看出,并不是所有的都可以归入上面所说的那种狭义的文化研究。事实上,这一概念也并不狭隘,它涵盖很广。如果看看像《亚洲文化研究》(*Inter-Asia Cultural Studies*)、《拉美文化研究》(*Latin American Cultural Studies*)和我自己的杂志《文化研究》、《公共文化》(*Public Culture*)、《社会文本》(*Social Text*)、《文化研究评论》(*Cultural Studies Review*)和《新态势》(*New Formation*)等,你就会发现这一筹划着实涉及面很广。但至少有两个关键的共同之处:首先是文化对于理解语境和权力的关系至关重要;其次不管是对于理论还是政治,我们所致力于了解的是具体语境,并且在这么做时始终应坚持语境主义方法。所以,在一种语境下有效并不一定在另一语境下也可行。

至于理论立场,事实上我并没有固定的理论立场,因为问题总在变化。我现在是马克思主义者吗?我的确会用到马克思的理论,但在有的著述中,我并未使用他的理论或用得很少;在有的作品中,我也会用到德勒兹和瓜塔里的理论,因为这种语境下他们的理论很有效。我的理论是对语境的适应。我并不是使用理论去解读问题,相反,我是使用理论去理解语境。在写作《我们必须逃离此地》时,最初我是准备写一本关于摇滚乐的书,但很快内容却是关于里根以及"新右派"的崛起。霍尔、约翰·克拉克(John Clarke)、保尔·吉洛里和安杰拉·麦克罗比(Angela McRobbie)等英国学者围绕撒切尔主义都发表过著作,我以为我会写一本类似的书。他们发展了葛兰西的霸权理论,开始我以为我也可以套用这些理论。可当我着手写作时,初稿非常糟糕。这时才开始意识到这些理论在新的语境中并不合适,我开始引入列斐伏尔(Lefebvre)、福柯和德勒兹等人的理论。我必须重新寻找一种适用于这一语境的理论。

是的,对于将文化研究引入美国,并使其在全球范围"旅行",我的确做出过贡献。我很高兴我是这一进程的一部分,但是我从来没有试图去操控它的发展,只是始终试图在所有争论之中让人们谨记文化研究的筹划并将其置于议程之中,这一点不管是从知识层面还是从政治层面来讲都非常重要,尽管这一点也许并不是普遍主义的。

何:在英国的文化研究传统中,大众文化的勃兴经常被认为可以促进"共同文化"的形成,或者是通往一个更民主也更和谐的社会。但是法兰克福学派却正好站到了这一立场的反面,他们坚持认为大众文化要么是纯粹的欺骗要么是一种完全的操控手段,而其必然结果是导致进一步的异化。在您看来,应如何理解这两种完全对立的文化研究方式之间的紧张或辩证关系?

格:在前面的回答中,对文化研究我已进行了清晰的界定,因此我并不认为法兰克福学派可以被归入文化研究。现在,既往或当下的法兰克福学派所从事的工作在他们的语境中能否被看做文化研究,这一点我不太清楚;但将一种立场似乎当做普遍主义的,从一个地点移植到另一个地点,在我看来,这并非文化研究。这种行为只会让我们懈怠,逃避责任,而不是全力以赴地去从事实际工作。与此同时,也许更重要的是,在我看来,法兰克福学派有很多东西违反了作为一种筹划的文化研究的很多基本操作原则。同时极为重要的是,早期英国文化研究的先驱者们并不了解法兰克福学派。毕竟《启蒙辩证法》直到 20 世纪初才被译为英文,当法兰克福学派的著作大量地被译成英文时,伯明翰当代文化研究中心已经成立了大概十年,这时这些学者们才开始研读这些著作。

回过头来看,英国的文化研究是在试图提供一种不同于法兰克福学派的分析方式,这同时也是对法兰克福学派的否弃,这一点后来表现得日趋明显。理查德·霍加特的《识字的用途》写于战后英国,当时美国大众文化潮涌般侵入英国,主要论争的问题是大众文化泛滥对英国社会会产生何种影响,真正的工人阶级文化是否会被瓦解?《识字的用途》就是对这一公开论争的介入,这本书既是学术著作,也是畅销书。这本书可以被读解为——也许还需些许审慎——对法兰克福学派的悲观主义和他们关于文化运作方式的分析的拒绝。文化研究的出现是为了反对当时占主导地位的马克思主义理论,或者说那时流行的马克思主义。在谈到 20 世纪40 年代和 50 年代马克思主义批评家同英国保守主义批评家间的论争时,雷蒙·威廉斯总结说,保守主义者(利维斯等)比马克思主义者对文化的理解更深刻和透彻。所以在几乎所有论著中,威廉斯都在发展马克思主义,对"经济和文化"这一简单的二元划分模式、"基础和上层建筑"、

255

简单的决定论模式、真实文化和资本主义文化间的差异模式以及简单的文化运作方式的模式进行超越或补充。伯明翰学派和法兰克福学派形成了直接的对话,也有过很多论争。伯明翰学派对法兰克福学派的批评主要集于两点:首先,一方面其不仅对文化同人们生活间关系的理解不足,同时还对文化同权力(包括经济)的关系理解不足;其次,法兰克福学派的政治萦绕着太多的悲观气息。如果一开始你就认定大众都太愚笨、太被动、不可能采取行动,那么如何进行政治组织?如果大众已经完全受到操控或被资本主义所殖民并变得麻木不仁,那对大众革命的信心又从何而来?法兰克福学派对这些问题的回答要么是陷入悲观主义,要么是去礼赞高雅(先锋)艺术。但具有反讽意义的是,他们实质上是在礼赞资本主义生产的高雅艺术,并将其当做解决资本主义操控的独门暗器。所以不管文化研究是以隐含的方式(在雷蒙·威廉斯和理查德·霍加特的著作中)还是以显在的方式(伯明翰当代文化研究中心)出现,都是在寻找新的解读马克思的方法,重新思考文化同非文化间的复杂关系。

但仍需强调,法兰克福学派的论题和洞见的重要性毋庸置疑,它们有非常深刻之处。可能我并不完全赞同,但这并不表示它们不重要。问题在于为什么一定要将其冠名为文化研究?这一点让人匪夷所思。如果你想从广义上去理解文化研究,包括所有文化批评著作,当然也可以;但将这种理解方式同伯明翰学派和其他地区兴起的那种文化研究区分开来,是十分必要的。经常有人指责说我在著述中冷落了霍克海默和阿多诺等,对此我只能回应说我所有见解的前提是他们是错误的——至少在我现在写作的语境中是如此,或者说至少在试图开启关于新的斗争和可替代性将来的可能性这一方面。不能带着这种先见进行文化研究,然后在关于文化运作或资本主义如何作用于或者通过文化运作这些论题上总是得出同样的结论,老生常谈。

还得澄清一点。文化研究经常由于其民粹主义立场而受到斥责,有的学者认为所有大众文化都是抵抗性的和进步的。这很荒谬,但有一些做文化研究的人不仅这么相信,而且实际上也这么做。当然需再次指出,这么讲应放在特定的语境中,这种观点并非是内在于文化研究,也并非大部分我所认为的文化研究学者的立场。在题为《解构"大众"之我见》("Notes on Deconstructing the 'Popular'")这篇文章的结尾,霍尔曾说道:"在一个语境中,大众文化只是抵抗、甚至于社会主义可能被组织起来的场所之一;但如果这些并没有发生,也不足为怪。"在这里,霍尔并没有说大众文化总是或必须是抵抗性的或进步的；他只是说，"我对大众文化感兴趣，是因为这里存在着可能性"。对此我完全赞同。如果你相信民主革命或某种对当下权力结构进行变革的形式，那就必须思考人们的思考、谈话和生活方式，了解和他们息息相关的事件，这包括大众文化在内的所有关涉大众的领域。你必须和人们交流；以尊重的态度去对待他们；你不可能去告诉他们说他们喜欢或关注的一切都是无意义的瞎掰胡诌，或他们的品味说明他们都是稀里糊涂或别的什么。你在和人们交往时，必须尊重他们，了解哪些事情对他们而言是重要的，这样你才能和他们携手工作，改造和变革世界。这就是大众文化对我和文化研究而言都至关重要的缘由。你必须弄清楚大众文化对他们意味着什么以及对他们所产生的作用：有时这是他们的挫败、愤怒、怨恨或者希望的表达或宣泄；有时它可能是抵抗或者甚至是反对；有时可能仅仅是逃避或超越日常苦难的方式。具有反讽意义的是，很多左派人士，特别是在美国，似乎认为民主的意思就是全世界都必须同意我的观点。如果有人给共和党投票的话，原因只能是他们遭到蒙蔽和欺骗；只有给他们自己心仪的候选人投票，人民才不会被斥为愚笨或被殖民，因为那不是我的文化的运作方式。你必须弄明白大众为什么投票给共和党、布什或是萨拉·佩林（Sarah Palin），大众为什么会认同市场，等等。如果你的目的是要改变世界，就不能想当然地认为大众文化总是抵抗性的，甚至将其等同于革命，这至关重要，我们必须了解语境并力图去找出变革可能发生的地点。这也是葛兰西的观点。葛兰西讨论过如何在常识中发现矛盾，找到缺口，从而使变革成为可能。这就意味着必须认真对待共识，并且抽丝剥茧，认识到可能性和矛盾栖居于此。

何：对于如何区分高雅文化和大众文化，似乎是任何文化研究学者必须处理的一个问题。作为一门学科，大众文化研究在学界现在已经成为越来越重要的话题，但是高雅文化的"幽灵"仍然萦绕着学院体制中的每一个人。您曾经说过这种紧张正是文化研究之所以多产的原因，但是这一问题如何从理论上进行解决或者描述？一方面，在各种不同形式的或者同一文化形式内部的文化生产中，似乎的确存在着质的差别；但另一方面，却要声称文化是"一整套生活方式"，似乎一切都可以置于文化的麾下。在您看来，应如何理解这一问题？

格：事实上，我说的是作为艺术的文化（高雅文化）和作为一整套生活方式的文化(包括大众文化)之间的紧张具有多产性。在谈到高雅文化和大众文化间的关系时,通常还会涉及第三个术语:这一术语有时是商业或群氓文化(mass culture),以区别于大众文化;有时是被认为货真价实的人民文化的民间文化(folk culture),民间文化不仅对立于资本主义大众文化或商业文化,同时还对立于特指艺术的高雅文化。但是,文化研究拒绝将这些范畴或差异看做理所当然、毋庸置疑。所以文化研究既要将大众文化研究合法化——任何人不仅都必须严肃地对待这一点,同时还必须将其放在语境之中——与此同时,还需将作为形式、文本和实践领域的文化内部的区分和分布问题化。文化研究坚持认为这所有区分都是权力系统的运作而建构的。所谓的高雅艺术并不完全或必定是由于内在于文本本身的属性所决定,而是批评的体制化形式、权力的分布等因素共同作用的结果。这并非关于品质高下纯粹的、客观的评判。这样并非是要对品质或政治上的差异置若罔闻,而是要指出差异并不一定内在于形式本身,也并非普遍主义的。

文化研究必须以此立场为前提。现在,这些论争仍然在进行,但美国学者已经不怎么谈了,至少在我所了解的英语世界是这样的。这种区分已经不太重要,尽管这种区分的政治仍然明显地是很重要的。大多数文化研究者更多是关注大众文化,但关于通常被看做"高雅"文化的形式和实践方面,文化研究学者也已取得很多重要成果,如对文学和音乐的研究。当然,正如很多批评家所指出的,这些界限已经日趋模糊,例如,现在有很多著作都是关于那些特别是来自第三世界或流散族群的艺术、摄影和电影。问题是当你宣称某种东西是高雅文化时,通常你的意义就是这一事物宣称自己可以超越自身的语境,尽管当然这里不可能有办法对这些声称进行客观评判。一些人认为披头士是伟大的艺术,意思就是说这一艺术形式可以超越60年代的语境而亘古留存。但文化研究恰好是反向运作,它要研究的是文化如何被置入或重新植入语境或关系构型之中的。研究高雅艺术,将高雅艺术作为进入语境的突破口或作为理解语境的方式,在我看来,对文化研究提出了困难但又严肃的问题,这个问题直到目前还没有得到很好的解决。这可能是因为高雅文化通常为一些特定的阶级表达所围绕,所以处理特定阶级关系并不是其强项。它通常同阶级之间围绕高雅文化的构成以及什么值得投资、收藏和欣赏等形形色色的斗争相关联。但是我认为这些问题——以及别的关于通俗和高雅艺术之间的差异的问题——在美国现在可能已经不再是主要问题。

但这并不意味着它们在世界上其他地方或语境中也不再是中心问题,一些来自香港和台湾的朋友就曾指出这些问题在他们那里仍然是很重要的话题。当然,在美国这一话题不处于中心并不说明这一阶段已经被超越,大家可以不再去讨论并将其抛之脑后。我并不是这个意思。我是说在有的语境中,不管是从智识、学术还是从政治的角度来看,这些问题仍然重要。在香港、台湾,也可能在北京这些地区,这些斗争不仅表现在知识领域,同样在政治生活中仍非常地明显和重要。在这些语境中,这些问题仍亟待思考,并且也是他们分析的重要组成。但在美国,已并非如此。比如,我们可以从类似的视角,指出曾经有那么个时间和地点,英美的主导文化是高雅文化。而且在当时的大学架构中,高雅文化仍然是传授的内容和获取文化资本的方式。在这种语境中,严肃对待大众文化本身就是对权力的一记响亮耳光。但现在这一点已不太明显;事实上可能大众文化才是当下英美的主导文化。现在大学里也教授大众文化,有时甚至享有极高的文化资本。要再次强调的是,在不同语境下,什么构成文化研究的问题域或事件会不断变化。在我看来,这一点对美国文化研究而言已不再是问题,但在世界上其他地方则并不一定如此。例如在拉丁美洲,文化研究就表现出另一种形态,殖民文化和本土文化的关系才是他们重要的问题域,围绕着文化分化问题形成了不同的政治构造。

所以文化研究的研究对象是语境。一种语境是一个问题域,它向分析者提出了一系列相互联系的政治、文化、社会和经济问题,而你就必须去应对这些问题。对文化研究而言,你不是要去处理自身的问题,而是要去处理语境所提出的问题。例如:我猜想,如果不了解中国城乡矛盾及它们之间的复杂关系的话,你就无法讨论今天的中国现实。在其他地方事情就不一定如此,但对中国和印度而言却是非常关键的问题域,尽管这一独特问题在这两个国家同各自自身所处的问题域关联的方式可能大相径庭。但这并不是说在世界上其他地方这也是关键问题。在中国,高雅文化和大众文化的二元对立可能构成重要的问题域,但这并非我所能回答的问题。

何:尽管在不同国家文化研究的发展路径、遭遇、批判对象和旨归都大不相同,但从内在本质而言,文化研究是激进主义的,并且从其在英国的缘起阶段开始就同左派政治紧密相连。在英国文化研究传统中,文化研究曾经的批判对象之一就是撒切尔主义;而在美国的语境中,里根主义也曾是文化研究的主要批评对象之一。这两者都是保守主义的代表,但显而易见的是,这种思潮在今天仍然十分流行。在同自己政治对手的斗争中,在美国这一语境,文化研究到目前为止已经取得了哪些成绩?

格:对于"激进"这一声称,有点让我忐忑不安,但对于说文化研究从根本上讲是政治性的这一点,我倒乐意承认。它相关于权力、权力结构以及去改变这些结构的可能性。对我而言,文化研究为变革世界的欲望所驱动,让世界变得更为美好,并且相信观念在这些斗争中的效用。观念能产生效用是因为当你试图去改变世界的时候,你必须能够提供一种说法。反对战争,或者对经济危机作出回应,这都不错;但是你关于当下语境的故事或讲述决定着你切入斗争的方式、策略和你认为斗争所可能产生的结果。你需要使用最好的智识工具去理解"当下正在发生什么"。如果你讲述的故事很糟糕,那么你的策略注定会失败。糟糕的故事的结果就是糟糕的政治。但好的故事并不一定保证好的政治,因为即使你讲述的故事更精彩,你并不能就其被采纳的方式作出保证,或保证对手不会盗用:如果你讲述更好的故事,右派或者保守主义者可能会盗用,然后将其用于为自己服务,因为你毕竟已经将你最好的故事讲述了出来。讲述最好的故事是知识分子的职责,但却没有很好地得以履行,因为我们对自己的政治或理论的迷恋经常压倒我们故事的那种经验上的复杂性。大家都希望自己讲述的故事是真实的,能够开花结果。在我看来,左派关于伊拉克、右派的崛起和经济危机的论述只是老调重弹,而忽略了其复杂性和矛盾性,因此针对它们的斗争只能是屡战屡败。与此同时,当文化研究总是政治性的,却并不能保证说它总是左派政治。在我看来,很多优秀的文化研究著述恰恰出自右派。例如,福山是一位保守主义作家和社会学家,他不仅写过《历史的终结和最后的人》这样的著作,也是《大断裂》(*The Great Disruption*)这本书的作者。在我看来,这本书是美国20世纪70年代最好的文化研究著作。因此,并不能说文化研究总是左派的,即使在写作时我认为我是左翼的,右派仍可以盗用它。

至于美国文化研究已取得的成就,我想我们在这方面的记录并不理想。在70和80年代,英国学者围绕撒切尔主义写出了一批非常优秀的著述,这些经验的、理论的和分析性的论点产生过深远影响,尽管这种结果可能为这些学者所始料不及。这并非事先计划好了的。他们只是将自己的分析付诸文字,并试图产生可能的特定结果,或至少是开启一些新的可能性、新的想象,可能这些遭到了劫持(误读乃至忽略),从而导致出现一些意料之外的结果。这种带有明显政治性的作品在英国司空见惯,比在美国更加普遍。我认为美国这方面的记录并不是很好。我的著作《我们必须逃离此地》是关于里根主义的,而《深陷重围》写的则是布什,我认为这些书很不错;但必须承认,关于美国当下的境遇,很难找出更多类似的进步的或者是左翼的分析。的确有一些,但要想找到一种关于过去五十年间或者过去三十年间美国到底发生了什么的左派分析并非易事。的确有一些不错的著作,但来自文化研究的并不多。很多著述只是老生常谈。在过去五十年间,很多来自文化左派的著述是要反对经济化简主义。但令人气馁的是,在这一期间,你可以发现左派自己又是多么容易就落入经济化简主义的窠臼,认为一切都是新自由主义,一切都可以通过新自由主义得以解释。我认为文化研究从来就不是这么简单和直接的解释。你必须探究所有因素间的所有关系。在我看来,知识左派(或者说更为广泛的左派)并没有什么出众的建树,相反,右派在理解语境这一问题上所取得的成绩倒比左派更引人注目。

261

何:青年亚文化现在已经越来越受到学界关注,而您的名字也已经和青年亚文化研究紧密地联系在一起。在中国,这一领域还是一片相对比较新的领域,尽管我们也有一些优秀的学者对此非常感兴趣,并已经取得了一些成果。当初是什么促使您关注这一领域的?能否简单地谈一下这一领域的学术成果以及它将来的发展方向?根据我的阅读,您早期学术生涯的关注焦点之一是摇滚乐,这可能是对您从事文化研究的方法进行说明的一个很好的范例。

格:在前面我已简要地涉及了这一问题,这里再作进一步阐明。涉足青年亚文化,是因为我想将其当做理解美国(或者更为广义的,整个西方世界)正在发生什么的切入口。在20世纪60年代,各种社会运动如火如荼,林林总总的这些运动对欧洲现代资本主义社会中占主导地位的自由主义提出了挑战——这一时期有民权运动的崛起、女性主义、反战运动以及反文化,甚至50年代的垮掉派运动,这些都同年轻人有着密不可分的关系。到了60年代,青年亚文化的说法随着这些运动也流行开来。作为这些运动的参与者,我当初投入了极大的热情;后来作为学生,不管是在本科阶段还是在伯明翰时期,这种兴趣仍一如既往。我并不是说这是一次成功的革命,而只是想追问:"正在发生什么?这个为什么在发生?可能性有哪些?我能提供怎样的说法,从而既能解释其得失成败,亦能帮助我们对新的政治变革可能性进行思考?"为所发生的事件提供最好的说法,我相信这是政治知识分子的职责所在。而好的解释必须包括两点:一是我们对现实世界的职责。你不能因为你不喜欢就掩耳盗铃地假装事情没发生过,你必须让这个世界成为你所说的一切的见证人。第二点就是我们对将来和开启新的可能性的职责。你勾勒出一幅更美好的图画,是因为你能够看到将来和斗争的可能性。这也就是我所想要做的。

我曾关注过音乐,是因为在 60 和 70 年代所发生的事情之一就是上述形形色色的群众性政治运动既非相互联系,也并非彼此对抗。它们是分裂的,在各种不同关系之中,左派由于具体的事件、策略和视野等不同缘由而分裂,并且现在仍然如此:所以有女性主义的左派、反对种族主义的左派、社会主义的左派、嬉皮左派和另类的生活方式的左派。在我看来,正是音乐的力量,在 60 年代将这所有的群体运动联合了起来。然而正如我著作中所描述的,当音乐发生一系列的改变,变得更为分裂时,它就不能再将它们联系在一起。在 90 年代,当反全球化运动如火如荼时,它也试图将无政府主义者、共产主义者、劳工运动、环保主义者以及朋克文化等等团结在一起,但正如一位墨西哥批评家所言,这些运动注定会失败,因为它没有音乐。

所以在 70 年代,我开始关注音乐和青年亚文化,这并非我想要开创一个叫做流行乐研究的领域,尽管对这一领域的开疆辟土我的确有所贡献;我为其提供了合法性,帮助开设这方面的课程,并且现在很多人在进行这方面的学习,但这并非我的初衷。正如霍尔所言,之所以对音乐感兴趣是因为我想要理解语境以及这一语境中的政治可能性。如果我能够发现音乐在那一语境中所发挥的作用,我就可以提供一套更好的叙述。事实是我是从音乐开始,我想这对我们的作品和理论有很深远的影响。音乐让我能对我所说的"情感"(affect)这一概念进行思考,这是我的《我们必须逃离此地》和《深陷重围》这两本书及我后来的作品中的重要铰链。

现在我很少涉足青年亚文化和音乐,但这方面的工作仍在继续。事实上,在某种意义上,我从来就没有写过流行乐,我关注的只是语境,在这一语境中,音乐是创造关系的重要主体。如果我能理解它是如何做到这一点的,我就能理解一些其他人并不能理解的关于语境、政治以及这一语境的政治可能性的问题。今天,对反文化的政治可能性我仍抱有兴趣,但在学术上已不太涉足青年亚文化,不再涉足的部分原因是由于我年岁已高,这对我而言变得有些困难;当然我和其距离越来越远的原因,同样也部分地因为我不再那么坚信其在当下语境中的政治可能性。事实上,并不是我认为摇滚乐本质上就是政治性的。在《我们必须逃离此地》中,我的观点是认为其从根本上说是保守的,但它的确是有一种政治,这种政治是一种青年政治、娱乐的政治,这一政治表现为其对日常生活中的主导性感知(厌倦、恐惧、虚伪)的反对。这种政治可以同 60 年代更为激进和具体的政治结合起来。这并不意味着摇滚乐从本质上讲是一种激进政治,或者在将来出现机会的时候它也不可能演变为激进政治。因此,我曾关注过音乐,但终极旨归并非其本身。但当我后来再次对青年亚文化表现出兴趣时,最后指向的却又是不同的问题。例如,我之所以写《深陷重围》,是因为我发现在 90 年代,美国社会孩子们的处境并不理想。从 60 年代到 90 年代,人们对待孩子的方式发生了重大变化。我很生气,因为很多像我这样一定程度上靠青年亚文化而成名的学者却没能站出来为孩子们代言,说清楚在他们身上正在发生什么事情,所以我决定得做点什么,因此写了《深陷重围》。我认为这一发生在孩子身上的重大变化不仅在其本身是重要的,同时也是去理解新右派和新保守主义所进行的斗争的本质的重要途径。

何:在任何民族的想象中,孩子都扮演着重要的角色。在中国更是如此,很多中国人的毕生精力都花费在为孩子和年轻一代创造和争取更好的生活条件。您能否简单地介绍一下您自己曾说过的在美国所发生的"针对孩子们的战争"(war against children)? 另外,在您看来,当下针对孩子们或年轻人的战争表现出了哪些新的形式?

格:几年前在香港举行的一次大型学术会议期间,有学者对中国的这一现象进行过讨论。的确,在全世界各地都会有这种讨论。也许战争这一意象并不太确切,但你能从它感受到人们对待孩子的方式。这个词让人感觉或看起来好像孩子们都在遭受攻击,或者至少这应是我在这本书中得出的结论。《深陷重围》这本著作试图记录从 70 年代到 90 年代这三十年间,教育体制、警察部门、医药和文化体制联系、表征和对待孩子们的方式都变得更糟糕。任何有理智的孩子或观察者都会认为这里进行着一场针对孩子的战斗。但是这种说法好像毫无意义,因为无法解释社会对孩子发动战争的缘由。有些人归咎于有太多有色人种的孩子,这是种族主义战争。但即便如此,你总不该指望白人孩子也在遭受"虐待"吧,但这却是事实。还有些人认为这是因为婴儿潮时代出生的那一批人(ba-by boomers,特指 20 世纪 60 年代的这一批人,他们出生于 1946—1964 年

263

之间)都已经长大,他们讨厌孩子。但现实证据显示从个体家庭来看,人们对自己的孩子都呵护有加;但是从社会总体来看,人们对待这一整代孩子的方式却很恶劣。那么怎样才能提供一套更令人信服的叙述?我的观点是并不存在针对孩子的战争,但确实是有一场战争在进行,而孩子们却不幸地身陷来自交战各方的炮火的袭击之中。在这场战争中,孩子们成为并仍然是关键的战争场所,这并不是因为大家想让孩子们遭殃,而是因为任何一方都想从孩子们那里侵占地盘。在这本著作中,我的论点是在50 和 60 年代,在某种象征意义上,孩子们是将来的象征性表征,他们代表着我们对待将来的义务和我们的历史感。这种对时间以及我们和将来的关系的观念,是我们(美国人)看待我们自己以及我们对什么是现代这一宏观构想的关键部分。所以我试图将这场围绕孩子的战争放在更大的关键时刻的斗争之中,我将其称作"正在到来的美国现代性"(coming American modernity),作为一场关于时间、关于我们对将来的责任和同将来的关系的战争的一部分。如果你想同"主导的"关于现代时间的常识(切身体会到的现实)进行斗争,孩子们就是你进行战斗的直接战场。你不可能改变你同将来的关系,除非你改变你同孩子们的关系。所以尽管没有人愿意向孩子们宣战,但在更广泛的关键时刻的战争中,这一关于将来的战争——当然,这里有很多其他的战争在进行——将孩子们卷入其中并使他们成为受害者。事实上,"受害者"也许并不是很正确,因为他们经常会发动反攻,当然我在那本书中并没有涉及这一点。在我看来这是其不足之处。当然,这场战争仍然在进行。

何: 在不同场合,您都曾指出,不同的各种"新保守主义与新自由主义的联合"(new conservative-neo-liberal alliances)一直试图"擦除"想象。您曾经还说过,"理论如果不能帮助我们和我们的后代想象并且实现更好的未来的话,这种理论便没有太大的用处"。这句话特别有启发性,在我看来,这实际上是说文化研究同时肩负着两大政治任务:一是解构性的,这是要对我们世界的存在方式进行揭秘,去承认它是被建构的,可以被拆解并以另一种方式重构;另一任务则是建构性的,或者说是乌托邦主义的,这就是要去探索或者构想新的不同于当下的可替代性未来。我们能否说这种文化研究的乌托邦维度不仅在我们的知性生活中非常关键,对于现实世界中的现实政治来讲也同样如此?

格: 的确,和所有其他政治筹划一样,文化研究不仅应是批判性和解构性的,同时也应该是重构性的。它必须是一种希望的政治,必须能够开启未来。所以这就是为什么法兰克福学派从来就不太能被接受;而伯明翰学派始终坚持理论分析任务的一部分就是要去开启未来,这也是伯明翰学派的魅力之所在。同样,这也是人们喜欢葛兰西所坚持的立场的缘由,"知性的悲观主义和意志上的乐观主义"。如果你只是悲观,那又何必努力去改造世界?但是我并不太相信乌托邦,我相信想象。如果仅仅停留在说要创造更美好的未来,而这些可能性却不是以当下现实为基础,这样的乌托邦想象最好的可能是除之而后快。想象是指明如何由此处到达彼处。我们需要的是这种策略性想象,也就是说,我们需要知道我们现在身处何方,能够到达哪里以及明确前进方向。乌托邦的问题在于它经常同人们的现实处境脱节。你可以创造出一个乌托邦,但是你必须知道它是否能同人们的现实处境,或者你所能达到的目的地合拍。经常它是不相关的,其最终结果也就只能是悲观主义。因为如果你的预期是创造乌托邦,但却从不付诸行动,你就会愤世嫉俗。这样说也许更好:"从现在我所处的位置,走十步,然后我们就可以到达。"这不是乌托邦,但却要好得多。它可能不能推翻资本主义,但是它开始揭示资本主义的内在矛盾,促进世界上对经济剥削进行挑战的各种形式的经济关系形式的壮大,等等。这是一种想象,但并非是乌托邦式想象。弗雷德里克·詹姆逊十分推崇乌托邦,他可能会说我所描述的不过是不同形式的乌托邦,和他所坚持的立场并没有根本性区别。如果硬要这么讲,那我就不太清楚啦。

何:对于左派政治筹划而言,文化现在已经成为越来越重要的战斗场域,以至于有些学者更将这种思想倾向称作文化马克思主义。你曾经也将文化研究定义为"一种将知性实践语境化和政治化的独特方式"。这种倾向是否可以被理解为是左派对当下政治情势的一种妥协和无奈?或者更糟,这能否被解释为来自左派的一种失败主义的论调?

格:文化马克思主义有时被用来描述卢卡契、葛兰西和阿尔都塞等这一脉相传的西方马克思主义。有时它的使用范围更为狭窄——在当下语汇中——被用来特指某些马克思主义甚至后马克思主义理论,这些理论主要关注整个社会召唤系统(不仅仅是阶级——还包括种族、性别、性等),并且它们都对文化、特别是大众文化进行了严肃认真的思考。我强调这种严肃认真的态度,是要说这些理论拒绝将大众文化简单地化简为虚假意识形态或是对精神的殖民。当然,如何对这种解读马克思的方式进行回应？这取决于你如何理解马克思。要知道，随着时间的推移，马克思的立场是有变化的，特别是他对意识形态和决定的理解。如果你读《德意志意识形态》，那么文化马克思主义纯粹是浪费时间；如果你从《政治经济学批判大纲》来解读马克思，或者读葛兰西对马克思的解读，那么就会发现，讨论马克思主义不可能不涉及文化。文化马克思主义并不是对经济的拒绝或忽略，它是试图思考在社会之中所有因素间的复杂关系。文化马克思主义的术语经常是用来特指一种将马克思主义定义为物质主义的模式，而非经济主义的。它并没有忽略经济，只是拒绝从经济角度来解释一切。在我自己的著作中我也运用文化马克思主义，尽管我并不特别在意自己是否是"马克思主义者"。当然，马克思、威廉斯和葛兰西对我产生过深远影响，但是我从来就没有决定我是否是马克思主义者。就像我之前所讲，我只是某种意义上的马克思主义者；但我绝对是唯物主义者；马克思坚持和强调历史具体性，在我看来，这就是我所说的语境主义；我当然相应对资本主义进行批判，等等。但我并不认为马克思主义是万能解药，阅读了马克思就可以解答所有问题。在我看来，在有的问题上马克思是错误的。你知道，他并没有提出一套充分完整的关于文化、价值及其同价格的关系的理论；还有部分原因是因为马克思的作品必须放在关键时刻中加以理解。马克思描述的只是 19 世纪中期的英国和德国。他描述了一种独特的构型——可以将其称为工业资本主义。马克思只是对资本主义或者说 19 世纪 50 年代的德国进行了描述，你怎么可能说这可以为 21 世纪的资本主义或社会提供解释？世界已经发生了重大变革。马克思在《资本论》第三卷中认识到了这一点。他说知识和技术在社会中扮演的角色将日益重要，抽象劳动时间将不再是价值的衡量标准。马克思早就说过这一点，为什么现在我们倒在这一方面止足不前？在一定程度上，我可以说我比很多马克思主义者都更马克思主义，因为我认识到了马克思论点的历史具体性。正是如此，需要不断补充和发展马克思主义。

何：源于对传统的单一的强调阶级斗争模式的不满，一些左派知识分子将目光转向文化，将其也看做反抗和斗争的重要手段和场域。这一超越的企图不由得让我想起您的知识范式中经常出现的"情感抵抗"（affective opposition），您觉得"情感抵抗"是又一种有效的对抗资本主义的手段吗？

格：至于情感抵抗，需要作些说明。在我看来，西方哲学传统总是认为语言、文化和传播只能通过意义、表征和明晰性等才能产生效果。但在音乐中，事情明显就不是那么回事。音乐的运作并不是通过建构认知和语义上的意义，而是通过组织人们的各种感情。情感可能是情绪、情感、欲望、快感、痛苦、幻想、感知图式、关注模式和关怀等。有很多种情感：这一概念一方面可以追溯至斯宾诺莎；另一方面还可以回溯到弗洛伊德。很清楚的是，除开意义、表征和意识形态，人同世界的关系还有其他维度。哪怕你坚持的是意识形态理论，你还必须思考："为什么一种意识形态是有效的，而另一种却不能？为什么一种意识形态立场对我而言是相关的，而另外一种却不相关？"那么我就开始追问了："差异到底在哪里？为什么一件事情有一千人反对，但最终只有一百人会真正投身于实际的抗议行动？"这种差异并不一定是由于意识形态或政治立场本身，有时只是因为一些人对这些事情并不在意或在情感上感受得不够强烈，从而激励他们走出办公室，步行 50 公里去切身参加抗议；或是因为他们恐惧在公共抗议中现身。这和意识形态或意义无关，而是由于情感在作怪。现实政治抵抗需要条件，这就是我所想要强调的情感抵抗。在情感上你必须有足够强烈的感受，才会去反对或投身抵抗。动员人们参加抗议、抵制或组织起来，如果仅仅在采取行动之前去说服他们你是正确的，这还不够。在一定程度上，还得调动他们的意志和情感，什么对他们而言是相关的；他们必须对其有足够强烈的感受。当然这将我带回到音乐，这也就是音乐的功用。音乐能够将这些东西组织起来，直接同你的情感和激情对话。这也就是为什么在 60 年代音乐能够将这所有的各种运动组织起来。所以情感抵抗并非替代形式，在我看来，它是可能性的前提，你必须有音乐，才能组织群众性的抵抗，才能将人们组织起来参与政治。正如你所看到的，在奥巴马竞选总统的过程中，他很擅长于组织情感性抵抗，他能够召唤很广范围的政治立场。右派调动情感抵抗以服务于现代自由主义国家，已经在很大程度上让我们失望了，他们可以调动各种共享同一种情感抵抗的不同政治立场。奥巴马为左派做了同样的事情，很长时间以来他是第一个获得成功的。很多布什的选民这次都投票给奥巴马，奥巴马并非让人们相信他的政治是正确的，而是让他们相信他们的确痛恨在美国将要发生的一切。这就是一种情感上的感受。

何：在您的著述中，您经常使用例如复杂性、语境主义和关键时刻主义这些词。我们能否说正是这些词汇让您能够将微观的分析同宏观的政治联系起来？或者用詹姆逊的词汇，这是不是代表着您不断试图对总体性进行测绘的用意。这样描述您的方法论合适吗？如果不是，您能否简单地介绍一下您从事文化研究的方法？

格：是这样的，这的确是我试图把握总体性的方式。我认为，我的方法是通过摇滚乐、针对孩子们的战争、金融衍生物（derivatives）或经济危机等事件，然后将其作为各种力量、改变和斗争路线的结合点，由此出发，来探究关键时刻这一总体性结构。我最近写过一篇关于金融衍生物和经济危机的文章，就是想要说明如果你只是对当下经济危机就事论事，那么从文化研究的角度来说你是失败的，因为你不能提供一套更好的——有用的——叙述，你仍然没有逃脱资本主义的逻辑。所以我要去追问什么是金融衍生物？金融衍生物处于经济危机的中心，因为它是对如何计算和比较价值这一问题的回应。马克思说商品从根本上说是一种比较机制。你如何对各种使用价值进行比较？它们都是具体的，因此也无法相互比较。所以商品的功能就是将所有商品都同交换价值（生产商品的抽象劳动时间）关联起来；交换价值如是成为用来衡量使用价值的共同语汇。我的观点是在过去三十或四十多年来，我们不断经历经济危机，在这些危机中，如何比较和决定价值始终是主要问题。但在现实中，我们却发现我们越来越多地碰到一些境况，在这些地方，不管是从认识论的、相对主义的、道德的、社会学的、政治的或经济的层面，你都无法进行比较性判断；你也无法计算任何特定价值的相对价值。在我看来，理查德·尼克松通过将美元贬值（这也就否定了经济学家所称的记账货币的存在），从而引发了一场我所说的通约危机（commensuration crises）之后，金融衍生物的当代形式也就开始出现。有趣的是现任中国财政部长也坚持认为，必须引入一种国际货币才能走出现有的经济危机。当下的经济危机并不是因为美元是国际货币，危机在于国际货币没有固定标准，以便我们可以将不同价值进行比较。当尼克松打破布雷顿森林体系时，也就拉开了危机的序幕。美元被认为应具备固定价值，所有一切都可以以其为标准。尼克松废除了这一点，美元开始实行自由汇率；然后就出现这样一套货币体系，这之中的每一种货币都可以相互比较，但没有任何货币的价值恒定。我所说的金融衍生物是试图提供一套新的计算体系，这一点失败了。你无法理解这一点，除非你并没有将这一危机仅仅看做经济危机，而是因为价值不可通约的危机在越来越多的地方出现。你可以从它们之间划出一条线。这不是一条直线，而是蜿蜒曲折地贯通整个社会构形。我的文化研究实践还有另外的一个维度或另一种定位的方式,因为我所说的力量线(或决定线)也可以被看做是德勒兹的"机器组装"(machinic assemblages)。但和很多德勒兹主义者不同的是,我并不想回到"块茎"。我更感兴趣的是"现实如何生产自身"? 将特定现实组构为一问题域的主体和组织是什么? 用这种方式来看问题是因为这样我们就可以认识到人类并没有生产现实——尽管我们是这一不断创造自身的现实的一部分。现在回到当下语境,这里有另外的一条线,金融衍生物还和时间线相关。金融衍生物是关于将来的,所以和我讨论针对孩子的战争时谈到的线相联系。所以你能够看到这各种不同的线:它们建构着关键时刻;定义这一关键时刻的政治;参与总体性或关键时刻意义的建构。在那种意义上,我完全赞同弗雷德里克·詹姆逊的观点,你如果对总体性没有一定程度的把握,那就不可能从事关键时刻的分析,人们总是太容易放弃总体性。但那种总体性总是脆弱的、暂时的,部分上是由于分析者自身在分析特定问题域时的建构。

269

何:在您的学术生涯中,传播也是一个重要的研究领域。对雷蒙·威廉斯而言,在他的"文化革命"中,传播扮演着重要角色,因为他经常对新的传播技术寄予厚望,将传播的发展同他所希冀的参与性民主社会的形成关联起来。传播研究在您的理论中又扮演着一个怎样的角色? 随着各种新的传播技术(尤其是电脑和互联网)的发展,大众传媒可谓日新月异。在当下的中国,对于构建更为和谐的社会和文化生态,传播机构做出了重大贡献。能否说传播在将来的文化研究中扮演的角色将会越来越重要? 应如何理解这些新的传播技术在当下社会中的作用?

格:在去伯明翰学派攻读硕士学位之前,我对文化研究一无所知。事实上,我选择去那里是为了躲避征兵。我的老师认识理查德·霍加特,所以他让我去那里。到了那里之后,我发现我正在攻读的是文化研究的硕士学位。当我回到美国,我问斯图亚特·霍尔我应该去哪儿。他告诉我去跟随吉姆·卡利学习。我到了伊利诺伊,发现我所从事的是传播研究。我和传播研究的关系还部分地是因为传播给了我一个大本营,能够容许我从事自己的工作。我想这就是很多文化研究学者都在从事传播研究的缘由。事实上传播这一学科一直让我感觉不太好,尽管我认为传播这一领域绝对是十分关键的。

至于各种传播形式在理解当代社会中的作用,我的答案是肯定的。

但是我并不认为现在传播研究的主导性方法对于理解当下语境非常有用。我并不认为媒体研究、电视研究等概念有什么意义。为什么要将这一整个领域分成电视研究、电影研究和音乐研究等？这在我看来毫无意义。我们有很多关于现实主义电视的著述，我想对这些人说，其中有一些是我的朋友，"现实主义电视同电影、音乐和计算机等领域的成就有什么关系？"我从来就不理解研究传播这一经验世界的方式。另外，我们研究传播的方法应该取决于你所进入的语境，而不是学科结构。我的老师吉姆·卡利写过一篇叫《未来的历史》（"The History of the Future"）的文章，他在文章中指出，任何新技术的出现总会引发两种对立话语：一种话语认为这种新技术会救世界于水火；另一话语则认为就是新技术会毁灭世界。在电报、铁路、收音机、电影和报纸出现时，无不如此，现在围绕着电脑和互联网的出现有着同样的论争。如果你阅读关于新信息技术的著述，会发现这种论争实际上很荒谬，因为这些技术最终的确会产生深远影响，但从来就不是像所预计的那样。那些认为电视会毁灭家庭的人错了；认为电视家庭会拯救家庭的人同样也不对；当然电视确实会对包括家庭在内的整个社会产生重大影响。

很多著作重复着一系列熟悉的选择：要不就是世界依旧故我，过去的理论和政治仍然适用；要不就是世界的变化已经是天翻地覆，旧有的作品可以弃之如敝屣。这是一种广告式的对待历史的方式：之前和之后，过去世界是一个样子，现在则是全新图景；但我并不认为世界过去是一个样子（例如，过去是整一的），今天却是另一个样子（例如，碎片式的）。我们需要以新的方式来研究传播和世界，这种方式就是我所说的关键时刻式的方式，承认关系和效果的复杂性和多样性。

何：在一方面，文化研究在学院体制中大受追捧并获得了一定成功；但另一方面，文化研究也由于其去政治化、对道德的不够重视以及反本质主义的立场等原因而招致了众多批评。对此您曾作出过回应，但批评的声音有增无减，特里·伊格尔顿的《理论之后》可以被看做这些批评的集大成之作。您觉得这些批评有道理吗？我们是否可以这样回应，这些批评者不过是在以古论今，他们总是用过去的情势来评判当下的文化研究，这实际上是饱含着一种对伯明翰学派这一文化研究的"黄金时代"的怀旧？在不同场合，您也曾提出，当下的文化研究范式已经不再有效，应该予以重构。您对当下文化研究的现状以及我们现在所处的"关键时刻"有什么样独到的理解？

格:对那些说文化研究被去政治化的人,我想问的是他们到底指的是谁。他们是在指责我的作品被去政治化了吗? 或是霍尔的著作? 或是墨美姬(Meaghan Morris)的著作? 或是陈光兴的著作? 或是那些来自你们中国清华大学的著作? 或是那些来自香港岭南大学的著作? 或是安德鲁·罗斯的著作? 或是约翰·克拉克的著作? 或是保尔·吉洛伊的著作? 我还可以不断举例子。奇怪的是,这些人从来不说具体的名字。他们只是大而化之地说文化研究被去政治化了。在公共场合当我质问说:"好吧,你是说我的著作被去政治化了吗?"他们说:"不,你是例外。"然后我问:"霍尔的啦?"他们说:"不,他也是例外。"我又问:"那么墨美姬啦?"他们回答说:"她也是例外。"但是在我看来,就是这批知识分子在从事文化研究。当我继续追问他们到底是在指责谁,然后他们就开始指名道姓。然而我的回答是:"这些人是谁啊? 你为什么要用这些人来代表文化研究? 你为什么不看看最优秀的那一批人?"在我看来,文化研究并没有被去政治化。是否存在一些声称是从事文化研究,但实际的著述却是被去政治化了的? 当然有。但那是他们的问题,而不是文化研究的问题。读读不管是美国、欧洲、中国、印度、韩国还是新加坡的最优秀的文化研究著述,就会发现大家并没有偏离文化研究的轨道。当然的确有人的著述并不是这么回事;对此我要说:"当然,如果你想要那么做,也行。但那并不是文化研究,或者那并非我认为的文化研究。"

271

当然,美国的确存在着很多这样的著作。很多著作用理论替代了政治,因为它们让自己的政治或理论预设排除了一种对经验性著作的需要,因而提供的并不是分析性的、论证有力的叙述。我认为在文化研究旗帜下的很多著述,都会受到类似的指责。在此同时,我意识到人们可能会理智地说我没有权利说什么是文化研究,或者品鉴某些作品到底是不是文化研究。当然,在一定程度上这不无道理。然而,我是开创文化研究并将其带入美国的学者之一,而且一直都是文化研究最强有力、最突出的支持者之一。至少我可以强调我想引入到这里的到底是什么以及伯明翰学派(包括我自己在那里的一段短暂的时间)做的到底是什么:如果你想要知道伯明翰学派到底是怎么回事,你必须读哪些书;如果你想要知道我在这里做什么,有哪些书必须去读。因此,人们写出糟糕的东西,或者将什么都一股脑儿地称作文化研究,这并不是我的问题。我并不是说文化研究是唯一合法和有用的从事政治和知性工作的方式,因此每个人都应该从事文化研究,但是文化研究肯定是一种,而且是一种有用的方式。

事实上另一种指责更让人揪心。一些人指出说文化研究忽略了经济,对这一指责可不能一笑置之。尽管一直以来文化研究并没有将经济放在突出位置,但对待经济却一直都是认真的。这里有很多例子,不管是在英美,还是在世界上其他地区,文化研究都在严肃认真地思考经济问题。说经济仍没有得到足够的重视,这一点我可能会赞同,文化研究在这方面做的工作可能还不够,但是文化研究从来就没有说经济并不重要。但在承认经济的重要性的同时,它同时也拒斥很多主导的讨论经济的方式。它拒绝承认经济是任何关键时刻的"真理",也从不认为在终极层面经济可以解释一切。另外,它拒绝将经济看做理所当然,或者认为可以将其同文化分离开来。

何:在文化研究之中,我们是不是应该防止文化主义的倾向? 还有应如何看待人道主义? 爱德华·赛义德这位美国文化研究的重要批评家,在自己的遗著中重新强调了人道主义。很多人将人道主义看做一个在今天已经过时的口号,特别是在经历了结构主义和后结构主义的"浩劫"之后。你认为人道主义应该在文化研究之中占有一席之地吗? 如果是,那应该如何从理论上说明这一点?

格:关于文化主义,有两点需要说明。有时文化主义被用来指一种将一切都看做文化的立场。如果说经济主义将什么都看做经济,文化主义则将一切都化简为文化。它有时反映出一种来自后结构主义的影响:如某种话语理论会将一切都看做话语。我不知道像德里达等后结构主义者是否真的对此会信以为真,但在我所了解的文化研究阵营之中,没有人相信。文化研究是唯物主义理论,不仅因为文化是物质实践,通过体制性物质形式被组织了起来,还由于生活中权力存在这一事实。这就是为什么雷蒙·威廉斯将他的理论称作文化唯物主义,这是在另一层意义上使用文化主义这一术语。霍尔在一篇文章中将人道主义,哪怕是一种物质主义的人道主义,同结构主义区分了开来。在那一意义上,有很多种文化主义的文化研究以及人道主义的文化研究。

对我而言,我更感兴趣的是分析本身到底是什么,而不是它从哪里开始。所以在这一论争中,可能我将会采取骑墙的策略。我不是纯粹的结构主义者,我可能更多是福柯主义者—德勒兹主义者—葛兰西主义者的结合。另一方面,如果你对政治有兴趣的话,我看不出你如何能完全摒弃人道主义。现在有些人喜欢德勒兹的理论,我自己也受他的一定影响。

但如果不诉诸于人道主义、价值、道德和人的现世生活,我看不出如何进行政治组织和发展群众政治。霍尔曾说:"我是理论上的反人道主义者,政治上的人道主义者。"相对于霍尔,我可能理论上的反人道主义者倾向要弱一些,更多的是反人类中心主义者,还少一点政治上的人道主义色彩,但我的立场是所有一切都是语境主义的,它取决于语境,到底是不是要去呼唤人道主义的关怀,或者结构主义的关怀。我现在只是相信不存在超越语境之外的答案。当然,如果人道主义是指普世的关于人性的设想,这我是反对的,但是我并不认为你可以将人道主义整个地简化为一种极端主义立场。

这也是我对相对主义的回应。一定程度上,反本质主义已经滑向相对主义,但在我看来,语境主义才是问题的答案之所在。在具体语境中,理论分析和结论都有好坏高下之分,都不是相对的。对语境的分析到底对不对,你可以作出判断。这并不意味着对语境的分析是唯一的,但是也并不完全是相对主义的答案。如果你认为所有知识都是语境主义的,它的意思是一种语境中的知识并不能被移植到另一语境。但这并非相对主义。必须具体事件具体分析,在我看来,这正是马克思的立场。所以如果你是语境主义者,那么你可以是反本质主义者,但同时并非相对主义者。对结构主义、后结构主义和人道主义也可以这样回应。除非你告诉我语境是什么,否则我无法告诉你我到底是什么观点,我会考察语境,并从分析的层面、理论的层面和政治的层面来对问题和可能性进行思考。

我想总结一下以上观点。如果我所说的一切是真实的话,那么从一种语境转换到另一语境,文化研究的含义和表现形式可能都会有所不同。你不可能将一种分析生搬硬套到另外一个地方。当看到自己的亚文化研究、编码以及解码最后竟演变为文化研究及关键时刻性分析的普遍模式,伯明翰学派的学者们既觉得吃惊,也觉得很有趣。这种分析及其所依赖的理论工具被发展出来,是想要对特定语境进行分析,这些工具是否能在其他地方奏效还不得而知,正如霍尔关于种族的理念。文化研究的面目会因地而异。这让事情变得很复杂。对一些美国学者是否是文化研究的真正代表,我可以大发宏论;但对文化研究在中国、南非或土耳其可能、应该或能够成为什么样子,我就难语其详,因为我不了解那里的语境、知识和理论资源以及政治。正如我先前所说,在中国,关于高雅艺术和通俗艺术之间关系的论争可能仍是重要的话题;但如果在美国我读到关于这类关系的文章,我可能会表达不同的看法。超越了我能把握的语境,我就无法作出判断。

何：自"文化转向"以来，在全球范围内出现了一股"文化研究热"。随着市场经济和市民社会的逐步成熟，各种文化形式在中国出现了一轮新的勃兴，因此文化研究现今也成为了中国学者极为关注的话题。在这一领域您发挥着重要的作用。最后，能否就您当下的研究计划同您的中国同行们交流一下？

格：简单地说，"文化转向"是我刚才谈到的广义的文化研究的一部分。它和体现在雷蒙·威廉斯、斯图亚特·霍尔及其他伯明翰学派成员著作中的文化研究范式大相迥异，也不同于《亚洲文化研究》杂志所致力的工作或者像南美的马丁·巴贝罗（Martin Barbero）、爱德瓦多·渃斯特坡（Eduardo Restrepo）和丹尼尔·马托（Daniel Mato）等人所从事的工作。

至于我当下的工作，我有一本书刚刚杀青。这本书思考的是如果要在美国（或更广的范围内）形成一种能够分析当下情势、想象可替代性的通往将来的道路和策略的文化研究，当下我们有哪些工作亟待去做。在以往的《我们必须逃离此地》和《深陷重围》等著作，以及我所编辑的关于文化研究的文集或教材中，我都是在试图讲述过去五十年中美国所正在发生的事件，以及如何才能将这些问题弄个清楚明白。所以在某种意义上，这所有著作实际上都是同一本书。而《将来时态的文化研究》（*Cultural Studies in the Future Tense*）放弃了这一主题，这本新书转向去追问：为什么那些糟糕的故事仍在重演？要彻底理解当下这一关键时刻，有什么事情该做却一直都还没去做？怎样的文化研究才能担当重任？在《深陷重围》中，我曾指出说在美国所有斗争都是围绕着什么才是现代的这一问题，这实际上是关于不同方式的现代性间的斗争。既然文化研究也是一项现代性事业，如果说美国在过去五六十年间所有政治斗争的目标就是现代性的话，那么该如何来叙述这一点？如何叙述围绕现代性的这一斗争？当关键问题是如何才能变得现代时，又该如何从事文化研究？所以，这就是我这本新书的主要内容。我在试图提出一种理论框架，在关键时刻的框架之中重新思考文化、经济和政治等主要分析性概念。书中有相当长的一章是关于经济问题。在一次学术会议上，曾经有一群左翼知识分子才俊聚在一起讨论经济危机。有趣但同时也很可怕的是，他们所谈论的关于经济的信息和评论都源于媒体。只不过他们不是在引用美国有线电视新闻网（CNN），而是在引用左派杂志，好像我们自身对这些讨论无话可说。或者偶尔,他们会提及一两个他们喜爱的"经济"理论家——丝毫没有意识到作为一种话语和学科的经济学那充满斗争的本质,或者没有意识到经济的语境和话语本质。欧洲现代性所做出的努力就是创造出了被称作经济的事物,先有了经济,然后有了现在的经济危机。如果你相信对关键时刻进行分析,这里就不会有被称作经济的东西,有的只是一系列的关键时刻的关系。那么如果没有了经济,你如何讨论经济?如何对其进行重新思考?还有一章是关于文化的。我的观点是像雷蒙·威廉斯和路易·阿尔都塞等在 60 或 70 年代提出的一些理论在当下现实世界中已经行不通了,因为文化已经发生了变化。关于政治也有一章。这一章是关于当下我们讨论政治的那种奇异方式,好像每个人现在都有自己的一小片领地:这个人讨论的是种族;这个人讨论的是操控;这个人讨论的是生物政治等等。我们没有办法对当下生活权力构造的复杂性进行讨论,这也是这本书的任务之一。并不是说这本书有多高明,而只想指出,要想对当下语境有更为透彻的理解,还有很多工作要做。

275

这本书已经杀青。现在我还在做另外两件事情:一是回到我学术生涯最初的关注点——反文化的问题。我将反文化作为突破口,试图探讨当下世界中政治异议和抵制的本质和组织问题;其次是要对经济问题进行更深入的研究。现在我正在同一些同事和研究生合作,思考金融资本在当下资本主义社会中所扮演的角色这一问题,而且我们已经意识到,如果我们不想将其看做衍生的或虚构的,我们必须重新思考经济价值这一问题。

所以有很多的工作和问题,有些是理论性的,有些是经验性的,但大部分二者兼备,但所有这些都是语境主义的。

何:谢谢您接受这次访谈!

(作者单位:浙江理工大学外国语学院)

本研究得到浙江理工大学科研启动基金资助,项目编号为:114229A4Y10828。

纪念《新文学史》创刊四十周年

《新文学史》的历史回顾

拉尔夫·科恩

Ⅰ.1—12 卷（1969—1981）

我在加州大学洛杉矶分校哲学系和英文系工作了十五年后,应邀前往弗吉尼亚大学英文系工作。当时,该校正着手进行重大的教育变革,而我对此颇感兴趣。在 18 世纪文学研究领域,该校有两位著名学者,欧文·欧伦佩莱斯(Irvin Ehrenpreis)和马丁·巴特斯廷(Martin Battestin),正是他们说服了英文系,聘任我为该系又一名研究启蒙文学的学者。当时,弗吉尼亚大学仅为一所州立大学,正致力于恢复其全国重点大学的地位,这也是学校聘用我的缘故。虽然之前提到过要回归杰裴逊(Jefferson)的模式,但其实与《新文学史》的创刊毫无关联。我来到弗吉尼亚大学的工作是教学、写作和科研,而非创办刊物。我离开加州大学洛杉矶分校的原因之一,是校长拒绝提供创办刊物的经费。对此,弗吉尼亚大学系主任弗雷德森·鲍尔斯(Fredson Bowers)和校长埃德加·F.夏伦(Edgar F. Shannon Jr.)均不知情。

后来,我见到了夏伦校长,向他申请经费,支持我创办刊物。上文已经提到,作为英文系教师,我的职责是教学、科研等事务,创办刊物并非我份内之职。夏伦校长研究生阶段的学业,是在新批评研究的中心——耶鲁大学——完成的。他对创办这样一份史学研究的刊物兴趣并不大,但仍然慷慨地同意连续三年支持这份刊物。三年后,如果刊物还不能维持运转或者得不到学界的认可,就不再继续支持了。《新文学史》的创刊便成为 1969 年弗吉尼亚大学 150 周年校庆活动的一部分。

我在加州大学洛杉矶分校工作期间,曾担任《奥古斯都复印资料》(*Augustan Reprints*)的编辑,该刊发表自 18 世纪问世以来从未再版的一系列短篇作品。虽然有些作品与现代有所关联,但该刊的宗旨是弥补学术界对这些作品的忽视。除此之外,我还担任了《美学与艺术批评杂志》(*Journal of Aesthetics and Art Criticism*)的理事。我本人虽已在众多学术刊物上发表了许多文章,但仍然感到需要一份刊物,以便把文学研究与历史等相关学科联系起来。具体说来,需要将文学与艺术、哲学、人类学等学科联系起来。我认为,最需要的是表达不同观点的文章,因而,我们要发表的文章必须符合这个要求。对于论据、阐释和历史理论等的性质持不同观点的作者,至少可以考虑互相包容。因此,我所期待的是一份给人以教益的刊物,将文学研究与历史、理论和创造性阐释联系起来。

对于美国来说,上世纪 60 年代是动荡不安的十年,而大学,尤其是州立大学,也无法置身事外。弗吉尼亚大学正经历着一场教育改革,并迎来 150 周年校庆,英文系也正从耶鲁、哈佛、普林斯顿和哥伦比亚等高校招募师资,这些教师所成长的时代正值越南战争、民权运动、女权运动,其间正弥漫着针对刻板过时的大学教育的不满情绪。我向同事们提议创办一份全新的刊物,但对这个似乎远离诗歌与小说研究的刊物,他们反应冷淡。

当时文学研究的主流是新批评,采用的是细读作品的方法,长于分析作品的结构。《新文学史》采用了不同的研究方法,而在某些学者看来,《新文学史》比它所要取代的研究方法更加糟糕。"英国文学史"通常被认为是 19 世纪的研究方法,包括"民族自传"或者"英国思想的故事"。雷内·韦勒克(René Wellek)认为此类研究缺乏真正的历史演进脉络,或者不能对作为一个艺术门类的文学进行充分的史学研究。正如他所解释的那样,此类文章要么是"文学"史,要么是文学"史",二者泾渭分明,不能融和。韦勒克曾与奥斯丁·沃伦(Austen Warren)合作出版过一本《文学理论》(1949),他撰写了"文学史"一章。在其中,他详尽地指出了"文学史的新理念以及实现这种理念的新方法"[1]。他分析的这些方法包括"文学演进"(TL 272)、文学体裁和样式的历史、文学时期划分的问题、以及广义的文学艺术学史(TL 281)。

除了韦勒克以外,克兰(R. S. Crane)也极力倡导用新的方法来重写文学史,他的这一观点见于其著名的论文《文学史的批评和史学原则》,

而该文最初发表在他撰写的《人文学科的思想及其他文章——批评和史学的方法》（1967），并于 1971 年以单行本的形式重印。克兰在文中写道："本文的目的之一在于探究批评和历史的原则，这些原则自古希腊时代就普遍地应用于文学史的写作。另一个目的则是将这些原则与阐释文学中历史差异的另一类原则进行对比，但对于此类原则我们目前只有零星的例证可寻。"[2]

虽然这些作者都清楚彼此在文学史方面的观点，但都坚持自己的方法和推论，而无意去解决分歧。《新文学史》认识到所登文章的价值和重要性，因此采取措施，使得对不同方法的分析成为理论和阐释的核心内容。这些宗旨在本刊的创刊号中得以明确表述：

> 《新文学史》作为一份理论和阐释的刊物欢迎以下三类文章：（1）有关文学理论的文章（涉及文学演变的原因之类的论题），文学时期的划分，这种划分在阐释、风格、规则、体裁的演变等方面的运用，以上各方面的相互关系以及与各自所流行的时代的关系，各个民族文学史之间的关联，文学史评价的场域，等等；（2）来自其他学科的文章，它们有助于阐释和界定文学史领域的问题；（3）有关大学文学史课程的逻辑与功能的文章。我们欢迎上述研究领域的学者踊跃投稿。虽然我们重点关注英美文学，但稿件未必用英文撰写。（*NLH* 1, no. 1［1969］:封里）

281

以上声明"欢迎"三类稿件，但此处的"欢迎"实为鼓励作者提交有别于为其他文学刊物撰写的稿件。目的是说明哪些稿件可以归入"文学理论"和"文学史"的名下。所有这些最终会在刊物中得到界定、论证和阐释。以上三类文章并非文学史领域全部相关论题的罗列。

所谓"有关大学文学史课程的逻辑与功能的文章"这一说法的确比较模糊。我要研究的对象是将文学史作为一门学科的那些课程，以及学者传授给学生的研究方法。而我收到的却是评论学者的文学史观点的文章，而非文学史课堂使用的具体大纲或课程读物的文章。

之后，我陆续得到一些反馈，意思是英文系的教学目标是英语作文和经典文学，我便决定停止上述研究。《新文学史》修正了对于文学的观念，其方法强调与文学相关的不同学科之间的互相关联，强调与英国和欧洲大陆的批评潮流联系起来。《新文学史》认识到女性主义学派试图重写文学史，以及马克思主义批评家试图将文学与社会政治思潮相关联。

关于文学史的文章风格,本刊旨在提供一种形式和结构方面具有对话特征的"文章"样式,以鼓励革新与争鸣。

我的一些同事虽然对我的办刊宗旨不尽认同,但仍然对于这个实验性的项目颇感兴趣,由 L. A. 博尔琳(L. A. Beaurline)、威廉·A. 埃尔伍德(William A. Elwood)、弗朗西斯·哈特(Francis R. Hart)、E. D. 赫施(E. D. Hirsch)、罗伯特·克罗格(Robert Kellogg)、阿瑟·C. 克施(Arthur C. Kirsch)、雅克布·C. 莱文森(Jacob C. Levenson)等人组成编委会,并参与了刊物首期的编辑工作。第一期的主题是"文学史的问题",撰稿人包括哲学家詹姆斯·卡梅隆(James Cameron)、尼斯大学的现象学家乔治·普莱(Georges Poulet)、德国马克思主义学者罗伯特·韦曼(Robert Weimann)。其他五篇文章均来自美国高校的学者,他们的研究方向为中世纪文学、伊丽莎白时代文学和美国文学。我安排每一位作者阅读所有同期刊登的文章,可对其中的任何观点发表评论。这个环节具有对话性,成为本刊录用稿件的基本特征。和第一期一样,之后每期会围绕一个具体主题展开;和第一期有所不同,之后每期都有一位或几位评论者,对文章进行分析,回应所提出的问题。我们还鼓励评论者对讨论中可能或应该涉及的内容提出建议。第一期和之后各期都具有跨学科和跨国界的特征。

在第一期的"注释"中,我向投稿人提出了目标。第一,"能够意识到自己是学术界的一分子,应该关注他人的观点,避免不可靠的观点、假设或思想体系"(*NLH* 1, no. 1 [1969]:4)。第二,发表的文章都要具有创新的思想和方法。

本刊第二期朝着我理想的办刊目标又迈进了一步。该期主题是"不同文学时期的研讨"。共有十五位撰稿人,其中四位是艺术批评家:E. H. 贡布里希(E. H. Gombrich)、H. W. 延森(H. W. Janson)、乔治·卡布勒(George Kubler)、麦耶·夏皮罗(Meyer Schapiro);历史学教授亨利·梅(Henry May);哲学教授弗朗西斯·斯帕肖特(Francis E. Sparshott);两位著名的评论家:韦勒克和威廉·K. 韦姆萨特(William K. Wimsatt Jr);五位英文教授:牛津大学圣休学院的拉歇尔·特里克特(Rachel Trickett)、埃默雷大学的杰罗姆·贝提(Jerome Beaty)、南卡罗莱纳大学的理查德·哈特·佛格尔(Richard Harter Fogle)、耶鲁大学的马丁·普莱斯(Martin Price)、华盛顿大学比较文学系的弗兰克·J. 沃恩克(Frank J. Warnke)。这一期是关于文学分期断代的,试图探讨文学分期断代的性质和充分性,并将艺术批评领域与文学批评领域的分期断代作了比较。我们必须认识到,虽然文学作品和艺术作品都产生于不同的时代,但不同学科的断代未必相互关联。还必须认识到,在文学领域内莎士比亚的戏剧经历了不同的时代,其间不断被教授和阅读。因此,要对时间作出充分的分析,就必须认识到时代性概念比批评家通常的定义更加复杂。此外,不同的文学体裁,例如抒情诗或小说,都有各自流行的时代,因此需要具体的数据,而非假定性概括。

《新文学史》自创刊起就开始发表其他学科学者的文章,当然这些文章有助于理解文学研究领域的问题。此外,我们之所以选择评论者,是为了让他们的研究兴趣在撰稿人的不同学科间架起桥梁。另一个值得注意的方面是女性撰稿人的参与。虽然起初并不太容易发现适合本刊的女性撰稿人,但本刊一贯秉持的原则就是以学术水平为标准,摒弃性别歧视。这个原则甚至贯彻于新批评派与新文学史的关系中。我曾邀请新批评领域最重要的理论家威廉·K.韦姆萨特来介绍如何处理分期断代这类历史问题。我们采用了辩证的方法,好处之一是从看似大相径庭的评论视角中发现异与同。

第 2 卷第 1 期(1970)主题为"新文学史的研讨",之后两期的主题为"形式及其他"和"戏剧、人文和社会的表现"。越来越明显,《新文学史》正在重新定义书写评论的语汇。在刊物中,"文学史"、"形式"、"表现"、"阐释"、"特征"、"语言"、"文学"、"理论"、"意识形态"等术语已经或将要得到重新分析。在这方面,这些术语可视为雷蒙德·威廉斯的"关键词"的前身,意在清晰界定批评语言。

《新文学史》旨在为博大精深的文学研究提供范例,修正文学研究的方法。"新文学史"这个标题意在对"新批评"中的"新"提出挑战。文学史的"新"意味着过去和现在都需要被重新审视,甚至被重新发现。"文学"是一个始于 18 世纪的英文术语,积累了多重涵义,但它与"历史"的关系需要重新思考,对此克兰和韦勒克均有所论述。语言研究领域的发展与文学往往只有零星的关联,因此需要加以鉴别,正如在法国、德国、苏联发展起来的历史学理论一样。没有其他刊物能像《新文学史》这样探究如此众多领域的问题。

我们之所以选择用"journal"而非"magazine",是因为我喜欢"journal"的私人意味,而"magazine"则具有权力宰制的含义。刊物封面印有"一份理论和阐释的刊物",即对批评家在讨论语言、思想和行为时所使用的原则、推理、假设、前提等进行分析。我的目的是厘清批评家文章中的思想脉络。需要补充说明的是,"理论"和"阐释"这样的术语在刊物的发展过程中产生了意义的变化,这些是《新文学史》着力解释和探索的。

到了第 3 卷,刊物的某些流程才被确定下来。在每期的末尾标明下面几期的出版计划,这样学者们有充足的时间提交稿件。另外还列出"论文刊登计划",使得学者们了解我们下面会录用哪一类的论文。我们每年出版三期,从封面颜色就可识别出版时间——绿色代表春季,黄色代表秋季,红色代表冬季。封面的设计体现出刊物的学术与感性特色。第 1 期的封面印有该期所刊文章中的哲学、文学和艺术学术语,凸现了该期内容的问题意识。例如,第 4 卷第 3 期(1973)"意识形态与文学",其封面印有亚历山大·卡尔德(Alexander Calder)的一幅画作。这样的封面设计,以及其他各期的封面设计,衬托了各期的主题思想。

在创刊后的最初几年里,我在封面上作了如下的图案设计。第 2 卷第 1 期(1970)的封面是一匹虚构的飞马,作为对"文学史已经过时"这个错误观念的回应。第 4 卷第 3 期(1973)的封面是对意识形态进行了视觉化表现,而非以其他复杂形式来表现意识形态和文学。对于我们这个以语言为工具的工作,这些封面设计表明运用非语言类学科的知识也可以起到点评刊物内容的作用。这些封面设计为不同学科间相互关联提供了明证,并以评论、幽默或讽刺的方式表明了《新文学史》的基本前提。

第 5 卷第 1 期(1973)探讨了"何谓文学"这个问题。这个例子说明本刊如何探讨作者和读者都习以为常的一些术语。开篇文章的作者是茨威坦·托多洛夫(Tzvetan Todorov),他写道:"我们首先必须对文学这个概念本身的合法性提出质疑。"其他作者——克里斯托弗·巴特勒(Christopher Butler)、阿尔文·柯南(Alvin B. Kernan)、斯坦利·费什(Stanley E. Fish)、罗伯特·克罗格、托马斯·罗伯茨(Thomas J. Roberts)、保罗·利科(Paul Ricoeur)、马克·希姆(Mark D. Seem)、哈查德·亚当斯(Hazard Adams)——参与了讨论,他们或赞同或反对。(*NLH* 5, no. 1 [1973]:5-16)在雷蒙·威廉斯(Raymond Williams)的《术语》(1976)一书中,"文学"这一术语得到了历史和思辨的注解。这对于《新文学史》尤其重要,因为英文中的"文学史"(来自约翰逊的字典,1785 年第五版)就是"图书史"。19 世纪以及 20 世纪初,图书史上出现了以形式上的艺术美为特征的书籍。"文学"的范畴渐渐不再限于经典作品,也包括某个专题或者国家的作品。"文学性"这一术语被俄国形式主义者视为文学的基本特征。然而,《新文学史》也发表了包括米哈依尔·巴赫金(Mikhail Bakhtin)和于利·洛特曼(Yuri Lotman)在内的一些俄罗斯批评家的观点,他们发展了那些否定文学基要主义理论的观点。在对德语教授 J. P. 斯特恩(J. P. Stern)、语言学家保罗·基帕斯基(Paul Kiparsky)、人类学家戴尔·海姆斯(Dell Hymes)、马克思主义理论家阿兰·斯温格伍德(Alan Swingewood)等人的文章进行点评时,评论者并没有将"文学"局限于某个具体的写作样式,而是表现出了开放性。

到了第三年的年底,已经没有人质疑这是一份成功的刊物了。美国和欧洲的重要文学艺术批评家均在本刊发表了文章,其中包括:历史学家海登·怀特(Hayden White)、科学家斯蒂芬·杰·古尔德(Stephen Jay Gould)、音乐评论家利奥纳德·B.麦耶(Leonard B. Meyer)以及众多的女性艺术家和学者——帕特里希亚·斯通(Patricia Stone)、拉歇尔·特里克特(Rachel Trickett)、芭芭拉·霍恩斯坦·史密斯(Barbara Herrnstein Smith)和琼·韦伯(Joan Webber)。此外,正如乔纳森·卡勒(Jonathan Culler)在 1994 年的一篇文章中所说,我们应该注意到"近年来美国批评潮流的第二次重要变化,对众多理论视角和批评话语(精神分析学、语言学、女性主义、结构主义、马克思主义、解构主义)的文学批评产生了重要影响,其重要性不亚于新批评的崛起。在此,《新文学史》扮演了先锋的角色"(*NLH* 25,no. 3［1994］:871)。

在对读者和作者发布的通告方面,我们也作出了重要的改进。第 4 卷第 1 期(1972)的第一句话写道,"本刊欢迎两类稿件",而非之前所说的"三类"。但即使对于这两类稿件,仍然存在风险,即每期虽然都设定了主题,但约稿作者仍可能偏离主题。尽管编辑和审稿人在审阅稿件过程中一丝不苟,我们仍采取了额外的措施,尽量避免偏离主题。其中一个措施就是对同一主题进行分期讨论。第 3 卷第 2 期(1972)的主题是"论阐释:I",第 4 卷第 2 期(1973)的主题则为"论阐释:II"。这个做法不仅拓宽了某个主题的范围,而且通过后期文章论及前期的文章,实现了本刊所追求的对话的目标。例如,海登·怀特发展了威廉·迪尔泰(Wilhelm Dilthey)的观点,而麦克斯·布莱克(Max Black)接续了昆丁·斯基纳(Quentin Skinner)对意图的分析。

是否继续对一个主题继续讨论,取决于编辑对其重要性的判断。有时,编辑有意将对立的观点同时刊登,留给读者自己作出判断。比如,我们会同时刊登不同的评论文章,如昆丁·斯基纳(Quentin Skinner)和保

285

罗·德曼(Paul de Man)二人的评论文章。在此,解构性的刊物编排与分析性讨论并用。因此,对阐释有兴趣的读者就必须关注刊物的编排。有关阐释这个主题的文章从头一年跨入第二年,但在 1986 年又出了两期有关阐释的文章——"阐释与文化"(*NLH* 17, no. 2 [1986])和"多元阐释"(*NLH* 17, no. 3 [1986])。这样的出版计划说明,对某些已刊登文章价值的评估应保持开放性,因为以往文章所提出的解决方法未必适合未来的语境。在发现法律、艺术、音乐、历史、电影、社会学与主题相关时,刊物便把重点从文学分析转向跨学科分析。

既然《新文学史》的办刊目标之一是对话与交流,因而我认为应设法安排作者面对面地讨论他们撰写的文章。第一次见面活动于 1973 年在意大利的贝拉焦城举行,讨论了文学史中的问题,洛克菲勒基金会为这场小型会议提供了资助。会议讨论了以下问题:意图的作用、结构的性质、观众对作品的反应、科学解释与非科学解释的关系,以及文学演变的问题。有关文学史,讨论了如下问题:主体性、各种历史类别的性质、对历史作品的各种当下反应之间的关系以及"文学史"作为一个术语的有效性。有关这次会议的反馈文章发表于第 7 卷第 1 期(1975)。按字母顺序,那一期的作者分别为阿拉斯特·弗勒(Alastair Fowler)、杰弗里·哈特曼(Geoffrey H. Hartman)、约翰·赫迈伦(Göran Hermerén)、沃夫尔冈·伊瑟尔(Wolfgang Iser)、弗雷德里克·詹姆逊(Fredric Jameson)、汉斯·罗伯特·尧斯(Hans Robert Jauss)、杰尔兹·佩尔希(Jerzy Pelc)、让·斯塔罗宾斯基(Jean Starobinski)、J. P. 斯特恩(J. P. Stern)和海登·怀特。斯基纳(Skinner)对本期文章作了点评,但未出席此次会议。

《新文学史》与众不同的作用不仅表现在与众多学者的联系上,还表现在与欧洲刊物的联系上。法国刊物《诗学》(*Poétique*)创刊时,《新文学史》正是在海伦娜·西苏(Hélène Cixous)、杰哈德·热奈特(Gérard Genette)和茨威坦·托多洛夫几位编委会成员的指导下。我同意《诗学》免费刊登《新文学史》已发表文章的译文,在第 6 卷第 1 期(1974),我也刊登了转译自《诗学》的雅克·德里达的文章《白色神话:哲学话语中的隐喻》。《诗学》的各位编辑后来也成为《新文学史》的作者。他们的文章起到了法国批评风向标的作用。在"叙事学与叙事"一期(*NLH* 6, no. 2 [1975]),《新文学史》除了刊登路易斯·玛琳(Louis Marin)、克罗德·列维-斯特劳斯(Claude Lévi-Strauss)、A. J·格雷马斯(A. J. Greimas)和克里斯蒂安·麦茨(Christian Metz)的文章外,还刊登了罗兰·巴尔特(Roland Barthes)的《叙事结构分析导论》一文。德国学者与《新文学史》一直保持着密切往来。沃夫尔冈·伊瑟尔提出了人类学—文学理论;汉斯·罗伯特·尧斯提出了文学视界的观点;汉斯·乌尔利希·冈布莱希特(Hans Ulrich Gumbrecht)提出了在场理论;罗伯特·韦曼提出了文学史的马克思主义理论。

我曾参与一项以《诗学》(*Poetics*)为对象的刊物试验,这是一家在阿姆斯特丹出版的德国刊物,主编是希格弗利特·J.斯密特(Siegfried J. Schmidt)。我已将他的《文学史实证研究中的问题:文学学科中的观察问题》一文刊登于 1997 年冬季号上。几年后我在德国见到他时,提议共同发表文学史方面的文章,即两个刊物共同刊登一些文章。这样的安排可以凸现文学研究的国际特色,从而为刊物间的合作提供范例。但是,这样的设想最终难以实现,双方仅同意刊登同时出现在各家刊物上的文章标题。我在《新文学史》中这样介绍来自《诗学》的文章:"这样的合作提供了解决历史问题的国际化路径。对于文学研究中的重要理论和实践问题,本刊编辑希望此路径可以成为深入探索的模式。"(*NLH* 16, no. 3 [1985]:扉页)

287

然而,这次尝试产生了始料不及的结果,其中一位学者汉斯·乌尔利希·冈布莱希特在两个刊物上都发表了文章。在《新文学史》上的文章中,他提出将新文学史的概念置于相互关系史的广阔语境中。"新文学史的作者不应该忽视批评性和规约性的办刊方向,如此以来,不同的历史学分支学科通过其自身的语用而相互关联起来。"(479)这是冈布莱希特提出的重要观点。而这个新文学史的观点与《新文学史》的有关历史演化的观点是一致的。

从第 8 卷第 1 期(1976)开始,约翰·霍普金斯大学的期刊部开始接管本刊的印刷、发行和财务等工作。期刊部在该期中插入了一则《新文学史》的宣传广告,强调其作为美国与欧洲学者间连接管道的作用:"它向英语世界介绍了当今最重要的一些理论家:汉斯·罗伯特·尧斯、沃夫尔冈·伊瑟尔、于利·洛特曼、杰哈德·热奈特、让·斯塔罗宾斯基,刊登了罗兰·巴尔特、列维-斯特劳斯、德里达、利科等一批大师级作者的文章。由人类学家、社会学家、历史学家、艺术史家、小说家、哲学家、科学家和语言学家撰写的文章,有助于界定和阐释文学——尤其是文学史——研究领域的问题。"例如,有关《批评探索》(*Critical Inquiry*)、《哲学与文学》(*Philosophy and Literature*)等刊物的下期内容提要,都会在《新文学史》上刊登出来。普通刊物通常是论文或其他类别文章的汇编,缺少对话交流,但《新文学史》的办刊形式意在为对话类刊物树立范例。按照我的设想,《新文学史》应具有综合的国际视野,介绍一些比较陌生的概念和语汇。

由于刊登了大量使用欧洲大陆现象学和马克思主义哲学语汇的文章,读者便开始认识到理论的多样性。《新文学史》作为一份理论刊物,刊登的文章本身具有鲜明的修辞特征。由于点评学者的参与,读者开始理解不同的语汇、不同的思考方式和不同的观点呈现方式。理论意识的培养是《新文学史》的重要成就之一,在《新文学史》以及欧洲思想家和学术刊物的努力下,美国出现了众多的新刊物,它们以自己的方式继续着文学研究的理论阐释。一个典型的例子就是由戈登·哈特纳(Gordon Hutner)创办并主编的一份刊物,哈特纳(还是一名研究生时)曾在《新文学史》兼职工作过,后来(晋升为教授后)说服牛津大学出版社支持他创办《美国文学史》(*American Literary History*)。

有关《新文学史》的财务状况,上文很少谈到。自从约翰·霍普金斯大学出版社接手后,《新文学史》便能够维持自身的运转。即使在之前,对科研方法和出版流程感兴趣的英文系研究生也可以兼职做文字编辑,校对引文、校注、参考文献的准确性等相关工作。他们每小时的报酬与学生兼课的报酬相当。酬金由《新文学史》与英文系共同分担。起初两年只有两名这样的编辑,但到了第四年已经增加到四名。在这四人当中,约翰·L.罗莱特(John L. Rowlett)后来成为顾问编委,杰拉尔德·L.特莱特(Gerald L. Trett)成为弗吉尼亚大学出版社的编辑。

到了第十年,由利比·O.科恩(Libby O. Cohen)和康斯坦斯·巴洛克(Constance Bullock)负责编辑出版了《新文学史》1—10卷的索引,主编撰写了前言。1979年春季,为庆祝第一个十周年出版了十周年庆专刊。我撰写的导言概括了《新文学史》所秉持的一些办刊方向:

> 《新文学史》引入了新的方法来解决文学史家与文学批评家之间的争论。首先,所刊文章直接或间接地倡导:文学研究只有认识到自身与其他历史研究的相互关系,才能找到正确的研究路径。哲学、艺术、科学、音乐、政治、宗教等领域的研究有助于文学领域的学者提高有关研究方法、目标、课题和传统等方面的鉴别力……
>
> 所刊文章重新审视了文学研究的历史方法的意义……文学史……文学批评……甚至文学理论都是文学研究的题材。它们都具

有历史性,即和刊物一样,在特定的历史时间里出现,又随着时间的推移而走向终结。当然,所有这些题材都有自身发展的模式,但一切都是在历史的语境中决定的……因此,文学史不是唯一的历史题材,而只是诸多历史题材中的一种;文学史对历史的强调使其与其他历史题材有相似之处;又因为与"文学"作品的关系有别于其他历史题材。(*NLH* 10,no. 3[1979]:418-419)

我又谈到文学史的语言如何有助于理解日常生活的某些方面,虽然我们尚未对相关读者进行分析。《新文学史》的订阅人数超过了两千,各大学出版社和各家刊物的广告表明实际的读者远远超过这个数字。

不妨从第 11 卷第 3 期(1980)举例说明。该期的广告客户包括《英国文学复兴》(*English Literary Renaissance*)、约翰·霍普金斯大学出版社、《疆界 2》(*Boundary 2*)、《今日诗学》(*Poetics Today*)、《字形》(*GLYPH*)、耶鲁大学出版社、加州大学出版社、德拉斯大学出版社、康奈尔大学出版社、普林斯顿大学出版社、《耶鲁法文研究》(*Yale French Studies*)、康奈尔大学批评与理论研究所、芝加哥大学出版社,以及在印第安纳大学举办的"叙事学理论会议"的会讯通告。

1981 年 6 月 26 日,刚刚举行的学术期刊主编理事会(我担任首届主席)发布了一则通告,为优秀的刊物和编辑设立了三个奖项。三个奖项分别是:最佳专辑奖、优秀刊物设计奖、为即将退休的编辑设立的特殊成就奖。专辑奖的评委为:现代语言协会的执行主任裘尔·柯纳罗(Joel Conarroe)、美国学术团体协会主席 R. M. 卢米安斯基(R. M. Lumiansky)、古根海姆基金会主席戈登·N. 莱(Gordon N. Ray)。

《新文学史》由于第 13 卷第 1 期(1981)出版的专辑"论规范:I"而荣获首届最佳专辑奖。该期专辑虽然获奖,但在结构上与其他期刊物并无二致。主编选择了"规范"这个主题,因为它既是众多学科的术语,也用于日常话语中。该期的目的是检视"规范"在不同话语中的角色,揭示它在描述学科话语和行为中的优缺点。为了检视其功能,我向以下学者约稿:哲学教授希拉里·普特南(Hilary Putnam),文学批评家劳伦斯·曼利(Lawrence Manley)、约翰·莱彻特(John Reichert)和让·柯纳德(Jean E. Kennard),比较文学学者乔纳森·卡勒,法学学者斯蒂芬·C. 耶泽尔(Stephen C. Yeazell),艺术史家戴维·萨默斯(David Summers),维多利亚文学学者和编辑玛莎·维希纳斯(Martha Vicinus),以及三位点评学者——历史学家海登·怀特、意大利文学研究学者和诗人波罗·瓦莱希奥（Paolo Valesio）、人类学家斯坦利·戴尔蒙德（Stanley Diamond）。点评学者的任务是考虑每个作者如何理解"规范"的含义及其重要性、局限性、来源和发展。海登·怀特仔细分析了所有文章的安排，认真阅读了每一篇文章，描述其观点，加入了自己对于"规范"的评论。他的结论是："历史知识未必与规范的强制性相冲突。当规范声称其'人文特性'时，历史知识成为它的面具。"波罗·瓦莱希奥则对所有这些有关"规范"的文章都持否定的态度，他发现这些文章努力表现出客观性，但缺乏对自身形式的关注。他对于批评的客观性和科学性并不感兴趣，而偏向于讨论"规范"的革新。因此，他的兴趣是如何通过批评提出阐释和创新，以改变读者。他认为，只要正确理解"规范"的含义，就能做出让读者耳目一新、颇有分量的刊物。在他看来，他评论了每位撰稿人论述"规范"的正面和负面含义的方式，总结了乔纳森·卡勒的观点，认为此观点归纳了所有作者共有的概念。

"我们讨论的是意义的双面而非单面的观点：如果语言总是越过'规范'，那么同时也依赖'规范'。"戴尔蒙德问道："规范是如何越过规范的？"他描述在社会变革中，人们使用的语言在发生变化，而人们自身却没有变化，以此作为回答。他以宗教仪式加以说明，认为宗教仪式也是一种"规范"，处于这种仪式中的参与者会经历变化，但仪式结束后又回到原先的状态。他认为宗教仪式和悲剧的效果是一样的，又指出悲剧在现代人的生活中并不存在。

有关这个话题的续集，"论规范：II"（*NLH* 14，no. 2［1983］），继续讨论其在哲学中的应用，讨论由希拉里·普特南和乔纳森·卡勒发起。玛格丽特·基尔博特（Margaret Gilbert）分析了社会规范，梅纳彻姆·布林克（Menachem Brinker）和奈尔森·古德曼（Nelson Goodman）论述了"规范"的功能，这些文章成为 E. D. 赫施评论的基础。就这个主题出版续集的目的不仅是因为"规范"在很多学科中——如历史学、哲学、艺术、文学、人类学、法学和物理学——都是一个存疑的术语。对于文学史来说，考察这个术语的引入及其在解释人的行为方面的效用，似乎是有益的。尽管在解释人的行为方面，该术语的意义经历了诸多变化，但其与文学文本的关系的讨论仍是相对空白。

本刊的设计使得评论者在讨论所设定主题的同时保持自身的独立性。在此方面，《新文学史》所采用的方法既保证批评的原创性，也照顾了批评的规范性。1998 年，《英语研究年鉴》（第 62 卷）对于有关《新文学史》的评论作了总结:"《新文学史》在过去的十年中发表了相当一部分文学史领域最好的作品。"[3]

Ⅱ. 13—24 卷（1982—1994）

我目前对《新文学史》的作者谈论不多。本刊编委会在各期主题的选择上有自己的特色。最初,编委会所选择的作者,或者在选题上与编者有共同的兴趣,或者有意避开编者的兴趣。

作者们对刊物的选题感到兴趣,甚至非常兴奋,认为这些主题值得分析。编辑与作者之间是学术上的合作关系。这也适用于那些理论上有着共同兴趣的作者,虽然这种兴趣未必符合编者的某些观点。

但是值得一提的是,在起初的十年中,某些评论家通过文章提出了自己的表达方式,帮助确立了这些研究和交流的重要性。例如,阿拉斯特·弗勒在《文学形式的生命与死亡》(*NLH* 11, no. 1 [1979])、《题材与文学的标准》(*NLH* 11, no. 1 [1979])、《断代分期与艺术间的类比》(*NLH* 3, no. 3 [1972])等文章中提出了题材理论:该理论有助于更精确地理解文学观念的形成。他对某些诗歌与小说的不恰当的分析提出了批评意见。历史学家布莱恩·斯多克(Brian Stock)和海登·怀特分析了本刊所经历的变化,他们都是高明的作者,但在历史学领域有着不同的研究兴趣。斯多克关注经典知识至今仍在经历着的变化。怀特则分析了历史如何以不同的方式必然涉及一些虚构的方面,并指出需要对历史学家设计的方法加以分析,以避免这样的局限性。玛莎·努斯鲍姆(Martha Nussbaum)在为本刊撰写的几篇文章中指出,某些小说可能反映了"人类道德经验中有价值的方面,而传统的道德哲学未对此加以利用"(*NLH* 15, no. 1 [1983])。例如,在她精心推出的有关《金碗》的观点中,她对哲学界的同行提出了质疑,要求他们重新审视某些小说与道德哲学的关系。

前文中,我提到了《诗学》的创刊编辑们,但我应该补充的是,西苏所撰写的文章中更多是刊登在《新文学史》(以译文的形式),而非其他英文刊物上。她所撰写的各种题材的文章具有实验性和创造性。《新文学史》曾以整期的内容来分析她的专著。同样,托多洛夫也提出了有关文学以及与其他学科关系的重要问题。克里斯汀·布鲁克—罗斯(Christine Brook-Rose)和戴维·布莱克(David Bleich)研究了语言与对其施加控制的权力的关系,他们研究的典型特征是文章中将语言作为实验的对象。伊哈布·哈桑(Ihab Hassan)和约翰·凯奇(John Cage)在文章中展示了艺术设计的作用。在四十年中,我发表了特里·伊格尔顿、弗雷德里克·詹姆逊、利莲·罗宾逊(Lillian Robinson)和罗伯特·韦曼这四位批评家的文章,他们每人都独树一帜地提出了马克思主义理论。我还应该提到乔纳森·卡勒的评论,他在语言学和文学方面的知识,在分析本刊的目标和特色时发挥了重要的作用。对于已故的沃夫尔冈·伊瑟尔,我很欣赏他的评论文章,也珍视我们之间的友谊。他的有关人类学批评方法的文章,最初就刊登在《新文学史》。他推动了批评和理论发展方向的变化。

第18卷第1期(1986)的主题是"历史变革研究"。既然伊瑟尔的人类学批评涉及对变革的讨论,我想这个主题涉及历史延续性与非延续性的性质、这种变革对于历史断代分期的影响、渐变与突变的关系以及其他相关研究。但我收到的文章对于变革多少表达出了不同的观点。他们描述变革的方式,有别于其他学者们描述同样事件的方式。琳达·沃(Linda Orr)、莱昂耐尔·高斯曼(Lionel Gossman)和安·瑞格里(Ann Rigney)的文章则讨论法国历史学家如何以不同的方式描述类似事件,虽然每人的分析都同时涉及过去和现代的知识。其他作者的文章包括一些批评性分析,其中变革被认为是一种概念上的分歧。

这些文章所涉及的领域和论证的说服力,可以解释1986年学术期刊主编理事会为何会将最佳专辑奖颁给了《新文学史》。但最令我感兴趣的现象是,除了两个作者外所有的作者都是语言教师,而非历史学家。我指的不是文学介入历史的传统方式——对此琳达·沃作过敏锐的总结。本期的内容反映出,语言教师在从事历史研究方面的写作,这可能表明教育的方向在发生变化。

《新文学史》初创时,接受其他学科学者的投稿也是研究文学史的新方法。目的是研究当时的"文学"与其他学科的关系。到了80年代,学生和老师们以英文与其他学科的知识接受培训或给予培训,已成为较为普遍的现象。《新文学史》曾由麦克尔·罗斯(Michael S. Roth)主编了一期由历史学家撰稿、讨论历史问题的专刊,其中就讨论了上述现象。

斯克利普斯学院的人文学教授、历史学家麦克尔·罗斯曾主办过议题为"历史与……"的会议。我有意邀请他负责组稿和编辑工作,希望从所刊登的文章中"发现那些利用和滥用历史的重要案例"。我希望以此来扩展在"历史变革研究"一期所进行的讨论。除了文学教授,罗斯还邀请了艺术史家、音乐批评家、人类学家、历史学家、哲学家等参与其中。他们的文章内容包括:历史与文学的对话、历史学与人类学、从与文化的关系看历史学的性质。罗斯在评价这些文章时指出,"'瞥向'历史不光教会我们遗忘的政治,而且教会我们进入过去的叙事所要付出的代价。文章表现出的令人目眩的历史自反性是当今历史规范性的条件。"[4] 在第21卷第1期获得最佳专辑奖时,这一期也被"荣幸地提及"。

一个政治插曲

20世纪80年代中期,我得知院长戴克斯特·怀特海(Dexter White-head)要约见我。到了他的办公室后,他对我讲了下面这件事。弗吉尼亚州决定提升该州高等教育的水平,所实施的办法是推动州立高等院校之间的竞争。每个提出申请的院校需要提交一份五年计划,陈述改进教育水平的举措。最后,由政府委员会和高等教育委员会来决定哪些申请单位获得连续五年、每年50万美元的经费投入。

院长这番话的重点是,弗吉尼亚大学也提交了申请,但遭到否决。他要求我在即将到来的最后期限前提交一份计划。我提出需要两天的时间来考虑他的要求。第三天,我拿出一份有关设立"文学与文化变革研究中心"的计划书。为了在全校推广这个计划,我建议将该计划扩大到自然科学——物理学、生物学、化学和工程——以及法学院、医学院、商学院等专业学院。目的是在大学中培养艺术学科、自然科学、宗教研究、人文科学和专业学院之间交叉互动的意识。而根本目的是打造一所开放的大学,所有的讲座、会议等都向全校师生和其他成员开放。这样的教育旨在大学中培养有关知识和存在的学术热情。所有这一切的实现,都有赖于各个系科和学科的认可和参与。

怀特海院长希望由我来起草一份详细的项目报告书,研究机构命名为"弗吉尼亚州文学与文化变革研究中心"。几周后,我收到设在里士满的州政府的来信,要求我就这个项目提供更详细的信息。他们想知道谁将成为这个研究中心的负责人,并从负责人处了解有关项目组织和教育效果方面的具体情况。

因为我是计划的起草人,院长便要求我去接受质询。委员会想了解我打算如何应对"变革"。如何采取有效措施促使大学的教育变革。我的回答是这一切的实现都有赖于各个系科的认可和参与。该中心的目标

293

在于为教育革新建立合作的基础。

当得知设立中心的提议获得批准后,怀特海院长推荐我担任中心的主任。我愿意接受这个职务,但却不愿离开《新文学史》主编的岗位。既然中心需要自己的"声音",我决定本刊可以公开发布有关中心的信息,刊登中心所发起的一些讨论的文章。刊物本身也发生了变化,在第21卷第4期(1990)我宣布《新文学史》将改为季刊,并发布有关中心活动的讯息:

> 1988年,弗吉尼亚州高等教育委员会正式批准在弗吉尼亚大学建立"弗吉尼亚州文学与文化变革中心"。该机构的主要任务是研究艺术、人文、自然科学和社会科学领域中个人和机构的变化和延续。从最广义上来说,中心探讨言说者和写作者所指的"变革"到底是何意义,他们所指的是哪些类型的"变革",哪些概念、语境和事件控制着不同的用法。既然中心的成员们积极参与该项研究,显然中心需要一个讲坛,来与中心成员之外的听众分享研究成果。于是《新文学史》正可以提供这样的平台。
>
> 《新文学史》从此时开始改为季刊。发行日期是2月、5月、8月和11月。11月这一期主要刊登中心的研究员及客座研究员的文章。这些文章来自会议、系列研讨、讲座和实验性课堂,文章帮助读者了解中心在不同的学科所开展的研究,以及对于这些研究的各种不同反应。"变革"和"延续"这样的术语在我们这个时代已是陈词滥调,它们遮蔽了需要对相关的过程进行复杂分析这样的事实。两个术语都需要被质疑,甚至抛弃。中心仔细分析了对既有的不同过程及替代过程的常见解释。正如在一次历史学写作系列研讨会上所阐明的那样,我们最好还是放弃"延续"和"变革"之类的语汇,而代之以描述不同类型和层面上的改变和延续的语汇。不同的学科不会同时或以同样的方式发生变化,因此需要考虑它们所扮演的角色。如果把过去重要文本以及当代重要的文体与观念排除在我们的视野之外,那么有关知识和文学断代的概括在多大程度上是可行的? 不同学科中,意识形态与变化是什么关系? 而在不同学科运转的机构中,意识形态与变化又是什么关系? (777-778)

《新文学史》成为季刊后,计划将每年的第四期用于刊登"弗吉尼亚州文学与文化变革中心"的论文。这意味着在20世纪90年代刊物的内容主要围绕以下的主题:"科学与人文事业的再思考"、"教授人文学科:替代性的概念和实践"和"进化:跨学科研讨会"(*NLH* 22,no. 4 [1991])。

中心与艺术学、自然科学和专业学院合作,开发了自己的教育项目。由各个专业的教师推荐,共选出 26 个研究课题,由相关的学者介绍各自领域研究的最新进展。每周都有会议和讲座,听众包括学生、教师和校外来访人员。这些聚会的场合使得不同学科的师生能够走到一起,在一所正规的大学内参与一些具有"开放式大学"特色的活动。

对中心的资助到 1994 年截止,之后由校长约翰·卡斯廷(John Casteen)继续资助了一年。中心的裁撤不仅对于本州而且对整个国家都是一个损失。

Ⅳ. 25—39 卷(1995—2009)

随着"弗吉尼亚州文学与文化变革中心"的裁撤,我们似乎需要重新定位《新文学史》的办刊目标。它从创刊至今已有 25 年,新一代的读者和作者已经成熟。刊物将继续肩负自己的责任,对文学中既有的观念和假设进行分析和提出挑战。对此,我认为有必要向作者和读者申明。

我安排了四期的内容来纪念《新文学史》创刊 25 周年。第一期的作者都是作为本刊读者、审稿人和评审者的本校教师。第二期由在本刊发表过文章的撰稿人沃夫尔冈·伊瑟尔负责主编,他要求从撰稿人的角度收集稿件,对本刊的专业价值和对批评的开放性进行评价。对他组织的稿件,我进行了筛选。

由于本刊的办刊重点,我们必须进入相邻的领域,考察艺术与科学的思维方法。现代科技和建模的方法、社会肌体以及阐释的基本构造、文化与日常生活的形式、阐释与创造的相互关联,这些都是在各期刊物中从不同的视角和学科加以研究的一部分主题。

从不同角度考察焦点主题,使得用来评估共同问题的假设产生语义多重的现象。对刊物各期作这样的安排表现出各个研究方法内在的局限性,正如这样的安排也突显出所考虑问题的多面性。最值得敬佩的是,拉尔夫·科恩在这方面实践了体现其严格标准的一条格言:"编辑的责任就是确保读者的精力不会白费"(*NLH* 10, [1979] :419)。毫无疑问,本刊读者能够见证和亲历语义多重的实际情况,培养审视自己探索方法的意识,提醒读者和评论者所有前提的性质仅仅是探索性的,所有这些都是

295

本刊所带来的持久影响。

拉尔夫·科恩试图将英美批评以及欧陆文学与文化的研究方法密切联系起来,这是维持《新文学史》的基本动力,而且赋予《新文学史》独特的形象。类似的学术活动之前也举办过,但是在不同的地方,其代表人物也彼此不认识,更别说作为个人或群体的目标意识。新批评学派和布拉格学派同时将文学作品作为分层结构进行多样化的内部分析,比它们更早的俄国形式主义学派和英国意象主义派之间也有类似的情况,这些都是例证。假如这些学派能够彼此沟通,文学研究就可能成为文化事件,这一点,在韦勒克和沃伦的《文学理论》一书中至少在一定程度上得到了阐释。在该书中,布拉格学派的一位成员与美国新批评学派的代表人物联手合作。对于这个重大的文化事件,拉尔夫·科恩在《新文学史》中进行了讨论。

这个转变在一个重要的关节点上发生了,正如乔纳森·卡勒所说,"其标志是公开的、非学术性批评的衰落,同时作为文学写作重要形式的阐释性批评的兴起"。正是因为遵循这些办刊指导方针,《新文学史》成为一个学术讲坛,在此学者们交流大西洋两岸正在发生的学术事件,以及那些突破种种限制、渐行渐近的学术潮流。热点问题从不同角度展开争论,越界成为本刊的标志性特征。所有过去25年中重要的学术问题都进入了我们的研究视野。当我们从不同的文化传统进行审视时,往往可以对这些学术问题提出质疑。任何相关主题的概念和见解经过讨论后都受到了搅扰,这表明不同的认识论在发生作用。不同的认识论发生碰撞时,与其说导致了它们之间的相互竞争,不如说获得了对不同认识论之间优缺点的深入理解。任何盛行一时的主流认识论都不会在本刊占有任何优势,它们必须证明各自的论证力量。即使如所有的认识论仅仅是叙事方法这样的主导性观念,也只是说明这些叙事方法有赖于一定的标准,在一定的指称框架内运作,发展出指称链或指称线路,以证实它们的观点。同样,基于分类学、解释学、解构主义或控制论的认识论哲学,偶尔也必须承认其叙事特征。这种诸多方法论并置的现象或多或少地迫使每个方法论揭示其隐藏的议程——这是一种成功,从来没有一个学术刊物能够连续25年保持这样的成功(*NLH* 25［1994］:733-735)。

周年庆的第三期专辑,是有关本刊采取了哪些措施,在形式上促使刊登的文章具有对话性。

第一个例子是多利特·科恩(Dorrit Cohn)的文章《光学与小说的力

量》(*NLH* 26 , no.1 [1995]),文中她批评了马克·塞尔泽(Mark Seltzer)和约翰·班德(John Bender)的假设。这二人对该文的回应也已刊登,最后多利特·科恩的回应文章完成了这轮观点的交流。接下来的例子是发生在德波拉·奈特(Deborah Knight)和托利尔·莫伊(Toril Moi)之间有关女性主义电影理论的一次交锋。

周年庆的第四期专辑重新审视了几位捍卫"反基础主义"的作者所表达的政治立场,表现出《新文学史》勇于自我剖析的办刊特色。本刊首篇文章的观点是,"反基础主义"使得我们无法肯定任何政治理论的价值。

这四期周年庆专辑意在就《新文学史》的主题与形式提供范例。对象是那些对文学研究感兴趣的人。但部分大学的读者对教授文学过程中的问题更感兴趣,而这又是刊物和中心最初的研究目标之一。经过重新考虑,我们认为需要出版一期关于"高等教育"的专辑(*NLH* 26 , no.3 [1995])。早在1993年,本刊就发表过著名学者杰弗里·哈特曼的一篇文章《20世纪90年代的高等教育》(*NLH* 24 , no.4 [1993])。文中,他指出对他而言"简单地说,他不清楚就目前的组织结构,大学是不是培养(学术)自由或(社会)责任的理想场所"(741)。尽管如此,他仍然相信,"目前"大学仍是"促进思想独立,训练年轻人扮演具体社会角色的最佳场域"(741)。哈特曼认为大学有利于不同种族文化的发展,但不会受校园外激进主义的影响。总之,大学是一个相对独立的环境,其间的冲突被控制在无形的围墙之内。这个观点与之后1995年"高等教育"专辑的观点相左。该期内容起初由比尔·雷丁斯(Bill Readings)负责,但在准备工作结束前他便去世了。正是他认为由于民族国家的衰落,美国的大学已经"瓦解":"处于大学的瓦砾中,犹如一边做我们能做的事情,一边为目前无法想象而未来可能出现的东西留下空间。"(489)他指出,"作为整体的系统可能对思想保持敌对的态度,但从另一方面,这个去指称化过程也解放出了新的空间,打破了现存防卫结构对思想的禁锢,即使当它试图使思想处于交换价值的完全控制之下(如同所有的资产阶级革命)"(489-490)。

《新文学史》中的这个观点分歧可以与20世纪60年代关于文学史性质的分歧作比较,虽然争论主要不是围绕历史,而是围绕文本。杰拉德·格拉夫在回应《读书》的观点时,认为处理明显分歧的正确方法是教授分歧。

297

但格拉夫认为,教授分歧引出了学生将偏见带入大学的问题。在多大程度上,大学本身也是处于瓦解状态的社会的表征?

这期有关高等教育的专辑还讨论了电脑对于文学教育的影响。虽然讨论还处于较低的层次,但却提出了技术革新对于写作和思考的影响的问题。显然,信息的获取和交流以及写作的方式都是影响教育的环节。N.凯瑟琳·海勒斯(N. Katherine Hayles)、马克·波斯特(Mark Poster)以及其他学者在《新文学史》上发表文章,讨论了科技和媒体活动对于教育的影响。必须指出这些变化影响了写作过程的各个方面,而不仅是创作环节。

虽然《新文学史》现在除了印刷本外也出版电子版本,但很多评论方法上的新变化与技术上的变化是一致的。例如,这些变化与每页上的文字是相关的。杰罗姆·麦甘(Jerome McGann)一直以来都坚持认为,在诗歌中文字和空间的排版设计对于理解是很重要的。《新文学史》在刊登伊哈布·哈桑和约翰·凯奇的文章时,举例说明了不同的字体和字号的重要性。因此,《新文学史》一直强调所刊登文章形式的重要性。杰拉德·热奈特对于副文本的讨论,以及菲利普·韦格纳(Phillip E. Wegner)对"9·11"之后小说样式的讨论(*NLH* 38,no. 1［2007］:183-200),都是有关小说形式的。除此以外,还应该加上 N.凯瑟琳·海勒斯有关电子小说的文章——《媒介:对视觉的追寻》(*NLH* 38,no. 1［2007］)。

如我在前文所述,"文学"这个术语经历了几番意义上的变化,在有些情况下已经被"文化"所替代,而"文化"一词也同样是模糊的。在探索英文系的教学内容及讲解写作时的讨论内容时,我们应认识到文章是个人或集体书写的,我们要面对的不仅是他们做了什么,以及文本的物理性质,而且是作者、评论者、和读者本人。对于这些问题的知识,包括对我们自身的知识,不管是知之甚多还是知之甚少,承认局限性就会激励我们去发现新的研究方向。我决定不再研究文化中的复杂问题,以及"人文"之外的问题,而是研究"自我"和"他者"中的具体问题。

1989 年秋季,我曾探讨过作为创作者的作者和作为评论者的作者之间的关系:《作者/评论者——评论者/作者》(*NLH* 20,no. 1［1989］)。对于作者在多大程度上也是评论者,以及评论者在多大程度上是有创造力的作者,我颇感兴趣。在研究作者的复杂特征的过程中,我提出有必要去探讨作者是如何进行创作的,而其他人如何有助于作者自我概念的建构。

由于我在这方面的研究,我们召开了一次围绕茨威坦·托多洛夫的文章《共同独自生存》(*NLH* 27,no. 1 [1996])的讨论会。托多洛夫指出,在欧洲的思想传统中,"与他人共同生存并非必需"(1)。然而,同样存在着"人是具有社会性的动物"这个社会传统。在西方历史中,这两个观点经常发生冲突,这些冲突可以通过二者之间的互动追溯其线索,而这样的互动又会影响宗教、社会、经济和军事行为。"共同独自生存"的讨论会后,本刊继续探讨自我和他者的问题。该期主题为"他者的问题:历史与现代"。乔伊斯·卡洛斯·欧茨(Joyce Carol Oates)在刊登于这一期的文章中指出,创造的冲动是无法解释的:"这种冲动的来源一直笼罩着神秘的面纱。不管如何试图去解释,不管科技如何发展,我们对这些来源的认识和对梦境的认识一样贫乏。"(257)但是,如果不能解释想象力的来源,也许可以解释其效果,包括产生的矛盾或冲突的结果。

《新文学史》又以几期的内容探索自我和他者的其他方法,以读者的视角研究个别的作家。我还安排了几期的内容,研究已在本刊发表文章的作者:西苏、托多洛夫、伊瑟尔、格雷马斯和罗蒂。我还刊登了与几位作者的访谈文章,来介绍他们希望读者如何理解他们的作品:弗雷德里克·詹姆逊、西苏、弗雷德里希·基特勒(Friedrich Kittler)和斯拉沃伊·齐泽克(Slavoj Zizek)。

为了记录本刊对于"文学"这个术语的理解所经历的变化,我于2007年出版了与1973年的一期几乎同名的专辑"当下何谓文学?"。早先的一批评论者和点评者都跃跃欲试,对"文学"进行论述和定义,或要批判他人对"文学"的定义。较晚的一批评论者和点评者则更愿意分析其他评论家的论点,而非关注"文学"这个术语。大学英文系的课程引入了科幻小说、悬疑小说和爱情小说后,"文学"的含义发生了变化,我希望对此加以研究。乔纳森·卡勒在2007年的点评文章中谈到:"将'当下'加入'何谓文学'可能给这个问题的含义带来巨大的变化",但也"促使学者对于当下的批评方法和对于文学的理解作出批评性回应"。(231)这些回应表明在批评领域已经发生了理论的转向,性别问题、社会和科技的态度改变社会的方式也发生了转向。

学者们试图找到以自我与他者问题为特征的研究方法,以使自己的研究与同行区分开来。但是,《新文学史》在90年代后期将这个问题引向了对身体角色的重新定义。在一篇题为《阅读、写作和自我:彼特拉克和他的先驱》的文章中,布莱恩·斯多克指出,对于奥古斯丁来说,"阅读一本书和认识自我成为相似的意向性行为"。他同时指出,很久之后蒙田提出了不同的观点,"从自我的文学模式中,不能出现有关自我的确定性"。(719)

斯多克曾作过题为"心智、身体、读者"的罗森巴赫讲座,后来以《阅读与疗伤》为题发表于《新文学史》上(*NLH* 37, no. 3 [2006]),其中他讨论了科技革命前与阅读和医学相关的思想史。讲座的点评人劳伦斯·柯尔迈耶(Laurence J. Kirmayer)讨论了科技革命给阅读和医学带来的变化,提出人们往往忽视对自身的研究:"在目前的全球市场中,人们轻易获得的医疗服务并非深深根植于自己的传统与经验。"(《论想象的医学》,*NLH* 37, no. 3 [2006]:600)

布莱恩·斯多克讨论的要点之一是认识到阅读与行为是关联的,身体在诸多方面与思维活动相联系。这个观点与《新文学史》对于中国的兴趣是一致的。我们对中国的兴趣,在某种程度上是因为对自我与他者的关系的兴趣,无论是在艺术、行为或是政治领域。文学研究以书面文本为基础,这划定了研究的界限。随着思考的深入,文学研究的地理边界在扩大。阅读活动中对于身体的兴趣,成为在其他领域展开相互关系研究的基础。第24卷第4期(1993)发表了两篇关于中国文学与文化的文章:王宁的《面对西方的影响:新时期中国文学重新思考》和约翰·布莱尔(John G. Blair)的《变革与文化:中国和西方的现实假定》。在第28卷第1期(1997),本刊还发表了"文化研究:中国与西方"研讨会的一些文章。2000年,从《新文学史》选出的一批文章在中国翻译出版,主编是王宁教授。一份英文刊物的文章被翻译成中文出版,尚属首次。

1996年,《新文学史》夏季刊的扉页上出现了一个重要的变化,赫伯特·塔克(Herbert F. Tucker)被任命为副主编。对于自我与他者关系的关注,成为在《新文学史》的未来这个问题上我与别人交流探讨的基础。我认为应该准备让其他人接替主编的工作,先后有三人得到相关的任命,他们都是杰出的学者,极富编辑才能。赫伯特·塔克是第一个得到任命的学者。作为我优秀的同事,他对刊物稿件的审阅和反馈细致入微、深思熟虑,堪称典范。作为副主编,他的职责之一是负责刊物每期的选题和整个流程的管理。他负责的第一期——"生态批评"(*NLH* 30, no. 3 [1999])获学术期刊主编理事会"最佳专刊奖"。

2000年,瑞塔·费尔斯基(Rita Felski)正式加盟本刊,担任副主编。费尔斯基是一位业务精湛的语言学者,她负责比较文学与英文。在她负责编辑的各期刊物中有一期是"悲剧的再思考",后来成书出版。[5]戴维·莫里斯(David B. Morris)于2003年开始担任本刊副主编。他是医学和英文专业的教授,也是职业作家和学者,在医学和英文两个领域都曾获全国性的奖项。他主编过一期"生物文化"专刊(*NLH* 38, no. 3 [2007]),对于文学与医学的研究做出了重要的贡献。后来,他决定离开弗吉尼亚大学,重返职业作家生活,这对于学校和本刊是很大的损失。

在新的千年中,《新文学史》的作者继续秉持本刊的理论和实践传统。因此,特里·伊格尔顿在《上帝、宇宙、艺术和共产主义》(*NLH* 32, no. 1 [2001])一文中,倡导不同类型的基要主义,他认为没有认识到这一点的反基要主义必定是错误的。伊格尔顿认为"我们所谓基础的东西就是对自身的建构"(29),其典型特征就是自由。这个观点的重要性在于它由自我自由延伸到艺术自由,由艺术自由延伸到社会自由,再由这样的自由到艺术的共产主义。伊格尔顿没有讨论《新文学史》之前刊登的有关反基要主义的文章,但他的文章的确触及了基要主义思想的政治涵义。他的理论与弗雷德里克·詹姆逊的乌托邦共产主义有着共同之处,但与于利·洛特曼对于马克思主义的观念不同,对此,波格斯罗·茹尔科(Boguslaw Zylko)在发表于本刊的文章《文化与符号:谈洛特曼的文化观》(*NLH* 32, no. 2 [2001])中进行了论述。

与文学史与社会史形成反差的是,"声音与人类经验"这一期文章延续了对身体的讨论(*NLH* 32, no. 3 [2001])。该期文章重新审视了"叙事声音"这个术语,作者安瑟尼·斯皮尔琳(Anthony Spearing)指出,乔叟的《律师的故事》使用了叙事规范,而非某个具体的叙事者来引出故事。这期文章还涉及如拉塔病综合症这样的疾病,以及录音的技术。正像乔纳森·雷(Jonathan Rée)所指出的那样,人类的声音比任何艺术表现形式都有更多的用途。他对于深度听力障碍、沉默的思考、祷告、"无法表达的语言"等情况中存在的声音缺失现象表示同情。然后,对于《新文学史》来说,"声音"的重要性体现在声音与其他人类活动的相互关联。

《新文学史》中的评论可能会忽略或遗漏某个主题的一些方面,这是可以理解的,但后来有一期专辑题为"匿名"(*NLH* 33, no. 2 [2002]),专门讨论了故意回避作者身份的问题。"声音与人类经验"之后一期,题为"匿名与作者身份",为省略现象提供了逻辑依据。本期主编赫伯特·塔克说明了作者身份的重要性,以及在历史、传记、性识别及其他出版物中作者身份缺失的后果。

为了继续讨论身体与文学之间关系,《新文学史》出版了"生态文化"专辑(*NLH* 38,no. 3［2007］)。戴维·莫里斯和伦纳德·J. 戴维斯(Lennard J. Davis)两位学者试图以此来宣称生物学与人文科学是如何卓有成效地互动的。该期文章就以下主题展开了讨论:"关爱"、同情、"新全球健康运动"、"辩解的修辞"、"维多利亚时代的幻想"、"文学对当今的遗传政策有何帮助"。阿瑟·克莱恩曼(Arthur Kleinman)在对这些文章点评时说道:"利用生物学来振兴人文科学的研究,或者利用文化研究来反思生物学理论,这样的想法是与开篇宣言是一致的,即要求生物文化在转变其两个母体研究领域方面扮演强有力的角色。"

在第 34 卷,《新文学史》以文体为主题出版了两期内容(第 2 期"文体的理论化 I"和第 2 期"文体的理论化 II")。出版目的是促使学界对于各种文体的性质和实践进行研究。与文体相关的主题,本刊以前曾刊登过少量文章。其中有一些,例如阿莱斯特·弗勒的文章,引起了其他学者的关注,但这个主题还需要深入研究。我本人也发表过相关的文章,也欢迎分门别类的研究。上述两期中的文章涵盖了历史学、人类学、心理学、电影等领域对于文体理论的众多研究方法。海登·怀特协助我对稿件进行了筛选。他对于各种文体的历史和理论持保留意见,我希望通过这些文章他能够认识到该项研究对于他个人写作的价值。他对本期文章的点评条理清晰,分析深入,非常出色,但这些文章究竟在多大程度上重塑了他对文体的观点,读者必须通过阅读他的点评来作出判断。

在第 33 卷第 4 期(2002),我刊登了一篇有关易卜生的《野鸭》的文章,作者是托丽·莫伊,题目为《"他似乎总是口是心非":〈野鸭〉中的语言、形而上学和日常活动》。文章借用了奥斯汀(J. L. Austin)、斯坦利·卡维尔(Stanley Cavell)和路德维希·维特根斯坦的理论,研究了戏剧中的语言运用。在第 37 卷第 4 期(2006),我又刊登了两篇讨论《野鸭》的文章,分别是拉歇尔·普雷斯(Rachel Price)的《易卜生〈野鸭〉中的动物、磁性和戏剧风格》,乔根·洛伦兹(Jorgen Lorentzen)的《易卜生和父权》。虽然普雷斯在脚注中提到了莫伊的文章,但无论是她还是洛伦兹都没有注意到早先的这篇文章。当我邀请他们讨论彼此的文章时,他们仅仅指出了一些区别,而没有对相关阐释进行批评性的讨论。

要理解过去,我们必须掌握与过去人物的环境和行为相关的一切资料。假如我们赞同这个前提的话,普雷斯有关戏剧风格的知识,以及洛伦兹有关家族行为的知识,都有助于理解该剧中的某些方面。但假如我们要证明该剧对于理解当今时代的价值，这些论点则没有什么帮助。这样的论点有必要坚持以下的观点：从这部戏剧的某些方面——此处是语言——我们可以发现某些有关语言的假设，而对于这些假设我们只是最近才有所认识。莎士比亚剧作《李尔王》的重要性与当今的家庭行为是否有关联？了解文艺复兴时代贵族家庭的行为是否能作为评价《李尔王》的充分基础？两篇文章有关《野鸭》的讨论使我们了解到易卜生时代家庭的情况，但莫伊的讨论表明了当今我们所面临的语言困境。要理解过去，我们必须将其看做过往的历史。对于这个论断，《新文学史》对其表示了质疑，给出了不同的解释。在评估历史的价值时，认识到历史对于当下的价值也是同样重要的。

在对《新文学史》的历史和形式进行描述时，我忽略了本刊的一些实验性色彩。前文提到我曾邀请沃夫尔冈·伊瑟尔主编过一期刊物，但没有提到我应几位学者的要求，请他们负责一期刊物的稿件。我有时刊登一些实验性的文章和作品，例如我曾刊登了艾米·好莱坞（Amy Holly-wood）的一篇评论简尼特·考夫曼（Janet Kauffman）的文章（*NLH* 27, no. 3 [1996]），同时刊登了考夫曼的作品节选。我还曾专门用一期讨论西苏的一部戏剧（《黑帆白帆》，*NLH* 25, no. 2 [1994]）。我们有意传达出一个信号，即愿意突破一些常规的制约，希望能够获得新的、意外的真知灼见。

我努力拒绝去因循某个流派的批评导向，在选择各期的论题时，优先选择那些能够直面文学批评中的问题的文章。在有关"没有学派的批评"和"没有学派的学者"的一期中，我特意要求评论者和学者界定他们自身，以及他们的评论活动和学术活动。在此意义上，《新文学史》的作者们通过本刊塑造了文学研究的性质和类型。

《新文学史》还曾出专辑讨论海伦娜·西苏（*NLH* 37, no. 1 [2006]）和沃夫尔冈·伊瑟尔（*NLH* 31, no. 1 [2000]）的作品，以及《纪念理查德·罗蒂》（*NLH* 39, no. 1 [2008]）。这些专辑因《新文学史》的关系而备受重视。我负责主编的最后一期是"全球化时代的文学史"（*NLH* 39, no. 3 [2008]）。通过这一期的内容，我希望将各种批评和理论研究的资源留给下一任主编瑞塔·费尔斯基。以上我的这些回顾无法全面展现本刊在该领域中所取得的成绩。令人遗憾的是，对于各种类型的文章、对于实验性作品的青睐以及批评规范，我都未能展开论述。但是，在这篇告别文章中，我希望至少诠释了《新文学史》如何作为守护者、评论者和富于创造力的革新者推动了文学的发展。我相信,《新文学史》在瑞塔·费尔斯基的领导下,一定会走向繁荣。

姚峰 译

(作者单位:美国弗吉尼亚大学英文系;译者单位:清华大学外文系;南京理工大学外国语学院)

参考书目

〔1〕 René Wellek and Austen Warren, *Theory of Literature*, New York: Harcourt, Brace, 1949, 282 (hereafter cited as TL).

〔2〕 R. S. Crane, *Critical and Historical Principles of Literary History*, Chicago: Univ. of Chicago Press, 1971, p. 1.

〔3〕 Robert Young, "Literary Theory", *The Year's Work in English Studies* 62, no. 1 (1981): 17-67.

〔4〕 Ralph Cohen and Michael Roth, eds, *History and···: History Within the Human Sciences*, Charlottesville: Univ. of Virginia Press, 1995, 21.

〔5〕 Rita Felski, ed. , *Rethinking Tragedy*, Baltimore: Johns Hopkins Univ. Press, 2008.

ISBN 978-7-301-18650-3

定价: 36.00元